Astrid Rosenfeld

Adams Erbe

Roman

Mit den
besten Wünschen
überreicht
von

Diogenes

Umschlagillustration:
© Monica Valdivia

*Für
Maria Paola Rosenfeld,
Detlef Rosenfeld
und Dagmar Rosenfeld*

Diogenes Verlag AG Zürich
www.diogenes.ch
80/11/8/1
ISBN 978 3 257 86207 2

I

Edward

Fängt man an zu schreiben, weil es jemanden gibt, dem man alles erzählen will?

Fängt man an zu erzählen, weil der Gedanke, dass alles einfach verschwinden soll, unerträglich ist?

Amy, dir möchte ich alles erzählen.

Du bist jetzt in England, und wie oft und ob ich deine Gedanken kreuze, weiß ich nicht. Aber ich kann dich nicht vergessen.

Hier auf diesen Seiten soll auch eine eisige Februarnacht vor dem Verschwinden gerettet werden.

Amy, du und ich, wir sind nur ein kleiner Teil des Ganzen. Denn eigentlich ist das hier Adams Geschichte, aber auf einem Dachboden haben sich meine und Adams Geschichte ineinander verschlungen.

Adam hat mir seine Augen, seinen Mund, seine Nase vererbt, und einen Stapel Papier, der seinen wahren Empfänger nicht erreicht hat.

Amy, manchmal glaube ich, dass ich erst dich treffen musste, um mein Erbe antreten zu können.

Sie haben mir immer erzählt, dass mein Vater tot sei, dabei hat er meine Mutter einfach verlassen. Eigentlich kann man es nicht einmal verlassen nennen, denn sie waren nie richtig zusammen, sie kannten sich fast gar nicht. Genau genommen haben sie ein einziges Mal miteinander geschlafen. Und als meine Mutter feststellte, dass sie schwanger war, war mein Vater längst wieder in seiner Heimat.

Ich war acht Jahre alt, als eine von Mutters Freundinnen ihr einredete, dass es außerordentlich wichtig für meine psychologische Entwicklung sei, die Wahrheit über meinen Erzeuger zu erfahren. Je früher, desto besser.

Die Wahrheit war nicht viel. Mein Vater hieß Sören oder Gören und kam aus Schweden oder Dänemark oder Norwegen. An mehr konnte sich meine Mutter nicht erinnern. »Eddylein, dein Vater ist sicher ein ganz toller Mann, und an diesem Abend, als wir … als du … wie auch immer … Wir mochten uns sehr, sehr gerne.«

Die Variante mit dem toten Vater hatte mir immer mehr zugesagt als die mit dem tollen Sören oder Gören aus Skandinavien.

Obwohl ich meine Zeugung nicht der Liebe zweier Menschen, sondern der enthemmenden Wirkung zweier eiskalter Flaschen Wodka Gorbatschow zu verdanken habe, war ich für meine Mutter ein Wunschkind. Seitdem sie vierzehn war, hatte sie nichts sehnlicher haben wollen als ein Baby. Sie hatte die dreißig schon überschritten, als das skandinavische Sperma ihr dazu verhalf. Im vierten Monat der Schwangerschaft – mein Vater hatte Berlin bereits verlassen – kündigte sie in der Buchhandlung und zog zurück in die Wohnung ihrer Eltern. Ihre Freundinnen empfanden Mitleid mit der armen Magda Cohen, die Karriere und Eigenständigkeit für den Bastard in ihrem Bauch aufgeben musste. Lange versuchten sie meine Mutter zu überreden, trotz Kind weiterzuarbeiten. Aber Magda Cohen war der Antichrist der Frauenbewegung. Und hätte sie nur jemand beizeiten geheiratet und geschwängert, dann wäre sie gar nicht erst auf die Idee gekommen, einen Beruf zu ergreifen.

An einem sonnigen Nachmittag im März presste Magda mich heraus und benannte mich nach einem der Protagonisten ihres Lieblingsromans von Jane Austen: Edward. An diesem Frühlingstag sah ich aus wie alle anderen Babys, aber mit jedem Jahr wuchs die Ähnlichkeit. Adams Augen, Adams Mund, Adams Nase.

Am liebsten spielte ich im Wohnzimmer vor dem Ofen. Er war weiß, mit Schnörkeln, und oben saßen drei fette Putten, die sich mild lächelnd an den Händen hielten. Neben dem Ofen stand eine Kiste voller Autos. Ich liebte meine Autos, ich hielt mich für einen Spezialisten und wollte später irgendwas mit Autos machen, wie wohl fast jeder sechsjährige Junge. Ich war wahrlich kein originelles Kind. Und als gerade der goldene Jaguar, das Juwel meiner Sammlung, den weißen Mustang rammte, hörte ich meinen Großvater schluchzen. Er saß hinter mir auf dem Boden. Schon das verwirrte mich, denn normalerweise saß mein Opa Moses auf dem Sofa oder auf einem Stuhl, aber doch nicht auf dem Parkett. Und dann die Tränen in seinen Augen. Ich legte meine Arme um ihn, aber er drückte mich sanft weg und streichelte mir zitternd über den Kopf.

»Adam«, sagte er.

»Opa?«

Er stöhnte oder seufzte. »Vor vielen Jahren hat hier schon mal ein Junge gesessen, der sah aus wie du. Er hatte keine Autos, sondern Zinnsoldaten. Er hieß Adam und war mein kleiner Bruder.«

»Wo ist er?«

Moses antwortete nicht.

»Wo sind seine Soldaten?«

»Soldaten sterben früh.« Er wischte sich mit der Hand übers Gesicht. »Edward, lass uns zu dem einzigen Gott beten, dass du nur Adams Äußeres geerbt hast und nicht seinen Charakter.«

Opa betete ständig zu dem ›einzigen Gott‹, besuchte regelmäßig die Synagoge in der Pestalozzistraße und bestand auf koscherem Essen. Oma und Mama beteten fast nie, gingen nur selten in die Synagoge und aßen, worauf sie Lust hatten.

Wir hockten auf dem Boden. Opas hebräische Gebete klangen wie das Meckern einer Ziege. Er steigert sich da in irgendwas rein, dachte ich, als wieder Tränen über seine Wangen liefen. Endlich kam meine Mutter nach Hause und setzte der Szene ein Ende. »Papa? Was macht ihr da?«

»Wir beten, wegen Adam«, antwortete ich, weil Opa noch immer wie in Trance zu seinem einzigen Gott sprach.

Meine Mutter seufzte, nahm Opa am Arm und zog ihn hoch. »Papa, komm.«

Er ließ sich bereitwillig abführen.

Der Mustang überschlug sich. Ich warf ihn zurück in die Kiste und zog einen Land Rover heraus, der jetzt den goldenen Jaguar herausfordern sollte. Natürlich hatte er keine Chance, denn ich würde den Jaguar niemals verlieren lassen.

Die Sache mit Adam hätte ich wahrscheinlich sofort vergessen, aber an diesem Abend aß mein Opa nicht mit uns. Er blieb in der Bibliothek, so nannten wir den Dachboden, der zu unserer Wohnung gehörte. Es war keine richtige Bibliothek. Zwar gab es ein Regal mit Büchern, aber eigentlich nutzten wir den riesigen Raum, den man über eine Wendeltreppe erreichte, als Abstellkammer. Alte Koffer, ausrangierte Möbel, von denen man sich aus sentimentalen Gründen nicht trennen wollte, Kartons mit Fotos, Kleider, meine Wiege. Kram halt.

Moses Cohen, mein Opa, verbrachte viel Zeit in der Bibliothek. Wegen der Stille, sagte er. Ich durfte nur selten nach oben. Wegen des Staubs, sagte meine Oma, Lara Cohen.

Wir saßen also zu dritt am Küchentisch, und Oma reckte ihren Hals. Sie hatte einen langen Schwanenhals, auf den sie sehr stolz war. »Was hat Moses denn?«, fragte sie meine Mutter.

»Adam«, lautete die schlichte Antwort.

Omas Hals drehte sich in meine Richtung. »Ich habe immer gehofft, dass es sich verwächst, tja ...«

»Er wird schon darüber hinwegkommen«, sagte meine Mutter.

Lara Cohen lachte einmal laut auf. Ihr Lachen war immer genau auf den Punkt gesetzt, kurz und knapp. Es kam nicht aus dem Bauch oder aus dem Herzen, es war wie das Ausrufezeichen auf einer Tastatur. Gedrückt und weg.

»Magda-Liebling, dein Vater denkt mehr über die Toten nach als über die Lebenden, wenn du verstehst, was ich meine.« Bitterkeit vibrierte in ihrer Stimme.

»Ist Adam tot?«, wollte ich wissen.

»Hoffen wir es.« Wieder ihr Lachen.

»Mama, sag so was doch nicht vor Eddylein.«

»Ist er tot?«, hakte ich nach.

»Sagen wir es so, Edward, er hätte den Tod verdient. Er war ein schlechter Mensch, er hat …«

»Mama, hör bitte auf.«

»Hat er was kaputtgemacht?«

»O ja, seine Großmutter und seine Mutter.«

»Mama.« Meine Mutter knallte die Faust auf den Tisch, so etwas machte sie sonst nie.

»Magda-Liebling, das ist kein Grund, die Möbel zu zertrümmern.«

Meine Mutter stand auf und räumte die Teller ab, obwohl wir noch nicht aufgegessen hatten. Ich hatte Blut geleckt, jemand, der seine Mutter und seine Großmutter kaputtgemacht hatte, das hörte man nicht alle Tage.

Oma zog ihren Mantel an und verabschiedete sich, sie ging ins Konzert oder ins Theater. Manchmal begleiteten Mama und ich sie, aber Opa kam nie mit. Er verließ die Wohnung sowieso nur selten.

Ich lag in dieser Nacht wach. Ich hörte, wie meine Großmutter zurückkam, dann war es still. Nur oben knarrten die

Dielen. Auf diesen Moment hatte ich gewartet. Ich schlich mich aus meinem Zimmer, die Wendeltreppe hinauf, und öffnete die Tür. Moses saß auf einem alten Sessel, ein aufgeklapptes Buch lag in seinem Schoß, aber er las nicht, er starrte einfach nur vor sich hin. Ich stellte mich neben ihn, fuhr mit meinen Händen über die Lehne und zerrte an dem Sessel, um auf mich aufmerksam zu machen. Opa lächelte traurig. »Solltest du nicht schlafen, Eddy?«

»Ich kann nicht.«

»Das verstehe ich, ich kann auch oft nicht schlafen.«

Und ehe sein Blick wieder erstarrte, bevor er meine Anwesenheit vergessen konnte, zog ich an seinem Ärmel. »Opa, erzähl mir von Adam.«

Es dauerte lange, bis er anfing zu sprechen. Er erzählte von Hitler und dem Krieg, und dass man als Jude besonders schlechte Karten hatte, und dass die ganze Familie auswandern wollte. Sie brauchten Papiere, die sehr teuer waren. Und kurz vor dem Tag der Abreise verschwand Adam mit dem gesamten Familienvermögen. Die Papiere hatten sie zwar, aber ansonsten fast nichts. Die Großmutter und die Mutter von Moses und Adam blieben in Berlin, wollten nicht mit nach England. »Ich glaube, sie haben auf Adams Rückkehr gewartet. Aber er kam nicht zurück.«

»Oma hat gesagt, er hat sie kaputtgemacht. Wie hat er das gemacht, wenn er gar nicht da war?«

»Man kann eine ganze Menge kaputtmachen, indem man bestimmte Dinge nicht tut.«

»Also hat er es nicht getan?«

»Nicht direkt.«

An diesem Punkt begann mich das Ganze zu langweilen,

und ich ließ meinen Opa allein auf dem Dachboden zurück.

Zu Lara Cohens Ärgernis hatte Magda weder ihren scharfen Verstand noch ihren Schwanenhals geerbt. Laut meiner Großmutter hatte Mama einen schwachen Willen und war viel zu sentimental. Und während Oma, obwohl sie nicht mehr die Jüngste war, ein Dutzend ehrenamtliche Dienste verrichtete und ein beachtliches kulturelles Interesse an den Tag legte, hatte Magda Cohen kein einziges Hobby und nicht das geringste Verständnis für Kunst. Mozart, Elvis oder Roland Kaiser, Schundromane, Goethe oder Thomas Mann, sie unterteilte alles in zwei simple Kategorien: gefällt mir oder gefällt mir nicht. Nobelpreisträger hin oder her. Sie konnte nicht einmal billigen Sekt von Champagner unterscheiden. Aber wenn ihr etwas gefiel, dann kannte ihre Verehrung keine Grenzen. Wenn sie etwas mochte, dann von ganzem Herzen. Meine Mutter konnte lieben.

Magda hatte viele Freundinnen. Sie alle hielten meine Mutter für einfältig, trotzdem kamen sie ständig zu Besuch und schütteten ihr in unserem Wohnzimmer ihr Herz aus, denn Magda hatte Zeit und war eine gute Zuhörerin. Ich glaube, sie alle haben meine Mutter unterschätzt.

Der erste Mann, den sie mir vorstellte, war Hannes aus dem Wedding. Er war zumindest der erste, an den ich mich erinnern kann. Hannes war Metzger und sechs Jahre jünger als meine Mutter, die hart auf die vierzig zuging. Aber Mama hatte noch immer etwas Mädchenhaftes, etwas Unschuldiges, das sie nie ganz verlieren sollte.

Hannes saß in unserem Wohnzimmer und lächelte ebenso

dümmlich wie die Steinengel auf dem Ofen. Egal was gesagt wurde, er zog ständig seine Augenbrauen hoch und staunte. Alles schien ihn zu überraschen.

»Hannes, möchten Sie noch eine Tasse Kaffee?« Und Hannes war baff.

»Ein Fleischer, wie reizend, Magda«, sagte meine Oma, nachdem Hannes die Wohnung verlassen hatte.

Mama überging die spitzen Kommentare ihrer Mutter, oder sie spürte diese Spitzen schon gar nicht mehr. Mein Opa äußerte sich überhaupt nicht, sondern verzog sich auf den Dachboden.

»Eddylein, mochtest du denn den Hannes?«, fragte Mama mit so hoffnungsvoller Stimme, dass ich nicht anders konnte, als mit »Ja« zu antworten, obwohl ich zu dem bärtigen Metzger keine Meinung hatte.

Hannes lud meine Mutter und mich am nächsten Abend zum Essen ein, und da offenbarte sich das Grundproblem dieser noch so frischen Beziehung. Uns allen dreien ging die Gabe des Plauderns vollkommen ab. Meine Mutter war eine trainierte Zuhörerin, ich ein Kind, und alles, worüber Hannes sprechen konnte, war Fleisch. Aber er hielt sich mit diesem Thema in Mamas Anwesenheit, »in der Gegenwart einer Dame«, wie er sagte, zurück. Nachdem er ein paar Sätze über die Herstellung von Blutwurst zum Besten gegeben hatte, herrschte Schweigen an unserem Tisch. Ich fühlte mich zumindest teilweise für den Abend verantwortlich, weil ich auf Pizza bestanden hatte und wir deshalb beim Italiener saßen, der eigentlich ein Grieche war. Vielleicht wäre in einem Steakhaus alles einfacher gewesen. Vielleicht hätte so ein gegrilltes Stück Rind Hannes dazu animiert, doch noch ein bisschen übers Schlachten zu erzählen. Und dann fragte ich ihn: »Hast du schon mal auf ein Tier geschossen?« Einfach, um diese anstrengende Stille zu durchbrechen.

»Ja.«

»Auch auf einen Hirsch?« Ich dachte an Bambis Vater.

»O ja, einen riesigen sogar.«

»Hast du ihn gegessen?«

»Ja, das habe ich.« Er lachte, und sein Bauch wackelte.

»Ich mag Hirsch nicht, der schmeckt nach altem Schwamm.«

Nun war Hannes in seinem Element und erklärte uns, was es mit dem muffigen Geschmack von Wild auf sich hatte. Das hing mit der Geschlechtsreife zusammen und mit noch irgendetwas, aber daran kann ich mich nicht mehr erinnern, da hörte ich schon nicht mehr zu. Ich malte mit den Wachsstiften, die mir der italienische Grieche samt Block auf den Tisch gelegt hatte.

Sie haben sich nach diesem Abend nur noch zweimal getroffen. Es war Hannes, der meine Mutter verließ. So wie alle Männer sie irgendwann verlassen hatten. Sie war immer bereit, den Kelch bis zur Neige zu trinken, egal wie bitter oder fad es schmeckte.

Ich war acht und wusste bereits die Wahrheit über meinen skandinavischen Erzeuger, als der nächste Mann auftauchte. Das war die Zeit, in der es mit Opa wirklich bergab ging. Er verließ den Dachboden fast gar nicht mehr. Er schlief sogar da oben. Je verwirrter und elender Moses wurde, desto strenger schien meine Oma zu werden, die ohnehin schon immer ein harter Brocken war. Einmal, als er die Wendeltreppe mit mühevollen Schritten herunterkam, hörte ich sie sagen: »Wasch dich, du riechst unangenehm. Und reiß dich zusammen, Moses.«

Er antwortete nicht, er sah sie einfach nur an, so traurig, dass einem schwindelig wurde. Er drehte sich um und ging wieder nach oben.

Oma erlaubte mir nicht, ihn in der Bibliothek zu besuchen. »Edward, du bist alt genug, um zu verstehen, dass dein Anblick ihn zu sehr aufregt. Wenn er dich sehen möchte, kann er ja runterkommen. Nicht wahr?«

Aber manchmal, wenn Lara Cohen nicht zu Hause war, widersetzte ich mich ihrem Verbot. Opa saß meistens auf dem alten Sessel, oder er stand am Fenster. Wenn ich klopfte, den Kopf durch die Tür streckte und um Einlass bat, dann lächelte er.

»Hier oben hat früher deine Ururgroßmutter gewohnt, meine Oma.«

Wenige Jahre nach Kriegsende waren meine Großeltern mit ihrer kleinen Tochter Magda nach Berlin zurückgekehrt. Es gab zwar noch keine Mauer, doch man hatte die Stadt schon aufgeteilt. Das Haus, das sämtlichen Bombenangriffen standgehalten hatte, befand sich im amerikanischen Sektor. Nach langem Hin und Her wurde Moses wieder rechtmäßiger Eigentümer der Familienwohnung. Lara wäre lieber wie ihre Schwester in England geblieben, aber Opa sehnte sich nach seiner alten Heimat. Nach seinem Zuhause.

»Deine Ururgroßmutter war eine stolze Frau. Und am allerliebsten mochte sie Adam.« Opa tätschelte meinen Kopf, und ich, Edward, verschwand hinter der Vergangenheit.

Die Zuneigung, die eben noch in Opas Augen geleuchtet hatte, verwandelte sich in Zorn. Er sah mich nicht mehr, sondern Adam, den geliebten, den gehassten Bruder. Ich hörte unten die Schritte meiner Großmutter und machte mich davon. Erleichtert.

Die Sache mit Adam begann mich zu nerven. Die Gene von Sören oder Gören hatten total versagt. Das skandinavische Erbgut hatte vor Adam auf ganzer Linie kapituliert.

Noch bevor Mamas Neuer auftauchte, bekamen wir Kabelfernsehen und ein Klavier. Oma meinte, es sei langsam an der Zeit, dass ihr Enkel ein Instrument erlerne. Doch es war Mama, die täglich auf den Tasten klimperte. »Ach, es wäre schön, wenn man es wirklich könnte«, sagte sie. Aber Magda Cohen wäre niemals auf den Gedanken gekommen, dass das im Bereich des Machbaren lag. Für alle anderen ja, aber nicht für sie.

Mich reizte das Klavier überhaupt nicht. Auf Omas Befehl marschierte ich jedoch zweimal die Woche tapfer zu Frau Nöff, meiner Klavierlehrerin. Sie hatte lange schwarze, von grauen Fäden durchzogene Haare, die traurig auf ihre Schultern hinabfielen. Sie sah alt aus, obwohl sie jünger war als meine Mutter. Frau Nöff hatte einen Schnurrbart, der mich total irritierte, und sosehr ich es auch zu vermeiden versuchte, ich musste ständig hinstarren. Sie war die einzige Frau mit Bart, der ich jemals begegnet war.

Die erste Klavierstunde beendete sie mit den Worten: »Nichts Musikalisches, Eduard. Kein Gehör. Kein Gefühl.«

Ich nickte und drückte ihr die 23 Mark in die Hand. Am Anfang machte ich sie noch darauf aufmerksam, dass ich Edward und nicht Eduard hieß, später gab ich es einfach auf.

In der Nöff-Wohnung, zwei Zimmer, Altbau, roch es nach verlorenen Träumen, und ich meine das wörtlich. Sie riechen. Unverwechselbar.

Die Nöff unterlag starken Stimmungsschwankungen. Manchmal, wenn sie gut drauf war, kochte sie einen Tee, der nach Pisse schmeckte. Mit Rum für sie. Ohne für mich. Dann erzählte sie von ihrer Zeit in Wien am Konservatorium. Und wenn der Rum zu wirken begann, kramte sie einen alten Zeitungsartikel hervor mit dem Titel *Christina Nöff. Ein neues Wunderkind?*. Was da stand, interessierte mich nicht. Aber ich betrachtete jedes Mal das schlecht gedruckte Schwarzweißfoto, um herauszufinden, ob sie auch schon mit fünfzehn einen Schnurrbart getragen hatte. Nach einem zweiten Tässchen Rum ohne Tee war ihr Redefluss nicht mehr aufzuhalten, Chopin hier, Chopin da.

»Und einmal, da hat so ein neureicher Schuhmacher …« Sie dachte nach. »Wie hieß er denn noch gleich?« Sie stöhnte, empört über ihr eigenes schlechtes Gedächtnis. »Egal, jedenfalls, dieser Schuhmacher hat Chopin aufgefordert, sich ans Klavier zu setzen, und sagte: ›Sie brauchen ja gar nicht lange zu spielen, mein Lieber. Nur so ein bisschen La-la-la, damit man sieht, wie's gemacht wird.‹

Kurze Zeit später lud Chopin diesen Schuhmacher zu einem Diner ein und überreichte ihm nach dem Essen einen Hammer, Nägel, Sohlenleder und einen alten Schuh und meinte:

›Bitte, lieber Meister, wollen Sie uns nicht eine Probe Ihres Könnens geben? Sie brauchen ja nicht den ganzen Schuh zu besohlen. So ein bisschen Bum-bum-bum genügt. Nur damit man sieht, wie's gemacht wird.‹« Die Nöff lächelte.

Und die Art, wie sie lächelte, ließ mich glauben, sie wäre bei diesem Diner dabei gewesen. »Also, typisch Chopin«, sagte sie und wiegte den Kopf. »Typisch für ihn.«

Es dauerte eine ganze Weile, bis ich begriff, dass Chopin ein längst verstorbener Komponist war und nicht der beste Freund meiner Klavierlehrerin.

Wenn die Nöff schlecht drauf war, dann redete sie überhaupt nicht, sondern lauschte meinem kläglichen Geklimper. Stumm ließ sie mich spüren, dass sie mich zutiefst verachtete und mir gerne die Finger abhacken würde, alle zehn.

Ich machte keine großartigen Fortschritte, aber immerhin konnte ich meiner Mutter nach drei Monaten Unterricht einen Walzer beibringen. Im Gegensatz zu der Nöff war Mama tief beeindruckt von meinen Fähigkeiten.

»Eddylein, hör noch mal zu.« Vor Aufregung zitternd haute sie in die Tasten. »War das so richtig?«

»Mmmh, ja, nicht schlecht«, antwortete ich kritisch. Die Wahrheit war, dass sie besser spielte als ich, aber das hätte sie mir ohnehin nicht geglaubt. Da hätte Mama gedacht, ich würde mich über sie lustig machen.

Den Nachfolger von Hannes brachte meine Oma ins Haus: Herrn Professor Doktor Strombrand-Rosselang. Seinen Vornamen kenne ich nicht, kannte ich nie, denn obwohl Mamas Liaison mit diesem Herrn einige Monate dauerte, blieb es beim ›Sie‹. Für Mama und für mich.

»Heute Nachmittag kommt Herr Professor Doktor Strombrand-Rosselang zum Kaffee«, sagte Oma und lächelte.

»Ist das ein Arzt?«, wollte ich wissen.

»Ja.«

»Ist Opa krank?«

»Natürlich nicht. Herr Professor Doktor Strombrand-Rosselang ist Gynäkologe.«

Ich bin mir nicht sicher, wie viele Achtjährige wissen, was ein Gynäkologe ist. Ich wusste es jedenfalls nicht.

»Ein Gynäkologe untersucht Frauen, Edward, er ist ein Arzt für Frauen«, erklärte Oma mir ungeduldig.

Mama und ich erfuhren, dass meine Großmutter den Herrn Professor bei irgendeiner Wohltätigkeitsveranstaltung getroffen hatte, und dass der Herr Professor alleinstehend war, und dass der Herr Professor es zutiefst bedauerte, keine eigenen Kinder zu haben, und dass der Herr Professor darauf brannte, Mama und mich kennenzulernen.

»Magda, Professor Doktor Strombrand-Rosselang ist ein ganz wunderbarer Mann. Gebildet. Weitgereist. Amüsant.« Oma reckte ihren Schwanenhals, sah mich an und sagte noch einmal mit Nachdruck, damit auch ich es verstand: »Ein ganz, ganz wunderbarer Mann.«

Der Professor war groß, und erst in der Hälfte des Schädels wuchs ihm graues Haar, das er halblang trug. Seine Stirn dehnte sich zu einer riesigen glänzenden Fläche. Zartes Rosé, durchzogen von blauen Äderchen. Er sprach überdeutlich und überlaut. Und womöglich um die ganze Bandbreite seines Wissens zu demonstrieren, sprang er von einem Thema zum anderen: das Attentat auf Papst Johannes Paul II., das ihn zutiefst erschüttert hatte. Die Immobilienpreise in Florida, die ihn wahnsinnig aufregten. Wagner, den er vergötterte. Margaret Thatcher, die ihm suspekt war. Schließlich landete er bei der Gebärmutter.

Während Oma seinen Ausführungen mühelos folgen konnte, hier und da eine Bemerkung oder eine Frage einwarf, schaufelten Mama und ich den Kuchen in uns hinein.

»Mit dieser Frage beschäftigt sich meine Doktorarbeit«, schloss er seine Rede über die Gebärmutter. Ein Räuspern, dann sah er meine Mutter an: »Fräulein Cohen, Sie haben phantastische Hände. Phantastisch.«

Mama errötete, und Oma lächelte zufrieden. Eine Sekunde lang war es still. Jetzt war es an meiner Mutter, irgendetwas zu sagen.

»Ist es nicht seltsam, jeden Tag in das Innere von Frauen reinzuschauen?«, fragte sie, anstatt sich einfach für das Kompliment zu bedanken. Hektische Flecken erschienen auf Omas Schwanenhals. »Ich meine, da ist ja nichts mehr Geheimnisvolles, das muss doch dann …«

»Magda …«, unterbrach Oma sie.

»Nein, nein, Frau Cohen, das Fräulein Cohen hat vollkommen recht. Die Scheide hat als Objekt der Begierde an Reiz eingebüßt. Eine Hand bringt meine romantische Seite mehr zum Klingen als jede Vagina.«

Dann stand Moses im Wohnzimmer. Keiner hatte ihn kommen hören. Omas Blick wanderte von seinem zerknitterten Hemd zu den wild wuchernden Bartstoppeln.

»Ich wollte nur etwas zu essen holen«, sagte Opa. »Ich wusste nicht, dass wir Besuch haben.«

Oma stellte die Herren einander vor, ließ ihnen aber keine Zeit, auch nur eine Höflichkeit auszutauschen, sondern befahl mir, Opa samt Kuchen auf den Dachboden zu geleiten.

Oben setzte er sich in den Sessel und stocherte in der

Torte herum. »Ich wusste wirklich nicht, dass wir Besuch haben«, sagte er halb zu sich, halb zu mir, aber eigentlich zu Oma, die ihn nicht hören konnte, weil sie eine Etage tiefer saß.

Zu Lara Cohens Erleichterung bat der Professor meine Mutter um ein Wiedersehen, bevor er sich an diesem Tag verabschiedete.

»Ist er nicht wunderbar?«, fragte Oma erschöpft und glücklich.

Mama zuckte mit den Schultern, und diese offensichtliche Gleichgültigkeit ließ bei meiner Oma irgendetwas explodieren. Ihre sonst so kontrollierte Stimme überschlug sich: »Magda, worauf wartest du? Du bist kein junges Mädchen mehr. Dieser Professor ist das Beste, was dir passieren kann. Du kannst doch nicht für immer hierbleiben, und Edward braucht einen Vater.« Langsam dämmerte es mir, Oma wollte uns loswerden. »Vielleicht möchte ich auch noch etwas mit meinem restlichen Leben anfangen.« Und sie fügte hinzu, dass sie am liebsten alles verkaufen und nach England übersiedeln würde.

»Und Papa?«

»Deinem Vater täte es gut, dieses verdammte Land, diese verdammte Stadt und diese verdammte Wohnung endlich zu verlassen. Wir hätten niemals wiederkommen dürfen. Vergiftete Erinnerungen, vergiftet.«

»Aber er ist zu alt, du kannst ihn nicht …«

»Genug«, sagte Oma, stand auf, nahm ihren Mantel und ging aus der Wohnung.

Mama starrte auf den Boden, sie seufzte. Dann, bloß um

irgendetwas zu tun, räumten wir den Tisch ab und spülten das Geschirr mit lächerlicher Ernsthaftigkeit. Als alles glänzte, nahm Mama zwei Teller, und wir aßen den restlichen Kuchen. Uns war schlecht, trotzdem stopften wir das süße Zeug in uns hinein. Hochkonzentriert. Die Torte war weg, aber jetzt hatten wir ja wieder dreckiges Porzellan. Langsam und sorgfältig erledigten wir diesen zweiten Spülgang.

Und dann gab es wirklich nichts mehr zu tun. Wie zwei ausgesetzte Hunde, die auf die Rückkehr ihres Herrchens hofften, standen wir in der Küche. Nur dass wir auf nichts Bestimmtes warteten.

Drei Tage später klopfte abends Herr Professor Doktor Strombrand-Rosselang an unserer Tür, um Mama abzuholen.

»Blumen für die Frau Cohen, Blumen für das Fräulein Cohen und Schokolade für den Nachwuchs«, sagte er und überreichte seine Gaben mit einer kleinen Verbeugung.

»Herr Professor, das war aber nicht nötig.« Meine Großmutter strahlte. »Was für bezaubernde Blumen. Bezaubernd.«

Und wieder verbeugte der Professor sich.

Oma und ich sahen den beiden von der Schwelle aus hinterher, als sie die Treppen hinunterstiegen. Meine Mutter drehte sich noch einmal um und lächelte traurig. Ich wollte sie zurückholen, aber ehe sich meine Beine in Bewegung setzen konnten, zog Oma mich in die Wohnung und schloss die Tür.

»So, hoffen wir das Beste«, sagte sie.

Oma und ich aßen in der Küche. Zur Feier des Tages gab es mein Lieblingsessen, Nudelsuppe. Aber an diesem Abend schmeckte die Suppe genauso urinlastig wie der Tee meiner Klavierlehrerin. Meine Gedanken waren bei Mama.

»Edward, schmeckt es dir nicht?«, fragte Oma gereizt.

»Doch.«

»Dann ist ja gut, weil du …«

Sie hielt inne. Ein Geruch nach Aftershave und Duschgel strömte in die Küche. Moses trug einen Anzug, ein Hemd mit gesteiftem Kragen, die Schuhe waren auf Hochglanz poliert, die Krawatte sorgfältig gebunden und das Gesicht glattrasiert. Mit unsicheren Schritten näherte er sich dem Tisch.

»Darf ich?«

Er setzte sich. Für einen Moment wich die Härte aus Omas Gesicht. Sie stand auf und brachte ihm einen Teller Suppe. Seine Hand zitterte, die Nudeln wollten einfach nicht auf dem Löffel bleiben.

»Langsam Moses, langsam«, sagte Oma und streichelte kurz seinen Arm. Erst als sie es ein zweites und ein drittes Mal tat, verstand ich, dass es nicht absichtslos geschah. Moses' Hand wurde ruhig, und die Nudeln blieben auf dem Löffel.

Nach dem Essen brachte Oma ihren Mann auf den Dachboden. Ich hockte mich auf die unterste Stufe der Wendeltreppe und lauschte. Aber es fiel kein Wort über Lara Cohens Plan, nach England zu ziehen und Mama und mich loszuwerden. Zuerst war es still. Dann beteten sie gemeinsam zu Moses' einzigem Gott. Der hebräische Singsang surrte in meinen Ohren, und auch ich begann zu beten, oder besser gesagt zu betteln. »Lass den Professor wieder verschwinden. Lass Mama und mich hier.«

Ich lag in meinem Bett und wartete auf Mamas Rückkehr. Endlich hörte ich den Schlüssel und rannte zur Tür. Magda Cohen sah aus, als ob sie eine Schlacht bestritten hätte. Abgekämpft und das Haar zerzaust.

Normalerweise hätte sie ein bisschen geschimpft, weil ich eigentlich schon schlafen sollte, aber sie legte ihren Arm um mich und seufzte: »Ach Eddylein, Herrgott.«

Ich folgte Mama in ihr Zimmer.

»Er redet so schrecklich viel«, sagte sie und warf sich auf ihr Bett.

»Mama, ich brauche keinen Vater.«

»Ich weiß, Eddylein, ich weiß.«

»Was machen wir denn jetzt?« Ich fragte das nicht wie ein Kind seine Mutter, sondern wie ein Soldat seinen Kameraden.

»Wenn ich das nur wüsste.«

Meine Hoffnungen, dass Opa durch weitere gebügelte und gestriegelte Auftritte das Herz meiner Großmutter erweichen und sie vielleicht ihre Pläne vergessen würde, erfüllten sich nicht.

Der Professor holte meine Mutter nun regelmäßig ab, und irgendwann wurde auch ich in die Sache hineingezogen. An einem eiskalten Sonntag schleppte Herr Professor Doktor Strombrand-Rosselang mich und Mama in den Zoo. Wir waren so ziemlich die einzigen Besucher an diesem Winternachmittag. Zielstrebig marschierte der Professor voran. Wir stolperten ihm durch den Schneematsch hinterher.

»Die Pandabären«, seufzte er.

Das Pandabären-Pärchen war eine Schenkung der chinesischen Regierung an den Altbundeskanzler Schmidt. Das gab dem Professor ordentlich Zunder. Es folgte ein Vortrag über China, die Bundesrepublik Deutschland, alles, was davor war, und alles, was seiner Meinung nach danach kommen würde.

Vielleicht war der zweite schon tot, denn ich erinnere mich nur an einen einzigen Pandabären. Er gewährte uns eine volle Stunde lang den Anblick seines Rückens, bis er sich in einer schleppenden Bewegung umdrehte und uns mit dösigem Blick musterte. Es stank nach Affenpisse. Der Professor dozierte, der Panda stopfte Bambus in sich hinein, und Mama und ich hielten einfach den Mund.

»Ich muss auf die Toilette«, unterbrach ich den Professor, der mich zuerst ungläubig, dann verärgert ansah.

Mama nahm meine Hand, und mit einem Nicken gestattete Herr Professor Doktor Strombrand-Rosselang uns den Abmarsch.

»Ich warte hier«, sagte er, klopfte einmal gegen die Glasscheibe des Pandageheges und fuhr mit seinem Vortrag fort.

»Er redet mit sich selbst«, flüsterte ich meiner Mutter zu.

Sie lächelte nur müde. Ein eisiger Wind blies uns ins Gesicht.

»Ich muss gar nicht«, gestand ich ihr.

»Ich weiß, Eddylein. Ich weiß.«

Ziellos liefen wir durch die Kälte.

»Mama, ich mag ihn nicht.«

»Wenn er doch nicht so viel reden würde«, sagte sie.

»Lass uns einfach gehen.«

»Wohin denn, Eddylein?«

»Nach Hause.«

Einen Moment lang führte ich sie in Versuchung, und ihre Augen leuchteten bei dem Gedanken auf. Aber dann erlosch ihr Blick, und sie schüttelte den Kopf.

»Nein, das können wir nicht machen.«

Magda Cohen trank jeden Kelch bis zur Neige.

Das Tröten eines Elefanten zerriss die Stille. Heute würde ich sagen, es war kein Zufall. Heute würde ich sagen, er hat mich gerufen.

»Mama, kann ich bei den Elefanten warten?«, bettelte ich.

Während meine Mutter zurück zu den Pandabären lief, ging ich in die entgegengesetzte Richtung.

Als ich das Elefantenhaus betrat, hörte ich zuerst den Gesang. Dann sah ich ihn. Er saß auf einer Bank. Zigarettenrauch verhüllte seine Gestalt. Ein Teil von mir wollte wegrennen, der andere Teil wollte näher an den singenden Mann heran. Die Neugier siegte. Er bemerkte mich erst, als ich neben ihm stand. Ohne sein Lied zu unterbrechen oder die Zigarette aus dem Mundwinkel zu nehmen, rutschte er zur Seite und bot mir einen Platz an.

Er sah aus wie Elvis zu seinen besten Zeiten, der Held aus Mamas Jugend. Seine Platten standen noch immer in ihrem Zimmer. Selbst Oma konnte Elvis etwas abgewinnen, denn einmal, als Mama mir seine Musik vorspielte, hatte Lara Cohen das Cover in die Hand genommen und den King einen »verteufelt schönen Mann« genannt.

»Ich bin Jack«, sagte der Fremde mit einem amerikanischen Akzent und reichte mir seine Hand.

»Ich heiße Edward.«

»Willst du?« Jack hielt mir seine Zigarettenpackung unter die Nase.

»Ich bin noch ein Kind, und hier darf man nicht rauchen.«

Er lachte und zündete sich eine an.

»Bist du ganz alleine hier?«

»Nein, meine Mutter ist bei den Pandabären.«

»Mit deinem Vater?«

»Nein, mit dem Professor Doktor Strombrand-Rosselang. Mein Vater ist in Schweden oder Dänemark oder Norwegen. Das weiß man nicht so genau.«

»Da hast du ja schon eine ganze Biographie beisammen, da kann man ruhig eine rauchen.«

Ich war acht, und meine erste Zigarette schmeckte zum Kotzen.

»Und der Doktor mit dem langen Namen, ist das ein Arzt?«

»Ja, für Frauen. Nur für Frauen.«

Jack stimmte ein trauriges Lied an, während ich mich bemühte, meinen Hustenreiz zu unterdrücken.

»Man muss für die Elefanten singen, das bringt Glück«, sagte er.

»Ist das dein Beruf?«

»Nein, das ist meine Religion«, antwortete Jack.

»Wir sind Juden. Wir beten.«

Die zweite Zigarette schmeckte schon ein bisschen besser und machte mich irgendwie mutig. Ich traute mich nun, die Fragen zu stellen, die mir durch den Kopf schossen. Er war Amerikaner und Reisender, Musiker und Geschäftsmann. Keine Verwandtschaft mit Elvis. Keine Kinder und keine Frau. Er war erst seit ein paar Wochen in Berlin, davor in Hamburg, davor in Kiel, davor in Italien.

Er hieß Jack Moss, und ich bewunderte ihn augenblicklich.

Nach der dritten Zigarette verwandelte sich meine Kühnheit in Unruhe. Bald würden Mama und der Professor kommen, um mich abzuholen. Ich würde Jack wahrscheinlich nie wieder sehen. Aber ich wollte, dass dieser Mensch in meinem Leben blieb. Da sagte er, als ob er meine Gedanken gelesen hätte, dass er noch eine ganze Weile in Berlin bleiben und jeden ersten Sonntag im Monat den Elefanten einen Besuch abstatten werde.

Ich hörte Schritte und ließ die Zigarette fallen.

»Eddylein.«

Jack und ich drehten uns gleichzeitig um. Röte überzog schlagartig Mamas Gesicht, das eben noch fahl und abgekämpft gewirkt hatte. Ich konnte es in ihren Augen lesen, sie war hingerissen von dem Mann, der ebenso schön aussah wie der echte Elvis. Jack stand auf und ging mit leichten Schritten auf meine Mutter und den Professor zu.

»Guten Tag, Jack Moss.« Sein amerikanischer Akzent, in dem noch irgendetwas anderes mitschwang, war betörend.

Während Mama strahlte und strahlte, musterte der Professor den falschen Elvis voller Argwohn.

»Arbeiten Sie hier, Herr Moss?«, fragte er.

»Ja, und am Sonntag ziehe ich immer einen Anzug an, bevor ich die Ställe ausmiste«, antwortete Jack und zwinkerte meiner Mutter zu.

»Sie sind ja ein richtiger Spaßvogel, Herr Moss.« Der Professor gab sich alle Mühe, möglichst herablassend zu klingen.

»Manchmal.«

»Und Engländer«, stellte Herr Professor Doktor Strombrand-Rosselang fest.

»Nein, Amerikaner mit ein paar italienischen und sehr vielen irischen Wurzeln.«

»So, so. Können wir dann los?« Er griff nach Mamas Hand. »Einen schönen Tag noch, Herr Moss.«

»Wünsche ich Ihnen auch.« Jack klopfte mir auf die Schulter. »Bis bald, Ed.« Er zwinkerte Mama ein letztes Mal zu.

Schweigend verließen wir den Zoo. Sobald wir den Ku'damm erreicht hatten, machte sich der Professor Luft und dichtete Jack Moss einen ganzen verbrecherischen Lebenslauf an.

Mama und ich sagten nichts, wir lächelten vor uns hin.

An diesem Abend legte Magda Cohen ihre alten Elvis-Platten auf, wackelte mit den Hüften und sang mit dem King im Duett.

Mamas gute Laune weckte Lara Cohens Misstrauen.

»Na, hattet ihr einen schönen Tag im Zoo?«, fragte sie mich.

»Weiß nicht.« Ich hielt es instinktiv für ratsam, Jack Moss nicht zu erwähnen.

»Edward, was ist das denn für eine Antwort? ›Weiß nicht‹? Also, hattest du einen schönen Tag oder nicht?«

»Mmm«, machte ich.

»Und deine Mutter? Was ist mit deiner Mutter los?«

»Weiß nicht.«

»Und wo ist der Professor? Ich dachte, er würde heute Abend bei uns essen.«

»Weiß nicht.«

Oma musterte mich skeptisch, aber ehe sie mich weiter ausquetschen konnte, verzog ich mich auf mein Zimmer.

In der Woche darauf lernte ich eine dritte Gemütsverfassung meiner Klavierlehrerin kennen. Es gab Tee, aber sie sagte nichts. Als ich vorschlug, ihr das Lied vorzuspielen, das ich hatte üben sollen, schüttelte sie den Kopf.

»Bitte nicht, Eduard«, hauchte die Nöff.

»Geht es Ihnen heute nicht gut?«, fragte ich vorsichtig.

Die Nöff lachte laut und hysterisch. »Mir geht es schon lange nicht mehr gut, mein liebes Kind.«

Ich starrte in meinen Tee und überlegte, ob es wohl unhöflich wäre, ihr einfach die 23 Mark hinzulegen und zu gehen. Zwei Tropfen Rum perlten von ihrem Schnurrbart, als ich wieder aufsah.

»Eduard, hör niemals auf zu zweifeln.« Sie goss sich noch einen Schluck Hochprozentiges in ihre Tasse. Normalerweise machte sie das heimlich in der Küche, aber heute stand die Flasche auf dem Klavier. »Hast du verstanden? Zweifle, wenn dich alle verdammen, und zweifle genauso, wenn dir alle auf die Schulter klopfen.«

Ich nickte.

»Versuch nicht, deine Zweifel zu beseitigen, aber lass dich auch nicht von ihnen auffressen. Verstehst du das?«

Ich nickte abermals, ohne die geringste Ahnung zu haben, wovon meine betrunkene Klavierlehrerin da gerade sprach.

»Bring die Schäfchen nicht ins Trockene. Lass sie draußen, und hol ihnen einen Schirm. Oder halt den verfluchten Regen einfach aus. Das geht vorbei. Denn drinnen, drinnen ist nichts zu holen, Eduard. Ich bin drinnen. Da ist nichts.«

Die Nöff stand auf, nahm ihre Flasche und ging in das andere Zimmer ihrer Zweiraumwohnung. Ich hörte, wie sie die Türe hinter sich zuzog. Dann war es still. Ich wartete, bis meine Stunde vorbei war, legte das Geld auf den Tisch und verschwand.

Diese dritte Stimmung der Nöff blieb ein einmaliges Ereignis. Es folgten wieder die üblichen Stunden. Mein untalentiertes Geklimper oder ihr Chopin-Geschwätz. Weder die Schäfchen noch die Zweifel wurden je wieder erwähnt und der Rum nur noch in der Küche ausgeschenkt.

Der nächste Monat kam und sein erster Sonntag. Es war Professor Doktor Strombrand-Rosselang, der mir den Tag, auf den ich so sehnsüchtig gewartet hatte, gehörig verdarb.

Anstatt Jack Moss wiederzusehen, saß ich mit Oma und Mutter in einem deprimierenden Häuschen in Zehlendorf, das der Professor »mein Domizil« nannte. Er pries sein Zuhause als den idealen Ort für eine kleine Familie an, und Lara Cohen pflichtete ihm so überschwenglich bei, dass Mama und ich verschämt zu Boden sahen. Wir waren also immer noch zum Abschuss freigegeben.

Es gab Kaninchen.

»Ich züchte sie selbst«, sagte der Professor. Im Garten stand ein Schuppen, in dem die Tiere lebten, bis er Lust bekam, eines zu schlachten.

Professor Doktor Strombrand-Rosselang besaß eine Bibliothek. Eine echte. Nicht bloß einen Dachboden voller Gerümpel so wie wir. Regale bis zur Decke. Die Bücher, die allesamt wie neu aussahen, ordentlich sortiert.

»Das ist sicher schrecklich viel Arbeit, alles instand zu halten«, bemerkte Oma.

»Eine einsame Arbeit.« Die übliche Arroganz schwand aus seiner Stimme. Der selbstbewusste Professor verwandelte sich auf einmal in eine traurige Gestalt mit Halbglatze. »Sehr einsam. Ja, die Einsamkeit …«, seufzte er, und ich schwöre, ich habe Tränen in seinen Augen gesehen. Lara Cohen hätte nicht schockierter geschaut, wenn er seine Hose heruntergezogen hätte, um ein bisschen mit seinem Penis zu spielen.

»Was für eine schöne Sammlung. Wunderbare Bücher, lieber Professor Doktor Strombrand-Rosselang …«, unterbrach Oma das Klagelied unseres Gastgebers und betonte seine Titel mit äußerster Schärfe.

Nach der Bibliotheksbesichtigung platzierte der Professor uns am gedeckten Tisch und holte das Kaninchen aus der Röhre.

»Das sieht phantastisch aus, und wie das duftet«, sagte Oma. »Ein Arzt, der auch noch kochen kann. Ich bin begeistert.« Sie hörte gar nicht mehr auf, ihn und das Essen zu loben.

»Ich habe mir extra ein Buch über das Schächten zugelegt und Winki, so heißt die Dame, die wir gerade verspeisen, nach dieser Methode geschlachtet. Frau Cohen, Fräulein Cohen, ich respektiere Ihren Glauben zutiefst.«

Mama und ich konnten unser Lachen kaum unterdrücken.

»Habe ich etwas Falsches gesagt?«

»Nein, nein. Das ist eine wirklich noble Geste. Wirklich nobel.«

»Winki ist nicht koscher.« Es platzte einfach aus mir heraus.

»Edward«, fauchte Lara Cohen.

»Wie bitte?«, fragte der Professor irritiert.

Ich blieb stumm. Es war Mama, die ihn mit leiser Stimme aufklärte.

»Ein Kaninchen ist nicht koscher. Egal, wie sie es schlachten. Es ist einfach nicht koscher.« Sie lächelte mild.

»Das macht nichts, werter Professor. Wir sind da sehr liberal«, sagte meine Großmutter.

»Opa nicht.«

»Edward, würdest du jetzt bitte den Mund halten.« Oma streckte ihren Schwanenhals zu bedrohlicher Länge aus. Ich konnte ihren Atem spüren, und einen verrückten Moment lang befürchtete ich, dass Lara Cohen mir die Nase abbeißen wollte.

»Vielleicht möchte der Nachwuchs die Ställe besichtigen?«, fragte Professor Doktor Strombrand-Rosselang nach dem Essen mit gewichtiger Miene.

»Was für eine wunderbare Idee. Edward liebt Tiere. Nicht wahr, Edward?«

Die Ställe waren nicht mehr als ein düsterer Geräteschuppen. Winkis lebende Brüder und Schwestern hatten alle einen Namen. Der Professor stellte mir jedes einzelne Tier mit stolzgeschwellter Brust vor, als ob wir es gerade mit dem englischen Hochadel zu tun hätten und nicht mit ein paar verschreckten Nagern.

»Schau mal, Edward.« Er öffnete einen der Käfige, und fünf Babykaninchen sahen mich an. »Du kannst sie rausnehmen und streicheln.«

Professor Doktor Strombrand-Rosselang und ich hockten uns auf eine Kiste, beide ein Baby auf dem Arm.

»Frisch geboren. Du darfst sie taufen.«

Ich suchte ihre Namen mit großer Sorgfalt aus. Die drei schwarzen benannte ich nach meinen Helden: Pinocchio, King Kong und Sindbad. Das braune taufte ich Chanel. So hieß das Parfüm meiner Mutter, dessen Duft ich liebte. Das schönste von allen, es hatte ein weißes und ein schwarzes Ohr, erhielt den Namen Jaguar.

Für eine geschlagene halbe Stunde gewann der Professor mein Herz.

»Werden Sie die auch irgendwann essen?«

»Das ist der Lauf der Dinge«, sagte er traurig und wiegte Chanel hin und her. Aber ehe ich Gelegenheit hatte zu sagen, dass er den Lauf der Dinge unterbrechen könne, dass er seine Kaninchen nicht töten und essen müsse, befand ich mich in einer weiteren Vorlesung des Herrn Professor. Und Gott allein weiß, wie er von fünf Babykaninchen zu Hepatitis B und dem Attentat auf Kennedy kam.

Mama und der Professor sahen sich weiterhin regelmäßig, aber die ganze Sache entwickelte sich nicht weiter. Lara Cohen beobachtete die nicht aufgehen wollenden Blüten ihrer Kuppelei voller Ungeduld. Ähnlich ungeduldig wartete ich auf den nächsten Monat. Auch Mama hatte Jack Moss nicht vergessen. Fast jeden Abend hörte ich den King in ihrem Zimmer singen. Aber ich erzählte meiner Mutter nichts von meiner losen Verabredung im Elefantenhaus, manche Dinge muss man ganz allein machen.

Dann kam der Sonntag, und das Glück war auf meiner Seite. Der Professor holte meine Mutter schon am frühen Morgen ab. Oma verließ mittags das Haus, um einen Wohltätigkeitsbasar zu besuchen, und Moses schlurfte wie gewöhnlich auf dem Dachboden herum. Ich war frei.

Am Eingang bezahlte ich den Eintritt. Dann rannte ich Richtung Elefantenhaus. An diesem Tag schien die Sonne, und die Tiere tummelten sich draußen. Vor dem Gehege, mit einer Zigarette im Mundwinkel, stand Jack Moss. Und ich dachte, ich müsste zerspringen oder einfach umfallen. Denn was hätte ich getan, wenn er nicht da gewesen wäre? Wo hätte ich ihn suchen sollen, den reisenden Amerikaner?

Jack Moss sah aus wie der Gott dieser grauen Herde. Ihr einziger Gott. Die Sonnenstrahlen und der Rauch seiner Zigarette umspielten sein hübsches Profil. Die Elefanten im Hintergrund schienen eigens für ihn ihre Rüssel zu schwenken. Erst als ich fast vor ihm stand, rief ich seinen Namen. Jack Moss zwinkerte mir zu, und ich begrüßte ihn mit so wilder Freude, dass ich ins Taumeln geriet.

»Willst du sie anfassen?«, fragte Jack, nachdem ich mich beruhigt hatte.

»Wen?«

»Na, die Elefanten.«

Jack drückte mir einen Keks in die Hand und hob mich hoch. Ich war in der Luft, schwebte auf Jacks Armen über den Zaun. Angelockt durch den Zucker oder den Gesang oder durch die Tatsache, dass ein kleiner Junge kopfüber in ihrem Gehege hing, kamen die Tiere angetrabt. Ich streichelte ihre Rüssel und fütterte sie mit Keksen, bis sie satt und zufrieden abmarschierten.

Jack reichte mir eine Zigarette. Die vierte meines Kinderlebens. Rauchend hielten wir unsere Gesichter in die Sonne. In diesem Moment gehörten wir zusammen, der Gott, die Herde und ich.

Eine fette Frau mit zwei ebenso fetten Zwillingsmädchen in meinem Alter störte unsere Eintracht. »Sie können den Jungen doch nicht rauchen lassen«, schnaufte sie.

Jack lächelte, und seine Schönheit trieb der Dame die Röte ins Gesicht. Mit Elvis hatte sie nicht gerechnet.

»Mein Sohn ist achtzehn«, sagte er freundlich.

Die Frau musterte mich skeptisch, und ihre Bälger glotzten mich an. »Das kann ich nicht glauben«, sagte sie nach einer langen Pause. Jack lachte und wandte sich wieder der Sonne zu, aber die Frau und ihre Töchter blieben stehen. »Also wirklich, das kann ich mir nicht vorstellen. Das kann ich einfach nicht glauben.«

Jack seufzte. »Aber darum geht es nicht, werte Dame. Die Welt wäre ein sehr trauriger Ort, wenn es nur das geben würde, was Sie sich vorstellen können.«

»Wa… was?« Die Dicke war unsicher, ob sie gerade beleidigt worden war oder nicht. Doch bevor sie sich entscheiden konnte, stimmte Jack ein Lied an, und ich klatschte und stampfte im Takt. Die Zwillinge begannen zu weinen, während wir für unsere Herde musizierten und mit den Hüften wackelten.

Es war bereits dunkel, als wir den Zoo verließen. Erst jetzt fiel mir ein, dass Oma und Mama wahrscheinlich schon zu Hause waren und nicht wussten, wo ich mich herumtrieb.

Jack bot an, mich zu fahren. Zuerst lachte er, als er bemerkte, dass die Autoschlüssel nicht in seiner Jackentasche steckten, sondern im Zündschloss des schwarzen Volvos. Dann fluchte er und knallte seine Faust gegen das Fenster. Jacks Gesicht verzog sich zu einer unansehnlichen Grimasse. Je länger er vergeblich auf das Glas einschlug, desto zorniger wurde er. Fasziniert und verängstigt zugleich beobachtete ich, wie er außer Kontrolle geriet.

»Ich kann auch mit der Bahn fahren«, sagte ich vorsichtig. Jack sah mich an, und in diesem Moment schien er nicht mehr zu wissen, wer ich war, aber auch ich konnte in diesem tobenden Mann nicht mehr den einzigen Gott der Elefanten erkennen. Er holte aus, und für den Bruchteil einer Sekunde dachte ich, er würde mich schlagen. Schützend hielt ich meine Arme hoch. Das Glas brach, seine Hand blutete, und Jack war wieder Jack. »Steig ein, Ed.« Er zwinkerte mir zu. Nur seine verletzte Faust erzählte von der unendlichen Wut, die ihn eben noch beherrscht hatte.

Jack begleitete mich nach oben. Oma öffnete uns die Tür, und noch ehe ich eine Entschuldigung herausbringen konnte, spuckte sie Gift und Galle. »Und wer sind Sie?« Es klang wie eine Drohung.

»Jack Moss, ich habe Ed nach Hause gefahren.« Er reichte Oma die Hand. Die heile natürlich.

»So, Sie haben Edward nach Hause gefahren.« Sie reckte ihren Hals und betrachtete Jack Moss genauer.

»Sie erinnern mich an irgendwen …« Und dann dämmerte es Lara Cohen. »Elvis«, zischte sie. Halb belustigt, halb verärgert.

»Ich nehme an, Sie kennen auch meine Tochter, Edwards Mutter?«

»Kennen ist wohl übertrieben, aber ich habe ihr schon einmal die Hand geschüttelt.«

Endlich bat Oma uns herein. »Möchten Sie etwas trinken, Herr Moss?«

»Jack, nennen Sie mich bitte Jack.«

Lara Cohen lächelte verächtlich, aber ganz kalt ließ er sie nicht, der hübsche Amerikaner, der da auf unserem Sofa saß.

»Gut, Jack, möchten Sie etwas zu trinken?«

Er wollte. Ohne zu fragen, zündete sich Jack eine Zigarette an. Das hatte noch niemand gewagt, aber er konnte ja nicht ahnen, dass meine Großmutter eine militante Nichtraucherin war. Mit offenem Mund verfolgte ich, wie sie einen Teller aus der Küche holte und ihn auf den Couchtisch knallte. »Wir haben leider keinen Aschenbecher«, sagte sie eisig. Jack bedankte sich artig.

»So, Herr Moss …«

»Jack.«

»Jack, woher kommen Sie?«

»Aus dem Zoo.«

Oma lachte ihr punktgenaues Lachen, das an diesem Abend ein kleines bisschen affektiert klang.

»Sind Sie Amerikaner?«

»Jawohl. Mit irischen und italienischen Wurzeln.«

»Und sind Sie geschäftlich in Berlin?«

»Auch.«

Doch bevor Oma das Verhör weiterführen konnte, ging die Wohnungstür auf und Mama kam herein. Es ist schwer zu sagen, wer von den beiden sich über dieses Wiedersehen mehr freute, Magda Cohen oder er.

»Jack Moss«, flüsterte Mama, sie hatte seinen Namen nicht vergessen. Er stand auf und begrüßte sie. Oma und ich waren nur noch Publikum. Stolz kroch durch meine Adern, denn ich hatte meiner Mutter dieses Lebendgeschenk mitgebracht. Lara Cohen betrachtete die Szene mit der amüsierten Herablassung, mit der man sich auch über einen onanierenden Gorilla, eine misslungene Slapstick-Einlage oder ein billiges Happyend amüsiert.

»Wo ist der Professor?«, fragte Oma, als Mama sich neben Jack auf das Sofa setzte.

»Zu Hause, nehme ich an.«

»So. Na ja dann … Jack wollte uns gerade erzählen, was er in Berlin macht. Nicht wahr?«

Er zündete sich eine weitere Zigarette an und grinste.

»Also Jack?«

»Ich handele.«

»Sie handeln? Und womit, wenn man fragen darf?«

»Zurzeit mit Halbedelsteinen und Fossilien.«

»Das klingt ja aufregend«, sagte Oma spöttisch.

Jack Moss lachte. »Aufregend ist das vollkommen falsche Wort, Gnädigste.«

»Dann ist es hoffentlich ein lohnendes Geschäft, wenn es schon nicht aufregend ist«, bohrte sie weiter.

»Das ist eine Frage für einen Philosophen. Ich möchte mir nicht anmaßen zu bestimmen, was lohnend ist und was nicht.«

Sie schaffte es einfach nicht, ihn in Verlegenheit zu bringen. Aber sie gab nicht auf und fragte ihn, ob er jüdisch sei.

»Wer weiß das schon«, sagte er.

»Sie sollten es wissen, Jack.«

»Sehen Sie, sowohl die irischen Moss als auch die italienischen Picalis, die Familie meiner Mutter, sind ein wilder Haufen. Ein wild kopulierender Haufen. Eine Kuckuckskinderbrutstätte. Und da weiß man halt nicht so genau, woher man kommt und was man eigentlich ist. Aber wenn es für Sie wichtig ist, Gnädigste, dann bin ich ab heute gerne Jude.«

Jack stand Lara Cohen Rede und Antwort und steckte sich die neunte Zigarette an. Da erblickte ich meinen Opa.

Die Tür zwischen Küche und Wohnzimmer war einen Spaltbreit offen. Moses stand, von allen anderen unbemerkt, in der dunklen Küche. Unsere Blicke trafen sich. Das, was in seinen Augen leuchtete, machte mir Angst. Als ich erkannte, dass mein Großvater einen viel zu kleinen Schlafanzug trug, dass seine Haare zu Berge standen und er sich seit mindestens einer Woche nicht rasiert hatte, beschloss ich, ihn zurück auf seinen Dachboden zu bringen, bevor Oma ihn entdeckte. Denn ich fürchtete, dass Moses' Aufzug ihr einfach nur weitere Munition für die ominösen Englandpläne liefern würde.

Während Jack erzählte, dass er in Frankfurt aufgewachsen sei, weil sein Vater dort stationiert war, stahl ich mich unter dem Vorwand, aufs Klo zu müssen, davon. Auf Zehenspitzen schlich ich über den Flur zu der zweiten Küchentür. Opa öffnete den Mund, aber ehe er sprechen konnte, schüttelte ich meinen Kopf und nahm ihn an der Hand. Folgsam wie ein gut dressiertes Pferd trottete er hinter mir her. Auf halbem Weg unternahm er einen zweiten Versuch, etwas zu sagen. »Gleich, Opa«, flüsterte ich.

Auf dem Dachboden stank es wie im Zoo nach Affenpisse oder Pandapisse, dazu mischte sich Jacks Zigarettenrauch, der durch Ritzen und Spalten bis nach oben gedrungen war.

»Welches Bild war heute drin?«

Ich hatte keine Ahnung, was er von mir wollte. »Was meinst du?«

Moses lachte. »Ich will es dir doch nicht wegnehmen.« Er strich mir über die Haare. »Aber du kannst es mir wenigstens zeigen.«

»Was? Was soll ich dir zeigen.«

»Manchmal glaube ich, sie raucht nur so viel, damit ihr eure Wand vollkriegt.«

Seine Stimme war fest, der Blick wach, aber was er sagte, ergab keinen Sinn. Zumindest damals nicht. Ich hätte mich weniger geängstigt, wenn er wie wild mit dem Kopf gewackelt oder laut geschrien hätte. Klaviermusik drang von unten zu uns und riss mich aus meiner Starre. »Ich muss runter, sonst wird Oma sauer.«

Moses lächelte. »Sag ihr, dass sie nicht so viel rauchen soll. Sag ihr das.«

Ich nickte verwirrt. Er wusste doch ganz genau, dass Lara Cohen niemals eine Zigarette anrühren würde.

Oma saß mit verschränkten Armen und überkreuzten Beinen auf ihrem Platz, während Jack im Stehen Klavier spielte und Mama neben ihm, ohne Taktgefühl, aber mit umso größerem Enthusiasmus, in die Hände klatschte. Jack fing an zu singen und sah mehr denn je wie Elvis aus. Die Beine meiner Mutter wippten, ihre Füße lösten sich vom Boden. Sie schüttelte ihr Haar, ihr Gesicht glühte, und als ich das Sofa erreicht hatte, unterbrach Jack sein Lied und sagte zu meiner Oma: »Gnädigste, ich glaube, ich muss Ihre Tochter heiraten.«

Oma zog ihre Gliedmaßen noch fester zusammen. »Meine Tochter ist eine erwachsene Frau, auch wenn man das manchmal glatt vergessen könnte. Also, lieber Jack, tun Sie, was Sie nicht lassen können.«

Jacks Rumpf und seine Arme gehörten dem Klavier, die untere Hälfte seines Körpers suchte die Nähe meiner Mutter.

Lara Cohen brodelte. Ihre ganze Haltung sagte: ›Lächerlich.‹ Ich hingegen sah nur die Schönheit dieses nicht enden wollenden Tanzes. Aber ist Schönheit nicht immer von einer Kruste Lächerlichkeit überzogen?

Oma stand auf und packte mich unsanft am Arm. »Edward und ich gehen jetzt schlafen. Gute Nacht.«

Jack verließ unsere Wohnung erst, als es draußen hell wurde. Er ging, ohne seine Telefonnummer oder Adresse zu hinterlassen. Als ich Mama fragte, wann sie ihn wiedersehen würde, antwortete sie nur: »Ich werde ihn wiedersehen.«

Magda Cohen wartete geduldig, während mich bereits nach ein paar Tagen die Angst beschlich, dass Jack Moss Berlin schon verlassen haben könnte.

Eine Woche später wurde ich krank und musste das Bett hüten. Fieberschübe versetzten mich in einen euphorischen Dämmerzustand. Phantasie und Wirklichkeit vermischten sich bis zur Ununterscheidbarkeit. Ich habe Erinnerungen an meinen Opa, der nachts weinend in mein Zimmer geschlichen kam, als alle anderen schon schliefen, aber ich weiß nicht, ob ich es nur geträumt habe oder ob er tatsächlich an meinem Bett saß.

Meine Mutter weigerte sich, das Haus zu verlassen, solange es mir nicht besserging. Das wiederum bescherte uns die viel zu häufige Anwesenheit des Professors. Jedes Mal, wenn es an der Tür klingelte, hoffte ich, dass Jack hereinmarschieren würde, und jedes Mal wurde ich enttäuscht.

Bei seinen Besuchen ließ es sich der Professor nicht nehmen, auch in meinem Zimmer vorbeizuschauen. Meine glasigen Augen und meine verschwitzte Stirn inspirierten ihn zu medizinischen Referaten, mit Vorliebe über die Pest. Ob ich mich schlafend stellte oder wie ein sterbendes Tier zu wimmern begann, nichts brachte ihn zum Schweigen.

Endlich begriff auch meine Oma, dass die Aufmerksamkeit, mit der mich Professor Doktor Strombrand-Rosselang verschwenderisch bedachte, meiner Genesung nicht zuträglich war.

»Lieber Professor, Edward braucht Ruhe.«

»Frau Cohen, ich komme nicht nur als Freund, sondern auch als Arzt.«

Durch den Türspalt sah ich den Schatten von Lara Cohens Hals, der wie eine kampfbereite Schlange in die Höhe schoss.

»Lieber Herr Professor, ohne Ihnen nahetreten zu wollen, Sie sind Gynäkologe.«

Beleidigt folgte er meiner Oma ins Wohnzimmer.

Seit dem Abend mit Jack lag eine nervöse Unruhe in der Luft, die auch ich in meinen wenigen klaren, fieberfreien Momenten spürte. Irgendetwas war ins Rollen geraten, und ich konnte nicht mit Bestimmtheit sagen, ob Jack Moss der Auslöser war oder nur zufällig danebenstand.

Es nahte der nächste Monat, der nächste erste Sonntag und damit die Möglichkeit herauszufinden, ob der Amerikaner noch in der Stadt war. Ich wurde gesund. Am Mittwoch ging ich wieder in die Schule, und am Freitag verabschiedete sich der Professor endgültig aus unserem Leben. Er gab meiner Mutter auf der Schwelle unserer Wohnungstür den Laufpass. Sein Adieu machte einen Schlenker vom Burgund über das zaristische Russland und die Eileiterinfektion im Allgemeinen. Als er schließlich am Ziel ankam, hörte meine Mutter längst nicht mehr zu.

»Kommen Sie doch rein, Herr Professor, es zieht«, sagte sie mit einem müden Lächeln.

»Fräulein Cohen, haben Sie mich denn nicht verstanden?«

Meine Oma, die vom Wohnzimmer aus das ganze Gespräch, oder besser gesagt den Monolog belauscht hatte, sprang auf und machte der Szene ein Ende.

»Was war denn?«, fragte Mama verwundert, als der Professor die Treppen hinunterlief.

»Magda, Magda.« Lara Cohen schüttelte ihren Kopf und seufzte. »Er hat dich verlassen.«

»Ach so.« Mama zuckte mit den Schultern.

Oma stieß ein paar für ihre Verhältnisse ziemlich schlimme Flüche aus und prophezeite Magda Cohen eine sehr, sehr einsame Zukunft, aber dann gab sie doch zu, dass der Professor wahrlich zu viel redete und nicht nur »kluges Zeug«. »Wenigstens ist jetzt Ruhe«, sagte sie, nahm ihren Mantel und verließ die Wohnung.

In der Nacht machte Moses auf dem Dachboden gewaltigen Lärm. Als ich nachsehen wollte, schickte Oma mich zurück ins Bett und lief selbst hinauf. Bevor sie die Tür der Bibliothek hinter sich schloss, hörte ich Opas Stimme.

»Vielleicht haben sie sich nur versteckt. Vielleicht sind sie noch hier. Dieses Mal nehme ich sie einfach mit.«

Dann polterte und rappelte es, und irgendwann war es still.

Am Samstag hatte ich Klavierunterricht. Um Oma meine Gesundheit zu demonstrieren, damit sie mich am Sonntag aus dem Haus ließe, machte ich mich auf den Weg zu Frau Nöff.

Ich klingelte und klopfte an der Wohnungstür. Es dauerte ungewöhnlich lange, bis mir jemand öffnete. Die Frau, die vor mir stand, war nicht meine Klavierlehrerin, sondern eine wesentlich ältere, schnurrbartlose Version der Nöff. Ich hielt meine Noten hoch. Die Fremde stammelte etwas von unvollständigen Telefonlisten, es tue ihr leid, dass ich umsonst gekommen sei. »Möchtest du vielleicht kurz herein?«

Ich folgte ihr. Jemand hatte das Leben der Nöff in Umzugskartons gestopft.

»Zieht sie aus?«

Die Alte nickte.

»Wohin?«

»Christina ist krank.«

»Was hat sie?«

»Der Kopf. Der Kopf macht, was er will. Aber jetzt bekommt sie Hilfe. Ich bin Christinas Mutter, und wer bist du?«

»Eduard«, sagte ich, und dann ging es mit mir durch: »Eduard Moss-Chopin.«

Ihr fielen fast die Augen aus den Höhlen. »Chopin? Verwandt mit *dem* Chopin?«

»Ja.«

»Das hat sie sicher sehr stolz gemacht, einen Chopin zu unterrichten.«

Sie fragte mich, ob ich die gleichen Ambitionen wie mein berühmter Vorfahre hegen würde. Ich erklärte ihr, dass ich mit dem Komponieren schon angefangen hätte, bevor ich überhaupt lesen konnte. Und als sie mich um eine kleine Kostprobe meines Könnens bat, tischte ich ihr die Geschichte von dem Schuhmacher auf. Sie lachte, die alte Nöff. Ich war nicht mehr zu bremsen, ich erzählte ihr von meinem Vater Jack Moss-Chopin. Aus den Halbedelsteinen wurden Diamanten, und der King bekam eine Elefantenherde obendrein.

Vielleicht waren es die Nachwirkungen des Fiebers, aber ich glaubte mir selbst, und all meine Lügen waren in dieser Stunde wahr, für mich und für die Mutter der Klavierlehrerin.

Wie in einem Märchen setzte das Glockenspiel einer gebrechlichen Standuhr dem Zauber ein Ende. Ich holte die 23 Mark aus meiner Hosentasche und drückte sie der alten Nöff in die Hand. »Können Sie Ihrer Tochter davon Blumen kaufen? Grüßen Sie sie von mir. Und sagen Sie ihr, Eduard Moss-Chopin wird seine Schafe immer draußen lassen.«

Oma und Mama hockten vor dem Fernseher. Noch immer lag diese Anspannung in der Luft. Wir alle ahnten, dass etwas geschehen würde, ohne zu wissen, was oder wann es sich ereignen würde.

»Wie war die Klavierstunde?«, fragte Oma, ohne ihren Blick von dem Bildschirm abzuwenden.

»Ich brauche eine neue Lehrerin.«

»Warum?«

»Frau Nöff geht nach Wien, um da irgendeinen Chopin oder so zu unterrichten.«

»Chopin?«

»Mm.«

»Chopin. Bist du dir sicher?«

»Mm.«

»Edward, mach die Zähne auseinander. Weißt du überhaupt, wer Chopin war?«

»Mm. So ein Komponist. Und die Nöff soll seinen Ururenkel unterrichten.«

»Seinen Ururenkel?«

»Er heißt Eduard Chopin und noch was. Er hat einen Doppelnamen, sein Vater ist Amerikaner. Eduard ist so alt wie ich. Und er komponiert schon, seitdem er drei ist.«

Jetzt sah Oma mich an und legte ihre Stirn in Falten. »Und was soll die gute Frau Nöff diesem amerikanischen Wunderknaben dann beibringen?«

Lara Cohen hatte nichts übrig für Märchen.

»Edward, ich glaube, du hast dir da einen Bären aufbinden lassen«, sagte sie.

»Aber vielleicht …«, warf meine Mutter ein.

Omas Hals drehte sich mit einem Ruck in Mamas Richtung. »Was vielleicht, Magda?«

»Vielleicht …«

»Dann rufe ich jetzt Frau Nöff an.« Oma stand auf.

»Nein, nein. Sie trinkt, sie ist immer betrunken und krank

im Kopf. Der Kopf macht, was er will. Es ist sicher alles gelogen. Nicht anrufen, bitte.«

Oma lächelte befriedigt, und Eduard Moss-Chopin zersplitterte in tausend winzige Stücke.

Abends begleitete meine Mutter Oma zu irgendeinem Essen. Ich schlich ruhelos durch die Wohnung, schaltete den Fernseher an und aus, stellte meine Autos zu einem Konvoi auf, angeführt von dem goldenen Jaguar. Ich klimperte ein wenig auf dem Klavier zu Ehren der Nöff, aber meine Gedanken waren bei den Elefanten, waren bei Jack Moss. Da schrie Moses auf dem Dachboden. Ich rannte die Wendeltreppe hinauf, riss die Tür auf. Opa saß zusammengekrümmt in dem alten Sessel. In seinen Augen ein wilder Schmerz. Ich traute mich nicht näher an ihn heran und blieb im Türrahmen stehen. Sein Körper bäumte sich auf und sackte wieder zusammen, ein fremdes, feindseliges Geschöpf schien in Moses zu toben.

»Klack, klack … das Tischbein … klack, klack, klack«, sagte er. »Hier saßen sie, an dem Tisch.« Er deutete auf eine leere Stelle in der Mitte des Raumes. »Sie wollten nicht mit, und weißt du, was ich gedacht habe? Ich habe gedacht … Ich habe gedacht, vielleicht ist es besser, dann wird es einfacher für uns. Ich habe nicht versucht, sie zu überreden. Ich war erleichtert … erleichtert. Es ist besser, habe ich gedacht, es wird einfacher«, sagte er und stand auf. »Bevor wir gegangen sind, habe ich das Tischbein repariert. Aber ich kann es noch immer hören. Klack, klack, klack … Es wird einfacher, es ist besser, habe ich gedacht. Es wird niemals aufhören … klack, klack …«

Und dann fiel Moses um. Er war nicht tot, da war noch ein kleines bisschen Leben in ihm. Mein Kopf war komplett leer, und ich legte mich einfach neben ihn. So fanden Oma und Mama uns, als sie nach Hause kamen. Chaos brach aus.

»Was hast du getan, Edward?«, brüllte meine Oma.

Lara Cohen und Magda machten einen Heidenlärm. Man hätte meinen können, dass eine ganze Meute aufgeregter Frauen durch die Wohnung raste. Sie liefen treppab, treppauf, kreischten ins Telefon. Die Sirenen des Krankenwagens heulten auf. Zwei Sanitäter und ein Arzt stürmten in die Bibliothek. Sie beugten sich zuerst über mich, weil ich noch immer auf dem Boden neben Opa lag. Lara Cohen schrie sie an, ehe sie ihren Fehler selbst bemerken konnten. Moses wurde auf eine Bahre geschnallt und bekam ein Sauerstoffgerät übergezogen. »Klack, klack, klack«, flüsterte er, bevor sein Gesicht unter der Maske verschwand. Oma stieg mit ihm in den Krankenwagen, Mama und ich folgten in einem Taxi.

»Ich habe nichts getan. Er ist umgefallen. Er ist einfach umgefallen. Ich kann nichts dafür«, sagte ich.

Meine Mutter streichelte mir übers Haar. »Natürlich kannst du nichts dafür.«

Hinter einer Glasscheibe lag Moses, mit Schläuchen an irgendwelche Maschinen angeschlossen. Sieben Stunden später war er tot. Sie hat es nicht ausgesprochen, aber ich spürte, dass Lara Cohen mir die Schuld an Moses' Tod gab. Vielleicht nicht die ganze, aber zumindest einen Teil. Meine Nase, meine Augen, mein Mund …

Als wir zu Hause ankamen, war es gegen Mittag. Oma lief noch im Mantel die Wendeltreppe hoch und schloss den

Dachboden ab. Den Schlüssel verstaute sie in einer alten Zuckerdose. »Wag dich nie wieder nach oben, Edward«, sagte sie, als sich unsere Blicke trafen.

Mama fing an zu weinen, und dann weinte auch ich. Ich weinte um meinen Opa, um ein klackendes Tischbein, ich weinte um Winkie und die fünf Kaninchenbabys, ich weinte um den Kopf der Nöff und um Eduard Moss-Chopin, aber am meisten weinte ich um den Gott der Elefanten, um einen verlorenen Sonntag, den ersten des Monats. Mama und ich saßen apathisch in der Küche, während Oma ein Telefonat nach dem anderen führte. So verging der Nachmittag, und als die Sonne unterging, klingelte es an der Wohnungstür.

Lara Cohen öffnete. Zigarettenrauch eilte ihm voraus. Blaue Schwaden verkündeten die Ankunft des Kings.

Eine Woche später wurde aus meiner Mutter Magda Moss-Cohen. Und noch eine Woche darauf saßen wir in Jacks schwarzem Volvo, der bis obenhin vollgestopft war mit Halbedelsteinen und Fossilien, die gar keine echten Fossilien waren. Zwei Koffer waren alles, was Mama und ich aus unserem alten Leben mitnahmen.

Oma fand es geschmacklos, dass Jack und Mama noch während der Schiwe-Zeit geheiratet hatten, aber das war der einzige freie Termin beim Standesamt gewesen. Um Lara Cohen ein wenig zu besänftigen, trug die Braut ein schwarzes Kleid, aber es trübte nicht das Lächeln meiner Mutter. Ich glaube, Oma war froh, uns loszuwerden, obwohl sie mehrmals erwähnte, dass sie Jack Moss für einen riesengroßen Aufschneider hielt, und dieser viel zu früh geschlossenen Ehe ein unglückliches Ende prophezeite.

Der Volvo stand vor dem Haus. Oma begleitete uns nach unten. Ich umarmte sie, und meine Lippen, die ihre Wangen hatten treffen wollen, landeten auf ihrem Schwanenhals. »Jetzt kannst du ja alles verkaufen und nach England gehen«, sagte ich zum Abschied.

Ich zuckte unter ihrem Blick zusammen. »Edward, du bist wirklich ein sehr dummer Junge.«

Ich hatte keine Ahnung, womit ich diese barsche Bemerkung verdient hatte. »Dann tschüss, Oma, bis bald.« Ich drehte mich um und stieg als Erster ins Auto.

Der Tod meines Opas, der Dachboden und Adams Schatten verloren mit jedem Kilometer, den wir uns von der Cohen-Wohnung entfernten, an Kontur. Wir brachen auf in ein neues Leben, und ich war überzeugt, wir würden mit dem schwarzen Volvo bis nach Amerika fahren. Es erschien mir als das einzig Logische. Vielleicht hatte meine Großmutter nicht ganz unrecht, als sie mich einen dummen Jungen nannte.

Viele Stunden später erreichten wir unser Ziel. Der Ort hieß Taunusstein, in der Nähe von Wiesbaden. Jack parkte das Auto vor unserem neuen Zuhause: die Miniaturausgabe einer Burg, errichtet aus einer neuartigen Bausubstanz, deren Namen ich vergessen habe. Es fühlte sich an wie Pappmaché und gab einem das Gefühl, in einer Filmkulisse zu wohnen. Ich war hingerissen. Drinnen standen eine Handvoll Möbel: ein Tisch, zwei Stühle, vier Matratzen und jeweils ein Kleiderschrank in den beiden Schlafzimmern. Nach und nach schafften Mama und Jack noch ein paar Kleinigkeiten an, aber nie einen dritten Stuhl. In Taunusstein durfte ich meine Mahlzeiten auf dem Boden einnehmen. Ich war hingerissen.

Dreimal in der Woche verkaufte Jack seine Fossilien und Halbedelsteine auf den Märkten der Umgebung. Meistens schwänzte ich an diesen Tagen die Schule und begleitete ihn. Jedes Mal rottete sich eine Horde Hausfrauen um unseren Stand zusammen, noch ehe wir alles aufgebaut hatten. Das lag nicht an dem Plunder, den wir anboten. Einige der Frauen benahmen sich wie regelrechte Groupies und folgten uns von einem Markt zum anderen.

»Herr Moss, ich hätte gerne vier von diesen grünen Steinen.«

»Nennen Sie mich doch bitte Jack«, sagte er mit seinem amerikanisch-irischen Akzent und lächelte, bis die Dame in Schweiß ausbrach und aus Verlegenheit drei Fischfossilien obendrein kaufte.

Jack trug immer einen Anzug, und auch unsere Stammkundinnen sahen eher aus, als ob sie auf dem Weg zu einem Galaabend wären. Die Frauen versorgten uns den ganzen Tag mit Getränken und Kuchen. Und wenn Jack die Zigaretten ausgingen, dauerte es keine fünf Minuten, und eine seiner Verehrerinnen reichte ihm mit zitternder Hand ein neues Päckchen.

Es war wie im Schlaraffenland. Manchmal sang Jack eines seiner traurigen irischen Lieder und verzauberte seine Herde, genau wie die Elefanten im Zoo. Bald gewöhnte er es sich an, den Frauen einen Kuss auf die Wange zu drücken, wenn sie etwas bei uns kauften. Das steigerte unseren Umsatz drastisch.

»Oh, das hätte ich fast vergessen, ich brauche noch einen

dieser roten Steine« wurde zu einem häufig gehörten Satz an unserem Stand, wobei Farbe und Anzahl der Steine variierten. Die treuesten Damen blieben, bis wir einpackten. In der einen Hand hielten sie eine Tüte voller Steine, mit der freien winkten sie unserem Auto hinterher. Jack fuhr ein paar Meter, hielt an, stieg noch einmal aus und verbeugte sich. Obwohl das Ganze bald ein vertrautes Ritual war, schien die Meute immer wieder aufs Neue überrascht, und begeisterte Freudenschreie blieben niemals aus.

An einem verregneten Donnerstag sprang ein Mann vor den Volvo, als Jack das zweite Mal anfuhr. Der King bremste scharf, und der Mann landete auf unserer Kühlerhaube.

»Sind Sie verletzt?« Jack sprang aus dem Wagen, ich hinterher. Wir halfen ihm wieder auf die Beine. »Ist Ihnen was passiert?«

Der Mann zupfte seine Jacke zurecht und hielt uns eine große Tasche unter die Nase.

»Sie sind also Jack Moss?« Er fletschte die Zähne.

»Der bin ich.«

Er öffnete die Tasche. »Gut, Jack, können Sie mir bitte sagen, was das ist?«

»O ja. Das sind Schildkrötenfossilien.«

»So, so.«

»Ja. Vor vielen, vielen tausend Jahren hat sich eine Schildkröte auf diesen wunderschönen Stein gelegt, und das ist ihr Abdruck.«

»Das war dann wohl eine ganze Schildkrötensippe, weil ich hier drinnen 124 Ihrer Fossilien habe.«

»Das könnte so gewesen sein.« Jack lächelte.

»Ich glaube eher, dass ich hier eine Tüte voll Mist habe,

Jack. Und meine Frau bringt jede Woche noch ein bisschen mehr von diesem Mist mit nach Hause.«

»Dann sammelt sie vielleicht Schildkrötenfossilien.«

»Mist, meinen Sie. Mist für 12 Mark das Stück. Warum sollte jemand so was sammeln?«

»Mein Herr, das ist ein Abdruck eines Geschöpfs, das schon seit unendlich langer Zeit tot ist. Aber es hat eine Spur hinterlassen. Es ist nicht vollkommen verschwunden. Darin liegt der Zauber dieser Steine.«

Die fleischigen Wangen des Mannes wackelten vor Wut, er ballte seine Faust und ließ sie drohend in die Höhe schnellen. »Ich verbiete Ihnen, meiner Frau jemals wieder irgendetwas zu verkaufen, keine Fossilien und auch sonst nix, verstanden?«

Jack lachte, nahm mich an der Hand, und wir stiegen wieder ins Auto. Der andere brüllte uns an und schleuderte den Beutel hinter uns her. Er traf sein Ziel. Der Volvo blieb allerdings unbeschädigt, nur die 124 Schildkrötenfossilien zerbrachen beim Aufprall.

Der Mann hatte ebenso wenig für Märchen übrig wie meine Großmutter.

Eigentlich hätten wir genug Geld haben müssen. Selbst der Großlieferant, der zweimal im Monat Nachschub brachte, betonte, dass er niemanden kannte, der so viel absetzte wie wir. Jack Moss verkaufte zu wahnsinnig hohen Preisen. Wir gaben niemals Rabatt und ließen uns auf keinen Handel ein.

Aber Jacks Einnahmen verpufften mit atemberaubender Geschwindigkeit.

Montags war immer der erfolgreichste Markttag. Die Damen kauften wie in Trance.

»Das ist das Wochenende«, meinte Jack. »Erinnerst du dich an den Typen, der auf unsere Kühlerhaube gesprungen ist?«

Ich nickte.

»So einen haben die alle zu Hause sitzen. Unter der Woche sehen sie ihre Männer nur abends. Aber am Wochenende …«

Und an einem Montag nach einem langen Wochenende – der Freitag war ein Feiertag gewesen – brachen wir alle Rekorde. Unser Stand war restlos leer, Stunden bevor es Zeit war zusammenzuräumen. Selbst die Mängelware hatten sie uns aus den Händen gerissen. Jack setzte sich auf den geplünderten Warentisch und zündete sich eine Zigarette an. Die Frauen standen im Halbkreis um ihn herum, und jede versuchte, seine Aufmerksamkeit auf sich zu lenken. Der King schaffte es, allen gleichzeitig zuzuzwinkern. Gerecht verteilte er sein Lächeln.

»Was machen wir jetzt?«, fragte er seine Verehrerinnen.

Der ganze Haufen kicherte verlegen.

»Wie wäre es mit einem Lied? Ed, was sagst du, sollen wir für diese Feen und Elfen singen?«

Er zog mich neben sich auf den Tisch, und ich klatschte den Takt. Jacks Stimme ertönte laut und klar, die Damen wiegten ihre geschwollenen Waden auf den Stöckelschuhen hin und her. Niemand außer Jack wäre auf die Idee gekommen, sie als Feen und Elfen zu bezeichnen. Sie rochen nach Provinz, nach Reihenhäusern, nach Mietswohnungen mit Balkon. Sie rochen nach Alltagssorgen und Stampfkartoffeln.

Jack gab viele Zugaben, und wir verließen den Markt erst, als alle anderen Händler auch einpackten.

»Also Ed, wir haben die Taschen voller Geld, das muss gefeiert werden.«

Wir fuhren nach Wiesbaden. Auf dem Weg zu dem Restaurant, in das mich Jack führen wollte, kamen wir an einem Geschäft für teure Damenwäsche vorbei. Im Schaufenster hing ein Morgenmantel aus schwerem, grünem Samt, die Ärmel mit goldenen Stickereien verziert, auf dem Kragen schwarze, tränenförmige Perlen. Jack blieb stehen.

»Den kaufen wir deiner Mutter.«

Die Verkäuferin wollte gerade abschließen, aber Jacks Zwinkern wirkte wieder Wunder.

»Ich möchte diesen Mantel da kaufen.«

»Oh, das ist ein Ausstellungsmodell und leider unverkäuflich.«

»Was kostet er?«, fragte Jack.

»Ich sagte doch, er ist unverkäuflich. Er hat keinen Preis.«

Jack warf lachend seinen Kopf in den Nacken. »Kommen Sie, alles hat einen Preis.«

»Dahinten haben wir noch andere Morgenmäntel.«

»Nein, nein, nein. Sie verstehen mich nicht, ich möchte diesen da haben.«

»Sehen Sie, der ist für mein Schaufenster. Ich habe ihn extra anfertigen lassen. Nach einem Modell von Katharina der Großen.«

»Gut, und was haben Sie dafür bezahlt?«

»Zwölftausend Mark.«

»Ich gebe ihnen fünfzehntausend.«

Jack sah die Verkäuferin herausfordernd an. Sie starrte zurück. Stille.

»Soll ich den Mantel als Geschenk verpacken?«, sagte sie schließlich

»Ich bitte darum.« Er lächelte.

Viertausend bezahlten wir in bar, für die restlichen elf stellte Jack einen Scheck aus.

Wir gingen nicht mehr in das Restaurant, sondern fuhren direkt nach Hause. Magda Cohen sah aus wie eine Königin in dem grünen Samtumhang. Es war schwer zu sagen, wer sich mehr freute, meine Mutter oder der King.

Ich war fast zehn Jahre alt, als eines Abends das Licht in unserer Pappmachéburg erlosch und aus den Hähnen nur noch eiskaltes Wasser tropfte. Am zweiten Tag der Finsternis kam der Großhändler und lud kistenweise Steine und Fossilien in unserem Wohnzimmer ab.

»Ich zahle nächste Woche«, sagte Jack und schlug dem Grossisten kameradschaftlich auf die Schulter.

»Nein, Moss, du zahlst jetzt, und auch den Betrag, der noch offen ist.«

»Ich zahle nächste Woche.«

»Nein, sofort, sonst nehme ich alles wieder mit.«

Und nach einigem Hin und Her wanderte die Ware wieder zurück in seinen Lkw.

24 Stunden später klopfte unser Vermieter an. Es gab niemanden, dem wir kein Geld schuldeten. Draußen dämmerte es, meine Mutter und ich zündeten Kerzen an, während Jack auf und ab tigerte. Er lachte, und dann geschah, was ich schon einmal erlebt hatte. Sein Gesicht verzerrte sich, und mit ei-

ner unendlichen Wut knallte er seine Faust gegen die Mauer unserer falschen Burg. Mama schrie entsetzt auf. Sie lief auf ihn zu, wollte ihn beruhigen, aber er holte aus, und seine blutende Faust traf Magda. Sie ging sofort zu Boden. Jack griff nach dem Stuhl. Ich machte denselben Fehler und stellte mich ihm in den Weg. Kurz bevor das Stuhlbein ein tellergroßes Loch in die Wand riss, erwischte es mich am Kinn. Ich taumelte und landete neben meiner Mutter.

Als der Stuhl endlich zerbrach, kam Jack zur Besinnung. Sein Gesicht entspannte sich. Mama und ich lagen auf dem Boden. Jack ließ die Stuhllehne fallen und setzte sich zwischen uns. Er lächelte, dann lachte er, und dann lachten wir alle drei. Jack holte seine Zigaretten heraus und zündete jedem eine an.

»Ob das für Eddylein so gut ist?«

»Das ist schon in Ordnung«, sagte Jack.

»Nachher wächst er nicht mehr.«

»Er wird wachsen.«

»Na dann.« Mama seufzte.

Es war nicht das letzte Mal, dass Jack vor Zorn tobte, und auch nicht das letzte Mal, dass Mama und ich dabei etwas abbekamen.

Aber nach seinen Ausrastern liebten und bewunderten wir ihn nicht weniger. Jacks Wut kam und ging, ohne irgendwelche Spuren in Magdas und meinem Herzen zu hinterlassen.

Jetzt hatten wir nur noch einen Stuhl und ein Loch in der Wand. Am Ende der Woche kam ein Brief von meiner Großmutter. Ein Scheck und eine Karte mit einer einzigen Zeile: *Zahlt eure Telefonrechnung*.

Das taten wir nicht. Wir packten unsere Habseligkeiten in den schwarzen Volvo und verließen Taunusstein.

Nun begannen unsere Wanderjahre. Ich ging gar nicht mehr zur Schule, wir wussten ja nie, wie lange wir an einem Ort bleiben würden. Und diese ganze An- und Abmelderei nervte. Ich glaube zumindest, dass das der Grund war, warum ich dem Unterricht fernbleiben durfte. Und um jeglichen Ärger mit den Behörden zu vermeiden, stellte mir ein Bekannter von Jack ein Attest aus. Herzklappenfehler, lautete die erfundene Diagnose.

Aber der King hätte mich niemals dumm sterben lassen, deshalb nahm er meine Bildung selbst in die Hand und lehrte mich seine eigene Geschichtsschreibung. In Jacks Welt blieb Napoleon, den er zutiefst verehrte, bis an sein Lebensende der Kaiser von Frankreich und besiegte die Preußen in der Schlacht bei Waterloo. Napoleon Bonaparte starb an seinem 100. Geburtstag in Paris, ohne je auch nur eine einzige Niederlage erlitten zu haben. Jack rehabilitierte Caligula und ließ ihn anstelle von Caesar den Rubikon überschreiten. Und er lehrte mich, dass die Sizilianer, die verdammten Sizilianer und niemand anders als die elenden Sizilianer Jesus Christus ans Kreuz geschlagen hatten.

Ich kannte den Verlauf von Kriegen, die niemals gekämpft wurden. Und wir sangen Nationalhymnen von Völkern, die es niemals gegeben hatte.

Meistens lebten wir in winzigen Wohnungen, zwischendurch in billigen Pensionen oder Hotels, die man in keinem Reiseführer finden konnte.

Jack arbeitete für eine Firma, die Babyboote und Schwimmflügel herstellte. Aber was er da genau machte, blieb Mama und mir ein Rätsel. Manchmal lagerte das neonorange Plastikzeug für ein paar Stunden in unserer jeweiligen Behausung, dann kam jemand und holte es ab. Ab und zu verschwand Jack Moss in Firmenauftrag für mehrere Tage. Wir wussten weder, wo er war, noch, wann er zurückkommen würde.

Einmal im Monat meldeten wir uns bei Lara Cohen in Berlin, die zu meiner Verwunderung ihre Englandpläne endgültig verworfen hatte. Mama und ich logen, dass es krachte. Wir erzählten ihr, Jack Moss würde für die amerikanische Regierung arbeiten. Das erlaubte uns, auf all ihre Fragen mit »Das wissen wir nicht, das ist streng geheim« zu antworten. Es war die Begründung für unsere ständigen Wohnortswechsel und die Ausrede, warum wir ihr nie die Adresse geben konnten. Ich denke nicht, dass meine Großmutter uns jemals geglaubt hat.

Eines Tages, als wir bereits über ein Jahr umherzogen, verkündete Lara Cohen am Telefon, dass sie uns besuchen wollte.

»Das … das geht nicht …«, sagte ich und wusste absolut nicht, wie ich diesen Satz beenden sollte.

»So? Und warum nicht?«

»Wegen … wegen der amerikanischen Regierung.«

»Edward, gib mir sofort deine Mutter«, zischte Oma.

Das Telefonat dauerte fast eine Stunde. Ich konnte Lara Cohens Monolog nicht hören, sah nur meine schweigende Mama, die mit jeder Minute blasser wurde.

»Ach Eddylein, sie kommt.«

Jack Moss lachte, als er von dem bevorstehenden Besuch seiner Schwiegermutter erfuhr.

»Aber sie denkt, dass du für die Regierung arbeitest.«
»Und das lassen wir sie auch weiterhin denken.«

Bevor Lara Cohen anrückte, bekam ich einen neuen Schulranzen zur Tarnung. Den alten hatte ich verloren.

Wir zogen in eine Pension in der Nähe von Frankfurt und mieteten zwei miteinander verbundene Suiten, die diese Bezeichnung wahrlich nicht verdient hatten. Aber davor hatten wir in einer Kellerwohnung gelebt, anderthalb Zimmer ohne Fenster. Und jetzt hatten wir vier Schlafzimmer, zwei Bäder und eine Kochnische. Mama gab sich alle Mühe, die abgewetzten Möbel auf Hochglanz zu polieren, und verwandelte eines der Schlafzimmer in so etwas wie ein Wohnzimmer.

Oma wollte nicht am Bahnhof abgeholt werden, sondern kam mit einem Taxi. Mama und ich hatten schon den ganzen Tag am Fenster geklebt. Sie stieg aus dem Wagen. Unsere Suiten lagen im dritten Stock, aber selbst von hier oben konnte ich Lara Cohens Schwanenhals und ihren skeptischen Blick erkennen.

Während Mama und ich noch überlegten, ob wir ihr entgegengehen sollten, klopfte Oma schon an der Tür.

Einen Moment lang blieben wir drei voreinander stehen und suchten etwas in dem Gesicht unseres Gegenübers. Ich kann nicht sagen, ob wir es gefunden haben. Magda Cohen machte den Anfang und umarmte ihre Mutter. Dann war ich an der Reihe. Ich hatte Oma seit über zwei Jahren nicht gesehen, und das ist eine verdammt lange Zeit für einen Elfjährigen.

»Du bist gewachsen, Edward.« Sie tätschelte mein Gesicht. »Er könnte wirklich Adams Zwilling sein.« Da war er wieder, der Name, den ich schon fast vergessen hatte. Opas Bruder, Adam.

»Alle Kinder wachsen«, sagte ich.

»Und er spricht wie Adam, er spricht genauso wie Adam«, fuhr Oma fort.

Adams Nase, Adams Mund, Adams Augen und jetzt auch noch Adams Stimme.

Wieder streichelte Oma meine Wangen, ganz leicht. Ihr Blick war unsicher und sanft. Wo war die Großmutter, die mich bei unserem Abschied einen dummen Jungen genannt hatte?

Als hätte sie meine Gedanken gelesen, änderte sich ihr Ausdruck schlagartig. Und da war sie wieder, Lara Cohen in Bestform.

»Magda-Liebling, sag mir bitte, dass ihr hier nicht wohnt.«

»Ich … Doch.« Mama kaute nervös auf ihrer Unterlippe.

»Was ist das, ein Stundenhotel?«

Oma inspizierte ein Zimmer nach dem anderen. Wir trotteten ihr hinterher und sahen jedes Mal zu Boden, wenn sie loszeterte. »Ich kann das nicht glauben. Magda, das hier … Also. Mir fehlen die Worte. Was *ist* das?«

Mama machte den Mund auf, aber es kam nichts heraus, also antwortete ich für sie.

»Das sind zwei Suiten. Da ist die Verbindungstür.«

»Edward, du bist wirklich …«

Ich sollte nie erfahren, was ich wirklich war, denn in diesem Moment betrat Jack die Szene. Mit einer Zigarette im Mundwinkel und einem Blumenstrauß in der Hand verbeugte er sich vor der alten Cohen. »Gnädigste«, hauchte er und überreichte ihr die Lilien. Lara Cohen lachte, so wie sie immer lachte. Auf den Punkt genau.

»Jack, Sie müssen ja eine ganz unglaubliche Karriere bei der Regierung gemacht haben. Man könnte fast meinen, man wäre im Weißen Haus.«

Jetzt lachte auch Jack und warf seinen Kopf in den Nacken.

»Dann gefällt es Ihnen nicht bei uns, Gnädigste?«

»O Jack, gefallen oder nicht gefallen … Das spielt doch keine Rolle. Es wundert mich nur, dass die Regierung einer Weltmacht ihre Leute in … in solchen Räumlichkeiten unterbringt.«

»Oh. Ich verstehe. Aber liebe Frau Cohen, vielleicht haben Sie einfach zu viele Agentenfilme gesehen. Und die haben leider nicht das Geringste mit der Wirklichkeit zu tun.«

Omas Schwanenhals zuckte, als ob er einen Schlag abbekommen hätte. Aber dann ging meine Großmutter zum nächsten Angriff über.

»Und wo kocht Magda? Das hier ist doch keine richtige Küche«, sagte sie und deutete auf die Nische.

»Gnädigste, meine Frau muss nicht kochen. Wir essen außerhalb. Die Regierung zahlt.«

An diesem Abend führte der King uns in das beste Restaurant der Stadt. Ich weiß nicht, wie Jack Moss es fertiggebracht hatte, aber man behandelte uns dort tatsächlich wie Könige.

Der Wein und das gute Essen versöhnten Oma zumindest vorübergehend mit unserem Leben. Sie erzählte uns, dass sie mit dem Gedanken gespielt habe, die Bibliothek an

Studenten zu vermieten, es dann aber doch nicht über sich gebracht habe.

»Nicht nach all dem, was dort oben geschehen ist.« Dann sah sie mich an, und ihr Blick zwang mich wieder neben Moses auf den Boden. »Klack, klack, klack«, flüsterte eine Stimme in mein Ohr. »Es hört niemals auf.«

Am nächsten Morgen weckte Mama mich zu einer ungewohnt frühen Uhrzeit. »Eddylein, aufstehen. Du musst in die Schule.« Es hörte sich schrecklich auswendig gelernt an.

»Was muss ich?«, fragte ich noch schlaftrunken. Dann sah ich Oma, die hinter meiner Mutter stand. »Ach ja, ich muss ja in die Schule.« Auch ich klang wie ein Laienschauspieler aus der Provinz. Aber Lara Cohen schöpfte keinen Verdacht. Dafür reichte ihre Phantasie nicht.

Ich zog mich an und packte meine Autos und zwei dreckige T-Shirts in den Schulranzen. Mit dem rumpelnden Ding auf dem Rücken trat ich vor Jack und die Cohen-Frauen, um Natürlichkeit bemüht. Aber wo um Gottes willen sollte ich hingehen? Der King rettete mich.

»Komm, Ed, ich bring dich zur Schule.«

Wir fuhren in den Frankfurter Zoo, begrüßten Jacks Herde und legten uns auf eine Bank in die Sonne. Ich ließ kleine Rauchkringel in die Frühlingsluft aufsteigen.

»Wenn Oma uns jetzt sehen könnte«, sagte ich und lachte.

»Sie würde uns bemitleiden.«

»Bemitleiden? Warum?«

»Weil sie sich nicht vorstellen kann, dass wir glücklich sind.«

»Aber wir sind glücklich.«

Und dann erzählte mir Jack die Geschichte von den Kaliken, einem kleinen Volk mit irischem Einschlag, das vor 800 Jahren auf Feuerland gelebt hatte. Zu jener Zeit bewohnte auch der Stamm der Gorindas diese Inseln. Beide Völker litten unter den eisigen Temperaturen ihrer Heimat. Ständig mussten sie Robbenbabys erschlagen, um sich aus deren Fellen Mäntel und Decken zu nähen, die die Kälte doch niemals ganz abzuhalten vermochten. Das Frieren wollte einfach nicht aufhören. Der Kalikenkaiser war ein sanftmütiger Mann und hatte Mitleid mit den Robbenkindern. Auf einem Esel, begleitet von seinem Hofnarren, begab sich der Kaiser auf eine Expedition. Getrieben von der Hoffnung, Herr über die Kälte zu werden und dem Gemetzel ein Ende zu setzen, durchquerten sie das ganze Land. Aber erst auf dem Rückweg, als sie, enttäuscht und müde, schon fast wieder zu Hause waren, entdeckten sie einen Vulkan, in dessen Krater dickflüssige Lavamassen brodelten. Es war der Hofnarr, dessen empfindliche Füße auf der langen Reise halb erfroren waren, der augenblicklich hinaufeilte und um den Krater tanzte. Schweißgebadet und mit glühendem Gesicht trat er wieder vor den Kaiser. Dem Narren war so warm, dass er den restlichen Weg ohne Mantel zurücklegte.

Der Kaiser führte sein Volk zu dem Vulkan, und die Kaliken siedelten sich am Fuß des brennenden Berges an. Anfangs fürchteten sie sich entsetzlich, aber sie vertrauten ihrem Kaiser und stiegen jeden Morgen, jeden Mittag und jeden Abend gemeinsam mit ihm zum Krater hinauf und tanzten, tanzten, bis die Hitze des Berges ihre Körper durchdrungen hatte.

Sie waren glücklich und hätten es für immer sein können,

wären da nicht die Gorindas gewesen. Ihr Häuptling wollte nicht glauben, dass es möglich war, auf einem Vulkan zu tanzen. Er konnte nicht glauben, dass es möglich war, die Kälte zu bezwingen. Er schickte Gesandte zum Kalikenkaiser mit immer neuen Begründungen für seine Zweifel. Zuerst lachte der Kaiser, aber irgendwann reichte es ihm. Er schickte einen Boten zu den Gorindas mit einer Einladung. Sie alle sollten kommen und mit eigenen Augen den Tanz der Kaliken sehen.

Und so geschah es, dass sich die Gorindas am Fuß des Berges sammelten, und ihr Häuptling sprach zu den Kaliken: »Wir halten euren Kaiser für einen Lügner. Jeder, der auf einem Vulkan tanzt, fällt früher oder später in den Krater und verbrennt.«

Und die Kaliken erinnerten sich wieder an ihre anfängliche Angst, und ihre Schritte wurden unsicher. Die Hitze, die aus dem Krater stieg, verwandelte sich in etwas Bedrohliches. Dann fiel der Erste hinein, die Lava des Berges erstickte seinen Schmerzensschrei. Furcht packte einen nach dem anderen. Sie stolperten, sie fielen, sie verbrannten. Die letzten zwei, die noch tanzten, waren der Kaiser und sein Hofnarr. Sie tanzten wie in Trance, bis das Gelächter der Gorindas sie in die Wirklichkeit zurückholte.

»Kalikenkaiser, du bist ein Lügner, ein armer Lügner. Schau doch selbst, dein ganzes Volk ist verbrannt, nur der Narr ist dir geblieben, und Narren seid ihr beide.«

Die Gorindas zogen ab.

»Ich hätte meine geliebten Kaliken nicht hierherbringen dürfen«, sagte der Kaiser und weinte. »Dieser elende, elende Berg.«

»Euer Majestät, der Berg ist unschuldig«, antwortete ihm der treue Hofnarr. Sosehr er sich auch bemühte, er konnte den gebrochenen Herrscher nicht trösten. Noch am selben Abend stürzte sich der Kalikenkaiser in den Krater. Der Narr jedoch tanzte noch viele Jahre auf dem Vulkan.

Manchmal kamen die Gorindas, um ihm zuzusehen, wie er leichtfüßig um das Feuer tanzte.

»Ach, es ist nur der Narr. Ein Narr kann wohl auf dem Vulkan tanzen, deshalb ist er ja ein Narr«, sagten sie zueinander.

Lara Cohens Besuch dauerte eine unendlich lange Woche, am längsten erschien sie wohl meiner Mutter. Denn im Gegensatz zu Jack und mir hatte sie keine Ausrede, um meiner Großmutter wenigstens stundenweise zu entkommen. Sie konnte weder mit einem streng geheimen Regierungsauftrag noch mit täglichem Schulunterricht aufwarten.

Am vierten Tag entführte der King seine Frau aus der Doppelsuite, und ich löste Magda ab. Sobald die Tür hinter Mama und Jack zugefallen war, begann Lara Cohen mit ihrem Kreuzverhör. Ihre Fangfragen stellte sie anfangs so ungeschickt, dass nicht mal das einfältigste Kind darauf reingefallen wäre. Aber Oma steigerte sich und erreichte schließlich Inquisitions-Niveau. Mit meinem routinierten »Das weiß ich nicht« gewann ich jedoch auch diese Schlacht.

»Edward, wenn du noch ein einziges Mal ›Das weiß ich nicht‹ sagst, dann vergesse ich mich.« Sie erhob drohend ihre Hand. Ich schaute sie an wie das unschuldigste aller Lämmer, und hätte sie mir noch ein bisschen mehr Zeit gegeben, wäre sogar eine einzelne Träne über meine weichen Kinderwangen gelaufen. Ein Kunststück, das ich fleißig übte, aber noch nicht bis zur Perfektion beherrschte. Doch der Lämmerblick reichte. Omas Hand senkte sich, und Scham rötete ihr Gesicht.

Schweigend saßen wir nebeneinander. Sie legte den Arm um meine Schultern und sagte: »Edward, du bist noch ein Kind. Du hast keine Schuld. Aber so …«, ihr Blick wanderte durch den Raum, »… so kann man doch nicht leben.«

Ich sah einen feuerspeienden Vulkan, und meine Beine wollten tanzen, für immer tanzen.

Als Mama und ich am siebten Tag von Lara Cohen Abschied nahmen, blieben wir drei einen Moment lang voreinander stehen und suchten etwas im Gesicht unseres Gegenübers und konnten es doch nicht finden.

Wir streiften noch ein halbes Jahr quer durch die Bundesrepublik, bis sich eines Tages die Babyboot-und-Schwimmflügel-Firma einfach auflöste. Niemand kam, um die letzte Ladung, die wochenlang in unserer Wohnung herumstand, abzuholen.

Eines Nachts packte Jack die Kartons in den schwarzen Volvo. Es war nach Mitternacht, als er die erste Fuhre im Auto verstaut hatte. »Ich nehme Ed mit«, sagte Jack.

»Eddylein, zieh dir eine Jacke an, es ist kalt.«

Magda Moss-Cohen wäre niemals auf die Idee gekommen, sich um ihren elfjährigen Sohn Sorgen zu machen, solange der King bei ihm war.

Wir fuhren zu einem Schrottplatz außerhalb der Stadt. Ein riesiger Müllberg auf einem verlassenen Grundstück.

Jack hievte die Kartons aus dem Volvo, und ich half ihm, so gut ich konnte.

»Ed, ich werde jetzt zurückfahren und das restliche Zeug holen, und du wirst hierbleiben und Wache halten.«

Ich hatte Angst, Jack muss es mir angesehen haben.

»Hör mal, wenn ich glauben würde, dass du dieser Aufgabe nicht gewachsen wärest, dann hätte ich jemand anderen mitgenommen. Aber ich habe dich ausgewählt. Dich.«

Stolz mischte sich in meine Angst, und der Stolz verdrängte die Angst. Ich hockte mich auf einen der Kartons, Jack legte eine Decke um meine Schultern. »Ed, verteidige die Babyboote mit deinem Leben.«

»Das werde ich, das werde ich«, rief ich ihm hinterher. Niemand kam, um mir die Schwimmflügel zu entreißen, aber wäre jemand gekommen, ich hätte das Plastikzeug tatsächlich mit meinem Leben verteidigt, denn Jack Moss hatte mich auserwählt. Nur die Ratten störten die Stille der Nacht, der Schlag ihrer Herzen verlieh dem Müllhaufen etwas Lebendiges. Er schien zu atmen. Und vielleicht weil es keine anderen Feinde gab, behielt ich ihn im Auge, unsicher, ob dieser Riese sich nicht doch noch erheben würde, um meine Kisten zu verschlucken. Erst das Dröhnen des Volvomotors erlöste den unschuldigen Müllberg von meinem misstrauischen Blick.

Wir schichteten die Kartons zu einer Pyramide, dann kippte Jack einen Kanister Benzin darüber. Feierlich überreichte er mir sein Feuerzeug, und ich durfte den Stapel in Brand setzen.

Ein süßer, berauschender Duft vermengte sich mit den giftigen Plastikdämpfen. Wir saßen in sicherer Entfernung auf der Kühlerhaube, die Zigaretten in unseren Mundwinkeln qualmten mit den schmelzenden Booten um die Wette. Die säulenhohen Flammen verschlangen auch den letzten Schwimmflügel, und zurück blieben nur ein paar undefinierbare Klumpen. Wir warteten, bis die Glut vollkommen erloschen war, bevor wir uns, begleitet von den ersten Sonnenstrahlen, auf den Heimweg machten.

Das war das Ende unseres Vagabundenlebens. Wir zogen in die Nähe von Köln. Jack hatte einen neuen Job, nicht ganz so geheimnisvoll wie die Sache mit den Babybooten. Er saß allein in einem fast leeren Büro und beantwortete acht Telefone von acht nicht wirklich existierenden Unternehmen. So jedenfalls habe ich es in Erinnerung. Das war vielleicht kein normaler Job, aber ein Job mit geregelten Arbeitszeiten. Der King konnte mich nicht mehr unterrichten, und ich musste wieder in die Schule. Wir wohnten in einem Mietshaus, sechs Stockwerke, 18 Parteien. Unsere Wohnung lag auf der vierten Etage. Drei Zimmer, ein taubenblauer Teppichboden, auf dem sämtliche Vormieter ihre Spuren hinterlassen hatten. Das Bad war grün-gelb gekachelt, die Küche nur grün. Die Decken waren niedrig, und auf dem Balkon fanden mit Müh und Not zwei Stühle Platz. Aber unsere Augen waren für solche Dinge blind, solange Jack Moss bei uns war.

Die Schule machte mir Schwierigkeiten. Ich misstraute meinen Lehrern, irgendwie kam ich mir die ganze Zeit für dumm verkauft vor. Meine Klassenkameraden waren so nett wie uninteressant. Wir hatten nichts gemeinsam. Meistens besuchte ich nach der Schule Jack in seinem Büro. Manchmal war auch meine Mutter da, dann durften wir beide die Anrufe entgegennehmen.

Eines Abends, als wir zu dritt nach Hause kamen und im Dunkeln die Treppen hochstiegen – das Licht im Treppenhaus funktionierte nur gelegentlich –, stolperte ich auf der vierten Etage über etwas Riesiges, Weiches. Mama lief in die Wohnung und machte das Licht an. Die Masse am Boden war eine Frau in einem rosa karierten Hauskittel. Ihre Schenkel sahen aus wie zwei fleischfarbene Babywale, die sich aneinanderschmiegten.

»Ist sie tot?«, fragte Mama.

»Nein, sie atmet.« Ich stützte mich auf einen der Babywale und rappelte mich hoch. Jack beugte sich über die Frau.

»Gnädigste, kann man etwas für Sie tun?«

Ganz langsam öffnete der Koloss seine Augen, lächelte und blinzelte zweimal. »Elvis? Elvis … bin ich tot?« Ihre Stimme war tief wie die eines Mannes.

»Nein, Sie liegen im Hausflur. Wo wollen Sie denn hin, Gnädigste?«

Sie lebte in der Wohnung neben uns. An diesem Abend schlossen wir Freundschaft mit Jutta Huber, der Huberin, 57 Jahre alt, 123 Kilo schwer, dem Morphium zugeneigt und dem Alkohol nicht abgeneigt. Um ihre Sucht zu finanzieren, bestickte sie Altardecken. Die Huberin verliebte sich ebenso in Jack Moss wie alle anderen Frauen und machte keinen Hehl daraus. »Magda, wenn ich nicht aussehen würde wie ein schwangeres Beuteltier, dann müsstest du dich in Acht nehmen.«

Mama arbeitete drei Tage die Woche für die Huberin,

dann saßen sie in ihrem Wohnzimmer, beide mit einem Rahmen auf dem Schoß, und stickten. Die Huberin zahlte in bar, und wenn Mama dem King ihren Lohn geben wollte, wies er die Scheine jedes Mal zurück. Sie sollte das Geld für sich behalten.

Anfangs wusste Magda Moss-Cohen nicht, was sie damit anfangen sollte, aber inspiriert durch die Huberin, begann sie, für eine Reise nach Venedig zu sparen. Die Huberin erzählte ständig von Venedig. Dort hatte sie als junges Mädchen ein halbes Jahr gewohnt, aber angesichts der Fülle ihrer Geschichten hätte man meinen können, sie hätte sechs Leben und nicht nur sechs Monate in der Lagunenstadt verbracht. Jedenfalls hatte Mama ein Ziel, das erste überhaupt, abgesehen von dem Wunsch, Mutter zu werden.

Von Lara Cohen hörten wir fast gar nichts mehr, obwohl wir ihr unsere neue Telefonnummer gegeben hatten. Unsere finanzielle Lage war einigermaßen stabil, jedenfalls blieb das Licht an.

Im Frühling sollte ich für eine Woche mit meiner Klasse in die Eifel fahren. Am Abend vor der Abreise verkündete Jack, er würde mitkommen. »Ich habe mit deinem Lehrer gesprochen, ich bin die Aufsichtsperson.« Das gefiel mir, das fand ich großartig.

Wir verabschiedeten uns von Mama, die sich nervös letzte Notizen machte, denn sie sollte Jack im Büro vertreten.

»Und wenn ich was falsch mache?«

»Wirst du nicht. Nimm die Huberin mit, die kann auch dort sticken.«

Und als ob sie ihren Namen durch alle Wände hindurch

gehört hätte, klopfte die Huberin an unsere Tür. Sie trug einen blau-gelb karierten Hauskittel. Die Huberin besaß eine riesige Kollektion dieser scheußlichen Kleidungsstücke, denn sie hatte keine Lust, ihren fetten Körper in etwas anderes zu quetschen. »Der Dior macht mich auch nicht schöner«, pflegte sie zu sagen.

In der Hand hielt sie eine Tasse Kaffee mit Schuss. Der Schuss variierte, je nach Laune und Vorrat.

»Jetzt gehen also Elvis und der Junge auf Reisen?« Die Huberin nannte mich immer den ›Jungen‹, meinen Namen fand sie albern. »Edward, so kann man doch nicht heißen. Pferde heißen Edward. Ich kannte jemanden, der hatte ein Pferd, das Edward hieß. War kein schönes Pferd. Schöne Pferde heißen auch nicht Edward. Die heißen Smaragd oder Feuerschwert. So heißen die schönen Pferde, Junge.«

Sie zog einen dicken Umschlag aus ihrer Kitteltasche und überreichte ihn Jack.

»Was ist das?«, fragte ich. Im Gegensatz zu mir schien der King sich nicht über das Kuvert zu wundern.

»Eine Landkarte, Junge«, brummte die Huberin.

Jack und sie tauschten einen beredten Blick aus, während Mama mit ihrem Notizblock durch die Wohnung flatterte und von alldem nichts mitbekam.

Wir fuhren an der Schule vorbei. Dort parkte der Bus, in dem meine Klassenkameraden saßen.

»Jack, da war der Bus.«

»Habe ich gesehen.« Er lachte. »Ed, hast du wirklich Lust, mit zwanzig dämlichen Kindern in eine schäbige Jugendherberge zu fahren? Mindestens drei von denen pissen nachts ins Bett, und das sind meistens die nettesten. Aber wenn man unter ihnen liegt, tropft die Pisse auf einen drauf. Nett hin oder her. Deshalb machen wir zwei etwas anderes. So etwas Ähnliches wie Ferien. Wie gefällt dir das?«

Natürlich gefiel mir das gut. Wir hielten an der nächsten Raststätte an. Jack öffnete den Umschlag von der Huberin. Er enthielt tatsächlich eine Landkarte, übersät mit roten Markierungen. Bewaffnet mit einem präparierten Schuhlöffel begaben wir uns auf einen Raubzug. Der Schuhlöffel war mit doppelseitigem Klebeband umwickelt. Während Jack sich von einem Geistlichen die Beichte abnehmen lassen würde, sollte ich mit dem Schuhlöffel den Opferstock leeren, Scheine wie Münzen würden am Klebeband hängen bleiben. So etwas Ähnliches wie Ferien halt.

Die Huberin hatte sämtliche katholischen Kirchen auf der Karte gekennzeichnet, vor etlichen Jahren hatte sie auf die gleiche Weise ein paar tausend Mark verdient. Jack Moss wollte seiner Frau die Reise nach Venedig schenken. Er hatte ausgerechnet, dass sie mindestens anderthalb Jahre brauchen würde, bis sie das Geld selbst zusammenhätte.

»So lange soll sie nicht warten, Ed. Man weiß nie, wie viel Zeit man noch hat. Und deine Mutter hat es mehr als alle anderen Menschen auf der Welt verdient, dass ihre Wünsche in Erfüllung gehen. Weil sie …« Und dann nahm er seine rechte Hand vom Lenkrad und fasste sich an die Brust. »Weil sie … In ihrem Herzen, Ed, kann man wohnen.«

Wir hielten vor der ersten Kirche, der King gab mir Anweisungen. Ich hatte Angst. »Hör mal, Ed. Das hier ist der schlimmste Verein überhaupt. Wer hat Jesus getötet?«

»Die Sizilianer.«

»Genau. Aber die hier geben *dir* die Schuld.«

»Mir?«

»Ja. Und deiner Mutter und deiner Oma.«

Es war durchaus vorstellbar, dass Lara Cohen jemanden ans Kreuz nageln würde, aber Mama? Niemals.

»Aber … wir haben damals doch gar nicht gelebt, wie …«

»Die hier geben den Juden die Schuld. Allen Juden. Dir, deiner Mutter, deiner Oma, allen. Und für diese Gemeinheit lassen wir uns jetzt entschädigen.«

Das ergab Sinn. In der ersten Kirche fischte ich achtundzwanzig Mark aus dem Opferstock, während Jack im Beichtstuhl weinte. Wir trafen genaue Verabredungen. »Ich habe mit drei Huren geschlafen« war das Stichwort für mich, Geld und Schuhlöffel verschwinden zu lassen. Manche Kirchen waren leer, dann kniete sich Jack in die erste Reihe und behielt die Tür der Sakristei im Auge. Ein Husten bedeutete, dass jemand kam und ich mich verdrücken musste. Sollte ich trotz aller Vorsichtsmaßnahmen erwischt werden, würde der King Entsetzen über den kriminellen Nachwuchs mimen und mich ordentlich zusammenstauchen. Ich war noch nicht strafmündig, mir konnte also nichts geschehen.

Wir fuhren durch Dörfer und Städte, und unser Geld vermehrte sich. Routiniert verrichteten wir unsere Arbeit. Am fünften Tag allerdings vergaß Jack die Huren, und der Pfarrer erwischte mich, als ich gerade ein paar Münzen vom Schuhlöffel kratzte. Aber ehe der Gottesdiener auch nur ein Wort sagen konnte, spielte der King das Jüngste Gericht und schlug mich windelweich. Er drosch auf mich ein wie damals auf das Fenster seines Volvos, wie auf die Wand unserer falschen Burg. Meine Lippe platzte auf und blutete. Mir wurde schwindelig. Meine Augen suchten Jacks und flehten ihn stumm an aufzuhören, aber er sah mich nicht, er sah mich einfach nicht. In diesem Moment bekam ich Angst, der einzige Gott der Elefanten würde mich einfach tothauen. Das war mein letzter Gedanke, bevor ich das Bewusstsein verlor.

Ich wachte in einem Hotelzimmer auf. Jack saß neben mir, eine Zigarette im Mundwinkel, und lachte.

»Das ist ja noch mal gutgegangen, Ed. Du bist wirklich der phantastischste Junge der Welt. Du bist alles, was man sich nur wünschen kann.«

Seine Worte versöhnten mich mit meinem dröhnenden Kopf und meinen pochenden Lippen, versöhnten mich mit allem.

Um mir eine Freude zu machen, brachte Jack mir am nächsten Tag das Autofahren bei. Ich hielt mich nach wie vor für einen Experten, und noch immer liebte ich meinen goldenen Jaguar wie kleine Mädchen ihre Puppen. Ich sah nicht viel, mein rechtes Auge war über Nacht zugeschwollen, aber ich begriff einigermaßen schnell. Nach ein paar Runden auf dem Hotelparkplatz lenkte ich den Volvo auf die Landstraße. Jack Moss zündete mir eine Zigarette an und steckte sie mir in den Mund.

»Ed, du bist der erste Mensch, von dem ich mich fahren lasse. Mein Leben in deinen Händen.«

Und während der Stolz mein Kinderherz zu zerreißen drohte, sang der King seine Lieder.

An den letzten beiden Tagen arbeiteten wir mit äußerster Vorsicht. Ganze Dörfer erfuhren, dass Jack Moss mit drei Huren geschlafen hatte, so laut brüllte er unser Stichwort.

4794 Mark Reingewinn waren das Ergebnis unserer Ferien. Der King und seine Frau reisten für zwei Wochen nach Venedig. Ich bekam 14 Tage schulfrei und wurde in die Obhut der Huberin gegeben. Zusammen übernahmen wir das Büro mit den acht Telefonen, und ich lernte sticken. Ich schlief auf dem Sofa der Huberin und brachte ihr morgens den Kaffee ans Bett. Abends sah ich zu, wie sie die beiden aufgescheuerten Babywale mit Puder einrieb. Manchmal schickte sie mich in ihr Schlafzimmer, um das »Laudanum«, eine kleine Flasche mit flüssigem Morphium, zu holen. 34 Tropfen träufelte ich vorsichtig mit einer Pipette auf ein Stückchen Zucker. Ich mochte es, die Huberin dabei zu beobachten, wie sie dem Leben für ein paar Stunden entwischte. Sie lag dann in ihrem braunen Cordsessel, ein Haufen Fett, der eine Weile vergessen durfte, dass er ein Haufen Fett war.

An den Tagen nach dem Morphiumrausch war die Huberin meist auf Krawall aus und schnauzte mich unentwegt an. Der Kaffee schmeckte nicht, zu stark, zu schwach, auf jeden Fall schlecht. Die Kreuze waren schief gestickt, womit sie nicht unrecht hatte, aber meine Kreuze waren eigentlich immer schief. In dieser unleidlichen Stimmung war sie gerade. Sie motzte über meine Frisur und beschwerte sich, dass ich zu laut atmen würde. Während ich im Fernsehen einen Krimi verfolgte, starrte die Huberin mich an.

»Junge, du siehst gar nicht aus wie dein Vater.«

»Mein Vater?«

»Elvis, dein Vater«, bellte sie.

»Jack ist nicht mein Vater.«

Der Hauptverdächtige der ersten dreißig Minuten wurde gerade entlastet, aber die Huberin drehte den Ton leise.

»Und wer ist dein Vater?«

»Gören aus Skandinavien.«

»Gören? Was ist das denn für ein Name? So kann man doch nicht heißen. Hunde heißen Gören. Ich kannte einen, der hatte einen Hund, der Gören hieß. War kein schöner Hund. Schöne Hunde heißen auch nicht so. Die heißen Hanno oder Pfötchen. So heißen schöne Hunde, Junge.«

»Vielleicht heißt er auch Sören.«

Die Huberin hob die Augenbrauen. »Wie ein Skandinavier siehst du jedenfalls nicht aus. Und Magda siehst du auch nicht ähnlich. Oder ist Magda auch nicht deine Mutter?«

»Doch.«

»Und wem siehst du dann ähnlich? Na?«

»Adam«, platzte es aus mir heraus.

Adam, immer wieder Adam. Wie ein Refrain zog sich dieser Name durch mein Leben.

»Adam?«

Als ich der Huberin erklären wollte, wer Adam war, verlor sie das Interesse an der ganzen Sache und drehte den Ton auf.

»Ruhe jetzt, Junge. Der Dicke mit dem Bart ist der Mörder, immer das Gleiche.«

Der Dicke mit dem Bart war nicht der Mörder, sondern der Kommissar, aber ich widersprach ihr nicht.

Trotz ihrer Launen mochte ich die Huberin ausgesprochen gern. Sie war aus gutem Stoff gemacht, der ein wenig dem Wundertuch ähnelte, aus dem Jack Moss geschneidert war. Nicht ganz so schillernd, aber doch solide. Magda und der King zahlten der Huberin ein wenig Geld für ihre

Dienste als Babysitterin. Und jedes Mal, wenn ich etwas wissen oder erklärt haben wollte, antwortete die Huberin: »Erziehung kostet extra, Elvis zahlt nur die Aufsicht. Also frag jemand anderen.«

Kein Tag verging, ohne dass sie von Venedig erzählte. Sechs Monate einer längst vergangenen Vergangenheit, deren Strahlen den fetten Körper der Huberin noch erwärmten.

In Berlin fiel die Mauer. Wir sahen die Bilder im Fernsehen. Die Stadt, in der ich geboren worden und aufgewachsen war, änderte ihr Gesicht. Im selben Jahr brachte Lara Cohen Unruhe in mein Leben. Bar-Mizwa. Auf einmal lag Oma eine ganze Menge an meinem Glauben.

»Du bist Jude. Es gibt Gesetze für dich«, sprach die Dame, die, ohne auch nur mit der Wimper zu zucken, die nichtkoschere Winkie verspeist hatte.

Ich hatte keine Lust auf diese Bar-Mizwa. Jack hielt sich aus der Diskussion heraus, und Mama sagte immer nur: »Das soll Eddylein selber entscheiden.«

Mehrmals täglich rief Lara Cohen an, um an mein Gewissen zu appellieren. »Moses hätte es so gewollt.«

Mein armer Großvater. Er hatte so viel gewollt und das meiste doch nicht bekommen.

»Edward Cohen, dieser Glaube ist dein Erbe. Es ist deine Pflicht, es anzutreten«, schrie sie ins Telefon.

Aber ich war schon lange nicht mehr Edward Cohen.

Ich war Ed Moss-Cohen, der nichtbiologische Sohn des einzigen Gottes der Elefanten. Ich war der Junge, der mit zugeschwollenem Auge einen schwarzen Volvo lenken konnte.

Ich war das Kind, das eine Packung Zigaretten am Tag rauchte. Mir fehlte nichts und schon gar nicht eine Bar-Mizwa. Ich wollte nichts erben. Damals wusste ich noch nicht, dass man sich nicht aussuchen kann, ob oder was man erbt.

Nach ein paar Monaten teilte ich Oma mein endgültiges Nein mit. Sie legte auf und rief nie wieder an.

Es war ein ganz normaler Dienstag. Mein Geschichtslehrer referierte über Napoleon. Niederlagen und Verbannung. Ich habe ihm kein Wort geglaubt. Denn den wahren Napoleon hat niemand geschlagen, niemand besiegt.

Ich verließ die Schule nach der sechsten Stunde, so wie jeden Dienstag. Die Huberin wartete in einem Taxi vor dem Tor. Das war noch nie vorgekommen. Ich war fünfzehn.

Vier Tage schwebte Jack Moss zwischen Leben und Tod. Ein Auto hatte ihn angefahren. Ein Auto! Ein Auto! Wie kann ein lächerliches Auto einem Gott etwas anhaben?

Mama und ich saßen an seinem Bett. Wir weinten nicht, weil wir uns nicht vorstellen konnten, dass er uns tatsächlich verlassen würde. Aber er ging. Er starb einfach wie ein gewöhnlicher Mensch. Es war, als hätte jemand einen Schleier heruntergerissen. Die Welt zeigte nun ihr wahres, hässliches Gesicht. Wir fuhren nach Hause und betraten die Wohnung. Beim Anblick des blauen, verdreckten Teppichbodens schüttelte es mich vor Ekel.

Die Huberin verzichtete auf ihr Morphium, bis wir Jack Moss unter die Erde gebracht hatten, und übernahm die ganze Organisation. Mama rief Lara Cohen an, und Oma bestand darauf, zur Beerdigung zu kommen.

Wir verbrannten den einzigen Gott der Elefanten. Die Urne wurde unter einem Baum verbuddelt, ohne Grabstein.

Zu viert nahmen wir Abschied. Eine Platte des echten Elvis erklang in der kleinen Kapelle, und ich klatschte im Takt, als könnte ich, wenn ich nur laut genug wäre, den falschen Elvis aufwecken und zurückbringen. Meine Mutter sang zusammen mit dem Helden ihrer Jugend für die Liebe ihres Lebens. Die Frau des Kings sah bezaubernd aus in ihrem grünen Morgenmantel. Lara Cohen im schwarzen Kaschmirkleid machte ein andächtiges Gesicht. Die Huberin trug einen marineblauen Hauskittel und streichelte die Hand meiner Mutter.

Oma wollte, dass wir mit ihr nach Berlin zurückgingen, aber Mama schlug das Angebot höflich aus. Vor ihrer Abreise hielt Lara Cohen es allerdings für nötig, uns darauf aufmerksam zu machen, dass wir wie Asoziale lebten. Das Haus, asozial. Die Wohnung, asozial. Die Huberin, unsere treue Freundin, die Essenz alles Asozialen. Beleidigt stieg meine Oma in den Zug nach Berlin. Und es sollten erneut viele Jahre vergehen, bis ich sie wiedersah.

Wir zogen in die Wohnung der Huberin, Mama stieg als Partnerin ins Altardecken-Business ein. Ich wunderte mich über die Stärke meiner Mutter. Sie zerbrach nicht an Jacks Tod. Die Jahre mit dem King wurden ihr Venedig. Das Erlebte ein Feuer, das sie für immer wärmen sollte.

Ich war zu jung, um mir ein Venedig zu schaffen, und zu jung, um mich nicht bestraft zu fühlen. Der Schmerz war ein gieriges Tier, das in mir lebte und sich von meinem Fleisch ernährte. Ein launisches Wesen. Manchmal stillte es seinen

Hunger sanft und gleichmäßig, und ich spürte nur ein leichtes Ziepen. Dann gab es Tage, an denen es seine mächtigen Scheren fast schon boshaft in meine Eingeweide bohrte. Anfangs schlief es überhaupt nie, aber mit der Zeit wurde es träge und fett. Und eines Tages war es weg, ließ mich beschädigt und unvollständig zurück. Von Ed Moss-Cohen blieben nur noch Reste übrig. Neues Fleisch wuchs nach. Fremdes, rosiges Gewebe. Eddylein, Edward, Ed, Eduard, der Junge, Adams Augen, Adams Nase, Adams Mund, Adams Stimme. Und der neue, noch namenlose Stoff. Ein Flickenteppich.

Nachdem ich zweimal die zehnte Klasse wiederholen musste – mein unbesiegbarer Napoleon war nicht ganz unschuldig daran –, schaffte ich mit zwanzig mein Abitur. Danach kam der Zivildienst im Altersheim. Alles war gut, nichts war schön. Wenn ich an Jack dachte, erschien das Cover einer Elvis-Platte vor meinen Augen und nicht der Elefantengott selbst. Je angestrengter ich versuchte, sein Bild heraufzubeschwören, desto schneller verschwammen die Konturen. Wenn ich weinen wollte, weil ich befürchtete, nicht nur Jack Moss verloren zu haben, sondern auch die Erinnerung an ihn, hörte ich sein Lachen. Und schloss für einen Moment Frieden.

Ich war einundzwanzig und spürte, dass es Zeit war, meine Mutter und die Huberin zu verlassen. Mir ein eigenes Leben aufzubauen, was auch immer das heißen mochte.

Ich schrieb mich an der Kölner Uni ein und bezog eine Einzimmerwohnung in der Nähe der Hochschule. Die Huberin und Mama zahlten meine Miete.

Ich studierte BWL, ging zu keiner Vorlesung und machte keine Scheine. Trotzdem marschierte ich jeden Tag tapfer in die Universität, setzte mich auf einen fest montierten Plastikstuhl unten in der Halle und beobachtete das Treiben. Ich hatte einen Rucksack, der mich stark an den Schulranzen erinnerte, den wir damals für den Besuch meiner Großmutter gekauft hatten. Nur gab es dieses Mal niemanden, dem ich etwas hätte vorspielen müssen.

Mein Plastikstuhl war orange, der zweite von links. Wenn ich morgens das Gebäude betrat und jemand auf meinem Stuhl saß, bekam ich äußerst schlechte Laune und so etwas wie Panik. Aber früher oder später wurde mein Platz frei, denn irgendwann musste der Arsch, der meine Sitzschale blockierte, in eine Vorlesung oder sonstwohin.

Der Stuhl wurde zum Fixpunkt meines Daseins. Einzelgänger ist ein harmloser Ausdruck für das, was ich war. Ich hatte einfach keine Freunde, und die Menschen, die sich jeden Tag durch die Gänge drängten, schienen rein gar nichts mit mir zu tun zu haben. Aber in meinem fünften Semester lernte ich Hendrik kennen.

An einem Montag, das Wochenende hatte ich wie immer bei Mama und der Huberin verbracht, saß jemand auf meinem Platz. Er war etwa so alt wie ich und versuchte, einen Wust Papiere auf seinem Schoß zu sortieren. Ich postierte mich direkt vor ihm und wartete. Die Leute räumten den Sitz schneller, wenn man sich nur nah genug an sie herandrängte. Aber Hendrik ignorierte mich einfach. Es dauerte über eine Stunde, bis er zu mir aufsah.

»Ist was?«

»Nein.«

Es verging noch eine Stunde.

»Hat dich mein Vater geschickt? Bist du hier, um mir nachzuspionieren?«

»Nein. Ich warte auf …«

»Ja?«

Dann erzählte ich Hendrik von meiner Obsession mit dem Stuhl. Wir wurden Freunde.

Hendriks Vater war eine Größe in der Immobilienbranche. Durch Fleiß, harte Arbeit und einen unbeugsamen Willen hatte es Herr Maszuk, der Sohn tschechischer Flüchtlinge, bis nach ganz oben geschafft. Aber die Geschichte vom erfolgreichen Vater und dem Versagersohn scheint eines von Gottes Lieblingssujets zu sein, und er wird nicht müde, sie immer und immer wieder zu erzählen.

Eigentlich hatte Hendrik in der Schweiz an einer Eliteuniversität studieren sollen, aber keinen der Aufnahmetests bestanden. Obwohl Herr Maszuk der Anstalt einen Haufen Extrageld geboten hatte, verweigerten die Schweizer Hendrik den Eintritt. Er wurde nach Köln geschickt, damit der alte Maszuk, der in Düsseldorf residierte, seinen unerfreulichen Sprössling wenigstens im Auge behalten konnte. Herr Maszuk hatte nicht nur ein Imperium, sondern auch Nierenkrebs. Hendrik war sich sicher, dass sein Vater das Zeitliche segnen würde, lange bevor er von ihm den Studienabschluss erwarten konnte. Bis dahin fälschte ihm ein Graphikdesigner mit großer Sorgfalt die Scheine.

Hendrik brachte mir Fußballspielen und Biertrinken bei und wie man beides gleichzeitig schafft. Er war auf unaufdringliche Art hübsch, hatte Schlag bei den Frauen und bewegte sich mit einer etwas plumpen Leichtigkeit durchs Leben. Ich wäre wohl jedem gefolgt, der mich von meinem Plastikstuhl abberufen hätte. Es war sicher kein Tanz auf dem Vulkan, den Hendrik und ich veranstalteten, eher ein Gehüpfe um eine lauwarme Quelle. Auf dem Berg der Kaliken war ich schon lange nicht mehr. Ich bin nicht in den Krater gestürzt, nicht verbrannt, sondern einfach nur hinabgestiegen.

Hendrik und ich kannten uns schon mehrere Monate, als er mich zum ersten Mal nach meiner Familie fragte. Einen Moment lang wollte ich ihm alles erzählen, wollte versuchen, die ganze Herrlichkeit des Kings in Worte zu fassen. Aber dann entschied ich mich doch für Jack Moss, den Mann, der im Dienst der amerikanische Regierung gestanden hatte. Ich nannte ihn meinen Vater und verbannte Sören-Gören aus meinem Stammbaum. Vielleicht griff ich wieder auf die Agentenversion zurück, weil ich befürchtete, dass ich Jack nicht gerecht werden konnte. Vielleicht lag es aber auch an Hendriks ständig schweifendem Blick. Zwar konnte alles seine Aufmerksamkeit fesseln, aber immer nur für einen flüchtigen Moment.

Das machte ihn unverwundbar, denn bevor sein Gegenüber auch nur die Waffen zücken konnte, war Hendrik längst verschwunden. Der einzige Mensch, vor dem er nicht fliehen konnte, war sein Vater, den ich schon bald kennenlernen sollte. Wir fuhren mit dem Zug nach Düsseldorf, um einen Tag und eine Nacht bei Familie Maszuk zu verbringen.

»Gib ihm einfach immer recht, dann passiert dir nichts«, sagte Hendrik, bevor wir ausstiegen. Auf der letzten Etappe unserer Reise, im Taxi, begannen meine Hände zu schwitzen und mein Puls zu rasen. Ich hatte einst in einer falschen Burg gelebt, in deren Wände man mit der Faust Löcher schlagen konnte. Die Maszuks wohnten in einem echten Schloss aus unverwüstlichen Mauern. Herr Maszuk machte einen erschreckend gesunden Eindruck für einen krebskranken Mann. Seine Statur erinnerte an einen Schwergewichtsboxer und sein Anzug an einen englischen Lord. Die kleinen grauen Augen täuschten Reglosigkeit vor, aber man ahnte, dass diesen Stahlperlen nichts entging. Hendriks Mutter trug eine gigantische Pelzstola, an mehr kann ich mich nicht erinnern. Sobald man die Augen von ihr abwandte, vergaß man ihr Gesicht.

Der Hendrik, den ich kannte, setzte sich erst gar nicht an den Tisch. Neben mir hockte ein weinerlicher Junge, der eifrig nickte und wie ein Idiot grinste.

»Was machen die Nieren, Papi?«, fragte er in süßlichem Ton.

»Mein Mann hat Krebs«, sagte Frau Maszuk zu mir und schob sich ein Stück Kalbsleber in den Mund.

Ich lächelte unbeholfen.

»Die Nieren verrotten, lieber Sohn.«

»Tut es weh, Papi?«

»Ja, das tut es.«

»Die Chemotherapie hat nicht geholfen. Mein Mann wird bald sterben, das sagen zumindest die Ärzte. Schmeckt es Ihnen, Edward? Natürlich könnte man es noch einmal mit einer Chemotherapie probieren, aber das will mein Mann nicht. Kaum zu glauben, dass er bald sterben wird. Wenn man ihn so ansieht …«

Herr Maszuk schlug so heftig mit der Faust auf den Tisch,

dass zwei Gläser umfielen. Die Nieren voll Krebs, der Sohn ein Dummbeutel und die Frau eine pelzbehangene Schwätzerin. Wer wäre da nicht wütend geworden?

Schweigend beendeten wir den Hauptgang. Erst beim Dessert richtete Herr Maszuk das Wort an mich.

»Was haben Sie nach dem Studium vor?«

Während ich über eine Antwort nachdachte, sah ich Maszuk in die Augen, der längst sein Urteil über Edward Moss-Cohen gefällt hatte. Ich war ein Freund seines missratenen Sohnes, also konnte ich nichts Besseres sein.

Werden wir zwangsläufig das, was andere in uns sehen? Zweifach erblickte ich meine Visage in den stahlgrauen Spiegeln.

»Ich weiß es nicht genau«, sagte ich kleinlaut.

»Das ist nicht gut.«

»Ich habe ja noch ein bisschen Zeit.« Ein erbärmlicher Versuch, mich zu verteidigen.

»Zeit?«

Ich nickte.

»Zeit? Niemand weiß, wie viel Zeit er hat.«

Minuten später lief sein Boxergesicht rot an. Dann stieß er einen Schrei aus und fasste sich an den Rücken. Frau Maszuk und Hendrik räumten mit geübten Handgriffen den Tisch frei und halfen dem Hausherrn, sich auf das harte Holz zu legen.

»Das ist der Krebs«, sagte Hendriks Mutter.

Wir setzten uns wieder auf unsere Plätze, während Herr Maszuk auf der Tischplatte gegen seine Schmerzen ankämpfte. Er starrte an die Decke und biss die Zähne so fest zusammen, dass seine Wangen vibrierten. Frau Maszuk reichte Hendrik und mir die Porzellantellerchen mit dem fast geschmolzenen Eis und läutete nach dem Hausmädchen. Der Kaffee kam.

»Möchten Sie Milch, Edward?«

Ehe ich antworten konnte, begann die Mahagoniplatte zu wackeln, Krämpfe schüttelten Maszuks Körper.

»Milch?«, fragte sie noch einmal.

»Sollte man nicht einen Arzt rufen?«

Sie lächelte und strich über ihre Pelzstola. »Nein. Die Ärzte sagen ohnehin nur, dass er bald sterben wird, und das hört er nicht gerne.«

Wir löffelten das Eis, schlürften den Kaffee und taten so, als wäre es das Normalste auf der Welt, dass ein todkranker Mann mitten auf dem Tisch lag.

Am nächsten Morgen war keiner da, um sich von uns zu verabschieden. Ein Taxi brachte uns zum Bahnhof, und im Zug lachte Hendrik wieder wie Hendrik.

»Du bist ganz anders, wenn deine Eltern dabei sind.«

»So ist es einfacher.« Er zündete zwei Zigaretten an und stopfte mir eine in den Mund.

»Vielleicht sollte deine Mutter nicht alle drei Minuten erwähnen, dass er bald sterben wird.«

»Sie schluckt so viele Tabletten, dass sie gar nicht mehr weiß, was sie sagt.«

»Aber …«

»Eddy. Rauch und halt die Klappe.«

Dani war launisch, Dani war lustig, und Dani war in Hendrik verliebt, aber Hendrik nicht in Dani.

Sie konnte zwar nicht Fußball spielen, jedoch mindestens so viel Bier trinken wie wir.

Sie arbeitete gelegentlich für den Graphikdesigner, der Hendriks Scheine fälschte. Keiner von uns kann sich mehr erinnern, wann genau und warum Dani zu uns stieß. Aber irgendwann gab es uns nur noch zu dritt. Dani war die erste Frau, mit der ich schlief. Ich tat es, um es zu tun, und sie tat es, weil der, mit dem sie es gern getan hätte, es nicht mit ihr tun wollte. Und weil wir niemanden sonst fanden, taten wir es öfter. Die Nächte mit Dani waren auf eine unspektakuläre Art schön, und es machte sie verdammt stolz, mich entjungfert zu haben.

Es war Herbst, und auf dem Rasen der Jahnwiesen sammelte sich das abgefallene Laub. Hendrik und ich kickten lustlos den Ball hin und her, und Dani saß mit teuflisch schlechter Laune am Spielfeldrand. In einer Hand hielt sie eine Zigarette, mit der anderen malträtierte sie den Rasen.

Ich schoss daneben, der Ball knallte gegen Danis Kopf, und sie kippte zur Seite. Hendrik und ich mussten laut lachen und hörten erst auf, als wir merkten, dass Dani weinte.

»Dani, es tut mir leid«, sagte ich und legte meinen Arm um sie.

»Edward, halt die Fresse.« Sie schlug meinen Arm von ihrer Schulter, viel fester als nötig.

»Dani, es tut ihm leid.« Hendriks Arm durfte auf ihrer Schulter verweilen.

»Das sind unsere besten Jahre. Und was machen wir? He? Was machen wir? Man kann doch nicht den ganzen Tag auf einer Wiese sitzen. Und das Highlight des Tages ist, wenn Herr Arschloch einem den Ball an den Kopf schießt.«

Wir wussten, dass Dani recht hatte, dass es schon lange Zeit war, etwas Neues zu beginnen. Einmal ausgesprochen, ließ der Gedanke uns nicht los, war immer da, aufdringlich, aber diffus.

Es war Karl Groll, der unseren Gedanken nur wenige Wochen später eine Form gab. Groll wohnte neben mir. Er hatte ein Kindergesicht mit tiefen, fast schwarzen Augenringen, war ein Jahr jünger als ich und arbeitete in einer Druckerei.

Nachdem der Schlüsseldienst drei Mal seine Tür hatte aufbrechen müssen, bunkerte er einen Ersatzschlüssel bei mir und sparte ein Vermögen. Manchmal kam ich nachts nach Hause und fand ihn zusammengerollt wie ein Hündchen vor meiner Tür. Wenn ich schlechte Laune hatte, trat ich gegen sein Schienbein, wenn ich gute Laune hatte, rüttelte ich ganz vorsichtig an seiner Schulter. Egal, auf welche Art ich ihn weckte, er antwortete immer mit einem dankbaren Lächeln. Wenn ich schlechte Laune hatte, verachtete ich ihn dafür, wenn ich gute Laune hatte, berührte mich sein Lächeln.

An einem verregneten Nachmittag spielten Hendrik und ich über Danis Kopf hinweg in meiner Wohnung Fußball, als Karl mit einem Haufen aufgeweichter Pappkartons vor der Tür stand, um seinen Schlüssel zu holen.

»Baust du dir damit 'ne Hütte, Groll?«, fragte Hendrik und lachte herablassend.

»Nein, ich zieh nach Berlin.«

Es roch nach Gin und Babyarsch. Die Huberin bearbeitete ihre Schenkel mit Puder und nippte an ihrem Kaffee, während meine Mutter winzige rote Kreuze auf ein weißes Tuch stickte.

»Wirst du Oma besuchen, wenn du in Berlin bist?«

»Soll ich?«

Mama legte ihr Stickzeug nieder, dachte nach und nickte. »In Berlin hat alles angefangen, Eddylein.«

»Junge, Berlin ist verdammt nah an Russland dran. Da würde ich ein bisschen aufpassen«, bellte die Huberin.

Als ich mich verabschiedete, überreichte Mama mir eine Altardecke. »Für Oma. Das ist eine von den teuren, weil Jesus ein richtiges Gesicht hat. Man braucht 25 verschiedene Brauntöne, um das so hinzukriegen«, sagte Magda Moss-Cohen stolz. »Sie kann es als Tischdecke benutzen.«

»Mama, ich glaube, dafür ist sie zu jüdisch.«

»Wir haben auch eine in der Küche, und die Huberin ist Atheistin. Er hat ein so hübsches Gesicht.«

Ich betrachtete Jesus ein wenig genauer, denn seine Züge erinnerten mich an jemanden. Und dann machte es klick. Ich musste lächeln. Der King mit einer Dornenkrone. Von den Sizilianern ans Kreuz genagelt. Unsterblich.

»Und das ist für dich.« Ich bekam keine Altardecke, sondern 9640 Mark in kleinen Scheinen. Ihre gesamten Ersparnisse.

30. Dezember 1999. Ich habe Berlin zusammen mit dem King und seiner Frau in einem schwarzen Volvo verlassen und bin an diesem Tag in einem silbernen Audi-Kombi von Sixt mit einer Altardecke im Rucksack zurückgekehrt. Hendrik saß am Steuer. Entgegen allen Befürchtungen war Herr Maszuk begeistert gewesen, dass sein Sohn in der Hauptstadt sein Studium beenden wollte.

Zur Jahrtausendwende wurde anscheinend in sämtlichen

Dörfern Deutschlands ein Befehl an eine ganze Generation erteilt: Berlin. Berlin.

Wir alle folgten diesem Ruf.

Wir gehörten nicht zu den Pionieren, die gleich nach dem Mauerfall angerückt waren, um Berlin zu erobern. Aber die Pioniere hatten uns Nachzüglern genug übriggelassen.

Wir wohnten zu fünft in einer 220 Quadratmeter großen Wohnung, Hendrik, Dani, Groll, ich und Udo, ein alter Freund von Groll.

War es die Stadt oder die Erwartung, die die Luft zum Vibrieren brachte und bei uns allen den Wunsch auslöste, uns auszudrücken? Groll schrieb Gedichte, Udo entwarf Hosen, Dani liebte Hendrik, und Hendrik vögelte die halbe Stadt. Nur ich wusste noch nicht recht, was ich anstellen sollte. Das rosige Fleisch blieb namenlos.

In unserer Wohnung herrschte ständiger Hochbetrieb. Fast jeden Abend versammelte sich hier eine Schar angehender Künstler, Glücksritter, Aufschneider und Alkoholiker. Eine Bande im freien Fall, alles war möglich. Wir nahmen uns selbst nicht ganz so ernst und umschifften jede Endgültigkeit. Man durfte scheinen.

Danis Zimmer lag direkt neben meinem. Fast jede Nacht schliefen wir miteinander, und danach schrie sie mich an. Sagte mir, dass ich sie langweilen würde, dass jetzt ein für alle Mal Schluss damit sei. Dabei war sie es, die immer wieder mein Bett aufsuchte. Damals ahnte ich noch nicht, wie unglücklich sie wirklich war. Wir glaubten, Dani würde noch mit uns fliegen, obwohl sie längst auf dem Boden aufgeknallt war.

Ich ließ mir Zeit, bis ich meiner Großmutter einen Besuch abstattete. Aber an einem Frühlingstag stand ich unangemeldet vor dem Haus meiner Kindheit. Die Tür unten war offen, und ich lief die Treppen hoch, drückte die Klingel, hörte ihre Schritte und wäre am liebsten abgehauen. Auf den ersten Blick hatte sie sich nicht verändert, aber wenn man genauer hinsah, entdeckte man die Hautlappen, die an ihrem einst makellosen Hals herunterhingen.

Drinnen hatte sich überhaupt nichts verändert. Die drei fetten Engel grinsten so dumm wie eh und je, und ich hörte den letzten Ton in der Luft verhallen, den Jack Moss auf unserem Klavier gespielt hatte. Ich hörte Mamas Lachen und Elvis' Stimme.

»Edward, hörst du mir überhaupt zu? Ich habe dich gefragt, ob deine Mutter noch immer mit dieser Person zusammenwohnt?«

»Ja.«

»Sie hätte zurückkommen können.«

»Sie ist glücklich.«

Lara Cohen lachte. Auf den Punkt genau. »Edward, was weißt du schon von solchen Dingen.«

Ich hätte ihr gerne ins Gesicht geschlagen, aber ich holte Jesus aus dem Rucksack.

»Hier, für dich.«

»Was, um Gottes willen, ist das?« Sie breitete das Tuch mit spitzen Fingern aus, und die Hautlappen an ihrem Hals zuckten ein wenig.

»Ein Geschenk von deiner Tochter. Eine Altardecke, eine von den teuren. Man braucht 25 verschiedene Brauntöne, um sein Gesicht so hinzubekommen.«

Jack Moss lächelte ihr entgegen. Unsterblich. Oma legte die Decke wortlos zur Seite.

Das Telefon klingelte, und sie ließ mich allein.

Eigentlich wollte ich nur in mein Kinderzimmer gehen, aber ich blieb an der Treppe zur Bibliothek stehen. Wie unter Zwang stieg ich die Stufen hoch.

Ich rüttelte an der Klinke, vergeblich.

»Edward, habe ich dir nicht gesagt, dass du nie, nie wieder da hochgehen sollst?«

Meine Großmutter stand am Fuß der Treppe und sah mich mit diesem unerbittlichen Blick an, der es schaffte, die Zeit aus ihrer Bahn zu werfen, und der mich, den falschen Adam, wieder zu Boden zwang.

»Komm sofort da runter.«

Statt ihr zu gehorchen, warf ich mich mit voller Kraft gegen die verschlossene Tür. Lara Cohen schrie auf, rannte die Stufen hoch, schleifte mich runter und knallte mir eine.
»Vielleicht gehst du jetzt besser«, sagte Lara Cohen und reichte mir die Hand zum Abschied.

»Du kannst sie als Tischdecke benutzen«, waren meine letzten Worte, bevor ich die Wohnung verließ.

Es brannten keine Gedichte und auch keine Hosen in mir, und ich traf niemanden, den ich hätte lieben können. Um mich nicht auszugrenzen, startete ich mein eigenes Projekt. Ich versuchte, mit dem Rauchen aufzuhören.

Es war einer der wenigen Abende, an denen nur wir fünf zusammensaßen. Groll schrieb, Udo zeichnete, Dani starrte Hendrik an, Hendrik telefonierte, und ich betrachtete meine zitternden Finger, die sich nichts sehnlicher wünschten als eine Zigarette. Auf einmal ließ Groll den Stift fallen und stand auf.

»Hört mir mal zu.« Ich weiß nicht, was da in seinen Augen flackerte, Wahnsinn, Erkenntnis oder ein Rest Wodka Gorbatschow. Was es auch war, es verfehlte seine Wirkung nicht, selbst Hendrik legte das Telefon nieder.

»Das hier kommt nie wieder.«

Und dann sagte Karl nichts mehr.

»Was kommt nicht wieder?«, fragte Dani genervt.

»Dieser Moment.«

Karl Groll hatte recht, die Tage der Leichtigkeit waren gezählt. Unbemerkt breitete sich das Gift aus, dessen Geschmack Dani längst kannte. Sie rollte die Augen.

»Das waren weise Worte, aber Frau Arschloch hier neben mir hat halt nichts übrig für Poesie«, sagte Hendrik.

Bevor Dani ausrasten konnte, legte Hendrik seinen Arm um sie und streichelte ihr über den Kopf. Nur eine Geste, die ihm nichts und ihr alles bedeutete. Gerade als Dani begann, sich in Sicherheit zu wiegen, ließ er sie los, einfach so, und griff nach dem Telefon.

Er bemerkte nicht, dass sie das Zimmer verließ. Er hörte nicht, wie sie die Badezimmertür hinter sich zuschlug. Hätten meine Hände nicht so gezittert, wäre ich ihr sofort gefolgt, aber ich war zu fasziniert von meinen Fingern, die sich ganz ohne mein Zutun bewegten. Im Hintergrund rauschte die Klospülung.

»Ed, du musst was mit deinen Händen machen«, sagte Udo.

»Soll ich zum Arzt?«

Udo warf mir ein Knäuel schwarzer Angorawolle zu.

»Ne, *du* sollst was damit machen. Zöpfe oder sonst was. Du musst deine Finger beschäftigen.«

Ich bastelte dicke, fette, hässliche Püppchen, Groll nannte sie Teufelsföten.

An diesem Abend formte ich acht Püppchen und brachte sie Dani.

»Ich habe keine Lust, mit dir zu schlafen, Ed«, sagte sie herablassend.

»Ich auch nicht. Ich hab was für dich.« Vorsichtig legte ich die acht Monster in ihre Hände.

»Was ist das? Das ist unglaublich hässlich.«

»Sorgenpüppchen.«

»Die sind riesig.«

»Ja, für riesige Sorgen.«

»Und scheußlich.«

»Ja, für scheußliche Sorgen.«

Sie nahm die acht tennisballgroßen Geschöpfe, stopfte sie unter ihr Kopfkissen, und dann schliefen wir doch miteinander.

Zum ersten Mal seit meiner Rückkehr nach Berlin suchte ich den Ort auf, an dem ich Jack gefunden hatte.

Mit einer Packung Kekse in der Tasche marschierte ich zu dem Gehege, stellte mich an den Zaun und sang eines seiner traurigen Lieder. Doch die grauen Riesen ignorierten mich. Ich sang laut und immer lauter, aber meine Melodie blieb ohne Zauberkraft. Die Herde des Kings musste nicht einmal hinsehen, um mich als falschen Gott zu enttarnen. Vielleicht war es der Nikotinentzug, aber ich wurde das Gefühl nicht los, dass die Elefanten mich auslachten. Ich versuchte es mit den Keksen, beugte mich über das Geländer, aber auch meinen Zucker verschmähten sie.

»Ich bin sein Sohn«, schrie ich, und dann beschimpfte ich die Tiere, nannte die Elefantendame eine gottverdammte Hure und Schlimmeres. Und als ich ausholen wollte, um die Prinzenrolle gegen ihren fetten Arsch zu schleudern, packte mich jemand am Kragen. Mittlerweile hatte sich eine Menschentraube gebildet, ich wurde abgeführt wie ein Schwerverbrecher.

Ich musste eine Strafe von 250 Mark bezahlen und bekam fünf Jahre Hausverbot. Als ich den Herren, die meine Daten aufgenommen hatten, sagte, dass sie mir den Zutritt nicht verweigern könnten, weil meinem Vater nämlich die Elefanten gehörten, wurde das Verbot augenblicklich um fünf weitere Jahre verlängert.

Zwei Männer begleiteten mich zum Tor hinaus. Dort blieb ich stehen. Ich konnte nicht anders, ich musste noch einmal singen. Ich rief seine Herde, ich schrie nach ihnen. Aber sie hörten mich nicht. Hatten sie mich, den Sohn ihres einzigen Gottes, wirklich vergessen?

Als ich nach Hause kam, hörte ich Geräusche aus dem Bad und sah Dani über das Klo gebeugt. Ich wusste sofort, dass ich das nicht sehen sollte, dass niemand das sehen sollte, dass ihr nicht einfach schlecht war oder sie zu viel getrunken hatte. Das hier war Danis Hölle.

Ich schlich ins Wohnzimmer und machte den Fernseher an. Ein paar Minuten später kam sie zu mir.

»Ich habe dich gar nicht kommen hören«, sagte sie. »Wie war's im Zoo?«

»Ich habe Hausverbot.«

»Im Zoo?«

Dani lachte, und ich vergaß, was ich eben gesehen hatte. Ich vergaß es ihr zuliebe, oder mir zuliebe. Denn auch an den Höllenpforten kann man abgewiesen werden. Dann steht der eine draußen und der andere drinnen, und jeder weiß, wo der andere steht. Es ist einfacher, wenn man sich auf derselben Seite glaubt.

Und dann stolperte Hendrik mit seiner neuesten Eroberung herein, eng umschlungen, ein zweiköpfiges Monster.

Auf dem Tisch lagen Dutzende meiner Teufelsföten, und das Mädchen, sie hieß Line oder Tine, nahm eines der Wollpüppchen in die Hand. »Ist das süß.«

»Ed schenkt dir sicher eins.«

Ich wollte schon ja sagen, aber Dani war schneller.

»Ich denke nicht, dass Eddy sie verschenkt, aber ich bin mir sicher, dass Hendrik dir eins kaufen wird, nicht wahr, Hendrik?«

»Natürlich schenkt Ed ihr so ein Scheißteil.«

»Nein«, sagte ich. Das war für Dani.

Tine-Line sah verwirrt von einem zum anderen.

»O.K. Ed, und was soll so ein Ding kosten?«

»9 Mark«, antwortete Dani, ehe ich auch nur Luft holen konnte.

»Ich bezahle doch keine 9 Mark dafür. Ed, 9 Mark, das ist krank.«

Dani zog einen Zehner aus der Hosentasche und drückte mir den Schein in die Hand.

»Such dir eins aus«, sagte sie zu Tine-Line und verließ das Zimmer.

Etwas änderte sich gleich zu Beginn des neuen Jahres, aber man konnte es nicht richtig festmachen. Man lachte nicht mehr ganz so gerne über sich selbst. Ein selbstbedrucktes T-Shirt war nicht mehr nur ein selbstbedrucktes T-Shirt. Es hatte Bedeutung, verkörperte etwas, und dieses Etwas ließ sich nicht in einem Wort ausdrücken. Es brauchte viele Worte, ernste Worte.

Udo war der Vorreiter in unserer WG. Plötzlich wurden seine Hosen ernst. Groll verfasste weiter Gedichte und lachte wie eh und je. Hendrik brachte noch immer jeden Abend eine andere Frau mit nach Hause, und Dani konnte nicht aufhören, ihn zu lieben. Ich fing wieder mit dem Rauchen an und sehnte mich nach Ganzheit. Je älter ich wurde, desto deutlicher spürte ich die Nahtstellen. Das namenlose Fleisch, die Schatten einer trompetenden Herde, Adam, das skandinavische Sperma. Ich wusste einfach nicht, welcher dieser tausend Flicken ich sein sollte.

Udo gab mir die Adresse seines Therapeuten. Der Doktor hatte einen schweren Atem. Eine Art ständiges Schnauben, das mich bei meinem ersten Besuch fast wahnsinnig machte. Aber ich vertraute Udos Urteil und ergriff nicht sofort die Flucht.

In der dritten Sitzung kamen wir auf Jack zu sprechen. Ich erzählte ihm eine ganze Menge über den King, auch über dessen Zorn. Obwohl ich wahrheitsgemäß erklärte, dass ich Jack nach seinen Wutausbrüchen nicht weniger liebte, dass mich seine Faust weder demütigte noch mir das Gefühl der Hilflosigkeit vermittelte, blieb der Therapeut skeptisch.

»Was ist Ihr Lieblingsdessert?«, fragte er und setzte seine Brille ab.

»Schokoladentorte.«

»Sehen Sie, Herr Moss-Cohen, es ist, als bekäme man eine riesige, eine geradezu perfekte Schokoladentorte. Perfekt, aber dann landet eine fette Fliege darauf und beschmutzt die Torte. Wir können die Fliege nur aus einem bestimmten Winkel sehen. Die Frage ist, wollen Sie die Fliege überhaupt sehen? Wollen Sie erkennen, dass Ihr perfektes Dessert einen Makel hat? Wollen Sie verstehen, dass der Insektenkot Sie krank machen kann? Denken Sie darüber nach.«

Ich habe darüber nachgedacht. Ich habe ihm gesagt, dass mir die Fliege egal sei, dass ich mich glücklich schätzen würde, eine Schokoladentorte zu bekommen – vollgeschissen oder nicht –, denn die meisten Menschen bekämen nur trockenen Zitronenkuchen, der nicht mal nach Zitrone schmeckt.

Das war das Ende meiner Therapie.

Die undefinierbare Unruhe, die seit Beginn des Jahres in der Luft lag, erreichte ihren Höhepunkt, als die Flugzeuge ins World Trade Center knallten. Eigentlich gab es keinen Zusammenhang zwischen den einstürzenden Türmen, den aufgeregten Wochen danach und dem Wandel in unserem Leben, es geschah nur zur gleichen Zeit. Unsere Wohngemeinschaft löste sich auf. Udo war der Erste, der seinen Auszug verkündete, am Abend des 11. Septembers.

Drei Wochen später stand Herr Maszuk vor der Tür. Groß, stark und immer noch verdammt lebendig.

Während Hendrik sich ein Hemd überzog, lief sein Vater in unserem Wohnzimmer auf und ab. Er ging zum Tisch und nahm einen meiner Teufelsföten hoch.

»Was ist das?«, fragte er streng.

»Sorgenpüppchen.«

»Kenn ich nicht. Aber das gefällt mir. Was willst du dafür haben?«

»9 Mark«, schoss es aus mir heraus.

Er bezahlte anstandslos und wiegte das schwarze Monster zärtlich in der Hand, als wäre es lebendig.

»Das gefällt mir«, sagte er noch einmal.

Dann kam Hendrik mit tapsigen Schritten und folgte seinem Vater nach draußen.

Es war Mitternacht vorbei, als er mit einer gereckten Siegesfaust das Wohnzimmer betrat. Das Maszuk'sche Imperium sollte um ein Büro in Berlin erweitert werden.

»Und ich soll es leiten. Krass, oder?«

»Ja«, antwortete ich. »Und was genau musst du da machen?«

»Häuser kaufen. Häuser abreißen lassen. So was halt.«

»Und dein Studium?«

»Darf ich offiziell abbrechen.«

»Wieso das denn?«

»Hat irgendwas mit dem 11. September zu tun und der Börse. Keine Ahnung. Er meint, dass ein Studium momentan pure Zeitverschwendung sei.«

»Verstehe ich nicht.«

»Ich auch nicht, aber das ist doch auch scheißegal.«

Zu Hendriks neuem Leben sollte nicht nur ein Büro gehören, sondern zudem eine eigene Wohnung, ein Dienstwagen und ein fürstliches Gehalt.

Dani saß schweigend auf dem Sofa, während Hendrik mit roten Ohren von der zukünftigen Herrlichkeit schwärmte.

Erst als er zum achten Mal wiederholte, dass er sich das Auto aussuchen dürfe, unterbrach sie ihn.

»Dann ziehen wir wohl alle aus.«

Auch wenn wir es nicht wollten, wir verloren einander. Nicht augenblicklich, nicht plötzlich, sondern nach und nach. Groll mietete sich ein Zimmer in einer Dachwohnung und schrieb. Udo zog mit seinem Freund zusammen und entwarf seine erste Badehosenkollektion. Hendrik kaufte Häuser und fuhr einen Jaguar, um den ich ihn so sehr beneidete, dass es weh tat. Dani fing wieder an, bei einem Graphikdesigner zu arbeiten, und versuchte Hendrik zu vergessen.

Ich eröffnete mein erstes Geschäft. Ich nannte den Laden TEUER. Die Teufelsföten, die ich in Gothic-Sorgenpüppchen umtaufte, legte ich zu dritt in eine Art selbstgebasteltes Nest und verkaufte sie für 26 Mark, später für 19 Euro 90. Anfangs lachte ich noch, über mich, meine Ware und meine Kunden. Aber dann wurde ich Teil dieses Schwachsinns und nahm es ernst, mich, meine Föten und die Menschen, die mir ihr Geld nachwarfen. Ich gehörte dazu, zu den Machern dieser Stadt.

Werden wir zwangsläufig das, was andere in uns sehen? Einmal kam Groll in meinem Laden vorbei. Seine Augenringe waren noch schwärzer und tiefer als sonst. Er wirkte gehetzt und wollte sich zwanzig Euro leihen. Ich gab ihm fünfzig, in der Hoffnung, dass er gleich wieder gehen würde. Sein dankbares Lächeln löste Beklemmungen in mir aus. Und mein Fuß zuckte.

»Eddy, hast du nicht manchmal das Gefühl, dass da was falsch gelaufen ist?«

»Brauchst du mehr als fünfzig Euro?«, fragte ich.

»Hast du niemals das Gefühl?«

In dem Moment kam ein Schwung Menschen herein, und ich blieb Groll eine Antwort schuldig. Erst als ich vier Fötennester verkauft hatte und der Laden sich leerte, bemerkte ich, dass er nicht mehr da war.

Ein paar Wochen später lag ein Umschlag mit fünfzig Euro in meinem Briefkasten. ›Danke‹, stand auf einem Zettel. Mehr nicht.

Ab und zu holte mich Hendrik mit seinem Jaguar ab und zeigte mir die Häuser, die er gekauft hatte oder noch kaufen würde. Dani sah ich selten, aber wir telefonierten häufig. Jedes Mal erkundigte sie sich bemüht beiläufig nach Hendrik, ob er nach ihr gefragt habe, und ich musste sie immer wieder enttäuschen. Eines Abends sagte sie mir, dass sie jetzt einen Freund habe.

»Gratuliere, Dani.«

Und dann weinte sie am anderen Ende der Leitung. Ich überhörte es, ihr zuliebe, mir zuliebe. Es war für lange Zeit unser letztes Telefonat.

Im Herbst 2002 hing Udos Unisex-Jeanskollektion in meinem Laden und verhalf TEUER zu noch mehr Ruhm. Die Föten verkaufte ich jetzt in bedruckten Beuteln und erhöhte den Preis auf 27 Euro 50. Internationale Modemagazine kamen in mein Geschäft, um über Udos Hosen und meine Monster zu berichten. Aus den Flicken wurde Ed M.C., der Besitzer von TEUER. Und jeden Tagen zeigten mir tausend Spiegel sein bedeutendes Gesicht.

Schon im nächsten Frühling stellten wir Udos zweite Kollektion vor: BLACK.

Die Hosen wurden schwarz und noch enger. Um einen Kontrast zu schaffen, begann ich, weiße Föten herzustellen, die wie Leichen aussehen sollten, und legte sie zu zweit in einen Pappsarg. Um ihre nicht vorhandenen Hälse hing ein Schild: DEATH BY BLACK.

Nicht nur ich hielt das für einen Geniestreich. BLACK und die Leichenföten verkauften sich so rasant, dass einem schwindelig wurde.

Und dann kam der Juni, und dann kamst du, Amy. Die Luft roch nach Grillkohle und nach dem siegreichen Aufbegehren des Sommers, als ich dir auf Haderbergs Dachterrasse begegnet bin.

»Das ist Amy.«

Wir haben uns die Hände geschüttelt. Du hast neben Haderberg gestanden, und er hat für dich gesprochen.

»Das ist Amy aus England.«

»Amy ist Schauspielerin.«

»Amy spielt die weibliche Hauptrolle in meinem Film.«

Er hat von deinem Deutsch geschwärmt und erzählt, wie schwer es gewesen war, eine Irin zu finden, die Deutsch beherrschte. Und das hatten sie dann ja auch nicht, weshalb sie sich für dich entschieden haben. Für dich, die Engländerin.

Haderberg entfernte sich.

»Kann ich mich setzen?«

Ich mochte deinen Akzent, der mich ein wenig an jemanden erinnerte.

Worüber haben wir uns unterhalten? Über deinen Film wahrscheinlich. Und wenn ich in der nächsten Stunde aufgestanden und gegangen wäre, ich hätte dich vergessen und nie wieder an dich gedacht. Aber wir sind mit Udos Freunden noch was trinken gegangen. Auf einem wackligen Barhocker habe ich das erste Mal deine Augen richtig gesehen.

Das linke war haselnussbraun, das rechte wesentlich dunkler. Mehr noch als dieser Kontrast hat mich die Abwesenheit meines Spiegelbildes getroffen. Weder das helle noch das dunkle Auge zeigten mir mein Gesicht. Amy, lösen wir uns auf, wenn uns niemand mehr sagt, wer wir sind, oder werden wir erst dann zu dem, was wir eigentlich sein sollten?

»Also Edward, ich verstehe noch immer nicht, was du da genau herstellst.«

Es war bereits mein dritter Versuch, dir meine Föten zu erklären. Ich war es gewohnt, dass die Leute mich und meine Monster ernst nahmen, aber du bist einfach immer wieder in schallendes Gelächter ausgebrochen. Ich war wirklich nah dran, wütend zu werden, doch dein Lachen klang so leicht. So lebendig. Und hatte ich nicht selbst, vor nicht allzu langer Zeit, über mich und die dicken Püppchen lachen können?

Wir waren die Letzten, die die Bar verließen, und ich führte dich zu TEUER. Habe ich wirklich gedacht, dass ich dich beeindrucken könnte?

Du hattest einen der Minisärge im Arm.

»Die sehen aus wie tote Schafe. Also das machst du den ganzen Tag, Edward? Tote Schafe?«

Ich zuckte mit den Schultern.

»Das ist irgendwie traurig, oder?«

Ich wollte mich verteidigen, wollte dir noch einmal sagen, wie viel Geld ich damit verdiente, dass italienische und französische Modemagazine mich interviewten, aber wieder zuckte ich nur mit den Schultern. Du hattest recht, tote Schafe sind irgendwie traurig.

Du, Amy, und die leblosen Föten, ihr habt mich zum Weinen gebracht. Konntest du das hören, wie Ed M.C. ganz langsam einen Riss bekam?

»Edward, warum weinst du denn jetzt?«

Ich konnte dir nicht antworten, ich konnte einfach nur weiterheulen. Was hätte ich denn auch sagen sollen?

Ich zerreiße?

Du hast deinen Arm um mich gelegt und ganz leise ein Lied gesungen. Es war ein Lied aus deinem Film, in dem du, die Engländerin, eine Irin gespielt hast. Es war ein irisches Lied. Ich kannte es. Ich hatte es lange nicht mehr gehört, aber ich hatte es nicht vergessen. Wie von selbst fingen meine Füße an zu stampfen und meine Hände zu klatschen.

Nach vier Zugaben wolltest du nicht mehr. Ich hätte die ganze Nacht weitermachen können.

Zum Abschied hast du meine Hände genommen und sie geküsst. Amy aus England, du trugst einen Ring an deinem Finger, und deshalb musstest du meine Hände schnell wieder loslassen.

»Es war ein schöner Abend, Edward. Auf bald.«

Du bist in ein Taxi gestiegen und hast mich mit meinen armen Schäfchen zurückgelassen. Die Glasfront zeigte mir ein Gesicht, das schon mal einem anderen gehört hatte.

Zweimal war ich kurz davor, Haderberg nach Amys Nummer zu fragen. Zweimal täglich.

›Auf bald.‹

Als ich gerade wieder in Gedanken mit Amy telefonierte, trat ein blasser Mann in den Laden und kam auf mich zu. Er war ein bisschen größer und ein bisschen älter als ich.

»Bist du Eddy?«

»Ja, ich bin Ed.« Eddy nannte mich schon lange niemand mehr.

»Können wir kurz irgendwo in Ruhe reden?«, sagte er leise.

Ina, die Aushilfe, war zu doof, um sie allein zu lassen, und außerdem führte ich in meinem Kopf gerade ein wichtiges Gespräch.

»Was gibt's denn?«

»Es dauert nur ein paar Minuten, es ist wichtig.«

»Kennen wir uns?«

»Nein. Ich bin … Ich war Danis Freund.«

Udo konnte nicht mit, weil er nach Paris musste, und Groll war spurlos verschwunden, also fuhren Hendrik und ich zu zweit in die Waldklinik. Wind drang durch die heruntergekurbelten Fenster. Es war inzwischen Hochsommer. Hendrik hatte seinen Jaguar gegen einen BMW getauscht und sich verlobt. Zum zweiten Mal.

»Und dieser Typ, ihr Exfreund oder was, ist zu dir in den Laden gekommen?«

»Ja. Dani hat ihm wohl von uns erzählt. Von Köln. Von der WG.«

»Wie lange ist sie schon da drinnen?«

»Fast drei Monate.«

»Wann hast du sie das letzte Mal gesehen?«

»Über ein Jahr her.«

»Und sie hat wirklich versucht …«

»Ja, anscheinend.«

»Hätte ich ihr nicht zugetraut. Groll ja. Aber Dani?«

»Wieso Groll?«

»Weiß nicht, Groll war ein Loser und wird immer einer bleiben. Das Arschloch schuldet mir noch zweihundert Euro.«

Die Waldklinik lag fünfzehn Minuten vom Wannsee entfernt.

Die Treppe hoch, einen verglasten Gang entlang, links herum und die zweite Tür auf der rechten Seite.

Dani wirkte zerbrechlich in diesem weißen Bett. Sie richtete sich auf. Aus ihrer Verwirrung wurde ein Lachen, verlegen und unsicher. Hendrik streichelte ihr über den Kopf, und die Berührung ließ ihren Körper zittern, fast unmerklich. Es war also noch nicht vorbei.

Ich sah es als meine Pflicht an, diesen Moment schnellstmöglich zu zerstören, richtete Dani schöne Grüße von Udo aus und erzählte ihr, dass Groll verschwunden sei.

»Er hat mir geschrieben.« Sie griff nach einem Blatt Papier.

»Was sagt er?«, fragten Hendrik und ich gleichzeitig.

Dani räusperte sich und las uns Grolls Zeilen vor.

»Berlin, meine Starkstrom-Geliebte

Berlin, meine Starkstrom-Geliebte, so hat man dich genannt,
nicht Frau, Geliebte hat man dich genannt.

Immer werdend, niemals seiend.
Geliebte, an deiner Seite die Möglichkeit,
für immer frei zu sein.
Aber sie wollten sein und nicht nur werden.
Und haben dich gepackt und aus dir eine Frau gemacht.
Berlin, meine Starkstrom-Geliebte, so hat man dich genannt,
nicht Frau, Geliebte hat man dich genannt.«

»Das ist alles? Ein Gedicht? Was für ein Verlierer«, sagte Hendrik und lachte. »Außerdem schuldet unser Poet mir noch zweihundert Euro.«

Danis Gesichtsausdruck änderte sich, sie sah auf einmal sehr müde aus. Sie legte das Gedicht in die Schublade ihres Nachttischs und holte ihr Portemonnaie heraus.

»Soll ich dir geben, von Groll.«

Sie drückte Hendrik zwei Hunderter in die Hand. Wortlos steckte er sie in die Tasche und grinste.

»So, Danilein, wann lässt man dich denn hier raus?« Wieder berührte seine Hand ihr Haar, aber dieses Mal regte sich ihr Körper nicht.

»Wenn sie sicher sind, dass ich es nicht noch einmal versuchen werde.«

»Aber das wirst du doch nicht.«

Sie zuckte mit den Schultern.

»Dani, nur weil dir dein Leben manchmal sinnlos erscheint, musst du doch nicht …«

»Nicht nur mein Leben.«

»Was denn noch?«

»Auch deins.«

»Meins?«

»Ja, deins, meins, Eddys. Das Leben, Hendrik, das Leben …«

»Aber wieso meins?« Seine Stimme überschlug sich.

Dani zog die Decke hoch.

»Ich glaub, ich muss jetzt schlafen.« Und dann schloss sie ihre Augen.

Schweigend liefen wir zum Parkplatz und stiegen in den BMW.

»Dani ist manchmal echt zum Kotzen.«

Ich sagte nichts.

»Und eigentlich wundert es mich nicht, dass sie hier gelandet ist.«

Ich hielt noch immer den Mund.

»Bei aller Liebe. Ich lass mir von ihr nicht sagen, dass mein Leben sinnlos ist.«

»Bei welcher Liebe, Hendrik? Bei welcher Liebe?«

Ich lief zurück in die Klinik.

Die Treppe hoch, einen verglasten Gang entlang, links herum und dann der Geruch von verlorenen Träumen.

»Eduard.«

Ihr Schnurrbärtchen bebte, und auf dem Kinn glänzten zwei dicke schwarze Borsten. Ihre Haare waren grau und hingen über ihren ausgemergelten Schultern.

»Eduard Chopin.«

Sie sah aus wie eine Krähe, eine verhungerte Krähe mit Damenbart. Ihre Hände, von denen man einst Wunder erwartet hatte, waren von roten Flecken übersät.

Ich ging einen Schritt auf sie zu, und damit sie nicht zu

mir heraufschauen musste, hockte ich mich neben ihren Rollstuhl.

»Eduard Chopin, er hat komponiert, bevor er lesen konnte. Eduard Chopin, er hat seiner Klavierlehrerin einen wunderschönen Strauß Blumen geschenkt.« Sie lachte und griff nach meiner Hand. Ihre Finger waren kalt und feucht.

»Ich habe dich sofort erkannt, Eduard. An deinen Augen, an deiner Nase und an deinem Mund.«

Dann sagte die Nöff nichts mehr, sah über mich hinweg, durch mich hindurch. Ich wollte meine Hand aus ihrem Griff lösen, aber sie hielt mich fest.

»Frau Nöff, ich muss gehen.«

Mit einer überraschend schnellen Bewegung drehte sie ihren Kopf und flüsterte in mein Ohr. »Wo sind deine Schäfchen, Eduard? Wo sind deine Schäfchen?«

Dann sackte sie in sich zusammen. Ich sprang auf und rannte den Gang entlang, die Treppen runter, rannte auf die Straße. Ed M. C. rannte um sein Leben.

›Auf bald.‹

Amy, ich sah dich erst Ende September wieder. Einen Tag bevor du zurück nach England fliegen musstest. Haderberg hatte zum Essen eingeladen. Es regnete schon seit Tagen, deshalb aßen wir im Wohnzimmer und die Dachterrasse blieb verwaist. Die Tischplatte und vierzehn Menschen trennten uns voneinander. Einmal habe ich versucht, dir etwas zuzurufen. Aber meine Stimme ging unter, bevor sie dich erreichen konnte.

Als du aufgestanden bist, um auf die Toilette zu gehen, bin ich dir gefolgt.

Die Spülung, der Wasserhahn, und dann standest du vor mir.

»Edward. Was?«

»Du … du fliegst morgen nach Hause?«

»Ja.«

»Ich habe noch ein Abschiedsgeschenk für dich.«

»So?«

»Ja … Soll ich's holen?«

»Gib es mir, wenn ich gehe. Es ist doch ein Abschiedsgeschenk, oder? Und Abschiedsgeschenke bekommt man zum Abschied.«

»O.K.«

Du wolltest dich umdrehen, aber in der Bewegung hieltest du inne und sahst mich an.

»Ach ja, Edward, man rennt fremden Frauen nicht aufs Klo hinterher.«

»Aber du bist doch nicht fremd.« Ich habe deinen Arm festgehalten. »Du hast für mich gesungen. Du bist nicht fremd.«

»Oh, Edward. Weißt du eigentlich …«

»Was?«

Du hast gelacht und diesen Satz nicht beendet. Dein Arm löste sich aus meinem Griff. Und deine Hand hielt einen Moment meine fest und drückte sie.

Den Rest des Essens hast du mich kein einziges Mal mehr angesehen. Auch nicht danach, als wir alle im Wohnzimmer herumstanden. Zwei Schauspieler nahmen dich in Beschlag, und du schienst dich prächtig zu amüsieren. Trotz des Regens ging ich auf die Terrasse, weil du, der einzige Mensch, mit dem ich reden wollte, mich ignoriertest.

Fünf Zigaretten später lehntest du im Türrahmen.

»Es regnet.«

»Ich weiß.«

»Edward, jetzt heißt es Abschied nehmen.«

»Warte kurz.«

Ich rannte hinunter, holte die Tüte, die ich im Flur abgestellt hatte, und rannte wieder hoch. Du hattest deine Position gewechselt. Der Regen stand dir gut.

»Amy, du wirst nass.«

»Ich weiß.«

Wir rauchten eine letzte Zigarette zusammen, und dann überreichte ich dir ein totes Schaf im Sarg.

»Danke, Edward.«

Wir umarmten uns ein bisschen zu lange und ein bisschen zu fest.

»Wir sehen uns wieder«, hast du gesagt. Es klang wie ein Versprechen.

Was habe ich gemacht bis zu dieser eisigen Februarnacht? Ich habe flacher geatmet als sonst, aus Angst, dass Ed M.C. ganz auseinanderfallen würde. Ich bin zur Waldklinik gefahren und einen langen Nachmittag vor dem Eingang stehen geblieben. Nachts lief ich manchmal zum Haus meiner Großmutter. Schlich die Straße auf und ab und um den Block herum. Einmal war die Haustür offen, und ich bin die Treppen hochgerannt, habe Lara Cohens Lachen gehört, auf den Punkt genau, und bin die Treppen wieder hinuntergerannt.

Aber eigentlich habe ich einfach nur flacher geatmet bis zu dieser Februarnacht.

Du bist nicht gekommen, um mich zu sehen, sondern

weil du Schauspielerin bist und weil dein Film Premiere hatte.

Haderberg hatte auch mich eingeladen. Ich saß ein paar Reihen hinter dir. Der Film war große Scheiße, Amy. Ich wartete ungeduldig auf die Stelle, an der du das irische Lied singen würdest. Sie war viel zu kurz. Aber du hast dich zu mir umgedreht und mich angelächelt. Du hattest mich also auch nicht vergessen.

Auf der anschließenden Party standen andauernd irgendwelche Leute um dich herum, gratulierten dir und redeten auf dich ein. Ich habe mich an die Bar gesetzt und wieder gewartet. Und dann kamst du zu mir.

»Heute Abend darfst du über mich lachen. Der Film ist genauso traurig wie deine Schafe.«

Bevor ich etwas sagen konnte – und ich hätte dich angelogen und dir gesagt, dass der Film großartig sei –, brachst du in schallendes Gelächter aus.

»Komm, Edward, lass uns woanders hingehen.«

Amy, du hast mich geführt, ich bin dir nur gefolgt. Draußen schneite es, und unsere Zähne klapperten.

»Hast du noch Zigaretten?«, habe ich dich gefragt, während wir am Straßenrand auf ein Taxi warteten.

»Die Taschen voll.«

Die Taschen voll. Warum hat mich dieser Satz direkt ins Herz getroffen?

Wir lagen auf dem Bett deines Hotelzimmers. Zwischen uns der gesamte Inhalt der Minibar. Es war ein Nichtraucherzimmer, trotzdem standen ein Aschenbecher und Streichhölzer auf dem Nachttisch. So viel zur Logik dieser Welt.

Der Rauch machte das Zimmer ein bisschen weniger anonym. Ein paar Tropfen Johnnie Walker liefen über dein Kinn.

»War irgendwie klar, dass wir hier landen. Oder, Edward?«

Du hast nicht auf meine Antwort gewartet, sondern dich ausgezogen. Alles. Auch deinen Ring.

Ich habe dich wie ein Idiot angestarrt und nicht gewagt, dich anzufassen. Amy, ich wäre gegangen, wenn du mich weggeschickt hättest. Aber du hast mich zu dir gezogen, und unter der Berührung deiner nackten Hand begann ich zu zittern.

Ich dachte, mein ganzer Körper würde wie eine schlecht genähte Decke einfach auseinanderfallen, sobald du mich wieder losließest.

Du hast mich losgelassen. Mein Körper ist nicht auseinandergefallen.

Wir rauchten die letzten Zigaretten und teilten uns das letzte Fläschchen Wodka Gorbatschow. Ich war nackt, und du hattest mein T-Shirt an.

»Morgen wechselt jemand die Laken, bringt den Müll weg, und diese Nacht verschwindet einfach.« Deine Stimme klang so gleichgültig, Amy.

Ich stand auf und knallte meine Faust gegen die Wand. Es tat weh, aber ich schlug nochmals, und noch einmal.

»Spinnst du jetzt total? Was machst du da?«

»Ich will ein verdammtes Loch hier reinschlagen. Damit etwas bleibt, Amy.«

Du hast gelacht. Dein Lachen hat meiner Faust die Kraft genommen. Meine Hand schwoll an. Kein Blut, nichts Heroisches.

»Edward, was hast du denn erwartet?«

Der Ring wanderte zurück vom Nachttisch an deinen Finger.

»Ich weiß es nicht.« Ich wusste es wirklich nicht, und weil ich keinen Ring hatte, den ich mir anstecken konnte, griff ich nach den Zigarettenschachteln. Beide waren leer. »Hast du noch welche?«

»Nein.« Auch dein Nein klang gleichgültig. Amy, warum konntest du nicht noch einmal sagen: »Die Taschen voll.«

»Edward, vielleicht gehst du jetzt besser. Ich bin müde.«

Im Märchen ist es die Turmuhr, die um Punkt zwölf dem Zauber ein Ende setzt. In unserer Geschichte zeigten zwei Packungen Marlboro die magische Zeitgrenze an.

So gefasst wie möglich stieg ich in meine Jeans.

»Warte, dein T-Shirt.«

»Behalt es.«

»Nimm.«

Du hast das T-Shirt ausgezogen und es mir hingehalten.

»Ich schenke es dir.«

»Edward, draußen ist es kalt.«

»Dann nehme ich deins.«

»Nein, Edward, meins war teuer.«

»Meins auch. Behalte es einfach als Andenken.«

»Edward, ich will es nicht.«

Du hast es in meine Manteltasche gestopft. Wir umarmten uns zum Abschied. Nicht sehr lange und nicht sehr fest.

»Wir sehen uns wieder«, hast du gesagt. Es klang wie eine Lüge.

Unten im Hotel habe ich das T-Shirt für dich abgegeben und einen Zettel dazugelegt. »Damit etwas bleibt, Amy.«

Am nächsten Tag hast du mich angerufen, um mir zu sagen, dass du gleich zurück nach England fliegen würdest und dass ich mein T-Shirt an der Rezeption abholen könne.

»Du hast gesagt, wir sehen uns wieder.«

»Edward, hör auf. So ist das Leben.«

Wer, liebste Engländerin, hat dir diesen beschissenen Satz beigebracht?

»Und gestern Nacht, warum …«

»Lass uns nicht mehr darüber sprechen.«

»Amy …«

»Ja?«

Ich konnte deinen Ring hören, der ungeduldig gegen den Hörer schlug.

»Amy, bitte verschwinde nicht einfach so.«

»Ich muss jetzt los. Pass auf dich auf, Edward.«

Du hast aufgelegt, bevor ich auch nur auf Wiedersehen sagen konnte.

Ich nahm mir frei. Ed M. C. gab es nicht mehr, und ich, wer auch immer ich sein mochte, brauchte eine Pause von den toten Schafen. Ich überließ Udo den Laden und legte mich ins Bett. Da blieb ich liegen. Der einzige Grund, warum ich das Telefon noch beantwortete, war die Hoffnung, dass du dich doch noch einmal melden würdest.

Zwei Wochen später bekam ich einen Anruf, der mich aus dem Bett zwang. Ich holte Mama und die Huberin am Bahnhof ab. Die Beine der Huberin waren trotz der Minusgrade nackt unter ihrem Hauskittel. Magda Moss-Cohen besaß noch immer ihren Jungmädchencharme, obwohl sie die sechzig überschritten hatte.

»Ich kann sie mir so schlecht tot vorstellen, Eddylein.«

Ich wusste, was sie meinte.

Auf Omas Küchentisch lag die Altardecke, und einen Moment lang standen wir um den Tisch herum und betrachteten den gekreuzigten King. Die Farben waren verblasst, ein paar ausgewaschene Kaffeeflecken sprenkelten das weiße Tuch.

Mama setzte sich ans Klavier, die Huberin durchstöberte die Hausbar, und ich holte den Schlüssel aus der Zuckerdose.

Ich schlich die Wendeltreppe auf Zehenspitzen hoch, denn ich traute auch einer toten Lara Cohen zu, mich wieder herunterzuschleifen. Ich knipste das Licht an, und alles sah genauso aus wie an dem Tag, als Moses vor mir zu Boden gegangen war. Ein aufgeklapptes Buch, der Sessel, der Staub.

Und dann öffnete ich Kisten und Koffer, als ob ich geahnt hätte, dass ich hier oben etwas finden sollte, weil ich etwas finden wollte, weil ich suchte.

Ed M.C. hätte sich nicht die Mühe gemacht, alles zu durchwühlen, aber den gab es ja nicht mehr.

Eingewickelt in braunes Packpapier, eine Briefmarke aus einer anderen Zeit. Der Empfänger: Anna Guzlowski bei A. Cohen. Darunter die Adresse der Wohnung, die einmal mein Zuhause war. Kein Absender. Das Paket war nie geöffnet worden. Ich zerriss das Papier. In meinen Händen hielt ich mein Erbe.

Ich las Seite um Seite. Es war, als hörte ich meine eigene Stimme, als ob meine Stimme seine Geschichte erzählen würde.

Das hier ist meine Geschichte und Adams Geschichte. Auf diesem Dachboden haben sie sich ineinander verschlungen. Ich habe Adams Nase, seine Augen, seinen Mund und diesen Stapel Papier geerbt, der seinen wahren Empfänger nicht erreicht hat.

II

Adam

Liebe Anna,

meine Mutter hat immer gesagt, dass es noch ein schlimmes Ende mit mir nehmen wird, und Edda Klingmann hat immer behauptet, dass Adam einmal Großes vollbringen wird.

Irgendwie haben sie beide recht behalten.

Anna, ich hoffe, dass dieses Buch dich eines Tages finden wird. Mich und viele andere wird es dann nur noch auf diesen Seiten geben. Hör dir meine Geschichte an, die auch ein Teil deiner Geschichte ist.

Ich wurde unmittelbar nach dem Krieg gezeugt. Es war die letzte Tat, die mein Vater, Maximilian Cohen, vollbrachte, bevor er sich in sein Zimmer einsperrte, um nie wieder herauszukommen. Das war 1919.

Mein älterer Bruder Moses und ich durften Vaters Zimmer nicht betreten. Dieses Verbot, gepaart mit Maximilian Cohens häufigen Schreien, zog mich geradezu magisch an. Ich habe ganze Nächte vor seiner Tür verbracht. Manchmal guckte ich durchs Schlüsselloch, so lange, bis ein Schuh oder ein Buch gegen die Tür flog. Ich kannte meinen Vater nur von einer Fotografie im Wohnzimmer.

Der zweite verführerische Ort war der Dachboden, auf dem Edda Klingmann wohnte. Edda ist meine Großmutter, die Mutter meiner Mutter, aber ich durfte sie weder Oma noch Großmutter nennen. Eine ganze Weile bestand sie darauf, dass Moses und ich sie mit Frau Klingmann anredeten. Man habe sie schließlich nicht gefragt, ob sie überhaupt Enkel haben und eine Oma sein wolle. Sie war erst Ende vierzig, als ich auf die Welt kam. In den ersten Jahren machte Frau Klingmann einen großen Bogen um mich, denn ein ständig heulendes Wesen, das in seine Windeln kackte, langweilte sie. Und sie zu langweilen war eine Todsünde.

Ich muss ungefähr fünf gewesen sein, als wir Freundschaft

schlossen und ich sie Edda nennen durfte. Moses war vier Jahre älter als ich, aber er und Frau Klingmann sind nie wirklich warm miteinander geworden. Nur ganz, ganz selten durfte auch er sie Edda nennen. Anfangs erlaubte Edda mir, sie einmal am Tag auf dem Dachboden zu besuchen. Ich musste anklopfen und warten, bis sie mich hereinbat, manchmal ließ sie mich über eine Stunde vor der Tür stehen.

Edda Klingmann war eine Walküre, groß und üppig mit einem gigantischen Busen. Sie trug mit Vorliebe hautenge, bodenlange rote Samtkleider. Ihre Haut war weiß wie Porzellan, ihre Augen blassgrün und ihr Haar schwarz mit einem Blaustich. Den verdankte sie Luigi, ihrem Friseur, der eigentlich Chaim hieß und Jude war, so wie wir. Aber Edda bestand auf einem italienischen Friseur.

»Adam, zum absoluten Glück einer Dame gehört ein italienischer Friseur, nur ein Italiener hat wirklichen Geschmack.«

So wurde aus Chaim Luigi. Und weil Chaim meine Großmutter verehrte, spielte er seine Rolle mit rührender Ernsthaftigkeit. Er eignete sich sogar einen italienischen Akzent an, den er später gar nicht mehr loswurde, was seine Frau fast in den Wahnsinn trieb.

Es war schwer, Edda Klingmann zu beeindrucken. Das Einzige, was sie wirklich beeindrucken konnte, war Schönheit. Sie beurteilte alle Menschen aufgrund ihres Äußeren und glaubte zudem, damit den Verlauf der Geschichte vorhersagen zu können.

»Adam, das ist eine Gabe, es ist wie Hellsehen. Ich wusste, dass wir den Krieg nicht gewinnen können. Schau dir Wilhelms Augen an, schau sie dir an, sie stehen ganz seltsam beieinander, und Ludendorff hat kein Kinn. Ein Mann ohne Kinn.« Und dann nickte sie vielsagend.

Edda Klingmann rauchte 68 Zigaretten am Tag.

Ihr Mann, mein Großvater, den sie den Itzigen nannte, war lange vor meiner Geburt gestorben. Ein Pferd hatte ihm ins Gesicht getreten. Er war auf der Stelle tot.

»Adam, dein Großvater war ein Trottel, und er ist wie ein Trottel gestorben. Aber der Itzige war ein wunderschöner Mann, deshalb habe ich ihm alles verziehen. Auch die Sauferei.«

Wir sind Juden. Irgendwie. Seit dem Tod des Itzigen ging Oma nicht mehr in die Synagoge. Und Maximilian Cohen, dessen Urgroßvater ein Rabbiner gewesen war, glaubte einzig und allein an Deutschland, besser gesagt an den Kaiser. Meine Mutter aber, Greti Cohen, hat niemals aufgehört, zum Gott ihres Vaters zu beten. Sie war schwanger, als ihr Mann in den Krieg zog, um für sein geliebtes Kaiserreich zu kämpfen, und als sie ihren Sohn dann in den Armen hielt, gab sie ihm den Namen Moses und ließ ihn beschneiden. Bei der Rückkehr meines Vaters aus dem Krieg war Moses vier Jahre alt, und es war eindeutig zu spät, ihn noch umzubenennen oder die Vorhaut wieder anzunähen.

Als ich auf die Welt kam, hatte sich Maximilian schon weggesperrt. Trotzdem wagte meine Mutter es nicht, den gleichen Fehler noch einmal zu machen, deshalb wurde ich nicht beschnitten. Sie nannte mich Adam, nach dem einzigen Mann, der jemals das Paradies gesehen hat.

Ich glaube, Edda und ich wurden Freunde, weil sie mich hübsch fand. Ich hatte ihre Augen und die wohlgeformte

Nase des Itzigen. Moses hingegen sah aus wie Maximilian Cohen, dessen Wangenpartie, laut meiner Großmutter, »unvollendet« war. »Und das, Adam, verunstaltet das ganze Gesicht. Vielleicht würde ein Bart helfen.«

So richtig begann sich Edda allerdings erst für mich zu interessieren, als ich aus der Schule flog. Das geschah ziemlich bald nach meiner Einschulung. Ich konnte einfach nicht stillsitzen. Sosehr ich mich auch bemühte, meine Beine wollten mir nicht gehorchen. Meine Lehrer und der Direktor waren ratlos, weder Drohungen noch Schläge schafften es, meine Beine ruhigzustellen. Eines Tages brachte der Direktor mich persönlich nach Hause und teilte Greti Cohen und Edda Klingmann mit, dass man für mich eine andere Lösung finden müsse. Es gab eine Schule für bekloppte Kinder, da wollte man mich hinschicken. Meine Mutter heulte auf und prophezeite mir, ihrem jüngsten Sohn, ein schlimmes Ende. Edda Klingmann hingegen sorgte dafür, dass ich Privatunterricht bekam. In dem Moment, in dem die Schule und meine Mutter mich aufgaben, beschloss sie, dass Adam Cohen einmal Großes erreichen sollte. Von diesem Tag an musste ich nicht mehr anklopfen.

Herr Strund unterrichtete mich, ein pensionierter Lehrer mit Ziegenbart und einem herrlichen Mund.

»Adam, schau dir diese Lippen an, leicht aufgeworfen, nur ganz leicht, und dieses Rosa. Ich habe noch nie einen so wunderbaren Mund gesehen.«

Während Edda schwärmte, lief Strunds Gesicht im gleichen Rosa wie seine Lippen an.

Mein Privatlehrer war wohl eine von Eddas Liebschaften und reihte sich damit ein in eine Serie mehr oder minder prominenter Männer. Das Prunkstück ihrer Sammlung war Hugo. Hugo Asbach, ein angesehener Weinbrandfabrikant. Ihm zu Ehren trank sie täglich mindestens drei Gläser Asbach. Und spätestens nach dem dritten Glas begann sie, Anspielungen zu machen.

»Ach, der Hugo ...«

»Was war denn mit dem Hugo?«

Und dann lächelte sie und seufzte. »Das ist eine große Geschichte, Adam.«

Das Konkreteste, was ich je über die große Geschichte erfuhr, war, dass Hugo Asbach eine edle Stirn hatte. Einmal habe ich meine Mutter dazu befragt.

»Ach Adam, sei doch nicht so dumm, sie braucht einfach nur eine Entschuldigung, um zu trinken.«

Aber das wollte ich nicht glauben und werde es auch nie glauben.

Meine Mutter sah aus wie eine vertrocknete Blume, sprach stets leise und bewegte sich lautlos wie ein Gespenst durch die Wohnung. Nur wenn sie mir ein schlimmes Ende prophezeite, schepperte ihre Stimme, und manchmal stampfte sie sogar mit dem Fuß auf.

Sie war die Einzige, die das Zimmer ihres Mannes betreten durfte. Sie brachte ihm sein Essen, leerte seinen Nachttopf, wusch ihn, und vielleicht, aber da bin ich mir nicht sicher, unterhielten sie sich auch manchmal.

Früher fragte ich sie oft, ob mein Vater irgendwann rauskommen würde oder ob ich nicht vielleicht doch zu ihm reingehen dürfte. Die Antwort war immer nur ein Kopfschütteln. Ich wusste zwar, dass mein Land, das Land, das mein Vater so sehr liebte, den Krieg verloren hatte. Dennoch verstand ich nicht, warum er sich deshalb wegschließen musste. Edda Klingmann versuchte, es mir zu erklären.

»Enttäuschung.«

»Wer hat ihn enttäuscht?«

»Wo soll ich anfangen? Seine Eltern, der Kaiser, die Heimat und schließlich deine Mutter. Und jetzt bleibt er lieber da, wo ihn niemand mehr enttäuschen kann.«

Weil mein Vater nicht mehr zur Verfügung stand, hatte Edda Klingmann das Kommando übernommen und sorgte für uns.

Einmal im Monat kam Herr Guldner aus der Schweiz, und wenn er auftauchte, musste ich den Dachboden verlassen. Sie machten Geschäfte miteinander. Selbst meine Mutter wusste nicht, was das für Geschäfte waren.

»Ich hoffe, es ist legal«, sagte sie manchmal mit ihrer leisen Stimme, aber deutlichere Kritik wagte sie nicht. Schließlich ernährten uns diese geheimnisvollen Geschäfte, und sie ernährten uns gut. Auch später, als andere ihr wertloses Geld säckeweise zum Bäcker schleppten, bezahlten wir mit Dollar. Lange Zeit hielt Edda Klingmann alle Sorgen von uns fern. Und so durfte ich mit dem Gefühl aufwachsen, dass mir nichts passieren konnte.

Strund gab sich alle Mühe mit meinem Unterricht, aber es ist wirklich schwer, jemandem, der ständig auf und ab geht, das Lesen und Schreiben beizubringen. Es dauerte fast zwei Jahre, bis ich es einigermaßen beherrschte. Und während ich mich mit dem Alphabet abmühte, das mir noch heute nicht logisch erscheinen will, suchte Edda nach meinem verborgenen Talent. Weil Adam ja einmal Großes vollbringen würde.

»Strund, was meinen Sie, ist Adam ein Poet?«

»Puh«, machte der arme Strund. »Das … Wer weiß, wer weiß.«

Am nächsten Tag schenkte Edda mir ein in Leder gebundenes Notizbuch, und eine Woche später versammelte sich ein Großteil von »Eddas Mischpoke« auf dem Dachboden, um meine Gedichte zu hören. Es war eigentlich nur ein einziges Gedicht.

Moses half uns sämtliche Stühle nach oben tragen und zum Dank durfte er Frau Klingmann Edda nennen und an dieser denkwürdigen Veranstaltung teilnehmen.

Meine Großmutter hatte mir aus einem ihrer alten Kleider einen Umhang nähen lassen. Eingewickelt in den roten Samt, mein Notizbuch in der Hand, stand ich auf dem Tisch. Der Tisch hatte drei heile und ein viertes, kaputtes Bein, das unentwegt klackerte.

In der ersten Reihe saß Luigi. Neben ihm Hupfi – Gustav Hupfner –, ein arbeitsloser Schreiner. Dann Mieze, eine Schauspielerin. In der hintersten Ecke mein Lehrer Strund und an den Türrahmen gelehnt Moses. An die restlichen Zuschauer kann ich mich nicht mehr erinnern.

Ich trat von einem Bein auf das andere, während ich sprach: »*Der schöne Mund vom Strund.* Ein Gedicht von Adam Cohen.

Der Strund, der Strund, er hat einen schönen Mund.
Edda sagt, er ist gewagt, der schöne Mund vom Strund.
Und er hat einen Bart, der Strund mit dem schönen
Mund.

Herr Strund, Herr Strund, warum haben Sie nur so
einen schönen Mund?
Der Strund hat einen gewagten Mund und einen Bart
unter dem Mund.
Und das ist die Geschichte von Strund mit dem schönen
Mund.«

Einen Moment lang war es ganz still, aber dann applaudierte Edda. »Er ist ein Poet, schaut ihn euch an. Bravo!«

Und dann klatschten sie alle, und ich verbeugte mich so oft, bis mir schwindelig wurde.

Manchmal, wenn Edda allein sein wollte oder das Haus verlassen hatte, saß ich im Wohnzimmer vor dem Ofen und spielte mit den Zinnsoldaten, die Maximilian Cohen als Geschenk für seinen noch ungeborenen Sohn zurückgelassen hatte, bevor er in den Krieg zog. Es waren also eigentlich Moses' Zinnsoldaten, aber er erlaubte mir, mit ihnen zu spielen.

Eines Nachmittags, kurz nach meinem Dichterabend, hockte ich mit Vaters Soldaten vor dem Ofen, als Moses sich zu mir setzte. In der einen Hand hielt er mein Notizbuch, mit der anderen streichelte er mir über den Kopf.

»Adam, du kannst gar nicht richtig schreiben. Schau mal, du hast jedes Wort falsch geschrieben. Mund mit zwei ›n‹?«

Ich zuckte mit den Schultern.

»Adam, was soll denn aus dir werden? Wenn du nicht schreiben kannst, darfst du nicht studieren.«

Moses war zwar fast fünf Jahre älter als ich, aber auch er war noch ein Kind. Und doch schon so wahnsinnig vernünftig.

»Ich will gar nicht studieren. Ich bin ein Poet.«

Und dann erklärte Moses mir, dass fast alle Poeten an Hunger sterben würden. Irgendwie musste mich das beeindruckt haben, denn schon bald darauf gab ich das Dichten auf. Was Edda Klingmann als Einzige zutiefst bedauerte.

Es war kaum zu glauben, dass dieser erschütternde Schrei aus dem Munde meiner Mutter kam. Wer hätte geahnt, dass ihre Stimmbänder zu solchen Leistungen fähig waren? Ich half Edda die Treppen hinunter, denn es war Hugos Geburtstag, der dritte in diesem Jahr, und an seinen Geburtstagen trank sie ihm zu Ehren immer eine ganze Flasche Asbach.

Während ich mit Edda die Treppe runterwankte und unter ihrem Gewicht fast zusammenbrach, schrie meine Mutter noch einmal und noch einmal. Als wir das Zimmer meines Vaters erreichten, kam auch Moses angelaufen, der Mutters Schreie vom Innenhof aus gehört hatte.

Ich war acht, fast neun, und sah zum ersten Mal meinen Vater. Er war tot und lila im Gesicht. Er trug seine Uniform mit drei Orden auf der Brust. Mein Vater hatte nur ein Bein, das andere war wohl in Frankreich geblieben. Meine Mutter weinte nicht, sie brüllte einfach, bis Edda ihr den Mund zuhielt. Es war still. Vier von fünf atmeten, aber ansonsten war es still.

Dann zerriss Mama ihren Rock und flüsterte ein Gebet, während Moses und ich nicht aufhören konnten, unseren einbeinigen Vater anzustarren. Maximilian Cohen hatte sich selbst mit einem Kissen erstickt.

»Greti«, sagte Edda und nahm ihre Tochter in den Arm. »Er wollte gehen, sonst schafft man das nicht.«

»Aber warum jetzt? Warum ausgerechnet jetzt?«

»Was wissen wir schon von der Hölle der anderen? Nichts, Greti, nichts.«

Und weil der Asbach sie aus dem Gleichgewicht brachte, setzte Edda sich auf die Bettkante und tätschelte die kalten Hände ihres Schwiegersohns. »Ein Bart hätte ihm gut gestanden«, sagte sie und seufzte.

Obwohl mein Vater jetzt unter der Erde lag, war sein Zimmer noch immer Sperrgebiet für mich. Dreimal am Tag suchte meine Mutter den leeren Raum auf, und nun waren es ihre Schreie und nicht mehr seine, die dann und wann durch die Wohnung peitschten.

Es war fast so, als ob er noch immer da wäre, ja zwischendurch vergaß ich sogar, dass er tot war.

Mama besuchte nun in aller Regelmäßigkeit die Synagoge, Moses wurde ihr ständiger Begleiter und lernte Hebräisch.

»Ich dachte, sie würde noch einmal aufblühen, jetzt wo der Soldat aus dem Haus ist, aber nein, was macht sie? Sie rennt in den Tempel«, sagte Edda, als ich mit ihr den Kurfürstendamm entlanglief. Wir bogen in die Uhlandstraße ein, und ich platzte vor Neugier, denn Edda hatte mir nicht verraten wollen, wo wir hingingen. »J. Bussler« stand am Türschild.

»Maestro.« Sie umarmte den wieselartigen Mann, und sein Kopf verschwand zwischen ihren riesigen Brüsten. Der Maestro hieß Julian Bussler. Er hatte nur noch einen einzigen Finger. Und dieser Finger, der rechte Ringfinger, wirkte in seiner Einsamkeit vollkommen fehl am Platz. Ich hätte ihn gerne abgerissen. Seine Handballen und der eine Finger steckten in schwarzem Leder.

Über der ganzen kalten Wohnung schien eine Staubdecke zu liegen, die jede Farbe ihrer Kraft beraubte.

»Frau Klingmann, hinreißend, Sie sehen hinreißend aus. Und das ist also Adam?« Er verbeugte sich vor mir. »Ich kannte deinen Vater.«

»Er ist tot«, sagte ich.

»Ich weiß, ich weiß. Mein herzliches Beileid. Wir waren zusammen in Frankreich, Max und ich. Ihm verdanke ich, dass ich nur neun Finger verloren habe. Ohne Max wäre ich …«

»Mein Vater hat ein Bein verloren.«

Er nickte, und während er über Maximilians Mut redete, stellte ich mir eine Wiese mit allen möglichen Körperteilen vor. Füße, Hände, irgendwo dazwischen die Finger von Bussler und das Bein meines Vaters. Und ein Schild in verschiedenen Sprachen: ›Bitte etwas dalassen‹.

»Der Maestro war ein General«, sagte Edda und riss mich aus meinen Gedanken.

»Oberstleutnant, liebe Frau Klingmann. Aber jetzt setzen Sie sich, setzen Sie sich, bitte. Einen Moment Geduld, ich hole sie.« Er trippelte davon, während Edda und ich auf dem feuchten Sofa Platz nahmen.

Als Bussler zurückkam, dachte ich zuerst, dass er ein sehr hässliches Kind oder ein verschrumpeltes Tier in den Armen hielte, aber es war ein Geigenkasten. Er stellte ihn auf den Tisch, und mit seinem einen Finger ließ der Maestro die Scharniere aufspringen. Ich weiß nicht, warum ich so überrascht war, dass in dem Geigenkasten tatsächlich eine Geige lag, ich hatte etwas Geheimnisvolleres erwartet.

»Das ist sie.« Er lächelte andächtig »Eine Klotz. Ich behaupte, sie klingt sinnlicher als eine Stradivari.«

»Bussler, sind Sie sich sicher, dass Sie sie wirklich verkaufen …?«

»Ja.«

Dann öffnete Edda ihre monströse Handtasche und legte zwei Goldbarren neben das Instrument. Der schwarze Ringfinger strich über das glänzende Metall.

»Sie retten mein Leben.«

Ich verstand nicht, was da vor sich ging. Wie konnten zwei Klötze Gold jemandem das Leben retten? Ich wusste nichts von Armut. Dunkle Wolken brauten sich zusammen, aber Edda Klingmann hielt alle Sorgen von mir fern. Noch war die Geschichte nicht in unserem Wohnzimmer angelangt.

»Hiermit«, er hielt seine Hände hoch, »kann ich ohnehin nicht mehr spielen, nicht wahr?«

»Da haben Sie wohl recht, Maestro.«

»Und es wird mir eine Freude sein, Adam zu unterrichten. So kann ich sie ja weiterhin sehen. Meine Klotz.«

Ich zuckte zusammen, als mein Name fiel. Edda Klingmann hatte also für zwei Goldbarren eine Geige für mich erstanden, und der einfingrige Leutnant sollte mein Lehrer werden. Damit Adam Cohen dereinst Großes erreichte.

»Aber jetzt holen Sie mal Gläser, Bussler.« Sie zog eine Flasche Asbach aus der Tasche.

Flink klemmte der Maestro das Glas zwischen seine Handflächen und stürzte den Weinbrand in einem Rutsch runter. »Musik, Adam, Musik ist Gottes größtes Geschenk an uns Menschen. Ich wollte eigentlich Geigenbauer werden, da wäre man ein wenig Gott, nicht wahr? Der Ursprung der Musik: Holz, Leim, ein paar Rosshaare, und am Ende eine Violine. Aber mir fehlte das Geschick.«

Edda und Bussler tranken weiter, und die Augen des armen Maestros, der den Alkohol nicht gewohnt war, standen schon bald schief.

»Was macht die Politik, Bussler? Wie geht es Ihrem schnurrbärtigen August in München?«

»Adolf«, sagte er streng.

»Adolf, August. Was bedeutet schon ein Name? Aufs Gesicht kommt es an.«

»Er ist ein großer Mann, und Weimar wackelt, meine Liebe. Weimar wackelt.«

Der Leutnant wollte mit den Handflächen erneut sein Glas ergreifen, aber es gelang ihm nicht.

»Warten Sie, ich helfe Ihnen.« Und Edda führte ihm das Glas an den Mund.

»Es ist demütigend … demütigend, ich kann nicht einmal meinen eigenen Becher halten. Schlimme Zeiten sind das.«

»Papperlapapp, trinken Sie, Bussler, und jammern Sie nicht.«

Erst als die Flasche leer war, brachen wir auf, und fast hätte ich die Geige liegen gelassen. Der schwankende Leutnant geleitete uns zur Tür und vergrub zum Abschied noch einmal sein Gesicht in Eddas Busen.

Eine Woche später machte ich mich samt Geige auf den Weg zu meiner ersten Unterrichtsstunde. In Busslers Wohnzimmer war es warm, und im Ofen brannte ein Feuer, der Glanz der Goldbarren schien ein wenig auf das nicht mehr ganz so staubige Mobiliar abgefärbt zu haben. Ich holte das Instrument aus dem Koffer und sah, wie der Maestro mich mit angehaltenem Atem und weit aufgerissenen Augen beobachtete.

»Vorsichtig, Adam, vorsichtig. Sie ist empfindlich.«

Es war, als würde man die Frau eines anderen vor seinen Augen küssen. Die Geige fühlte sich von Anfang an falsch in meinen Armen an. Fühlte sich falsch an unter seinen Blicken.

Nach einer halben Stunde war uns beiden klar, dass ich keinerlei Talent besaß.

»Da hilft nur üben, üben und nochmal üben, und trotzdem wirst du höchstens mittelmäßig bleiben.«

Zum ersten Mal an diesem Tag huschte ein Lächeln über sein Gesicht, und ich lächelte zurück, weil es mir egal war. Nur für Edda tat es mir leid, dass Adam niemals ein großer Fiedler werden würde.

»Waren Sie denn gut, Herr Leutnant, als Sie noch …«

»Als ich noch Finger hatte?«

»Ja.«

»Ich … Ich war gutes Mittelmaß, aber mit der richtigen Leidenschaft. Dein Vater und ich, wir haben oft zusammen gespielt. Er auf dem Klavier, ich auf der Geige.«

»Mein Vater hat Klavier gespielt?«

»Das wusstest du nicht?«

»Nein.«

Bussler schüttelte traurig den Kopf. »Das wusstest du nicht?«

Was sollte daran so schrecklich sein, schließlich wusste ich fast nichts über meinen Vater.

Nach einer Pause fragte er mit leiser Stimme: »Wie hat sich Max … Also … Wie hat er sich das Leben genommen?«

»Mit einem Kissen. Er hat sich erstickt.«

»Armer Max. Armer, armer Max.«

Und weil ich das Gefühl hatte, den Maestro trösten zu müssen, erklärte ich ihm, dass mein Vater wirklich gehen wollte, wirklich und wahrhaftig. Sonst hätte er das gar nicht geschafft.

»Adam, dein Vater ist an der Liebe zu Deutschland gestorben.«

»Nein, er hat sich mit einem Kissen erstickt.«

»Das ist das Gleiche. Er hat dieses Land und den Kaiser zu sehr geliebt. Oder eher die Idee davon, ja, die Idee. Aber lieben wir nicht immer die Idee?«

Er verstand anscheinend nicht, was ich ihm gesagt hatte, und ich verstand nicht, was er da redete. Also machten wir mit dem Unterricht weiter. Und ich glaube, wir waren beide erleichtert, als die Stunde vorbei war. Ich überreichte Bussler den Umschlag, den Edda mir für ihn mitgegeben hatte, und packte die Geige wieder in ihren Kasten.

Während das Gesicht der Republik sich wandelte und der schnurrbärtige August immer mächtiger wurde, lebte ich glücklich und zufrieden in der sicheren Welt, die Edda für mich geschaffen hatte. Über drei Jahre lang lief ich einmal die Woche zu Bussler, ich erreichte niemals auch nur Mittelmaß. Erträglich ist wohl das Wort, das mein Können am treffendsten beschrieb.

Es war im Sommer 1932. Edda feierte einen der vielen Geburtstage von Hugo, und ich spielte ihr eines der vier Lieder vor, die ich auf der Geige beherrschte, als Bussler an die Tür klopfte.

»Maestro, das ist Ihr Werk«, sagte sie nicht ohne Stolz.

Er lächelte gequält und verneigte sich.

»Ich bin gekommen, um mich zu verabschieden. Leider kann ich Adam nicht mehr unterrichten.«

Und dann erzählte er uns, dass er für eine Zeitlang nach München gehen werde.

»Ist es die Politik, Bussler?«

Er nickte. »Hitler wird es schaffen.«

»Es gibt Leute, die behaupten etwas anderes.«

»Wer?«

»Hupfi zum Beispiel.«

»Hupfi ist Kommunist«, sagte er verächtlich.

»Na ja, jeder scheint ja neuerdings etwas zu sein, das gehört wohl zum guten Ton«

»Sie sollten zumindest zugeben, dass Hitler ein großer …«

Da lachte Edda laut auf. »Bussler, haben Sie ihn schon einmal über die Juden sprechen hören? Ich schon.«

»Ja. Aber … Er … er meint doch nicht Juden wie Sie, sondern …«

»Bussler, mein Lieber, Sie reden dummes Zeug.«

»Er … er ist nicht der Einzige, der seine Vorbehalte gegenüber dem bolschewistischen Weltjudentum hat … Ich meine, selbst Bismarck …«

»Ja, ja, Bismarck, immer Bismarck. Vorbehalte gehören also offenbar schon lange zum guten Ton. Aber jetzt lassen Sie uns anstoßen und adieu sagen.«

Sie füllte die Gläser mit ein wenig zu viel Schwung.

»Frau Klingmann, Sie sind doch nicht das bolschewistische Weltjudentum.«

»Bussler, Ruhe jetzt.«

Und sie leerten den Asbach, und der Leutnant schwor meiner Großmutter, die einst mit zwei Goldbarren sein Leben gerettet hatte, ewige Freundschaft. Und er trank auf Max, auf meinen Vater, der ihm auch das Leben gerettet hatte. Er trank auf alle Klingmanns und alle Cohens und auf die Bewegung und auf seinen Führer. Nach jedem Schluck legte er seine Hände, die wie zwei tote Mäuse aussahen, flach auf den Tisch.

»Ich bin zu jung, um nicht mehr auf bessere Zeiten zu hoffen, verstehen Sie das?«

Frau Klingmann seufzte und lächelte. »Natürlich, Maestro, man ist immer zu jung, um nicht mehr zu hoffen.«

»Und ich bin zu jung, um auf das Gefühl, gebraucht zu werden, verzichten zu können.«

Edda tätschelte die zwei schwarzen Ledermäuse. »Natürlich, natürlich, mein Lieber.«

Sie saßen noch eine ganze Weile schweigend beisammen, bis der Leutnant sich erhob. In diesem Moment wusste ich, was ich zu tun hatte. Ich packte die Geige in ihren Koffer und versperrte Bussler den Weg.

»Herr Leutnant, warten Sie. Die gehört Ihnen. Sie sollten sie mit nach München nehmen.«

Er sah mich verwundert an.

»Bitte …« Mehr brachte ich nicht heraus. Es schien mir einfach nicht richtig zu sein, etwas zu besitzen, was ein anderer so sehr liebte. Als Edda nickte, klemmte er sich den Koffer unter den Arm und flüsterte: »Danke.«

»Ich war eh nicht so gut«, sagte ich, als wir wieder allein waren »Und es war seine, oder? Es war immer seine.«

Im Herbst sah es so aus, als ob Busslers schnurrbärtiger August es doch nicht schaffen würde. Aber dann kam das nächste Jahr, und Hitler wurde Kanzler, der Reichstag brannte, und die Weimarer Verfassung wurde außer Kraft gesetzt.

Zuerst dachte ich, die Männer wären Verwandte von uns oder Verehrer von ihr, als Edda die Bilder irgendwelcher Parteigrößen an die Wand nagelte. Sie brachte mir bei, oder versuchte es zumindest, in den Gesichtern der neuen Machthaber zu lesen. Jedes Bild, das wir in der Zeitung, in Bildbänden und später in Eddas Zigarettenpackungen fanden, wurde aufs genaueste untersucht, bevor es einen Platz an der Wand bekam.

Wir brüteten gerade über einer Aufnahme von Goebbels, als Greti Cohen den Dachboden stürmte. Ihr Gesicht war bleich, und als ihr Blick auf die Galerie hinter uns fiel, wurde es noch bleicher.

»Warum hängen die alle da, Mutter?«

»Oh, Adam und ich beschäftigen uns mit der Zukunft.«

»Das ist widerlich.«

Sie ließ sich auf einen Stuhl fallen und griff nach Eddas Zigaretten. Es war der 1. April 1933. Auf sämtlichen Litfasssäulen klebten seit Tagen Plakate, die zum Boykott jüdischer Geschäfte an ebendiesem 1. April aufriefen.

»Ich war in Kulders Bäckerei. Da stehen SA-Leute davor, die schreien einen an.«

Edda und ich ignorierten die aschfahle Greti und setzten unsere Diskussion über Goebbels' Mund fort.

»Vielleicht zürnt mir Gott, weil ich Adam nicht habe beschneiden lassen, weil …«

Edda seufzte. »Greti, meinst du nicht, dass du dich ein wenig zu wichtig nimmst? Meinst du, dein Gott veranstaltet den ganzen Zirkus da draußen wegen Adams Vorhaut? Dein Gott hat damit nichts zu tun, meine Liebe.«

Meine Vorhaut wurde zu Gretis fixer Idee, und ich hatte allmählich Angst, dass sie selbst zum Messer greifen würde, um sie mir abzuschneiden. Zusammen mit Moses, meinem frommen, ernsten Bruder, probierte sie mich vergeblich für ihre Gebete und die Synagoge zu begeistern.

Der Riss, der durch unsere Familie lief, wurde immer spürbarer. Auf der einen Seite Mama und Moses, die ihren Gott anriefen, auf der anderen Seite Edda und ich, die versuchten, in den Gesichtern der Mächtigen die Zukunft zu lesen. Beides sollte sich als sinnlos erweisen, aber immerhin nahm mir die permanente Beschäftigung mit ihren Nasen und Augen, mit ihren Mündern und Wangenknochen jegliche Furcht vor allen Görings und Himmlers dieser Welt. Es war, als hätte ich in sie hineingeblickt und ihre wunden Punkte gesehen. Ich habe sie niemals für unbesiegbar gehalten. Das war der Hauptpreis, den es in unserem Spiel zu gewinnen gab.

Die neuen Herrscher meines Landes erließen in diesem ersten Jahr noch ein paar Gesetze, die jüdischen Beamten, Schriftstellern und Künstlern das Leben schwermachten.

Und obwohl Greti zu keiner dieser Berufsgruppen gehörte, wurde sie blasser und blasser und vertrocknete noch ein bisschen mehr. Meine Mutter sprach immer leiser. Selbst ihre täglichen Schreie in dem Zimmer meines Vaters verstummten, und wenn sie mehr als drei Sätze am Stück sagte, waren es entweder Gebete oder es ging um meine Vorhaut.

Moses wurde einfach nur ernster. Wir wussten, dass er in der Schule unter einem bestimmten Lehrer zu leiden hatte, aber er beschwerte sich nicht.

An mir ging das alles spurlos vorbei. Ich hatte Strund, der noch immer jeden Tag zu uns nach Hause kam und sich mit mir abmühte. Eddas Mischpoke versammelte sich wie eh und je auf dem Dachboden, und nach einer Weile gewöhnte sich selbst Luigi an unsere Bilderwand.

Im Frühling 1934 stand Bussler vor unserer Tür. Er trug eine Uniform und schien ein paar Zentimeter gewachsen zu sein, aber etwas anderes irritierte mich weit mehr als der neue Aufzug und die dazugewonnenen Zentimeter. Ich brauchte ein paar Atemzüge, um herauszufinden, was es war.

»Herr Leutnant, Sie haben ja Finger.«

Stolz hob Bussler seine Hände, die wie früher in schwarzem Leder steckten, aber den toten Mäusen waren Schwänzchen gewachsen.

»Eine Prothese. Schau, man kann sie verstellen.«

Und dann drückte er die Finger der einen Hand mit den Fingern der anderen in alle möglichen Richtungen.

»Und gewachsen sind Sie auch, lieber Bussler«, sagte Edda und lächelte fast harmlos.

»Spezialeinlagen. Wie Sie sehen, komme ich als Sieger zurück.«

»Wen haben Sie denn besiegt, Maestro?«

Er schüttelte den Kopf und lachte. »Frau Klingmann, lassen Sie uns anstoßen und meine Versetzung nach Berlin feiern.«

Edda trat zur Seite und ließ Bussler herein. Wie versteinert blieb er vor unserer Wand stehen. Sein Blick bekam etwas Hündisches.

»Was …?«

»Bussler, Sie müssen nicht gleich salutieren. Ich schau sie mir halt gerne an. Oder ist das verboten?«

Der Maestro setzte sich und formte seine Finger so, dass sie das Glas halten konnten. Nach zwei kräftigen Schlucken Asbach entspannte sich seine Miene. Edda betrachtete ihn aufmerksam. Die Uniform schien ihr, im Gegensatz zu mir, etwas zu verraten.

»Also, Herr Leutnant, was sind Sie jetzt in Ihrem neuen Verein? Ihr Titel? Oder Rang? Oder wie auch immer die korrekte Bezeichnung lauten mag.«

»Sturmbannführer.«

»Und Sie bespitzeln Leute?«

»Nein, werte Frau Klingmann, ich bin für die Sicherheit zuständig.«

»Also Sie bespitzeln Leute«, wiederholte Edda scharf.

»Der SD bespitzelt keine Leute.«

»Es gibt Menschen, die behaupten, dass er genau das tut.«

»Wer?«, fragte er barsch.

»Hupfi zum Beispiel.«

»Hupfi ist Kommunist. Wollen Sie etwa, dass uns die Kommunisten regieren?«

»Habe ich denn eine Wahl, lieber Bussler?«

Ohne einander aus den Augen zu lassen, leerten sie ihre Gläser.

»Herr Leutnant, können Sie jetzt wieder Geige spielen?«, fragte ich in die unheimliche Stille hinein.

»Adam, der Herr Leutnant heißt jetzt Herr Sturmbannführer.«

»Herr Sturmbannführer, können Sie jetzt Geige spielen, mit den neuen Fingern?«

»Nein, nein. Mehr als zwei Töne bringe ich nicht zustande.« Wehmut vibrierte in seiner Stimme. Und dann – als ob er sich selbst jede Sentimentalität verbieten wollte – klopfte er auf den Tisch und sagte: »Aber für so was bleibt mir ohnehin keine Zeit, wir haben schrecklich viel zu tun.«

»Wie traurig, keine Zeit mehr für das Göttliche zu haben ...«

»Wie bitte?«

»Erinnern Sie sich nicht mehr, Herr Sturmbannführer, die Musik, Gottes größtes Geschenk? Oder erlauben Ihnen Ihre neuen Aufgaben, sich auch ein bisschen wie Gott zu fühlen? Sind Sie ein wenig Gott geworden in München?«

Als Bussler an diesem Nachmittag ging, dachte ich, dass er nicht wiederkommen würde. Aber ich irrte mich. Schon ein paar Tage später klopfte er an die Tür des Dachbodens, und von da an besuchte er uns in aller Regelmäßigkeit.

Sobald mein ehemaliger Geigenlehrer auftauchte, verabschiedeten sich die anderen Gäste auffällig schnell, was weder er noch Edda kommentierten. Meine Mutter kannte den Sturmbannführer aus längst vergangenen Zeiten, als sie noch einen Mann mit zwei Beinen hatte und ein Kaiser dieses Land regierte. Sie schien sich nicht entscheiden zu können, ob die Besuche des uniformierten Maestros sie beruhigen oder beunruhigen sollten.

Moses, der sich ebenso wenig wie ich an den einstigen Julian Bussler erinnern konnte, legte jedes Mal seine Stirn in Falten, wenn er mit festem Schritt die Treppen hochkam. Im letzten Jahr hatte mein frommer Bruder sein Abitur gemacht, aber man verweigerte ihm den Zutritt zur Universität. Bussler bot an zu helfen, doch Moses wollte seine Hilfe nicht. Und in seine hebräischen Gebete, die noch vor kurzer Zeit fast ohnmächtig klangen, mischte sich Wut.

Anstatt Medizin zu studieren, schrubbte er nun im Krankenhaus Flure und reinigte Bettpfannen. Seine nichtjüdischen Freunde aus der Schule vergaßen meinen Bruder. Sie taten das, wovon er immer geträumt hatte, und ihre Leben hatten nur noch wenige Berührungspunkte. Doch als die Türen der Universität zuknallten, öffnete sich eine andere. Neue Freunde und ein neuer Traum lagen dahinter. Der Traum hieß Israel.

In diesem Sommer säuberten die Nazis die eigenen Reihen. Der arme Bussler wirkte angespannt bis zum Zerreißen. Eine Weile kam er nur noch selten zu uns auf den Dachboden. Frau Klingmann und ich wussten längst, dass Röhm nichts taugte. Wir hatten geahnt, dass man ihn eines Tages einfach überrollen würde. Dieses feiste, dümmliche Gesicht. Aber wir hätten nie gedacht, dass die Partei selbst ihn abknallen würde.

»Sturmbannführer, in was für einen Verein sind Sie denn da bloß reingeraten? Sind das die neuesten Methoden? Gegenseitiges Niederschießen? Meine Güte, Sie leben gefährlich. Die Kommunisten, das Weltjudentum und jetzt der Schwarze Peter mitten unter Ihnen.«

Bussler holte aus und erzählte uns in einer Langatmigkeit, die Edda in den Wahnsinn trieb, von Röhms Putschversuch und dass der Führer so gehandelt habe, wie man in einer solchen Situation eben handeln müsse.

»Sturmbannführer, Sie langweilen mich tödlich. Sie reden wie Goebbels. Da kann ich auch gleich das Radio anmachen.«

Schon bald wurde es still um den fetten Röhm. Sowohl das Radio als auch Bussler, der nun wieder häufiger auftauchte, hüllten sich in Schweigen. Edda und ich ließen das Bild des SA-Häuptlings hängen und versahen es mit einem roten Kreuz. Sie waren nicht nur besiegbar, sondern auch sterblich.

Am 2. August starb Hindenburg, auch er bekam sein Kreuz.

Meine Mutter erlebte kurz darauf eine zweite, eine zarte Blütezeit, die sie letztlich mir zu verdanken hatte. Eines Morgens wachte ich mit riesigen Backen auf, mein Gesicht war auf doppelte Größe angeschwollen. Ziegenpeter. Strund wurde nach Hause geschickt und Doktor Kieler an mein Bett beordert. Doktor Kieler, ein jüdischer Allgemeinmediziner, eine Empfehlung von Luigi, war ein gutaussehender, leicht ergrauter Mann, dem seine Wirkung durchaus bewusst war. Seine Augen waren blaugrün und hatten dieses Funkeln, das Frauen anscheinend verrückt macht.

Greti, Edda und Kieler standen um mich herum. Zuerst dachte ich, ein Vogel würde zwitschern, aber es war die Stimme meiner Mutter, die schnell und hoch allerlei Unsinn plapperte.

Ich bekam Tropfen, ein Tuch um den Kopf und strenge Bettruhe verordnet. Und als Kieler seine Tasche zusammenpackte, sah ich die Sehnsucht, dieses lebendigste aller Gefühle, im Blick meiner Mutter.

»Er ist wirklich ein großartiger Arzt«, piepte Greti, nachdem Kieler gegangen war.

»Ja. Er ist ein schöner Mann«, sagte Edda.

In der Nacht kam Mama an mein Bett, sie setzte sich zu mir und streichelte sanft mein aufgeschwollenes Gesicht.

»Adam, ich möchte dich um etwas bitten, aber es muss unser Geheimnis bleiben.«

Ich nickte.

»Schwör es mir.«

Ich schwor.

»Morgen, wenn du wach wirst, musst du behaupten, dass es dir schlechter geht. Ja? Sobald du die Augen aufschlägst, musst du anfangen zu weinen. Schrei, wenn du kannst.«

Und ich schrie. Edda kam im Morgenmantel angerannt und Mama in einem seidenen Sommerkleid, das ich noch nie an ihr gesehen hatte.

»Es tut weh. Es tut so weh«, presste ich hervor.

»Ist es schlimmer als gestern?«, fragte meine Mutter.

Ich nickte heftig, und dann schrie ich noch einmal.

»Ich rufe sofort Doktor Kieler an«, sagte Edda und verschwand.

Der Doktor kam nun täglich. Auch als ich wieder vollkommen gesund war, schaute er dann und wann vorbei. Manchmal fünf Mal die Woche. Er sonnte sich in Gretis Bewunderung. Seinen Ansichten, egal wie dumm oder falsch sie waren, stimmte sie stets vorbehaltlos zu und hörte sich auch die Klagen über seine nicht einwandfrei funktionierende Verdauung und seinen schwachen Darm beglückt an.

Kieler und meine Mutter haben sich nie berührt oder geküsst, aber offenbar fanden sie beide in dieser seltsamen Freundschaft genau das, wonach sie gesucht hatten. Ein Bund, geknüpft durch Eitelkeit und Einsamkeit. Als sich Busslers und Kielers Wege in unserer Wohnung kreuzten, verkündete der Doktor meiner Mutter, dass es gewiss nützlich sei, einen ss-Mann zu kennen. Von diesem Tag an strahlte Greti jedes Mal, wenn sie unserem Sturmbannführer die Tür öffnete.

Edda hielt den Doktor für einen dummen Schwätzer. »Aber Adam, er ist zu schön, um es ihm übelzunehmen.«

Manchmal brütete Bussler mit uns über den Bildern der Mächtigen, aber er war nie ganz unbefangen.

»Können Sie nicht wenigstens Röhm abhängen, schließlich ist er tot.«

»Auf gar keinen Fall, mein lieber Maestro, die Toten gehören dazu. Auch sie sind Teil der Geschichte.«

»Welcher Geschichte?«

»Oh, das wird die Geschichte irgendwann selber entscheiden müssen, welche Geschichte sie hier erzählt.«

Ab und zu brachte Bussler uns ein neues Gesicht mit.

»Wer ist das?«

»Hans Frank, bayrischer Justizminister.«

»Was denkst du, Adam?«, fragte Edda und strich über Franks Gesicht.

»Er sieht aus wie die kleinen, dicken Putten auf dem Ofen im Wohnzimmer.«

Bei solchen Bemerkungen fing unser Sturmbannführer immer an zu hüsteln. »Ich bitte um ein bisschen mehr Sachlichkeit, schließlich ist Herr Doktor Frank Minister«, sagte er ernst.

»Aber er hat recht. Weiter, Adam.«

»Ich glaube, er ist weder witzig noch ehrlich.«

»Bravo, Adam.« Edda klatschte in die Hände.

»Woran siehst du das?«, fragte Bussler unsicher.

»An seiner Mundpartie. Und an seiner fleischigen Stirn.«

Bussler betrachtete Frank genauer, berührte dessen Lippen und dessen Stirn.

»Hier, versuchen Sie es einmal selbst«, sagte Edda und reichte ihm ein Foto von Göring.

»Er frisst zu viel«, sprudelte es aus dem Sturmbannführer heraus. Als seine Worte verhallten, schlug er sich erschrocken auf den Mund. »Ich meine, er ist ein großer Mann, ein …«

»Bussler, hören Sie auf, mich zu langweilen.«

»Frau Klingmann, man riskiert sein Leben mit solchen unbedachten Äußerungen.«

»Das sind seltsame Zeiten. Wenn man sein Leben riskiert, nur weil man feststellt, dass ein übergewichtiger Mann eventuell zu viel Nahrung zu sich nimmt. Merkwürdige Zeiten, nicht wahr?«

Und sie gab Bussler ein Gläschen Asbach und ein zweites und ein drittes, bis er den gefräßigen Göring und was seine Sturmbannseele sonst noch quälte, vergaß.

Ich lief mindestens einmal am Tag in den kleinen Laden, um für Edda Zigaretten zu kaufen, und ich hatte die Erlaubnis, die Packungen sofort aufzureißen und mir die Bilder anzusehen. Es gab da eine Serie »Deutschland erwacht«. Nachdem Augusts Schergen Röhm umgebracht hatten, stellte die

Zigarettenfirma die Produktion seines Porträts ein. Trotzdem mussten noch einige dieser Röhm-Bilder im Umlauf sein, und ich war besessen von dem Gedanken, eines zu finden.

Ein paar Wochen nachdem ich den Ziegenpeter wieder los war, wurde mein Wunsch erfüllt. Unten vor der Haustür fand ich Röhm in einer Zigarettenschachtel. War dieses alberne Bildchen nicht der Beweis dafür, dass es eine Lücke gab, dass auch ihre Befehle nicht allmächtig waren?

Mein Gesicht brannte vor Aufregung, als ich eine Hand auf meiner Schulter spürte.

»Adam, was machst du hier auf der Straße?«

Mein Bruder stand hinter mir. Ich versuchte, das Röhm-Bild unter den Zigarettenpackungen zu verstecken.

»Oma raucht zu viel«, sagte er und lächelte.

»Edda. Sie heißt Edda.«

»Zeig mir doch mal das Bild.«

Ich schüttelte den Kopf und rannte ins Haus.

»Ich will es dir doch nicht wegnehmen«, rief Moses mir hinterher, aber ich traute ihm nicht. Einmal hatte er mir nämlich den *Stürmer* abgenommen und in tausend kleine Stückchen gerissen. Er verstand einfach nicht, dass uns keine Zeitung zu dämlich war, als dass wir in ihr nicht nach neuen Gesichtern gesucht hätten.

Strund versuchte, mir Rechnen beizubringen, während ich im Wohnzimmer meine Kreise zog. Im Ofen kämpfte ein Feuer gegen den eiskalten Februar an. Doktor Kieler und meine Mutter saßen auf dem Sofa und kommentierten meine mathematischen Bemühungen, was die Sache für mich nicht einfacher machte.

»348?«, fragte ich, nachdem ich gute zehn Minuten über die Lösung der Aufgabe nachgedacht hatte. 348 war eine willkürliche Zahl, ich hätte genauso gut 750 oder 233 sagen können.

»Das ist falsch«, rief Kieler, noch ehe mein Lehrer etwas sagen konnte.

»Adam, was soll denn nur aus dir werden? Du bist fünfzehn und kannst nicht mal rechnen«, seufzte meine Mutter.

Normalerweise fand mein Unterricht auf Eddas Dachboden statt, aber heute erwartete sie Luigi, der ihrem Haar einen frischen Blaustich verpassen sollte. Doch Luigi kam nicht. Und gerade als sich ein entnervter Strund verabschiedete, stapfte Edda wutentbrannt die Treppe herunter und griff zum Telefon.

Der Ostwind peitschte unsere Nasen rot. Edda schleifte mich die Wilhelmstraße entlang, und jedes Mal, wenn uns jemand anhielt und fragte, wo wir denn hinwollten, brüllte Edda mit einer Vehemenz, die sämtliche Eingeweide zum Wackeln brachte: »Zu ss-Sturmbannführer Bussler«, und man ließ uns weiterziehen.

Wir standen in der Eingangshalle des Palais und warteten. Schließlich kam Bussler. Als er uns sah, wich alle Farbe aus seinem Gesicht.

»Um Gottes willen, was machen Sie denn hier?«

Edda trommelte gegen seine Brust. »Ihr habt meinen Friseur, und den will ich wiederhaben, Bussler. Geben Sie mir meinen Friseur zurück.«

»Frau Klingmann, bitte, sprechen Sie leiser.«

»Rücken Sie meinen Friseur heraus, Bussler.«

Der Maestro führte uns nach draußen. In sehr beherrschtem Ton erklärte Edda dem Sturmbannführer, dass man Chaim, Luigi, ihren Friseur, heute Morgen verhaftet hatte.

»Und warum?«

»Das frage ich Sie! Schließlich haben Sie ihn verhaftet.«

»Ich habe ihn nicht verhaftet.«

»Nicht Sie persönlich, aber Ihr dämlicher Verein.«

Erst als der Sturmbannführer uns versprach, alles zu tun, um Chaims Freilassung zu erwirken, erklärte sich Edda bereit, den Rückzug anzutreten.

»Schließlich schulde ich Ihnen noch einen Gefallen, Frau Klingmann.«

»Das ist kein Gefallen, Bussler, das ist Ihre verdammte Pflicht.«

Am Abend hatte sie ihren Friseur zurück. Bussler persönlich lieferte ihn auf Eddas Dachboden ab.

Luigi küsste die Hand meiner Großmutter und weinte auf eine sehr italienische Art, während der Sturmbannführer uns erzählte, dass man Chaim wegen Verdachts auf Spionagetätigkeit verhaftet hatte.

»Luigi ein Spion, das ist lächerlich Bussler, lächerlich.«

»Ein Jude mit einem merkwürdigen italienischen Akzent, der mehrere Male mit einem großen Koffer bei verdächtigen Personen gesichtet wurde. So einer Sache müssen wir nachgehen, liebe Frau Klingmann. Sicherheit. Das mögen Sie nun lächerlich finden oder nicht.«

»Was für verdächtige Personen denn?«

»Hupfis Freunde, ich habe ihnen nur die Haare geschnitten. Und mein Koffer mit Scheren und Kämmen und Kitteln. Ich habe nichts Falsches getan.«

Chaim verabschiedete sich und versprach Edda, gleich am nächsten Tag wiederzukommen, um sich ihrer Haare anzunehmen.

»Dann werde ich wohl auch gehen«, sagte Bussler kühl.

»Sturmbannführer, setzen Sie sich, und lassen Sie uns anstoßen, wie es sich für zwei Freunde gehört.«

Der Maestro setzte sich steif an den Tisch und bog seine Finger zurecht.

»Sind wir das denn, Frau Klingmann?«

»Sind wir was?«

»Freunde.«

»So gut wir können, nicht wahr?«, sagte sie und füllte die Gläser.

Das Jahr 1935 begann mit Luigis Verhaftung und endete mit den Nürnberger Gesetzen, die uns Juden zu Menschen zweiter Klasse degradierten. Und während Doktor Kieler in unserem Wohnzimmer von »Fassung bewahren« faselte und sich auf Gemeinplätzen wie »nach jedem Tief kommt auch ein Hoch« breitmachte, eröffnete Moses uns seine Israel-Pläne. Aber weder Mama noch Edda bezeigten auch nur das geringste Interesse an dem Land unserer Väter. Greti Cohen übernahm einfach Kielers Meinung: abwarten und ruhig bleiben.

»Was soll ich denn in Palästina?«, sagte Edda schroff. »Schafe hüten? Häuser bauen? Ich bin fast zweihundert Jahre alt, soll ich mich jetzt in einen Kibbuz setzen und beten?«

»Erst einmal müssen wir uns zusammenreißen«, warf Kieler ein.

»Herr Doktor, Sie reden einen Haufen Blech.«

Edda packte mich am Arm und zog mich auf den Dachboden. Sie nahm Hitlers Porträt von der Wand, legte es auf den Tisch und studierte es.

»Was hat er vor, Adam? Was denken wir über ihn?«

Hitler war die Sphinx unter unseren Nazis. Seine schwammigen Gesichtzüge schienen sich jeder Deutung zu entziehen. Wir hatten mittlerweile zumindest eine Theorie über den Führer aufgestellt. Wir waren uns sicher, dass er heimlich trank, obwohl immer behauptet wurde, dass er wie ein Asket lebte.

»August säuft, ich war mit einem Säufer verheiratet, ich weiß, wovon ich spreche. Der Itzige hat gesoffen, und Hitler säuft auch.«

Aber das machte die Sache nicht leichter, im Gegenteil. Bei einem Säufer wusste man nie so genau, was er als Nächstes tun würde. Bussler zitterte immer wie ein junges Kalb, wenn wir über Adolfs Alkoholproblem diskutierten.

»So was können Sie doch nicht über den Führer sagen, Frau Klingmann. Sie können doch nicht …«

»Bussler, langweilen Sie mich nicht.«

»Was hat er vor?«, fragte sie noch einmal. Von unten drang gedämpftes Stimmengewirr herauf. Kieler und Moses im Schlagabtausch und dazwischen das Piepen meiner Mutter.

Dann klingelte es an der Tür, und wenige Sekunden später stand Bussler im Zimmer.

»Herr Sturmbannführer.« Edda lächelte spöttisch.

»Frau Klingmann, das geht vorüber, das ist eine Laune …«

»Eine Laune? Nein, das sind Gesetze. Und jetzt kommen

Sie mir bitte nicht wieder mit Ihrem bolschewistischen Weltjudentum. Ich verstehe Sie nicht, Bussler. Sie tragen diese Uniform mit so viel Stolz, und doch verbringen Sie Ihre gesamte freie Zeit bei uns. Wo stehen Sie, Herr ss-Sturmbannführer?«

Er senkte den Kopf. »So einfach ist das alles nicht.«

»Doch, meistens schon.«

»Ich glaube an den Führer. Ich glaube an die Idee. Aber trotzdem bin ich Ihr Freund, so gut es halt geht.« Er zog ein Foto aus der Tasche und legte es auf den Tisch.

»Habe ich Ihnen mitgebracht. Albert Speer, sein Architekt.«

»Was für ein schöner Mann«, rief Edda aus. »Schau ihn dir an.«

Wenn es einen Preis für den bestaussehenden Schergen gegeben hätte, Albert hätte ihn sicher gewonnen.

»Los, Adam.«

»Er ist scharfsinnig. Er gibt sich bescheiden, ist es aber nicht. Er wird es weit bringen, und man wird ihm alles verzeihen.«

Bussler kniff die Augen zusammen und betrachtete den schönen Speer.

»Hier, Maestro«, sagte ich, »sehen Sie die Unterlippe: gespielte Bescheidenheit.«

»Mmh, aha«, machte Bussler und nickte, als sähe er etwas.

Im nächsten Jahr besetzte Hitler das Rheinland, und Bussler kam mit zwei Flaschen Champagner zu uns. Er freute sich wie ein Kind, das sein verlorengeglaubtes Spielzeug wiedergefunden hat. Und er wurde nicht müde, mir zu sagen, wie selig mein toter Vater gewesen wäre, wenn er das hätte erleben dürfen.

»Tja, nur zu schade, dass der arme Max nicht hätte mitmachen dürfen«, sagte Edda. Aber unser Sturmbannführer war schon zu betrunken, um diese Spitze zu spüren.

Kurze Zeit später emigrierte mein Lehrer Strund in die Niederlande. Und die Frage »Was soll denn bloß aus Adam werden?« wurde brennender denn je. Wie ein Angeklagter stand ich vor dem Ofen. Mama und Kieler saßen auf dem Sofa, Edda auf dem Sessel, und Moses lehnte an der Wand, mit verschränkten Armen.

Kieler hielt eine langatmige Rede, der keiner folgen konnte, deren letzter Satz aber mich wie ein Faustschlag traf.

»... deshalb glaube ich, Adam ist ein wenig zurückgeblieben.«

Meine Mutter nickte eifrig und zwitscherte: »Ja, wahrscheinlich ist Adam wirklich zurückgeblieben, er ist auch nicht besonders groß für sein Alter.«

Und dann keiften alle durcheinander, bis man sich darauf einigte, dass ich irgendeinen Beruf erlernen sollte. Ich weiß nicht, warum, aber es brachte mich zum Weinen. Bevor ich Edda auf den Dachboden folgen konnte, hielt mich Moses fest.

»Adam, das ist doch kein Grund zum Weinen. Es ist wichtig, dass du was lernst. Du kannst doch nicht dein Leben lang von Oma abhängig sein. Willst du denn gar nicht frei sein?«

»Sie heißt Edda«, sagte ich und rannte ihr hinterher.

Ich trank das erste Glas Asbach meines Lebens, wischte mir die Tränen aus dem Gesicht und erzählte Frau Klingmann, was Moses mir gerade über das Freisein gesagt hatte.

»Da irrt sich dein Bruder gewaltig. Freiheit bedeutet nicht Unabhängigkeit. Man ist immer von irgendwem oder irgendwas abhängig. Freiheit bedeutet Furchtlosigkeit. Sich nicht zu fürchten ist die einzige Freiheit, die wir jemals erlangen können. Und jetzt trink, und weine nicht.«

»Ich will keinen Beruf, Edda.«

»Das ehrt dich, aber die da unten werden keine Ruhe geben. Ich verspreche dir, dass ich etwas Schönes für dich finde.«

Ich bekam ein Fahrrad und wurde der Gehilfe von Artur Marder, einem Rosenzüchter. Bussler und Edda verschafften mir diese Stelle, und an meinem Vorstellungstag begleiteten sie mich beide in Marders Reich. Ein riesiger Garten. Rosen, so weit das Auge reichte. Im hinteren Teil befanden sich ein Dutzend Gewächshäuser. Die Luft war durchtränkt von einem süßen Geruch, der mich fast irre machte. Das Tor zum Garten stand offen, und wir wanderten eine ganze Weile zwischen den Büschen umher, bis wir Artur Marder fanden. Er kniete in einem Beet und befestigte Papiertütchen an einem Strauch. Er hatte die hellblondesten Haare, die ich jemals gesehen hatte, sein Gesicht war über und über mit Sommersprossen gesprenkelt, und seine Augenbrauen waren so gut wie nicht vorhanden.

»Herr Marder?«

Artur Marder richtete sich auf. »Hallo, hallo. Guten Tag, Herr …«

»Bussler, Sturmbannführer Bussler.«

»Guten Tag«, sagte er noch einmal und wandte sich wieder seiner Arbeit zu.

Bussler hüstelte. »Herr Marder. Ich … ich bringe Ihnen Adam.«

»Adam? Sie bringen mir den Mann aus dem Paradies.« Er sah uns an, und doch schien er durch uns hindurchzusehen.

»Er kommt nicht direkt aus dem Paradies. Adam ist Ihr neuer Gehilfe.« Edda lächelte ihn aufmunternd an.

»Natürlich, ja, ja, Adam. Adam, der Gehilfe.« Er nickte. »Das ist die Mutter, und dahinten steht der Vater. Was denkst du, Adam?«

Ich hatte keine Ahnung, wovon Artur Marder sprach. »Ihr … Ihr Vater? Oder. Ich meine …«

»Im Herbst wissen wir mehr. Wenn es gelingt, dann werde ich sie ›Gudruns Erwachen‹ nennen. Gudrun ist meine Frau. Sie würde sich sicher sehr freuen. Nicht wahr?«

»Ja«, sagten Bussler und ich gleichzeitig.

»Und Sie, Frau …?«

»Klingmann.«

»Frau Klingmann, was glauben Sie?«

»Oh, Ihre Gattin wird entzückt sein.«

Artur Marder lächelte selig. »Sie ist eine anspruchsvolle Dame. Sehr anspruchsvoll, ja, ›Gudruns Erwachen‹, sie wird …«

»Wann soll Adam morgen anfangen?«, fragte Bussler ungeduldig.

»Wer?«

»Adam.«

»Ja, ja. Der Gehilfe aus dem Paradies.«

»Wann soll er morgen hier sein?«

»Soll ich das entscheiden?«

»Ja. Schließlich ist er Ihr Gehilfe, nicht wahr?« Der Sturmbannführer verdrehte die Augen.

Wir einigten uns auf eine Uhrzeit und verließen Marders Reich.

»Ist er verrückt?«, fragte ich meine Begleiter auf dem Rückweg.

»Ein wenig, aber hoch angesehen. Eine seiner Züchtungen wurde letzten Monat bei der Reichsgartenschau in Dresden ausgezeichnet, weil sie besonders lila oder blau oder was weiß ich war«, sagte Bussler.

Am nächsten Tag hatte Marder mich schon wieder vergessen, und ich musste ihm erneut erklären, wer ich war. Er führte mich durch die Gartenanlage und die Gewächshäuser und stellte mir jede Rose mit ihrem vollen Namen vor, als ob es sich um liebe Verwandte handeln würde. Nachdem wir den Rundgang beendet hatten, schlug er sich auf die Stirn und sagte: »Adam, ich habe eine großartige Idee. Es ist noch früh genug im Jahr. Versuch dein Glück. Such dir eine Muttersorte und eine Vatersorte aus.«

Wahllos zeigte ich auf eine gelbe und eine tiefrote Rose. Marder schien mit dieser Entscheidung einverstanden zu sein und klopfte mir auf die Schulter. In den nächsten Wochen trottete ich ihm wie ein Hündchen hinterher, während er hier etwas abschnitt, dort Pollenstaub verteilte und Papiertütchen befestigte. Und obwohl er jeden seiner Handgriffe kommentierte, blieb mir das Ganze ein Rätsel. Vielleicht war ich ja wirklich ein wenig zurückgeblieben.

»Im Herbst wissen wir mehr«, sagte er, als er das letzte Tütchen über eine meiner gelben Mütter gestülpt hatte.

Während in Berlin die Olympischen Sommerspiele stattfanden und die gesamte Parteispitze ihr hübschestes Lächeln aufsetzte, verbrachte ich meine Zeit in Marders Garten mit Nichtstun.

Manchmal fragte ich Artur, ob ich mich nicht irgendwie nützlich machen könnte. »Rede ein bisschen mit ihnen, das mögen sie, Sonne und ein paar freundliche Worte.«

»Klar.«

Ich fand ein schönes Stück Wiese hinter dem Geräteschuppen. Dort legte ich mich nieder und beschloss, dass ich mit meinem Beruf äußerst zufrieden sein konnte.

An einem strahlenden Augusttag, als ich auf meiner Wiese einen Stapel Zeitungen nach neuen Gesichtern durchblätterte, ertönte aus dem Schuppen ein wahnsinniger Lärm. Kurz darauf stand eine Frau vor mir. Sie hielt eine Harke in der linken Hand, hob den rechten Arm und brüllte: »Heil Hitler. Wer sind Sie?«

Es klang kein bisschen freundlich. Sie sah aus wie ein Kugelfisch oder zumindest so, wie ich mir immer einen Kugelfisch vorgestellt hatte, denn eigentlich hatte ich noch nie einen Kugelfisch gesehen. Sie hatte keinen Hals, und ihre Jungmädchenzöpfe wirkten grotesk, aus dem Jungmädchenalter war sie schon lange heraus. Ihr voluminöser Körper wurde von einem blauen Dirndl zusammengehalten. Der Rock ließ ihre Waden frei, die an zwei Baumstämme erinnerten. Und weil ich nicht schnell genug antwortete, schrie sie noch einmal: »Wer sind Sie?«

»Adam.«

»Und wo ist er?«

»Wer?«

»Mein Mann.«

»Sie meinen Herrn Marder?«

»Sag ich doch.« Ihre Nasenlöcher blähten sich furchteinflößend. Das war also Gudrun, die anspruchsvolle Dame. Bei dem Gedanken daran, dass eine zarte Rose ihren Namen erhalten sollte, konnte ich mir ein Lächeln nicht verkneifen.

»Was gibt's da zu lachen?« Sie sprach noch immer so laut, als würden Lichtjahre zwischen uns liegen. Dann drehte sie sich um und marschierte los, in einem Schritt, der jedem General Eindruck gemacht hätte. Die Harke geschultert wie ein Gewehr, trampelte sie zwischen Hecken und Sträuchern hindurch und rief Marders Namen. Gottes Stimme hätte nicht allmächtiger klingen können. Das hellblonde Haar des Rosenzüchters, der in einem Beet kniete, leuchtete uns schon von weitem entgegen. Dann rannte sie los und ich ihr hinterher. Ohne ein Wort der Warnung schwang Gudrun die Harke. Fünf satte Schläge mit dem Stiel prasselten auf seinen Rücken nieder. Dann ließ sie das Gerät fallen, wischte sich die Hände ab und sagte: »Du weißt, warum, Artur Marder.«

Er lächelte und schüttelte den Kopf.

»Da muss ich von Hedwig Krutner erfahren, dass du die Einladung von Untersturmführer Möller abgelehnt hast.«

»Habe ich das?«

Gudrun schnaubte vor Wut und trat mit einem dicken Beinchen gegen Arturs Magen. Lautstark verfluchte sie den Tag, an dem sie ihn geheiratet hatte.

»Ich warne dich, Artur Marder, bring das in Ordnung, sonst kannst du die Hölle erleben. Die Hölle.«

In einem Blumenbeet zusammengeschlagen zu werden war also noch nicht die Hölle. Gudrun verabschiedete sich mit einem »Heil Hitler« und stapfte davon. Ich hatte das Gefühl, dass der Boden unter ihren Schritten bebte. Erst als ich mir sicher war, dass sie nicht zurückkommen würde, setzte ich mich zu Marder und wischte mit meinem Taschentuch das Blut von seinem Arm.

»Es ist nicht schlimm, gar nicht schlimm … Wie … wie hieß der Mann, dessen Einladung ich ausgeschlagen habe?«

»Untersturmführer Möller.«

Artur rappelte sich hoch. Mit wackeligen Schritten, den Namen immer wieder vor sich hin murmelnd, lief er zum Tor. Ich blieb dicht hinter ihm, weil ich fürchtete, dass er einfach umfallen könnte.

»Was haben Sie vor, Herr Marder?«

»Ich muss Herrn Möller aufsuchen, nicht wahr? Gudrun ist eine sehr anspruchsvolle Dame, ja … Sehr anspruchsvoll.«

Am nächsten Tag hockte Marder mit einem blauen, geschwollenen Auge zwischen den Alba-Rosen. Ganz leise sang er ein Lied für seine geliebten Blumen. Erst als ich mich neben ihn kniete, verstummte er.

»Dann haben Sie Möller also nicht gefunden?«

Artur lächelte. »Manchmal, Adam, glaube ich, dass ich an ihr zugrunde gehen werde. Aber darf ich ihr die Schuld geben? Schließlich habe ich nach ihr gesucht, nicht wahr?«

»Wie meinen Sie das?«

»Wir suchen nach den Menschen, die uns begegnen, nicht

wahr?« Gedankenverloren befreite er eine Rose von ein paar welken Blütenblättern.

Der Herbst kam, und während meine namenlose Brut Hunderte von Hagebutten hervortrieb, fiel die Ernte von ›Gudruns Erwachen‹ bescheiden aus. Wir pflückten die Hagebutten, entfernten das Fruchtfleisch, stopften die Samen in mit Kompost gefüllte Beutel und lagerten sie in großen Truhen ein.

»Im Frühling wissen wir mehr«, sagte Marder.

»Ich dachte, wir wüssten jetzt schon mehr?«

»Adam, man braucht Geduld. Man muss ihnen Zeit geben zu werden, den Rosen und allen anderen Dingen auf der Welt. Nicht wahr?«

Es wurde Frühling. Wir füllten die Samen in Töpfe, bedeckten sie mit Erde und Sand und stellten sie in die kühlen Gewächshäuser.

»Und jetzt warten wir, bis die ersten Keimblätter kommen.«

»Und wann ist das?«

»Oh, das weiß man nicht so genau. Vielleicht in zwei Monaten, vielleicht in drei, vielleicht später.«

Herr Guldner aus der Schweiz kam die Wendeltreppe herunter, und ich rannte hoch. Stolz zeigte ich meiner Großmutter Reinhard Heydrich, den Chef der Sicherheitspolizei, aber Edda sah weder mich noch Reinhard an.

»Adam, ruf Bussler an, er soll sofort hierherkommen.«

Ich erreichte den Sturmbannführer zu Hause und meldete mich mit »Marders Rosenzucht, Adam am Apparat, bitte kommen Sie, es ist wichtig«. So wollte es der Maestro, denn er fürchtete, dass man seinen Apparat abhörte. Seit einiger Zeit durften wir ihn nur noch im Notfall anrufen.

Edda sagte kein Wort, bis Bussler anrückte.

»Setzen Sie sich.« Ihre Stimme klang ungewohnt kalt. Der Sturmbannführer zuckte zusammen und gehorchte.

»Bussler, glauben Sie auch, dass es besser wäre, wenn ich diese Wohnung verkaufen würde?«

»Wovon … wovon reden Sie?«

Edda lief auf und ab und wartete einen Moment, ehe sie weitersprach. »Mir ist zu Ohren gekommen, dass man mir vielleicht eines Tages aufgrund meiner Rassenzugehörigkeit, um in Ihrem Vereinsjargon zu bleiben, diese Wohnung wegnehmen könnte.«

Der Sturmbannführer bäumte sich auf. »Davon weiß ich nichts, Frau Klingmann, wirklich nicht.«

»Können Sie mir das schwören?«

»Ja.«

»Und können Sie mir auch schwören, dass es nicht geschehen wird, dass Ihr August nichts dergleichen vorhat?«

Bussler zögerte.

»Können Sie mir das schwören?«, wiederholte sie leise.

»Ich kann … ich kann nicht für andere meine Hand ins Feuer legen.«

Edda lächelte, sie holte zwei Gläser und eine Flasche Asbach.

»Und werden Sie mich warnen, Herr Sturmbannführer, wenn es einmal so weit ist?«

»Natürlich.«

Sie schob ihm eines der Gläser zu, und er bog seine Finger

zurecht. Ein wenig Asbach tropfte auf Heydrichs Bild, das zwischen ihnen auf dem Tisch lag, und es sah aus, als ob der Polizeichef weinen würde.

»Frau Klingmann, wissen Sie eigentlich, was ich alles riskiere mit meinen ständigen Besuchen bei Ihnen?«

Edda erhob ihr Glas, und Busslers tote Maus mit den beweglichen Schwänzchen tat es ihr nach. Es war schwer zu sagen, ob hier zwei Menschen ihre Freundschaft besiegelten oder voneinander Abschied nahmen. Und wahrscheinlich wussten sie es selbst nicht genau.

Es sollte lange dauern, bis wir ihn wiedersahen.

An dem Tag, als Arthur Neville Chamberlain britischer Premierminister wurde, zeigten sich die ersten Keimblätter meiner ungetauften Kreuzung, was Artur Marder gleichermaßen in Verwunderung und Entzücken versetzte. Damit hatte er erst Ende Juni gerechnet. Wir schleppten die Töpfe in ein anderes Gewächshaus, denn jetzt brauchte meine Brut Wärme und Licht. »Und wenn das erste richtige Blattpaar erscheint, müssen wir die Sämlinge umtopfen. Das kann allerdings noch bis September dauern.«

Doch wieder sollte Marder ein Wunder erleben, denn keine sechs Wochen später wuchsen die ersten Blattpaare, grün und prall. Jedes Paar bekam seinen eigenen Kübel, und als wir mit der Arbeit fertig waren, blickte er traurig auf die Pötte, in denen ›Gudruns Erwachen‹ schlummerte.

Und dann kam 1938. Das Jahr, in dem auch Eddas weite Flügel mich nicht mehr vor der Geschichte schützen konnten.

1938. Das Jahr, in dem du, Anna, mir begegnet bist. Und jetzt und hier, während ich schreibe, hallen Artur Marders Worte in meinem Kopf: »Wir suchen nach den Menschen, die uns begegnen, nicht wahr?« Aber das ist jetzt.

1938. Österreich wurde Hitlerland, und in der Tschechoslowakei begann es zu brodeln. Eddas Mischpoke löste sich fast vollständig auf. Einige wanderten aus. Hupfi tauchte unter, und sein bester Freund Michael wurde verhaftet. Manche kamen einfach nicht mehr, vielleicht weil wir Juden waren.

Im Frühling befahl Edda die ganze Familie auf ihren Dachboden. Mutter, Moses, mich und Kieler, der seit einigen Monaten in Vaters Zimmer wohnte. Doktor Kieler hatte seine Praxis verkaufen müssen, da ihm nur wenige Patienten die Treue gehalten hatten. Sein zuvor stattliches Einkommen schrumpfte, und er konnte sich seine Wohnung nicht mehr leisten. Unser neuer Mitbewohner versetzte Greti Cohen in eine fast hysterische Hochstimmung. Ihre uneingeschränkte Bewunderung sorgte dafür, dass Kielers Ego trotz seiner misslichen Lage nicht ernsthaft Schaden erlitt. Sie leckte seine Wunden. Nur seinen kranken Darm konnte Greti nicht gesundlecken.

Wir versammelten uns um Eddas wackeligen Tisch, und während sie jedem einen Asbach eingoss, wechselte meine Mutter zweimal den Platz, weil sie nicht auf unsere Wand gucken wollte.

»Meine liebe Familie«, sagte Edda und sah jedem von uns kurz in die Augen. »Ich werde morgen früh in die Schweiz fahren, um unsere finanziellen Angelegenheiten zu klären. Sollte ich in sechs Wochen nicht zurück sein, sollte mir etwas geschehen, dann möchte ich, dass ihr euch an Herrn

Guldner wendet. Er wird euch dann über alles Weitere unterrichten.«

»Sind wir bankrott?«, fragte Moses.

»Nein, aber wahrscheinlich werden wir uns ein wenig einschränken müssen.«

»Frau Klingmann, wie … Also woher kommt das Geld eigentlich … Ich meine …«

»Das geht Sie nichts an, Herr Doktor.«

»Aber mich«, sagte Greti aufsässig. Sie ertrug es einfach nicht, wenn jemand Kieler das Wort abzuschneiden wagte.

»Nein, das geht euch alle nichts an.«

Der Doktor reckte das schöne Haupt. »Ich wundere mich nur, denn es existiert noch nicht mal ein Bankkonto und trotzdem …«

»Wundern Sie sich, wundern Sie sich, soviel Sie wollen, aber hören Sie auf mit der Fragerei.«

Wieder wollte Greti einschreiten, aber der Blick ihrer Mutter ließ sie verstummen.

»Dieses Tischbein müsste auch mal repariert werden«, sagte Kieler. Er musste einfach immer das letzte Wort haben.

Schweigend leerten wir unsere Gläser, und dann klatschte Edda in die Hände. »Das war es, ihr könnt gehen.« Aber mir legte sie die Hand auf die Schulter. Ich blieb sitzen.

Edda holte eine Fotografie hervor. Ein Porträt von Bussler. »Was siehst du, Adam?«

Erst jetzt bemerkte ich, dass der Sturmbannführer mir wirklich fehlte. Dennoch konnte ich es ihm nicht verzeihen, dass er sich einfach aus unserem Leben gestohlen hatte.

»Einen Feigling«, sagte ich.

Sie schüttelte den Kopf. »Nein, einen Freund.«

Ich begleitete meine Großmutter morgens zum Bahnhof. Der Gedanke, dass ich sie vielleicht nicht wiedersehen könnte, versuchte sich irgendwo an meinem linken Lungenflügel festzukrallen. Edda Klingmann, die Gesichter lesen konnte, sah mir die rasselnde Angst an und berührte genau die Stelle, an der sie drückte.

»Fürchte dich nicht, Adam«, flüsterte sie in mein Ohr.

»Warum glaubst du, dass dir etwas passieren könnte?«

Sie lachte. »Ich bin eine alte Frau, vielleicht falle ich hin und breche mir das Genick.«

Adam Cohen, der Lehrling der Seherin, wusste, dass es eine Lüge war. Aber das musste er nicht laut aussprechen.

Der Zug fuhr ab, und zu wissen, dass Edda da drinnen und nicht auf ihrem Dachboden saß, machte die Luft ein wenig drückender und den Himmel ein wenig dunkler.

An diesem Tag pflanzte Artur die Kinder, deren Eltern ich vor fast zwei Jahren so gedankenlos vermählt hatte, in ein leeres Beet. »Wahrscheinlich werden sie im Sommer blühen, Adam.« Er wischte sich den Schweiß von der Stirn, und in seinen Augen funkelte eine irre Glückseligkeit.

Ich wollte mich gerade auf meine Wiese verziehen, da sah ich die Dreiergruppe auf uns zukommen. In der Mitte Gudrun, flankiert von zwei uniformierten Männern. Ich erkannte meinen Sturmbannführer sofort. Als sie vor uns zum Stehen kamen, schmetterte Gudrun ihr »Heil Hitler«, und wir anderen erwiderten den deutschen Gruß. Das Geschrei schreckte ein Amselpärchen aus seinem Nest auf, und schimpfend flüchteten die Vögel aus Marders sonst so friedlichem Reich.

Bussler lächelte unverbindlich und grüßte mich nicht einmal.

»Einen schönen Garten haben Sie«, sagte mein Sturmbannführer.

»Ja, nicht wahr, Herr …«

»Bussler. Sturmbannführer Bussler. Der liebe Möller hat in den höchsten Tönen von Ihrer Anlage gesprochen, und da ich mich sehr für die Rosenzucht interessiere, musste ich einfach einmal vorbeikommen. Und Sie sind?«, fragte er, an mich gewandt.

»Adam. Ich bin der Gehilfe.«

»Oh. Er ist viel mehr als das. Er vollbringt wahre Wunder. Das hier«, Artur deutete auf das Beet, »ist sein Werk. Im Sommer wissen wir mehr, nicht wahr? Aber wie sie gedeihen … Ein … ein … Wunder.« Dann erläuterte er geradezu rührend detailliert jeden Schritt ihrer Entwicklung.

Die zwei ss-Männer nickten, und Gudrun scharrte mit ihren Füßen im Dreck wie ein Stier kurz vor dem Angriff, während mein Herz sich vor dem Maestro verbeugte.

»Das ist sehr interessant. Vielleicht, wenn Sie erlauben, Herr Marder, dann würde ich gerne einmal wiederkommen und mehr hören«, sagte Bussler.

»Oh … ich, na ja …«

Und während Artur nach einer Antwort suchte, versicherte Gudrun dem Sturmbannführer, dass er stets willkommen sei, zu jeder Tages- und Nachtzeit, und dass seine Anwesenheit eine Auszeichnung und Freude wäre und das natürlich auch für den sehr verehrten Untersturmführer gelte.

Und dann verließen die drei unter einem fünffachen »Heil Hitler« unser Reich, in der gleichen Formation, in der sie gekommen waren.

Als ich abends nach Hause kam, zitierten Kieler und meine Mutter mich ins Wohnzimmer. Sie fragten betont beiläufig, aber selbst der zurückgebliebenste aller Söhne hätte augenblicklich ihr Vorhaben durchschaut. Kieler und Greti Cohen wollten Informationen über das Schweizer Geld.

Nach ein paar scheinheiligen Ausflüchten antwortete ich ihnen direkt auf die Frage, die sie mir nicht direkt zu stellen gewagt hatten. Doch sie wollten mir einfach nicht glauben, dass ich nichts wusste. Erst nachdem ich zum x-ten Mal meine Ahnungslosigkeit beteuert hatte, änderte Kieler den Kurs.

»Vielleicht sollten wir diesen Guldner sofort anrufen und um Aufklärung bitten, die Schweizer sind ja im Allgemeinen vernünftige Leute, im Gegensatz zu …« Aber er traute sich nicht, ihren Namen auszusprechen.

Edda Klingmann hatte wohlweislich nur mir Guldners Nummer anvertraut, was Kieler geradezu als Beleidigung empfand. Der Doktor redete sich in Rage.

Mein frommer Bruder kam herein. »Das reicht, Adam handelt nur nach Eddas Anweisungen«, sagte er zu Kieler, legte seinen Arm um mich und führte mich aus dem Zimmer. Vor Moses hatte der Doktor so etwas wie Respekt, jedenfalls hielt er ihn nicht für zurückgeblieben.

Ein gemeinsamer Feind kann Brücken schlagen. In den nächsten Tagen verbrachte ich so viel Zeit wie noch nie mit Moses. Und als er mich eines Abends fragte, ob ich ihn zu einem Treffen seiner zionistischen Gruppe begleiten wolle, sagte ich ja. Warum sollte ich meinem Bruder nicht für ein paar Stunden in seine Welt folgen?

Etwa zwanzig Leute befanden sich in einem spärlich beleuchteten Zimmer. Sie standen oder saßen in kleinen Grüppchen beisammen und diskutierten. Sie alle teilten einen Traum. Den Traum von einer Heimat, den Traum von einem eigenen Staat. Die Ernsthaftigkeit, mit der gesprochen wurde, mit der Nachrichten von Freunden, die bereits in Palästina waren, ausgetauscht wurden, ermüdete mich. Es war, als lauschte man sehr langen Berichten in einer Sprache, die man nicht verstehen konnte. Ich stand am Fenster neben Moses. Er redete mit Ben und zwei anderen, deren Namen ich vergessen habe.

Wie verlockend sah doch an diesem Abend meine Stadt aus, die sich unten vor dem Fenster erstreckte. Groß und weit. Das Gegenteil dieser deprimierenden Veranstaltung. Ich starrte auf die glitzernden Straßen, und die Stimmen im Zimmer verschmolzen ineinander, waren nur noch Klang.

»Ben, ich geh jetzt nach Hause.« Diese Worte holten mich zurück. Vielleicht, weil das endlich ein Satz war, den auch ich verstand. Sie wollte nach Hause, und ich war mir sofort sicher, dass sie nicht Palästina meinte, sondern ein Zuhause irgendwo da unten in meiner Stadt.

»Anna, warte doch noch ein bisschen, dann begleite ich dich, es ist schon dunkel. Ich will nicht, dass du alleine durch die Gegend läufst.«

»Ich kann dich nach Hause bringen«, sagte ich zu Anna, weil ich mich danach sehnte, dieses Zimmer zu verlassen, und weil ich noch nie so traurige Augen gesehen hatte.

Nach einigem Hin und Her bekam ich schließlich die Erlaubnis, sie zu begleiten.

»Dann komm«, sagte Anna mit einem spöttischen Lächeln.

Auf der Straße hatte ich Mühe, mit ihr Schritt zu halten. Aber ich schob mein Fahrrad neben ihr her. Weil ihre Augen, als sie mich ansahen, etwas in mir berührt haben. Eine Berührung, die aus Schreibern Poeten und aus Klavierstimmern Komponisten machen kann. Die jedes ›weil‹ in eine lächerliche Phrase verwandelt.

»Wie alt bist du eigentlich?« Der Spott wollte nicht von ihren Lippen weichen.

»Achtzehn.«

»Du siehst aus wie höchstens fünfzehn.«

»Und wie alt bist du?« Endlich hatte ich sie eingeholt.

»Achtzehn.«

»Dann sind wir gleich alt.«

Anna lachte, ganz ohne Hohn, und hinter der schwimmenden Traurigkeit ihrer Augen lag eine ganze Welt. Ihr Mund, als er mich anlachte, hat etwas in mir berührt. Eine Berührung, die aus Narren Helden und aus Helden Narren machen kann.

»Ist Ben dein Freund?«

»Warum willst du das wissen?«

»Nur so.«

»Ich wüsste nicht, was dich das angehen sollte. Ich kenne dich überhaupt nicht.« Und dann beschleunigte sie ihren Schritt wieder. Anna hatte es eilig, an ihr Ziel zu gelangen, während ich hoffte, dass wir niemals ankommen würden.

»Hier wohne ich.« Das kam so plötzlich, dass ich fast über mein Fahrrad gefallen wäre. Wir hielten vor der Tür, und dein Gesicht, Anna, war wie ein Bild, das ich schon immer kannte und das auf einmal seinen Rahmen verlassen hatte und nun unheimlich lebendig vor mir stand.

»Gute Nacht und danke, Adam.«

Aber bevor sie durch die Tür schlüpfen konnte, hielt ich sie fest. »Tut mir leid, dass ich gefragt habe, ob … Ich … ich wünschte, ich würde dich kennen.«

»Gute Nacht.«

Und ganz behutsam löste Anna meine Finger von ihrem Arm.

Ich weiß nicht, wie lange ich noch vor ihrer Tür verweilte, aber als ich zu Hause ankam, war mein Bruder schon da.

Ich fühlte mich wie Bussler in Marders Reich, der so überzeugend den Rosenfreund gemimt hatte, als ich Moses mein neu erwachtes Interesse für Zion offenbarte.

Beiläufig fügte ich hinzu: »Bens Freundin ist wirklich nett.«

»Wer?«

»Anna.«

»Anna ist nicht Bens Freundin.«

»Ach so.«

»Sie war einmal Bens Freundin.«

Fünf Tage später war das nächste Treffen. Ich saß auf einem wackeligen Stuhl und konnte sie die ganze Zeit beobachten. Ich habe in Annas Gesicht gelesen, während mir ein aufdringliches rothaariges Mädchen ihre Lebensgeschichte erzählte.

Ungeduldig wartete ich darauf, dass Anna aufstand, um sich auf den Heimweg zu machen, und setzte alle Hoffnungen darauf, dass Ben wieder als Begleiter ausfallen würde.

»Hörst du mir überhaupt zu?«, fragte mich die Rothaarige.

»Natürlich.«

»Ich habe dich was gefragt.«

»Ja … was denn?«

»Was denkst du darüber?«

Und dann gähnte Anna zweimal, und ich spürte, dass mein Moment nahte.

»Ich? Ich denke nichts, nie. Ich denke gar nichts … Niemals.«

Anna stand auf, und ich verließ die Rothaarige, ohne mich zu verabschieden.

Ben nahm mein Angebot, ihn zu vertreten, dankbar an.

Anna rannte die Treppen hinunter.

»Ich kann sehr gut alleine auf mich aufpassen«, sagte sie, als wir auf der Straße standen.

»Ja, ja, das denke ich mir. Ich will ja auch nicht auf dich aufpassen, oder?«

Sie lächelte, aber die Traurigkeit wollte nie völlig aus ihren Augen verschwinden.

»Ach Adam, du bist ein guter Junge.« Sie lief nicht mehr ganz so schnell.

»Woher willst du das wissen? Du kennst mich doch gar nicht.«

Wieder ein Lächeln.

»Dann erzähl mir was von dir. Was machst du, gehst du noch zur Schule?«

»Ich bin noch nie zur Schule gegangen.«

»Du lügst.«

»Nein.«

Sie holte eine Packung Zigaretten aus ihrer Handtasche und zündete sich eine an.

»Willst du?«

Und mit Anna rauchte ich meine erste Zigarette.

»Also, Adam, was machst du?«

»Ich bin der Gehilfe eines Rosenzüchters.«

»Wirklich?«

»Ja.«

»Ist das anstrengend?«

»Nein, eigentlich liege ich beinahe den ganzen Tag auf einer Wiese rum.«

Sie lachte. »Du lügst doch.«

»Nein, das ist die Wahrheit. Und du, was machst du?«

»Ich arbeite als Näherin.«

Wir drosselten unser Tempo so sehr, dass ein Einbeiniger ohne Krücken uns problemlos hätte überholen können.

»Und war das dein Traum, der Gehilfe eines Rosenzüchters zu werden?«, fragte Anna.

»Nein.«

»Was war dein Traum?«

»Ich hatte keinen.«

»Träumst du denn nie, Adam?«

»Doch, die ganze Zeit. Und du, wolltest du immer Näherin sein?«

»Nein.«

»Sondern?«

»Ich … ich wollte Ben heiraten.«

Es war hässlich, aber innerlich tobte ich vor Freude, dass Annas Traum nicht in Erfüllung gegangen war.

»Und träumst du auch von Israel? Wie die anderen?«, fragte ich leise.

»Ich denke nicht, nicht richtig jedenfalls. Aber manchmal habe ich Angst vor… vor dem, was hier vielleicht noch passieren kann. Meine Eltern haben Schwierigkeiten mit ihren Papieren, sie sind in Polen geboren … Ich würde gerne ohne Angst leben …«

Dann nahm ich ihre Hände und küsste sie, weil ich keine Worte fand, weil ich ihr die Angst nehmen wollte und weil ich mich nicht traute, ihren Mund zu küssen.

»Wir sind gleich da«, sagte Anna und entzog mir ihre Hände. Die letzten Meter rannte sie, und erst vor dem Hauseingang holte ich sie ein. Mit einem Satz sprang ich vor die Tür und versperrte ihr den Weg.

»Anna, bitte bleib … bitte, nur ein paar Minuten.«

Zuerst dachte ich, sie würde mich einfach zur Seite schieben, aber sie blieb tatsächlich stehen.

»Gut«, sagte Anna, »ein paar Minuten.«

Sie neigte ihren Kopf zur Seite und sah mich an. »Und jetzt, Adam? Was jetzt?«

Ich fühlte mich wie ein Kasper auf einer Bühne, der sein Publikum schon viel zu lange warten lässt. Ich räusperte mich.

»*Der schöne Mund vom Strund.* Ein Gedicht von Adam Cohen.

Der Strund, der Strund, er hat einen schönen Mund …«

Vielleicht hatte Moses recht, und die meisten Dichter verhungerten einfach, aber galt Poesie nicht immer schon als unschlagbare Waffe, um das Herz einer Frau zu erobern? Während ich das einzige Gedicht, das ich je auswendig konnte, aufsagte, lachte Anna. Dieses Lachen kam aus der Welt, die sich hinter der schwimmenden Traurigkeit verbarg.

Am nächsten Tag tauchte der Sturmbannführer in Marders Reich auf. Und nachdem er ein paar Sätze mit Artur gewechselt hatte, machte er zu dessen Erleichterung den Vorschlag, dass der Gehilfe ihm doch die Gewächshäuser zeigen könnte.

Bussler umarmte mich wie den verlorenen Sohn.

»Hast du etwas von Edda gehört?«, fragte er.

»Nein.«

Nervös bog er seine Finger in alle möglichen Richtungen. Dreimal holte er Luft und flüsterte schließlich: »Adam, ich bin euer Freund.«

»So gut es halt geht, Herr Sturmbannführer, nicht wahr?«

»Ich bin hier, oder?«

»Ja, das sind Sie.«

»Und ich habe mein Versprechen gehalten.«

Ich wusste nicht, was er meinte, aber es klang so feierlich, dass ich nickte.

»Vielleicht kannst du meine Verehrung für den Führer nicht verstehen, aber gleich nach Hitler kommt Frau Klingmann.«

»Bussler«, platzte es aus mir heraus. »Edda würde sich totlachen oder Ihnen den Kopf abreißen, wenn sie das hören würde.«

Der Sturmbannführer errötete. »Ich wollte damit nur sagen, dass …«

»Es ist in Ordnung, sie ist ja nicht hier.«

Fast fünf Wochen waren seit Eddas Abreise vergangen, und außer an den zionistischen Abenden, an denen ich Anna sah, dachte ich unaufhörlich an Frau Klingmann.

Ich erzählte Anna nichts von meinen Sorgen, denn in den wenigen halben Stunden, die ich allein mit ihr verbrachte, hatte ich nur einen Wunsch: Ich wollte Anna lachen sehen.

»Manchmal beneide ich dich, Adam«, sagte Anna, als ich sie wieder nach Hause begleitete.

»Warum denn das?«

»Ich beneide deine Leichtigkeit. Du scheinst nichts ernst zu nehmen.«

»Doch, ich nehme sehr vieles ernst.«

»Was denn?«

»Dich.«

Und dann lachte sie.

»Siehst du, Anna, und jetzt nimmst du mich nicht ernst.«

Ich wusste nie, was ich ihr war. Ein Clown? Ein Freund? Aber hast du nicht auch nach mir gesucht, Anna? Bin ich nicht auch dir begegnet, so wie du mir begegnet bist?

»Ich habe am Sonntag Geburtstag, willst du mit mir feiern?«, sagte sie so unvermittelt, dass ich schluckte.

»Ja, ja, ja … Nur du und ich oder …«

»Nur du und ich.«

»Was möchtest du denn machen?« Ich bemühte mich, ruhig zu bleiben, aber der bloße Gedanke daran, einen ganzen Tag allein mit Anna zu verbringen, versetzte mich in eine Aufregung, die ich bis zu diesem Abend nicht gekannt hatte.

»Denk dir was aus.«

Auf dem Heimweg fiel ich dreimal vom Fahrrad. Meine Knie und meine Ellbogen bluteten, aber ich konnte nicht aufhören zu lachen. Mein Hirn war ein schwammiges Weichteil und meine Beine so nutzlos wie Busslers Schwänzchen, biegsam, aber kraftlos.

Als ich unsere Wohnung betrat, schrie Greti Cohen vor Entsetzen. »Du blutest ja!«

Ihr Schrei sirrte in meinen Ohren, und dann hörte ich eine andere Stimme. Auf der Wendeltreppe stand Edda Klingmann, das Kleid so rot wie meine Knie, das Haar schwarz mit einem italienischen Blaustich und die Haut so blass wie feinstes Porzellan.

Ich rief ihren Namen, einmal, zweimal, und dann rannte ich die Treppe hoch und folgte ihr auf den Dachboden.

»Adam, was muss ich da von deinem Bruder hören. Bist du jetzt auch von Gott besessen?«

»Nein, nein. Sie heißt Anna.«

Edda trällerte ein paar Takte, drehte sich im Kreis und griff nach einer Flasche Asbach.

»Auf die Liebe, Adam, auf die Liebe.«

Unsere Gläser klirrten, eine Melodie, die immer ein Stückchen Heimat sein würde.

»Auf Anna. Auf die Liebe.«

»Ich weiß gar nicht, ob sie mich auch liebt.«

»Adam, und wenn schon? Du liebst. Hätte ich immer darauf gewartet, dass meine Liebe erwidert wird, auf wie viel Liebe hätte ich verzichten müssen? Du liebst. Auf die Liebe, Adam.«

Nachdem wir fast die ganze Flasche geleert hatten, fragte ich sie nach ihrer Reise.

»Oh, morgen, Adam. Morgen. Heute feiern wir die Liebe.«

Und Edda köpfte eine zweite Flasche.

»Bussler war da.«

»Wo?«

»Er hat mich bei Marder besucht.«

»Hat er das?«

»Ja.«

Eddas Augen glänzten. »Auf unsere Freunde, Adam«, sagte sie.

»Auf Bussler.«

Am nächsten Tag versammelten wir uns auf Eddas Dachboden. Die Familie und Kieler am Tisch: das gleiche Bild wie am Abend vor ihrer Abreise. Und als wäre unser Leben ein albernes Theaterstück, wechselte Greti wieder zweimal ihren Platz.

Dieses Mal spendierte Frau Klingmann der Verwandtschaft keinen Asbach, wahrscheinlich war das die erste Sparmaßnahme.

In einem Ton, der keine Unterbrechung duldete, erklärte uns meine Großmutter, dass sie die Wohnung verkauft habe und wir nun Mieter seien. Kieler rieb sich den Bauch, der anscheinend schmerzte, und schnaubte.

»Frau Klingmann, wie können Sie nur …«

»Herr Doktor, ich weiß genau, was ich tue. Ihr müsst mir vertrauen.«

»Und wer soll die Miete bezahlen?«, fragte Kieler.

»Offiziell Moses und Sie.«

Der Doktor schluckte. »Frau Klingmann, Sie wissen, wie es um meine finanzielle Lage bestellt ist …«

»Offiziell, lieber Kieler. Natürlich werde ich weiterhin für den Lebensunterhalt dieser Familie sorgen. Allerdings müssen wir den Gürtel zumindest eine Zeitlang enger schnallen. Offiziell, werte Familie, sind wir ab heute arme Leute, merkt euch das.«

Und nachdem Edda uns eingeschärft hatte, dass nichts von dem, was hier gesprochen wurde, nach außen getragen werden dürfe, löste sie unsere fröhliche Runde auf.

Ich blieb sitzen und seufzte wie ein alter Mann.

»Was, Adam?«

Und dann erzählte ich Edda von Annas Geburtstag und von meinem Wunsch, die Traurigkeit wenigstens an diesem Tag aus ihren Augen zu vertreiben.

Am Sonntag holte ich Anna schon am frühen Nachmittag ab, und ich glaube, sie war ein wenig enttäuscht, dass ich mit leeren Händen vor ihrer Tür stand.

»Wohin fahren wir, Adam?«, fragte sie, während ich mich mit ihr auf dem Gepäckträger abstrampelte. Ich schwitzte vor Anstrengung und vor Aufregung, weil ihre Hände sich an mir festhielten. Endlich erreichten wir Marders Reich. Ich schloss das Tor auf. Erst vereinzelte Rosensorten zeigten schon ihre volle Pracht. Und ihr süßlicher Duft ließ noch die sinnenverwirrende Note vermissen, die sie im Sommer verströmten. Aber dieser Garten war der friedlichste Ort, den ich kannte. Eine andere Welt. Ein Reich außerhalb des Reiches.

Ich führte Anna zu dem Beet, in dem meine Brut ihre Wurzeln geschlagen hatte. Hunderte Knospen, die sich bald öffnen würden. Vorn im Beet steckte das Schild mit dem Namen, den ich für diese Zufallskinder ausgesucht hatte.

»Das ist dein Geschenk.«

»Annas Traum«, las sie vor und lachte.

»Einer ist nicht in Erfüllung gegangen, aber schau, wie viele du hast, wie viele noch Wirklichkeit werden können.«

Die zionistische Gruppe löste sich auf. Ben und viele andere brachen auf in das Land unserer Väter. Moses ging nicht mit ihnen. Er verliebte sich in eine resolute Krankenschwester namens Lara, der ebenfalls das Medizinstudium verwehrt worden war. Lara träumte nicht von Palästina, und so verschwand Zion auch aus den Träumen meines Bruders. Ihr Verstand war messerscharf, und sie schien so fest mit der Erde verwurzelt, dass wohl kein Sturm ihr jemals etwas würde anhaben können. Lara war auf eine kühle Art schön und so praktisch veranlagt, dass es schon weh tat. Auch wenn es schwer war, sie zu mögen, man musste sie einfach für ihre Stärke bewundern.

Anna erlaubte mir viel zu selten, sie zu sehen. Manchmal durfte ich sie von der Arbeit abholen und nach Hause begleiten. Wenn ich Anna förmlich anflehte, sie ins Kino oder ins Theater oder zu mir einladen zu dürfen, leuchteten ihre Augen jedes Mal für einen kurzen Moment auf, bevor sie mit einem leisen, aber bestimmten »Nein« antwortete.

Anna, warum hast du nicht wenigstens ein einziges Mal ja gesagt?

Mitte Juni gab es die Münchner Synagoge nicht mehr, und Herr Maiser, der ein Haus weiter wohnte, wurde verhaftet. Angeblich brachte man ihn nach Dachau, und das einzig und allein aufgrund einer Vorstrafe wegen eines Verkehrsvergehens, das über ein Jahr zurücklag. Natürlich war Maiser Jude.

Zwei Tage später öffneten sich Annas Träume. Sie mussten sich erst in der Nacht dazu entschlossen haben. Die Blüten waren blassrosa, und ich fühlte mich ein bisschen wie Gott. Obwohl wir nicht verabredet waren, holte ich Anna von der Arbeit ab. Und als ich ihr die zwölf Rosen überreichte, lachte sie. Sie hielt ihre Blumen wie eine Trophäe in der Hand, während wir die Straße entlangliefen.

Vor ihrer Haustür fragte sie mich, ob ich noch mit hochkommen wolle.

Die Wohnung, in der Anna mit ihren Eltern lebte, war winzig. Zwei kleine Zimmer. Das größere diente als Wohnzimmer und als Schlafstätte für Herrn und Frau Guzlowski, das andere gehörte Anna. Das Bad draußen auf dem Flur teilte sich die Familie mit den Nachbarn. Eine richtige Küche gab es nicht.

Und in diese für drei Menschen ohnehin schon enge Behausung quetschte sich die Angst mit hinein.

Die Angst hat einen eigenen Geruch. Selbst der Duft von Annas Träumen konnte ihn nicht verdrängen.

Die Guzlowskis begrüßten mich herzlich, und nachdem wir eine Tasse wässrigen Kaffees mit ihnen getrunken hatten, gingen wir in Annas Zimmer. An einer der ansonsten kahlen Wände hing ein Spiegel. In dem Raum: ein Bett, ein Stuhl, eine Kommode. Dazwischen kaum Platz, um einen Fuß vor den anderen zu setzen.

Geschickt sprang Anna über das Bett. Sie öffnete eine Kommodenschublade. Holte ein Band heraus. Ein himmelblaues Band. Ein Band, wie Mädchen es in ihren Haaren tragen. Sie schnürte es um ihre Träume und hängte die Rosen, mit den Köpfen nach unten, an den Spiegel. Ich stieß gegen jedes der drei Möbelstücke, bevor ich neben ihr zu stehen kam.

Wir atmeten im Gleichklang. Bei jedem Ausatmen berührten sich unsere Schultern. An der Wand unser Spiegelbild. Ihr Gesicht neben dem meinen.

»Eines Tages werden ihre Blüten brüchig sein und ihre Farbe verblasst, aber trotzdem werden sie noch da sein«, sagte Anna. Dieses Mal nahm sie meine Hand und hielt sie fest. Einen Augenblick lang glaubte ich, die ganze Welt in mir zu tragen. Millionen Vögel, die in mir zum Himmel aufstiegen. Meere und Flüsse, die durch meine Adern rauschten. Als sich unsere Blicke dann trafen, verschwand mein Gesicht, und es gab nur noch dich, Anna.

Du warst das einzig Wirkliche in dieser elenden Kammer, und hätte ich geahnt, wie wenig Zeit uns noch bleiben würde, dann hätte ich es gewagt, dich einfach zu küssen.

Es war das Jahr 1938, und die Männer, die an unserer Dachbodenwand hingen und dieses Land regierten, stellten unser Leben auf den Kopf.

Kieler und allen anderen jüdischen Ärzten wurde die Approbation entzogen. Auch die jüdischen Rechtsanwälte verloren ihre Zulassung. In unsere Reisepässe kam ein dickes »J«.

Außerdem erfuhren wir, dass wir ab dem 1. Januar 1939 einen zweiten Vornamen bekommen sollten. »Israel« für die Männer, »Sara« für die Frauen.

Die Sache mit den neuen Vornamen bestärkte Edda nun vollends in unserer Theorie, dass Adolf trank.

»So etwas hätte dem Itzigen auch einfallen können. Auf so was kommt nur ein Säufer.«

Der Säufer holte die Sudeten heim ins Reich und schickte

Annas Eltern zurück nach Polen, das Land, das sie vor mehr als zwanzig Jahren verlassen hatten. Aber die Polen wollten die Guzlowskis auch nicht. Annas Eltern waren nicht die einzigen Eltern, die im Niemandsland ihres weiteren Schicksals harrten. Auch ein gewisser Herschel Grynszpan hatte nun einen staatenlosen Vater und eine staatenlose Mutter.

Nachdem man Herrn und Frau Guzlowski geholt hatte, kam Anna in Marders Garten und erzählte mir, was sich ereignet hatte. Meinen Vorschlag, zu uns zu ziehen, lehnte sie ab, denn ihre arische Chefin hatte Anna bereits ein Zimmer angeboten. Das schien ihr am sichersten zu sein. Trotzdem gab ich ihr für alle Fälle meine Adresse.

Ich hätte besser auf dich aufgepasst, hörst du?

Anna erlaubte mir nicht mehr, sie abends von der Arbeit abzuholen, denn von nun an ging sie immer mit ihrer Chefin nach Hause. Und sie hatte Angst, dass unsere Freundschaft deren Missfallen erregen könnte. Warum nur? Wir hatten uns ja noch nicht einmal geküsst. Aber Annas Angst war übermächtig, kein noch so vernünftiges Argument konnte sie umstimmen.

»Ich komme dich hier besuchen, wann immer ich kann, Adam.«

Herschel Grynszpan gab in Paris zwei Schüsse ab, für seine Eltern und auch für Annas Eltern und all die anderen Eltern und Söhne und Töchter und Ehemänner und Frauen, die niemand in sein Land lassen wollte.

Am 9. November erhielten wir in aller Herrgottsfrühe eine Nachricht von Bussler. Eine Botschaft, die uns ein kleiner Junge überbrachte: *Geht heute Abend nicht aus dem Haus!!!! Maestro*

Ich fuhr zu Annas Schneiderei und wartete vor der Tür in der Hoffnung, dass sie vielleicht eine Mittagspause machen würde. Sie kam tatsächlich heraus. Ich achtete nicht auf ihren vorwurfsvollen Blick und rannte auf sie zu.

»Adam, ich habe dir doch gesagt …«

»Geh heute Abend nicht aus dem Haus.«

»Warum?«

»Versprich mir, dass du heute Abend nicht aus dem Haus gehst. Versprich mir das, bitte.«

»Ich wollte aber heute Abend …«

»Nein, Anna. Bitte …«

»Gut. Ich verspreche es.«

Ich konnte nicht anders, ich musste nach ihren Händen greifen und ihren Mund küssen. Und ich werde nie erfahren, ob sie meinen Kuss erwiderte, weil meine Lippen so plötzlich die ihren berührten, oder weil es ihr gefiel.

Wie lange standen wir so da, Anna? Und warum sind wir nicht noch etwas länger stehen geblieben?

»Adam, was … Das … Geh jetzt, los, geh, Adam, wir sehen uns bald wieder.«

Warum habe ich auf dich gehört?

Warum habe ich dich nicht einfach mitgenommen?

In dieser Nacht änderte meine Stadt ihr Gesicht.

Kieler vertrat am nächsten Tag die Meinung, dass nun das Schlimmste vorbei sei und dass man ruhig bleiben und abwarten müsse. Greti stimmte ihm natürlich zu. Lara, die resolute Verlobte meines Bruders, die mittlerweile auch bei uns wohnte, war dagegen der Ansicht, dass man dieses Land vielleicht doch besser verlassen sollte, so wie es ihre Schwester getan hatte, und sich um eine Ausreise nach England oder Amerika bemühen sollte.

Kieler wollte von England oder Amerika nichts wissen. Er hoffte auf den Tag, an dem die Deutschen samt ihrem Führer wieder Vernunft annehmen würden. Auf den Tag, an dem er wieder ein angesehener Arzt sein würde.

»Wir werden sehen«, sagte Edda und ging zurück auf ihren Dachboden. Ich folgte ihr. Gemeinsam betrachteten wir unsere Wand und tranken ein Glas Asbach auf unseren Sturmbannführer.

»Was denkst du, Edda?«

»Ich denke, dass Lara vielleicht recht hat und es besser für euch wäre, zu gehen.«

»Und warum wäre es nicht besser für dich?«

»Adam, ich liebe das Leben, aber nicht um jeden Preis. Ich bin eine störrische alte Frau, ich kann Berlin nicht den Rücken kehren.«

»Wir würden dich aber niemals hier zurücklassen.«

»Ja, ja, ja«, sagte sie und schüttelte den Kopf, so wie es störrische, alte Frauen eben machen.

»Und Anna würde ich auch nicht hier zurücklassen.«

»Das verstehe ich. Auf die Liebe.«

Und unsere Gläser sangen ihr Lied.

Es klingelte unten an der Tür, und ich erkannte seine Schritte sofort. Er klopfte nicht an.

»Frau Klingmann«, sagte er mit zittriger Stimme und drückte seinen Kopf an ihren Busen. »Es ist alles gut, ja? Niemandem ist etwas passiert, oder?«

»Ja, ja, ja, Bussler. Und jetzt lassen Sie mich mal los, und trinken Sie mit uns.«

Der Maestro, der Uniformierte mit den schwarzen Handschuhen und den Spezialeinlagen, saß wieder an unserem Tisch.

Schnell hatte er die Schwänzchen um das Glas gewickelt und stürzte den Weinbrand herunter.

»Ich bin gekommen, um mich zu verabschieden. Ich werde für mindestens ein paar Monate in den Reichsgau Sudetenland versetzt.«

»Haben Sie was angestellt, Bussler? Bestraft Ihr Verein Sie?«

»Nein, im Gegenteil.«

Der Sturmbannführer wankte, als er aufstand, er war den Asbach wohl nicht mehr gewohnt.

»Frau Klingmann, auch wenn ich nicht in Berlin bin, meine Augen sind auf euch gerichtet.«

»Ist das eine Drohung, Bussler?«

»Nein, im Gegenteil.«

Ich wartete am Nachmittag vor der Schneiderei, aber der Laden war geschlossen. Ich konnte mir das nicht erklären, denn Annas Chefin war eine Arierin. Ich fragte alle Nachbarn, ob sie etwas wüssten oder ob sie mir zumindest den Namen der Inhaberin verraten könnten.

Ich wusste ja nicht einmal, wo du und deine arische Chefin wohnten, Anna.

Aber im November 1938 waren die Leute misstrauischer denn je. Keiner wollte oder konnte mir eine Antwort geben, und auch im Dezember und im Januar blieb es dunkel in der Werkstatt. Wohin sollte ich mich wenden? Bussler, der mir vielleicht hätte helfen können, war weit weg.

Während August und seine fleißigen Lakaien sich weitere Schikanen ausdachten, suchte ich nach dir, Anna.

Im Februar 1939 marschierte Edda Sara Klingmann, die einzige Person, die von meiner Liebe zu Anna wusste, mit mir zur Polizei und haute auf den Tisch. Sie behauptete, dass sie im November etwas in der Schneiderei abgegeben hätte.

»Und das Geschäft ist seitdem geschlossen. Also können Sie mir vielleicht sagen, was da los ist?«

»Ihr Name?«, fragte der Polizist ungerührt.

»Edda Sara Klingmann.«

»Sind Sie Jüdin?« Jetzt klang seine Stimme nicht mehr ungerührt, sondern herablassend.

Meine Großmutter lächelte. »Ich habe Ihnen doch gesagt, wie ich heiße, und wenn Sie mich jetzt fragen, ob ich Jüdin bin, berauben Sie den Namen, den Ihr Führer mir gegeben hat, jeglicher Funktion, nicht wahr?«

»Gut, Frau Klingmann, und was haben Sie dort abgegeben?«

»Mein Totenhemd. Und man weiß ja nie, ob man es nicht vielleicht schon am nächsten Tag benötigen wird.« Noch immer lächelte meine Großmutter.

»Gut, Frau Klingmann, warten Sie. Ich sehe nach, ob ich Ihnen helfen kann«, sagte er nun äußerst höflich.

Es dauerte eine Weile, bis er mit einer Akte zurückkam.

»Ich muss Sie leider enttäuschen, das Geschäft wird wohl vorläufig geschlossen bleiben.«

»Warum?«

Er zögerte, und ich war mir sicher, dass er uns anschreien und rausschmeißen würde, aber Edda Klingmann schien zu wissen, was sie tat.

»Frau Inge Kneip, die Inhaberin, ist verhaftet worden und …«

»Und was?«

»Verstorben … während der Haft verstorben.«

Es war ein Drahtseilakt. »Na ja«, sagte meine Großmutter schroff, als wäre ihr der Tod von Frau Kneip vollkommen egal, »wie dem auch sei. Gibt es denn keine Angestellten, die mir mein Hemd aushändigen könnten?«

Er durchblätterte seine Akte. »Nein, nicht dass ich wüsste.«

Jetzt kannte ich wenigstens ihren Namen.

Ich stand vor dem Haus, in dem Frau Kneip gelebt hatte, bis sie verhaftet wurde. Ihren Namen, den dritten in der zweiten Reihe, hatte man noch nicht vom Klingelbrett entfernt. Natürlich hoffte ich, so unwahrscheinlich es auch war, dass Anna dort sein würde. Niemand machte auf, aber die Haustür stand offen. Ich lief in die zweite Etage und klopfte.

Nebenan ging die Tür auf.

»Die Inge haben sie weggebracht«, sagte ein alter Mann, der vorsichtig seinen Kopf aus der Nachbarswohnung streckte.

Inge Kneip war zwar arisch, aber eine Kommunistin gewesen. »Und mitten in der Nacht hat die Gestapo Frau Kneip mitgenommen und das entzückende Fräulein Guzlowski auch.«

»Welche Nacht?«

»Die Nacht.«

Und was habe ich dir geraten, Anna? Geh nicht aus dem Haus. Und als sie kamen und dich mitgenommen haben, was hast du da gedacht? Hast du da an meine Worte gedacht? Hast du gedacht …?

Edda drückte mir ein Glas Asbach in die Hand. »Gut«, sagte sie entschieden, »wir brauchen Bussler. Er hat im April Geburtstag. Wir werden ihm schreiben, so lange musst du dich gedulden, Adam.«

Anfang März starb Doktor Kieler. Eine Woche lang lag er mit schrecklichen Schmerzen im Krankenhaus. Erst nach seinem Tod stellte man fest, dass ein Stück seines Darms sich verknotet hatte.

Dieses Mal weinte Greti Cohen um den Bewohner des Zimmers, das einst meinem Vater gehört hatte. Sie weinte leise, aber unaufhörlich.

Kurze Zeit später nahm sich August die Rest-Tschechei, und Moses und Lara heirateten.

Noch im selben Monat begann die zielstrebige Lara Cohen, sich um unsere Ausreise zu kümmern, an der weder Edda noch Greti noch ich auch nur das geringste Interesse hatten.

Aber wir wussten alle drei, dass es Monate, wenn nicht Jahre dauern konnte, bis man die nötigen Papiere beisammenhatte, und ließen Lara freie Hand. Vielleicht hielten meine Mutter und ich auch nur deshalb unseren Mund, weil wir einer Diskussion mit Lara nicht gewachsen waren.

Am 8. April schickten Edda und ich folgendes Telegramm an Busslers Zentrale im Sudetenland:

Sehr geehrter Sturmbannführer Bussler,

Marders Rosenzucht sendet Ihnen zum Geburtstag die herzlichsten Grüße aus Berlin. Wir hoffen auf ein baldiges Wiedersehen.

Heil Hitler
gez. E. Asbach

»Er wird sich melden«, sagte Edda zuversichtlich.

Ich arbeitete noch immer in Marders Garten, aber ich kam spät und ging früh, was Artur entweder nicht bemerkte oder ihn nicht weiter störte.

Stundenlang fuhr ich mit dem Fahrrad durch die Straßen meiner Stadt, die mir jeden Tag ein bisschen fremder wurde. Ich strampelte die Wege ab, die einst zu Annas Leben gehört hatten. Manchmal verließ ich die bekannten Pfade und streifte planlos umher. Immer getrieben von der Hoffnung, Anna durch einen Zufall zu finden. Denn vielleicht, vielleicht …

Edda hielt es für besser, sich nicht bei der Polizei nach Annas Verbleib zu erkundigen, denn schon durch indiskrete Fragen konnte man Menschen in Schwierigkeiten bringen.

Der April endete ohne Nachricht von Bussler.

Anfang Mai kam Guldner aus der Schweiz. Er kam mit einem Koffer. Er kam zum letzten Mal.

Nachdem Guldner den Dachboden verlassen hatte, rief Edda die Familie nach oben: Moses, Lara, Mutter und mich.

Greti weinte leise, denn der Platz neben ihr war leer. Auf dem Tisch lagen 23 Bündel Geldscheine und eine Pappschachtel.

Edda öffnete die Schachtel: 12 Diamanten. Die Steine sahen aus wie abgeschnittene Daumenkuppen. Dicke Daumen. 12 dicke, funkelnde Daumen.

»Das war unsere Wohnung und alles andere«, sagte Edda.

»Das ist England«, erwiderte Lara.

Greti Cohen sah noch nicht einmal hin. Seit Kielers Ableben interessierten sie die Geschäfte ihrer Mutter nicht mehr. Eigentlich interessierte sie gar nichts mehr.

»Damit müssen wir auskommen, bis sich die Zeiten wieder ändern.« Edda klappte die Schachtel zu.

Endlich, Mitte Mai, lag eine Postkarte von Bussler in unserem Briefkasten:

Meine Lieben,

komme im Sommer nach Berlin. Vorher keine Möglichkeit, Euch zu sprechen.

Maestro

Sommer? Der Juni ist Sommer, der Juli ist Sommer, der August ist Sommer, und vielleicht ist auch der September Sommer. Welcher dieser Monate würde Busslers Sommer sein?

›Gudruns Erwachen‹ lag schon lange auf dem Komposthaufen, ohne jemals erwacht zu sein, während Annas Träume im Juni zum zweiten Mal blühten.

Sommer? Der Juli sollte es sein.

Das vertraute Poltern seiner Stiefel mit Spezialeinlagen

kündigte ihn an. Unser Sturmbannführer hatte sich verändert. Nicht offensichtlich, nicht auf den ersten Blick. Aber nach zwei Gläsern von Eddas Heiltrank bemerkte ich, dass in seinen Augen etwas erloschen war.

»Gut, ich werde sehen, was ich herausfinden kann«, sagte er, nachdem ich ihm Annas Geschichte erzählt hatte.

»Wie lange wird es dauern?«

»Das kann ich nicht sagen.«

Es klang ein wenig zu gleichgültig, als dass sein Versprechen mir Erleichterung verschafft hätte. Edda, die Seherin, verstand meine unausgesprochene Sorge.

»Bussler, das ist eine ernste Angelegenheit.« Sie haute mit der Faust auf den Tisch. Und während ich vor Schreck mein Glas fallen ließ, zuckte unser Sturmbannführer nicht einmal zusammen.

»Das Sudetenland scheint Ihnen überhaupt nicht bekommen zu sein, Bussler. Was ist los mit Ihnen?«

»Verzeihen Sie mir«, sagte der Maestro und ergriff mit seinen traurigen Schwänzchen die Hand meiner Großmutter.

»Was soll ich Ihnen verzeihen?«

Er sagte nichts, schüttelte nur den Kopf, als ob da etwas festsäße, das er dringend loswerden wollte.

»Ich werde sie finden, Adam. Ich werde sie finden.«

Noch immer hielten seine leblosen schwarzen Fingerchen Edda fest. Mit ihrer freien Hand nahm Edda das Glas des Sturmbannführers und führte es an seinen Mund.

»Trinken Sie, Bussler. Es wird schon alles werden.«

Ehe ich erfuhr, wo Anna war, zettelte August einen Krieg an. Meine Mutter nahm die Nachricht mit einem Schulterzucken auf. Lara Cohen dagegen trieb mit aller Kraft das Englandprojekt voran. Wie gesagt, es war schwer, sie zu mögen, aber man musste sie einfach für ihre Willenskraft und ihre unerschöpfliche Energie bewundern. Da Augusts Reich sich jetzt mit England im Krieg befand, war es eigentlich unmöglich, dorthin zu gelangen. Doch Lara plante generalstabsmäßig eine Reise, die die Cohens und Frau Klingmann auf verschlungenen Wegen nach London bringen sollte. Sollte, denn zumindest ich würde Berlin ohne Anna nicht verlassen.

Edda Klingmann regte sich mindestens so sehr über die Ausgangssperre auf, die der Führer über alle Saras und Israels dieses Landes verhängt hatte, wie über den Kriegsausbruch selbst.

»Ich bin eine erwachsene Frau, und jetzt darf ich abends nicht mehr auf die Straße? Er säuft, Adam. Er säuft. So was hätte sich der Itzige auch ausdenken können.«

Dann mussten wir unsere Radioapparate abgeben. Wir hatten zwei, und einen behielten wir einfach.

Bussler teilte uns in einem Brief mit, dass er bald nach Polen versetzt werde, dass er, was Anna angehe, eine heiße Spur habe, und dass er uns vor seiner Abreise noch einen Besuch abstatten werde.

Im Oktober kam unser Sturmbannführer.

»Man hat Anna nach Polen abgeschoben, schon im Januar. Wahrscheinlich ist sie in Krakau.«

»Ich fahre hin.«

»Adam, es ist Krieg, und du bist Jude. Du kannst nicht

nach Polen fahren. Man würde dich …« Dieses eigenartige Kratzen seiner Stimme war nicht Wut oder Zorn, sondern Angst.

»Ich …«

»Bussler hat recht«, sagte Edda. Sie betrachtete mein Gesicht. Und erkannte, dass kein Krieg und auch nicht das »J« in meinem Ausweis mich aufhalten würden.

»Tot nützt du ihr nichts, Adam. Lass mich mit Bussler einen Moment alleine.«

Ich gehorchte ohne Widerspruch, denn ich vertraute Edda Klingmann mehr als jedem anderen Menschen.

Oft hatte ich ihr von den allzu wenigen Stunden, die Anna und ich miteinander verbracht hatten, erzählt. Manchmal befürchtete ich, dass ich sie mit meinen sich ständig wiederholenden Geschichten langweilen könnte. Ich sprach diesen Gedanken aus. Und was antwortete mir Frau Klingmann?

»Adam, wie könnte mich das langweilen? Das sind die Momente, die zählen. Davon hat man immer nur eine Handvoll.«

Ich setzte mich auf die unterste Stufe der Wendeltreppe. Aus dem Zimmer eines toten Soldaten und eines toten Arztes drang das Schluchzen meiner Mutter. Und einen Moment spielte ich mit dem Gedanken, zu ihr zu gehen, aber bevor ich mich dazu entschließen konnte, hockte sich Moses neben mich.

»Wenn wir in England sind, wird es besser werden«, sagte er und legte seinen Arm um meine Schultern.

Mein frommer Bruder, der nicht wusste, dass mein England Polen heißen sollte. Der nichts von meiner Liebe wusste und nichts von Annas Verschwinden.

»Kannst du dich noch an Anna erinnern?«, fragte ich ihn.

»An wen?«

»Ach, egal …«

Moses Cohen beherrschte die Kunst des Sehens nicht, denn sonst hätte er mir ansehen müssen, dass mein Herz nicht an dieser Stadt hing, sondern an etwas anderem. An dir, Anna.

»Eines Tages, Adam, werden wir nach Berlin zurückkommen, das verspreche ich dir.«

Bussler stapfte die Treppe herunter, er war ein bisschen blasser als vorher.

»Ich werde an Frau Klingmann noch zugrunde gehen«, sagte er und drückte mir die Hand.

Edda eröffnete mir ihren Plan:

Aus mir sollte ein echter arischer Deutscher werden.

Über einen Freund von Hupfi würden wir falsche Papiere besorgen, und sobald das gelungen wäre, sollte Bussler mir eine Arbeitsstelle im besetzten Polen verschaffen.

Dieser Plan klang so einfach in all seiner Ungeheuerlichkeit.

Anfang Dezember besuchte eine Frau mit einem Säugling auf dem Arm Eddas Dachboden. Aus den Windeln des Kindes zog sie meine neue Identität: Anton Richter.

Das Bild hatte man ausgetauscht. Unter meinem Foto stand sein Name.

Adam Israel Cohen war gerade zwanzig geworden, Anton Richter allerdings schon vierundzwanzig.

Adam war zwei Zentimeter kleiner als Anton.

Sie hatten die gleiche Augenfarbe und die gleiche Haarfarbe.

Die Frau legte alle Unterlagen auf den Tisch: Taufschein, Ausweis, Führerschein und sogar einen Stammbaum, einen arischen Stammbaum. Dafür bekam sie einen funkelnden Daumen und ein Bündel Geldscheine.

An Bussler erging ein Telegramm mit verfrühten guten Wünschen zum neuen Jahr. Unterzeichnet: *Ihr ehemaliger Geigenschüler Anton Richter.*

Zwei Wochen später erhielten wir einen Brief aus Krakau:

> *Anton Richter soll sich ein Zeugnis von Marder ausstellen lassen. Treffen in Berlin am 12. Februar. Abreise mit mir zusammen am 25. Februar. Koffer bitte schon am 12. gepackt.*
>
> *Maestro*

An diesem Abend klopfte Lara an die Tür von Eddas Dachboden. Anfang März sollten die Cohens und Edda die Reise nach England antreten. Man würde alle Möbel in Augusts Reich zurücklassen und nur mit Handgepäck reisen.

Pro Kopf würde die Überfahrt zwei leuchtende Daumen kosten. Zehn Daumen für vier Cohens und eine Klingmann. Die anderen zwei Daumen – Lara wusste ja nicht, dass sich einer bereits in Anton Richter verwandelt hatte – sollten den Neuanfang in England finanzieren. Das restliche Barvermögen würde man wahrscheinlich als Bestechungsgeld brauchen. Die Route in das Land, in dem bereits Laras Schwester lebte, sollte über die Schweiz und Frankreich führen. Lara nahm einen Stein mit, für die Anzahlung. Den Rest würde man erst bei Antritt der Reise begleichen müssen.

»Sie hat einen schönen Hals«, sagte Edda, als Lara das Zimmer verlassen hatte. »Wie ein Schwan.«

»Wir werden ihnen nichts sagen, oder?«

»Nein. Niemandem. Du wirst einfach verschwinden, Adam.«

Frau Klingmann überreichte mir ein maschinengeschriebenes Zeugnis, das Marder nur noch unterschreiben musste.

Annas Träume und alle anderen Rosen schliefen unter einer dicken Schneedecke, als ich den Garten betrat. Artur saß auf einem gebrechlichen Schaukelstuhl vor dem Geräteschuppen und bewachte sein friedliches Reich. Über seine rechte Wange zogen sich vier verkrustete Kratzspuren, und über der Augenbraue leuchtete eine frische Wunde. Ich erklärte ihm, dass ich nach Amerika gehen würde, und ohne zu zögern oder sich auch nur eine Zeile der Lobeshymne auf Anton Richter durchzulesen, setzte er seine Unterschrift darunter. Während die Feder über das Blatt kratzte, hielt ich die Luft an, denn auf die Gutmütigkeit oder die Zerstreutheit eines Menschen zu setzen, kann man wahrlich nicht als einen ausgeklügelten Plan bezeichnen. Aber der Unterricht der Seherin zahlte sich aus.

Schnell steckte ich den signierten Wisch in meine Tasche.

»Dann auf Wiedersehen, Herr Marder. Und vielen Dank für alles.«

Er reichte mir seine Hand. »Auch wenn du nicht mehr da bist, werden deine Rosen hier blühen, nicht wahr? Und dann werde ich an dich denken, jeden Sommer.«

Am 12. Februar erschien der Sturmbannführer, in Zivil. Tarnung. Eine volle Stunde bemühte der Maestro sich, mir Polen auszureden. Er gab sich erst geschlagen, als Edda ihn anbrüllte.

»Bussler, es ist gut jetzt. Die Sache ist entschieden. Ich hoffe, Sie haben sich an Ihren Teil der Abmachung gehalten.«

»Ja«, sagte er. Erst jetzt bemerkte er den Oberlippenbart, den ich mir, seitdem ich Anton Richters Papiere besaß, hatte wachsen lassen.

»Adam, was hast du … Du siehst aus wie …«

»Der Führer?«

»Bitte, das ist nicht komisch.«

Edda und ich mussten lachen, als Bussler sich entsetzt an den Kopf fasste.

»Herr Sturmbannführer, ich versuche doch nur älter auszusehen.«

Und um ihn zu beruhigen, zeigten wir ihm meine erstklassigen Papiere und Marders Zeugnis.

»Gut«, sagte er. »Das sieht gut aus.«

»Also, wo wird Anton arbeiten?«, fragte Edda.

Bussler stand auf, ging zu unserer Wand und zeigte auf den ehemaligen bayrischen Justizminister, Dr. Hans Frank, der es mittlerweile zum Generalgouverneur der besetzten polnischen Gebiete gebracht hatte. »In seinem Garten.«

Der Mann, der wie die dicken Engel auf unserem Ofen aussah, schien mir zuzulächeln, während der Sturmbannführer die Details unserer Reise erläuterte:

Am 25. würden wir mit dem Zug nach Krakau fahren und dort eine Nacht in Busslers Dienstwohnung verbringen. Am nächsten Tag würden wir uns in das einige Kilometer entfernte Krzeszowice, zu Deutsch Kressendorf, begeben.

Das Schloss Kressendorf hatte Putten-Frank zu seinem Wochenendhaus erkoren. Und in dem Garten dieses Schlosses sollte Anton Richter Rosen züchten.

»Adam, *ich* suche nach ihr. Du wirst nicht durch Krakau laufen und an Türen klopfen, hörst du?«

»Aber …«

»Nein. Krakau ist … ist nicht Berlin.«

»Aber …«

»Adam, wenn irgendwer … dann sind wir beide tot.«

»Aber …«

»Nein. Nichts aber. Ich bringe dich nach Polen, wie ich es deiner Großmutter versprochen habe, doch da unten gelten meine Regeln. Und schwöre mir, jetzt und hier, bei allem, was dir heilig ist, dass du auf mich hören wirst.«

Ich sah Edda an, und sie nickte.

»Ich schwöre es, Herr Sturmbannführer.«

Er stand auf und nahm meinen Koffer, den ich bereits gepackt hatte. Edda und ich geleiteten ihn bis zur Wohnungstür. Das Ehepaar Cohen war nicht zu Hause, und Greti weinte in dem Zimmer der Toten.

»Bussler, jetzt sind wir quitt«, sagte Edda und lächelte.

»Ich … ich wünschte es wäre so.«

Damals wusste ich nicht, was er meinte. Heute glaube ich, seine Worte zu verstehen.

»Wir sehen uns am Bahnhof, Anton Richter«, flüsterte er mir zu.

In dreizehn Tagen würde Adam Israel Cohen einfach verschwinden.

An einem der letzten Abende meines alten Lebens saß Moses allein am Küchentisch und lernte Englisch.

Ich würde mich von meiner Mutter und meinem frommen Bruder nicht verabschieden können. Ich würde ohne ein Lebewohl gehen müssen. Was sie wohl denken würden, wenn Adam am 25. Februar nicht nach Hause kam?

Ich setzte mich neben ihn.

»Du solltest dich auch ein wenig damit beschäftigen«, sagte er und trommelte mit seinen Fingern auf den Deckel des Wörterbuchs.

»Moses, du wirst dafür sorgen, dass Edda und Mama nach England gehen, nicht wahr?«

»Natürlich.«

»Auch wenn sie sich weigern. Versprichst du mir das?«

Er lachte. »Adam, du wirst es mit deinen eigenen Augen sehen, und zur Not tragen wir die beiden nach London.« Er streichelte mir über den Kopf. »Als ob Oma dir nicht folgen würde.«

»Sie heißt Edda«, sagte ich so leise, dass er es nicht hören konnte.

»Und wenn alle gehen, wird Mama sicher nicht darauf bestehen, hierzubleiben.«

Die Nacht, bevor Anton Richter erwachen sollte, verbrachte ich auf dem Dachboden.

Wie nimmt man Abschied von einer Dame mit blauschwarzen Haaren, die einen die Freiheit gelehrt hat? Wie sagt man adieu zu einer Frau in rotem Samt, die einen blutrünstigen Tyrannen in einen komischen Säufer verwandeln kann?

Wie schaut man der Meisterin, die einen in der ehrwürdigen Kunst des Sehens unterwiesen hat, ein letztes Mal in die Augen?

Soll man auf die Knie fallen? Soll man weinen? Soll man nach Worten suchen?

Ich öffnete eine Flasche Asbach und füllte unsere Gläser. Jede andere Form des Abschieds hätte meine Großmutter gelangweilt.

Während wir tranken, zerrissen wir Adam Israel Cohens Kennkarte und seinen Pass in viele kleine Fetzen und ließen sie in einem Aschenbecher in Flammen aufgehen.

Dann stand Edda auf und holte eine elegante, leicht gefütterte Herrenjacke aus dem Schrank.

»Adam, die hat dem Itzigen gehört. Sie wird dich beschützen, hüte sie wie dein Leben. Hörst du? Wie dein Leben.«

Die Jacke sah aus wie neu und passte wie angegossen.

Frau Klingmann und ich blieben bis zum Morgengrauen beisammen. Und Anna, ein kleiner Teil meines Herzens, das an dir hing, das immer noch an dir hängt, wird für immer auf diesem Dachboden bleiben.

Am 25. Februar verließ Anton Richter das Haus, in dem Adam Israel Cohen zwanzig Jahre lang zu Hause war.

Anton trug dunkle Hosen, eine Herrenjacke und darüber einen schicken Ledermantel. Er sah jung aus für seine 24 Jahre. Seine Augen waren grün, und sein Oberlippenbart war einen Hauch dunkler als die hellbraunen Haare auf seinem Kopf.

Bussler wartete mit meinem Koffer am Bahnhof und begrüßte Anton Richter mit einem beiläufigen »Heil Hitler«. Nicht so ein wildes Gebrüll, wie Gudrun Marder es zu veranstalten pflegte. Nein, den Arm nicht einmal ausgestreckt, sondern nachlässig eingeknickt.

Wir saßen allein in einem Abteil erster Klasse. Ab und zu streckte ein uniformiertes Vereinsmitglied seinen Kopf durch die Tür und plauderte ein paar Minuten mit dem Herrn Sturmbannführer. Jedem wurde ich als Anton Richter, der neue Rosenzüchter des Generalgouverneurs, vorgestellt. Die meisten dieser ss-Männer hatten einen niedrigeren Dienstgrad als mein Maestro und zollten ihm Respekt, einige auf eine höflich selbstbewusste Art, andere wirkten geradezu kriecherisch.

Irgendwann schloss der Sturmbannführer unsere Abteiltür und zog die Vorhänge zu.

»Bussler, was machen Sie eigentlich so genau?« Seitdem er einer von Himmlers Männern war, hatte ich ihn noch nie danach gefragt. Was macht ein Sturmbannführer? Führt er einen Sturm? Bannt er einen Sturm?

»Leise, Ada… Anton«, zischte der Maestro.

»Die Tür ist doch zu … Also, was machen Sie? Nur so ganz grob.«

»Ich sitze an einem Schreibtisch und arbeite. Und jetzt Ruhe.«

Bussler schloss demonstrativ die Augen. Sein rechtes Knie zitterte unaufhörlich, und ich dachte an das, was ich gerade zurückließ, und an das Unbekannte, das vor mir lag.

»Maestro?« Ich stupste ihn vorsichtig an.

»Ich schlafe, wie du siehst.«

»Bitte, nur noch eine Sache.«

»Was?«

»Werden Sie herausfinden können, ob Edda mit nach England gegangen ist?«

Bei dem Klang ihres Namens huschte ein Lächeln über Busslers Mund, und sein Knie hörte auf zu zucken. Der Maestro wusste von den Londonplänen und hatte sie enthusiastisch befürwortet.

»Ja, Adam«, sagte er sanft.

»Anton, Bussler, Anton.«

In Krakau holte uns ein Wagen ab und brachte uns in Busslers Dienstwohnung. Als wir eintraten, musste ich an die staubige, kalte Behausung meines Geigenlehrers damals in der Uhlandstraße denken. Wie anders sah es doch hier aus. Wofür brauchte der Sturmbannführer, ein alleinstehender Mann, zwölf Zimmer und drei Bäder?

»Bussler, Sie leben ja wie ein Fürst.«

»Die habe ich zugeteilt bekommen. Viel zu groß, viel zu …«

Ich ging staunend durch die riesigen Räume mit ihren prunkvollen Möbeln. Es gab Vitrinen voller Porzellanfigürchen. Mit Samt bezogene Sessel. Orientalische Teppiche auf dem dunklen Parkettboden. Kronleuchter aus Kristall. Auf einer Kommode, aufgebahrt wie eine heilige Reliquie, Busslers Geige. Schwere Gemälde schmückten die meisten Wände, aber in einem Zimmer hingen gerahmte Fotografien an der seidenen Tapete. Familienbilder. Manche Gesichter tauchten nur einmal auf, andere öfter. Ein Hund, der wie ein Wollknäuel aussah, und ein Junge, unzertrennliche

Kameraden. Diese Wand erzählte von ihrer jahrelangen Freundschaft.

Bussler stand hinter mir. »Wo sind diese Leute jetzt?«, fragte ich.

»Ich weiß es nicht.«

»Haben die hier gewohnt?«

»Ich denke.«

»Und das alles hier hat ihnen gehört?«

»Wahrscheinlich.«

»Mussten sie fliehen?«

»Adam, ich weiß es nicht. Vielleicht sind sie geflohen. Vielleicht hat man sie umgesiedelt, vielleicht …«

»Man? Wer ist ›man‹?«

»Adam, ich habe dir gesagt, dass Krakau nicht Berlin ist. Im Krieg …«

»Ich heiße Anton Richter, Herr Sturmbannführer.«

Er zog mich aus dem Zimmer. »Lass uns was essen gehen.« Er klang unendlich müde.

Nach dem Essen liefen wir durch die dunkle Stadt, und Bussler zeigte mir den Wawel, die Krakauer Burg, auf der nun Hitlers Fahne wehte.

Unter dem Wawelhügel soll einmal, vor vielen hundert Jahren, ein Drache gehaust haben, ein jungfrauenfressender Drache, der die Krakauer in Angst und Schrecken versetzte. Und jetzt hockte da oben auf der Burg Dr. Hans Frank und spielte das jungfrauenfressende Ungeheuer, als wären nicht Hunderte von Jahren vergangen. Wenn er sich wenigstens ein Drachenkostüm übergeworfen hätte. Anstandshalber.

Zurück in der Wohnung, machte Bussler uns einen Tee, und ich fragte mich, ob der Tee vielleicht auch schon da gewesen war, als mein Sturmbannführer hier einzog. Ob der Junge mit dem Hündchen wohl auch davon getrunken hatte? Bevor Augusts Bagage, samt ehemaligem bayrischem Justizminister, hier aufgekreuzt war. In einer Zeit, als man Drachen nur aus uralten Sagen kannte.

»Adam …«

»Sie dürfen mich nicht mehr so nennen.«

»Ja, du hast vollkommen recht. Adam, darf ich dich etwas fragen?«

»Also, fragen Sie.«

»Das Mädchen, Anna … Was ist so besonders an ihr, dass du das alles auf dich nimmst?«

Ich dachte nach, während Bussler mich eindringlich beobachtete.

»Wenn sie mich ansieht, dann ist für einen Moment … Es ist, als ob ich nichts … Nein, als ob ich übergroß wäre … zu groß, um mich selbst sehen zu können. Es gibt keinen Spiegel mehr, der mich fassen könnte. Es ist, als ob ich für einen Augenblick die ganze Welt in mir tragen würde. Kontinente, Berge, Meere und Flüsse, und Millionen Vögel, die in mir zum Himmel steigen.«

Der Sturmbannführer sah mich mit zusammengekniffenen Augenbrauen an. »Vögel, die in dir zum Himmel steigen?«, fragte er skeptisch.

»Bussler, ich kann es nicht besser erklären. Waren Sie denn noch nie verliebt?«

Er senkte den Kopf. »Ja, ich … Wahrscheinlich war auch ich schon mal verliebt.«

»Dann müssen Sie das doch zumindest ein bisschen verstehen?«

»Aber woher weißt du, dass sich das alles lohnen wird. Ich meine, du riskierst dein Leben für dieses Mädchen.«

»Was heißt lohnen wird? Es hat sich schon gelohnt. Für das, was ich gefühlt habe, für …«

»Ja, ja. Die Vögel, die in dir hochsteigen.«

»Genau, Bussler.«

In dieser Nacht schlief ich kaum. Der Junge und sein Hündchen tanzten mit dir, Anna, durch die zwölf Zimmer der Sturmbannwohnung, und ein Drache mit schwarzen Handschuhen spielte ein trauriges Lied auf der Geige.

Am Morgen frühstückten Bussler und ich in der Küche.

»Anton, auf Schloss Kressendorf gibt es mehrere Gärtner, es sind Polen. Du wirst es nicht einfach haben, und du würdest dir einen Gefallen tun, wenn du diesen … diesen Schnurrbart abrasieren würdest. Wie dem auch sei. Eins noch: Traue niemandem, hörst du, niemandem. Den Deutschen nicht, den Polen nicht, niemandem.«

»Gut. Wie werden Sie nach Anna suchen? Ich meine, ich bin wegen ihr hier …«

»Wenn sie noch in Krakau ist, finde ich sie, das verspreche ich dir. Ab und zu werde ich dich in Kressendorf besuchen, aber du darfst mich nur im Notfall kontaktieren.«

Und noch eine halbe Stunde lang erläuterte Bussler die für mich geltenden Verbote und Gebote. Eigentlich gab es nur Verbote.

»Ich habe deiner Großmutter versprochen, dass du das hier überleben wirst, also hör auf mich.«

»Wäre es nicht sicherer, in irgendeinem anderen Garten zu arbeiten und nicht bei dem Generalgouverneur persönlich?«

»Nein, genau vor seiner Nase wirst du am wenigsten bemerkt. Der blinde Fleck, Ada… Anton.«

Der Wagen wartete bereits vor der Haustür. Und als wir durch die Krakauer Straßen fuhren, sah ich zum ersten Mal Menschen mit Sternen. Aber ich wagte es im Beisein des Fahrers nicht, Bussler zu fragen, was es damit auf sich hatte.

Kressendorf war ein kleines Städtchen. Wir hielten vor einem zwar schönen, aber eher schlichten Haus.

»Das sieht gar nicht aus wie ein Schloss«, sagte ich, als der Chauffeur Busslers Tür öffnete.

»Das ist auch kein Schloss. Hier wohnst du.«

Meine Wohnung lag im zweiten Stock, fünf Zimmer, möbliert. Wenigstens hingen keine Familienfotos an den Wänden. Trotzdem fühlte ich mich wie ein Eindringling, wie ein Dieb.

»Zufrieden, Herr Richter?«, fragte Bussler.

Ich zuckte mit den Schultern.

Auf der Kommode im Eingang lag ein Umschlag, adressiert an Herrn Anton Richter, Rosenzüchter, Schloss Kressendorf, Distrikt Krakau, GG. Darin Bezugsscheine für Lebensmittel, Zigaretten und Kleidung sowie mein erstes Monatsgehalt in Zloty. Ein Papier, das mich dazu berechtigte, Schloss Kressendorf zu betreten, ein zweiter Satz Wohnungsschlüssel und ein Zettel mit dem Vermerk, ich könne bei Herrn Kufner, dem Hauswart, in der ersten Etage mein Fahrrad abholen.

Augusts Laden lief einwandfrei.

In der Küche hatte jemand bereits ein paar Grundnahrungsmittel für den Rosenzüchter aus dem Reich angeschafft. Kaffee, ein Laib Brot, ein Sack Kartoffeln, Zucker, Konserven. Und eine Stange Zigaretten.

Dann fuhr uns Busslers Wagen zum Schloss. Es war bitterkalt, und ich fragte mich, was um alles in der Welt ich bis zum Frühling anstellen sollte. Erwartete man irgendwelche Wunder von Anton Richter? Hatte man ihn kommen lassen, damit er in der Privatresidenz des Generalgouverneurs auch im Februar die Rosen zum Blühen brachte? Um den Polen mal zu zeigen, was man mit deutscher Gründlichkeit so erreichen kann?

»Bussler, im Winter kann man keine Rosen züchten«, flüsterte ich dem Sturmbannführer ins Ohr.

»Du wirst schon alles richtig machen«, sagte er und lächelte.

Das Schloss im italienischen Stil und der dazugehörige Park erinnerten an ein Märchen. Nur die uniformierten Wachen kündeten davon, dass diese Geschichte nicht mit »Es war einmal vor langer, langer Zeit …« begann, sondern mit der Jahreszahl 1940. Oder hatte hier bloß ein schusseliger Regisseur den Schauspielern die falschen Kostüme angezogen?

Nein, es war 1940. Und zur Begrüßung brüllten die Soldaten wie die dicke Gudrun und streckten ihre Arme in die Höhe. Bussler und ich antworteten nicht minder energisch mit dem gleichen Wunsch – oder war diese Heilsverkündung ein Befehl?

Bevor wir den Garten betreten durften, wurden meine Papiere kontrolliert. Nicht sehr gründlich, schließlich stand ein Sturmbannführer neben mir. Bussler und ich stapften durch den winterlichen Park und suchten die Hütte, in der der Schlossgärtner auf uns wartete.

»Ist Frank da?«, fragte ich Bussler.

»Nein, Dr. Frank ist nicht da.«

»Kennen Sie ihn eigentlich persönlich?«

»Ja, aber nur flüchtig.«

»Bussler, Sie scheinen es ja ganz schön weit gebracht zu haben.«

Der Sturmbannführer überging meine Bemerkung, und schweigend erreichten wir den Holzverschlag. Vor der Tür der Hütte standen vier Männer. Janusz, der Schlossgärtner, zuvorderst, die anderen drei einen Schritt weiter hinten. Er begrüßte uns ebenfalls mit einem »Heil Hitler«, die anderen drei rissen ihre Mützen vom Kopf. Ich spürte ihre Blicke, prüfende Blicke. Anton Richter war ein Mann an ihrer Wand, den es einzuschätzen galt.

Der unaufhörlich lächelnde Janusz führte Bussler und mich durch die Anlage, um uns die Rosenbestände und die Gewächshäuser zu zeigen.

Ich gab mir Mühe, wie ein Experte zu wirken, aber wie betrachtet ein Fachmann seine Blumen, wenn sie unter einer dicken Schneedecke liegen? Und während der Sturmbannführer in kurzen Sätzen den Park lobte und Janusz ihm untertänigst zustimmte, hielt ich den Mund und versuchte, irgendwie in meine Rolle hineinzufinden.

»Habt ihr schon alles winterfest gemacht?« Diese Frage war das klägliche Ergebnis meiner Bemühungen.

»Er meinen was bitte?« Januszs gemeißeltes Lächeln hielt, aber in seinen Augen glimmte … Was war es? Hohn? Verachtung?

»Winterfest … Ähm … Die Rosen. Ich … Abgedeckt … Damit sie nicht frieren.«

»Oh, der Herr, Sie fragen mich das im Ende des Februars? Ich meine, der werte Herr, winterfest muss man machen, bevor das Winter kommt.«

»Der Winter, es heißt der Winter«, sagte ich hilflos.

»Der Winter, wie Herr Richter meinen, der Winter.«

Das war also der erste Auftritt von Anton Richter, dem germanischen Rosenzüchter. Der Winter!

Als wir uns von Janusz verabschiedeten, beschlich mich die Ahnung, dass mein schnauzbärtiges Ich in dem Garten des Gouverneurs ein einsames Dasein fristen würde.

Der Wagen fuhr uns zurück zu meiner Wohnung, und Bussler begleitete mich noch nach oben. Während ich die Tür aufschloss, kam ein Mann, der nicht älter als Anton Richter sein konnte, die Treppe herunter. Er trug eine Uniform. In meinen Augen die gleiche wie der Maestro. Die feinen Unterschiede, die den einen als Sturmbannführer und den anderen als Unterscharführer kennzeichneten, entgingen mir. Unterschiede, die Julian Bussler ziemlich weit oben auf der Karriereleiter ansiedelten und Bubi Giesel, so hieß der junge Mann, einen Platz auf den unteren Sprossen zuwiesen. Aber Bubi war jung, und man würde ihm sicher im Laufe der Zeit noch den einen oder anderen Streifen auf den Kragen kleben. Dann könnte er in ein paar Jahren auch Orkane bannen.

»Guten Tag, Herr Sturmbannführer.«

»Ah, Giesel, wie geht es Ihnen?«

»Soweit, soweit … In Prag war's besser.«

Bussler nickte verständnisvoll, und nach zwei Seufzern stellte er uns einander vor. Adam Cohen meldete sich zurück und musterte das Gesicht des Unterscharführers. Seine dunkelblauen, fast violetten Augen waren nicht unsympathisch, seine Wangenpartie kräftig, ohne hart zu wirken. Ehrgeizig, aber nicht verbissen, lautete Adams Diagnose. Und was hätte die Seherin gesagt? Edda Klingmann hätte Bubi mit seinem glänzenden braunen Haar einen schönen, nein, sogar einen wunderschönen Mann genannt.

»Dann wohnen Sie genau unter mir, Herr Richter«, sagte Giesel, bevor er weiterlief.

»Wer war das?«, fragte ich Bussler, als wir die Tür von Antons Wohnung hinter uns geschlossen hatten.

»Das war Bubi. Unterscharführer Bubi Giesel. Ich habe ihn in Prag kennengelernt. Er …«

»Sie waren auch in Prag?«

»Kurz.«

Wie wenig wusste ich doch über meinen Sturmbannführer.

»Jedenfalls ist Giesel harmlos, im Gegensatz zu seinem Onkel.«

»Wer ist sein Onkel?«

»ss-Obersturmbannführer und Kriminalrat Dr. Kurt Giesel. Er ist in Warschau. Ich denke nicht, dass er hier auftauchen wird, und wenn doch, dann geh ihm am besten aus dem Weg.«

Nachdem er mir noch einen Haufen Ratschläge erteilt

hatte, verabschiedete sich Bussler und versprach, nächste Woche wiederzukommen.

Dann war es still, und ich war allein, zum ersten Mal in meinem Leben allein. Hier gab es keinen Dachboden, keine Mutter und keinen Bruder. Ich wanderte durch die Zimmer meines neuen Zuhauses. Als das Umherlaufen seine beruhigende Wirkung verloren hatte, kochte ich Kaffee und aß ein Stück Brot. Wo warst du wohl, Anna?

Gedanken, die keinen Sinn ergeben wollten, flüsterten in meinem Kopf. Dann fiel mir das Fahrrad ein.

Frau Kufner öffnete mir die Tür. Aus der Wohnung und aus ihren Haaren kroch der Geruch von gekochtem Kohl. Ihr neugieriger Blick huschte über meinen Körper und verweilte einen Atemzug lang auf Antons Oberlippenbart. Binnen weniger Minuten erfuhr ich, dass Rudolf, also Herr Kufner, also ihr Mann, noch nicht zu Hause war. Dass die Kufners aus Hamburg waren und seit fünf Monaten im GG wohnten und dass sie, Frau Kufner, bitte sagen Sie Erika, lieber in Hamburg geblieben wäre. Aber wenn die Pflicht ruft, was soll man da machen? Und wenn das Vaterland ihren Rudolf brauche, dann müsse man sich halt fügen. Mit den Polen sei es ein Kreuz, nichts als Ärger. Aber in diesem Haus würden jetzt, Gott sei Dank, ja nur Deutsche wohnen, man sei sozusagen unter sich.

Nach Erikas Rapport folgte das Verhör.

Ob ich den reizenden Unterscharführer Giesel schon kennengelernt hätte? Ob ich tatsächlich auf Schloss Kressendorf Rosen züchten würde? Ob ich das Schloss von innen gesehen hätte? So ein echtes Schloss, das würde sie ja schon mal interessieren. Und dann bombardierte sie mich mit den Namen ihrer Berliner Bekanntschaften. »Kennen Sie die Marion? Marion …« Ach der Nachname, etwas mit F, er lag ihr auf der Zunge. Mit F… Er wollte ihr einfach nicht einfallen. »Nein? Kennen Sie nicht? Oder den Uwe Obert oder Ubert? Nein, auch nicht? Aber vielleicht den Willi Morlein? Oder seinen Sohn, den Michi, ein sehr, sehr, sehr erfolgreicher Anwalt, der …«

Doch bevor ich mehr über Michi erfahren konnte, betrat Bubi das Haus.

»Herr Giesel, Herr Unterscharführer, guten Abend. Kennen Sie schon Herrn Richter? Herr Richter ist aus Berlin und …«

»Ja, Frau Kufner, wir kennen uns bereits«, sagte er und lächelte. Die Frau des Hauswarts geriet unter seinem Blick, diesem strahlend violetten Blick, aus dem Takt, und ich nutzte die Gelegenheit und bat erneut um mein Fahrrad.

»Das steht im Keller.« Seufzend zog sie einen dicken Schlüsselbund aus ihrer Schürzentasche.

»Ich mache das schon, dann müssen Sie nicht die Treppen hinuntersteigen«, sagte Bubi und griff nach den Schlüsseln.

»Ach, Herr Giesel, Sie sind aber zu reizend. Meine Knie, die …« Während sie weiterredete, verschwanden Giesel und ich im Keller.

»Danke, Herr Giesel.«

»Ich heiße Bubi.«

»Gut, Bubi.«

»Gut, Anton«, und er schüttelte meine Hand. »Wenn die Kufner einmal loslegt, gibt es kein Entkommen.«

An dem Fahrrad hing ein Zettel mit meinem Namen, mit meinem neuen Namen: Anton Richter.

Gemeinsam trugen wir das Rad nach oben.

»Meine Güte, ihr Zivilisten habt aber auch immer ein Schweineglück«, sagte Bubi, als wir meine Wohnung betraten. »Ich habe nur zwei winzige Zimmer, verdammt noch mal.« Er lachte.

»Die habe ich zugeteilt bekommen. Ich …«

Giesel besichtigte Antons Reich, und in einem Raum entdeckte er ein Schachbrett. »Spielst du Schach?«, fragte er.

»Nein. Das gehört mir nicht. Das stand schon hier.«

»Soll ich es dir beibringen?«

Ich war einverstanden, weil ich das Alleinsein, anders als Bubis Uniform, fürchtete. Der Unterscharführer war ein miserabler Lehrmeister und ich ein wahrlich unbegabter Schüler. Ohne es auszusprechen, gaben wir das Spiel auf und begannen uns zu unterhalten. Bubi, der eigentlich Bodo hieß, kam aus Köln. Er war das einzige Kind eines Konditormeisters und einer Friseurin. Mit neunzehn, also vor vier Jahren, war er der SS beigetreten und vor einem Jahr dem SD. Vielversprechend hatte seine Karriere in Himmlers Verein begonnen, aber dann …

»Die Frauen«, sagte er und lächelte.

In Köln hatte er eine verheiratete Dame geschwängert. Nur dank der Hilfe seines Onkels, eines hohen Tiers beim SD, war er einigermaßen glimpflich davongekommen und nicht aus der SS ausgeschlossen worden. Der gehörnte Ehemann erklärte sich bereit, den Bastard als seine eigene Brut zu akzeptieren. Bubi wurde nach Prag versetzt, fern der heimatlichen Domstadt, um dem Mann und der schwangeren Frau das Vergessen zu erleichtern. Aber Unterscharführer Giesel erlaubte sich einen zweiten Fehltritt. Tschechische Zwillinge. Klara und Mara. Beide teilten mit Bubi das Bett. Er wurde von einem missgünstigen Kameraden auf frischer Tat ertappt und bei seinem Vorgesetzten angeschwärzt. Zu allem Übel stellte sich heraus, dass die Zwillinge eine Partisanengruppe unterstützt hatten. Wieder half der mächtige Onkel, aber noch einmal würde der Obersturmbannführer nicht für den ungezogenen Neffen in die Bresche springen. Kressendorf war Bubis letzte Chance, sich zu bewähren.

»Was ist aus Klara und Mara geworden?«, fragte ich.

»Erschossen. Wahrscheinlich.«

Die Gleichgültigkeit in seiner Stimme ließ mich erschaudern.

»Sie sahen aus wie zwei Puppen. Zwillinge, das kann einen verrückt machen. So hübsch, und dann gleich zwei.« Seine Augen glänzten ultraviolett bei dem Gedanken.

»Konnte dein Onkel nichts für sie tun?«

»Was meinst du?«

»Verhindern, dass man sie erschießt?«

Bubi lachte. »Sie haben mit den verdammten Partisanen unter einer Decke gesteckt.« Und mit dir, dachte ich. »Das muss bestraft werden«, sagte er ernst, und nach einer Atempause schloss er den Satz mit einem: »leider.«

Nachdem Bubi mir ein paar Höhen und Tiefen seines Lebens offenbart hatte, wollte er auch etwas über Anton Richter erfahren. Also gab ich den von Bussler und mir erdichteten Lebenslauf meines arischen Ichs zum Besten: Anton Richters Vater war im Krieg gefallen und seine Mutter kurz nach seiner Geburt gestorben. Er war bei seiner Großmutter aufgewachsen. Schon als kleiner Junge wollte er Rosenzüchter werden, und sein Traum ging in Erfüllung.

»Warum will man Rosen züchten?«, fragte Bubi.

»Es ist … Es ist ein bisschen wie Gott sein … Du bestimmst Vater und Mutter und erschaffst etwas Neues.«

Das schien der Unterscharführer zu verstehen.

»Woher kennst du Bussi? Ich meine … Sturmbannführer Bussler?«

»Aus Berlin. Er war mein Geigenlehrer, als ich noch ein Kind war.«

»Er ist großartig«, sagte Giesel. »Nachsichtig, aber wenn es drauf ankommt: gnadenlos. Mein Onkel sagt, er ist einer unserer besten Männer.«

Anton nickte und lächelte, während Adam versuchte, in seinem Sturmbannführer den gnadenlosen Bussi zu finden. Aber es wollte ihm einfach nicht gelingen.

Unter dem Vorwand der Müdigkeit beendete ich den Abend, denn beide, Anton und Adam, sehnten sich auf einmal nach dem Alleinsein.

So leise wie möglich schlich ich mich am nächsten Morgen samt Fahrrad die Treppen hinunter, bestrebt, weder Giesel über mir noch die Kufnerin unter mir aus ihren Wohnungen zu locken. Der Kohlgeruch, der sich in allen Winkeln des Gott-sei-Dank-deutschen-Hauses festgesetzt hatte, ließ meinen fast nüchternen Magen rebellieren. Der polnische Kaffee wollte hinaus, und so landete eine kleine Pfütze der braunen, mit jüdischer Säure durchtränkten Brühe direkt vor der Hauswartstür.

Der kalte Ostwind schlug mir ins Gesicht. Rotz lief aus meiner Nase und gefror zu tränenförmigen Tropfen, die sich in meinem Oberlippenbart festsetzten.

Die Wachmannschaft erkannte Anton Richter wieder und ließ mich passieren. Mit einer roten Nase und die Taschen voll Zigaretten, die mir helfen sollten, mich wenigstens ein bisschen beliebt zu machen, erreichte ich den Holzverschlag. Von draußen hörte ich die Stimmen und das Gelächter meiner polnischen Kollegen, aber als ich die Hütte betrat, verstummten sie.

Der Ostwind war eine warme Brise im Vergleich zu der Kälte, die mir hier entgegenschlug.

Die vier saßen im Halbkreis um einen eisernen Ofen.

»Guten Morgen«, sagte ich leise.

»Heil Hitler!«, antwortete Janusz. Sein ewiges Lächeln war verschwunden. Die anderen drei zogen langsam ihre Mützen vom Kopf.

»Darf ich?«, fragte ich und deutete auf eine freie Kiste. Janusz nickte, und ich setzte mich zu ihnen.

Nur das Knacken der Holzscheite durchbrach die Stille, die Wärme ließ die Eisperlen in meinem Schnurrbart schmelzen. Ich holte die Zigaretten heraus. Die anderen blickten zu Janusz. Er würde entscheiden, ob man meine traurige Gabe annehmen sollte oder nicht. Erst als er sich eine Zigarette anzündete, griffen auch die anderen drei zu.

»Ich heiße Anton. Anton Richter«, sagte ich zu dem Mann, der direkt neben mir saß, und streckte ihm meine Hand hin. Wieder wanderte sein Blick zu Janusz.

»Sie kennen Ihren Namen, Herr Richter«, sagte Janusz kühl. »Das sind Tadeusz, Karol und Pawel.«

Keiner wollte Antons Hand schütteln, aber immerhin ließen sie sich zu einem etwas gequälten Lächeln herab.

»Sie verstehen, aber sie können nix sprechen. Nur polnisch. Und ich vermute, Herr Richter diese Sprache nicht kennt«, sagte Janusz, und dann war es wieder still. Auch nach der fünften Zigarette riss das Schweigen nicht ab.

»Dann will ich mal nach den Rosen schauen«, sagte ich und stand auf. Sobald ich die Tür hinter mir zugezogen hatte, kehrten ihre Stimmen und ihr Lachen zurück.

Ich irrte eine Weile durch den Park und flüchtete mich in eines der Gewächshäuser. Ich weiß nicht, wie lange ich schon nutzlos herumstand und die mit Erde gefüllten Töpfe anstarrte, als Janusz hereinkam.

»Und, der Herr Richter, finden Sie alles zu Ihrer Zufriedenheit?«

»Ja, ja, alles bestens.«

Ich holte ein weiteres Päckchen Zigaretten aus meiner Jackentasche. Er lächelte.

»Ich bin ewig schon der Gärtner von Park, lange Jahre. Vielleicht als Herr Richter auf die Welt kam, war ich schon hier«, sagte Janusz, ohne mich direkt anzusehen.

»Also sind Sie der Chef hier?«

Er lachte. »In meinem Land jetzt nur noch Deutsche Chef, wir nicht mehr.«

»Also gibt es hier auch noch einen deutschen Chef für den Park?«

»Bisher nix. Aber jetzt sind ja Herr Richter angekommen.«

»O nein, nein. Ich bin nur ein Rosenzüchter, nur Rosen. Janusz, Sie sind der Chef, ich nicht.«

Jetzt sah er mich an, prüfend und ein wenig belustigt.

»Tadeusz war immer für die Rosen in der Verantwortung«, sagte er vorsichtig.

»Ist er auch Rosenzüchter?«

»Nein. Er hat sie gepflegt, Tadeuszs Hände können kranke Blumen gesund machen. Es blüht unter seiner Hand.«

»Tadeusz kann sich auch weiterhin um die Rosen kümmern. Alles soll so bleiben, wie es ist. Ja?«

»Wenn das Herr Richters Wunsch.«

In einer Scheibe des Gewächshauses flackerte unser Spiegelbild. Der dicke Bauch wollte nicht recht zu Januszs Stelzenbeinen passen. Sein Kopf, den er oft leicht zur Seite neigte, erinnerte an den massigen Schädel eines Berner Sennenhundes, und Antons Schnurrbart hätte ihm wohl viel besser zu Gesicht gestanden als mir. Vielleicht sollte ich das idiotische Oberlippenbärtchen wirklich abrasieren.

»Janusz, bis zum Frühling kann ich eigentlich noch gar nicht wirklich anfangen, Rosen zu züchten. Wenn ich Ihnen irgendwie helfen kann, dann ...«

Er zögerte einen Moment. »Im Winter, Herr Richter, gibt es nur sehr hässliche Dinge mit Anstrengung.«

»Das macht nichts.«

»Herr Richter wollen doch nicht Holz hacken?«

»Doch. Doch. Ja.«

Und während Tadeusz, Karol, Pawel und Janusz in der Hütte meine Zigaretten rauchten, hackte ich bis zum späten Nachmittag Holz. Als ich mich von ihnen verabschiedete, schien mir ihr Lächeln nicht mehr ganz so gequält wie noch am Morgen.

Die Stimme der Kufnerin hallte durch das Treppenhaus. Mit verschränkten Armen stand sie vor ihrer Wohnungstür und brüllte eine junge Frau an, die auf Knien den Boden wischte. Das Mädchen reinigte den Stein von der nun getrockneten braunen Pfütze, die ich am Morgen dort hinterlassen hatte.

»Ah, Herr Richter, Herr Richter, schauen Sie sich das mal an. Wahrscheinlich haben wir streunende Katzen oder anderes Getier im Haus. Schauen Sie nur.«

Mit ihrem rechten Fuß trat sie leicht gegen den Arm des Mädchens, das aufstand und Platz machte.

»Ist das nicht furchtbar? In Hamburg gab es so etwas nicht. Wenn ich das Tier erwische, dreh ich ihm den Hals um, das können Sie mir glauben. So etwas brauch ich in meinem Haus nicht, genauso wenig wie Juden oder Polen. Scheußliches Land ... Rosa, was stehst du da so unnütz rum, los, weiter.«

Ich schleppte das Fahrrad nach oben, und auf der ersten Etage wäre das Vorderrad fast gegen Bubis Kopf geknallt. Er saß auf der obersten Stufe und spähte durch die Gitterstäbe des Geländers.

»Leise, Anton«, flüsterte er. »Ist sie nicht prächtig?«

»Frau Kufner?«

»Nein. Rosa.«

Ich zuckte mit den Schultern und ließ den Unterscharführer auf seinem Beobachtungsposten zurück.

Später klopfte Bubi mit einer Flasche Wodka in der Hand an meine Tür. Ohne sich bitten zu lassen, marschierte er in die Küche, nahm zwei Gläser aus dem Regal und schenkte uns ein. Das Klirren, das Lied der Heimat. Einen Augenblick lang träumte ich mich auf Eddas Dachboden, träumte mich in eine Zeit, als Moses noch von Israel träumte. Nicht einmal drei Tage waren vergangen, seitdem aus Adam Anton geworden war. Der Geschmack der durchsichtigen Flüssigkeit holte mich zurück in Richters Wohnung. Wodka, nicht Asbach, brannte in meiner Kehle.

»Anton, wir sind doch Freunde, oder?«, fragte Giesel, und seine Augen funkelten hoffnungsvoll.

»Klar«, antwortete ich. Was hätte ich denn auch anderes sagen sollen?

»Ich muss dich um einen Gefallen bitten.«

Und dann schwärmte er von Rosa, von ihrem niedlichen Gesicht, das zwar nicht an die Schönheit der Tschechinnen herankam, aber ihn doch ein wenig verrückt machte. Genauso wie Rosas wohlgeformte Waden. Und weil der Unterscharführer Angst hatte, dass sein Onkel oder sonst wer beim SD seine Wohnung abhören könnte, bat er Anton Richter, seinen Freund, ihm und Rosa gelegentlich Unterschlupf zu gewähren.

Ich stand auf und holte die Ersatzschlüssel.

»Hier. Vielleicht macht ihr es besser, wenn ich nicht da bin.«

Er schlug mir auf die Schulter. »Danke, Anton, du bist ein echter Kamerad.« Bubi strahlte.

»Du scheinst Rosa gern zu haben.«

»Was heißt gern haben? Sie ist eine Frau, und Frauen machen mich verrückt.«

»Alle Frauen?«

»Solange sie jung und hübsch sind. Und irgendwann einmal nehme ich mir die Schönste von allen und heirate sie, aber bis dahin …« Er lachte.

Und eine hässliche Sekunde lang sah ich dich und den Unterscharführer Hand in Hand vor einem Traualtar stehen. Denn die Schönste von allen bist du, Anna.

In den nächsten Tagen wurde ich im Garten des Gouverneurs von Janusz und seinen Leuten fast freundlich empfangen. Sie verstummten nicht mehr, wenn ich die Hütte betrat, und sie warteten nicht mehr Januszs Zustimmung ab, um nach meinen Zigaretten zu greifen. Ihre Ablehnung hatte sich in wohlwollendes Misstrauen verwandelt.

Ich gab das Holzhacken auf und half den vier Männern beim Schneeschippen und beim Ausbessern der Pfade, die durch den Park führten. Wir arbeiteten gerade an einer Stelle in der Nähe des Schlosses, als ein ss-Offizier samt Entourage zwischen den Säulen auf der Veranda auftauchte.

Fünf Schippen steckten bewegungslos im Schnee, und fünf Augenpaare verfolgten die Szene auf der Veranda.

Meine polnischen Kollegen flüsterten aufgeregt miteinander, und dann beugte sich Janusz zu mir und sagte: »Das ist Himmler.«

»Das ist nicht Himmler«, gab ich zurück.

Seit 1935 hing Heinrich an der Wand des Dachbodens, ich kannte sein Gesicht.

»Doch, Herr Richter, das ist der Himmler.«

»Janusz, Himmlers Kinn ist quasi nicht vorhanden. Seine Backen sind viel dicker als die von dem Herrn da oben. Und seine Ohren, ganz anders. Himmlers Ohren sind winzig und knicken in der Mitte ab.«

»So?« Janusz sah mich verwirrt an. »Sie kennen also Himmler?«

»Sein Gesicht.«

»Und wer ist dieser?« Er deutete mit einem Nicken auf den falschen Heinrich.

»Ich weiß es nicht.« Bevor ich mir den Mann genauer ansehen konnte, verschwand die Truppe im Haus, aber an irgendwen hatte mich der ss-Offizier erinnert. Wir nahmen unsere Arbeit wieder auf. Janusz schaufelte direkt hinter mir, sein Blick brannte in meinem Nacken, und als ich mich umdrehte, sagte er: »Himmlers Ohren mit Knick.«

Die Kufnerin musste gelauert haben, denn als ich den Hausflur betrat, riss sie augenblicklich die Wohnungstür auf. »Herr Richter, Herr Richter, kommen Sie, kommen Sie.« Ihr Gesicht glühte vor Aufregung.

»Frau Kufner, guten ...«

»Der Herr Unterscharführer Giesel hat ganz hohen Besuch. Sein Onkel. Kennen Sie ihn? Ein ganz vornehmer Mensch. Und ich dachte, vielleicht könnten Sie nach oben gehen und die Herren zum Kaffee einladen ... also zu mir. Sie sind natürlich auch eingeladen, Herr Richter. Ich dachte nur, für eine Dame gehört sich das ja nicht, sich so aufzudrängen. Sie verstehen, Herr Richter. Aber Sie könnten ...«

»Frau Kufner, vielleicht haben die beiden etwas Privates zu besprechen«, unterbrach ich ihren Redeschwall. Meine Antwort schien der Frau des Hauswarts gar nicht zu gefallen, aber sie ließ mich ziehen.

Das Wimmern kam aus dem Schlafzimmer. Rosa saß zusammengekauert auf meinem Bett, das Kleid nur halb zugeknöpft, die Strümpfe in der ausgestreckten Hand. Als sie mich sah, heulte sie auf und begann am ganzen Körper zu zittern. Und je energischer ich versuchte, sie zu beruhigen, desto stärker geriet sie in Panik. Ich dachte an die Kufnerin unter mir und den Onkel des Unterscharführers über mir und hielt Rosa kurzentschlossen den Mund zu. Ihre Augen weiteten sich vor Entsetzen, als meine Hand auf ihren Lippen lag. »Nix umbringen ...«, keuchte sie.

»Rosa, du musst leise sein, verdammt noch mal. Was ist denn passiert?«

Ich ließ sie los, sie atmete dreimal tief ein und aus.

»Ich wollen nach Hause«, sagte sie erschöpft.

»Dann zieh dich an, und schleich dich raus.«

Rosa fing wieder an zu zittern, und Tränen liefen über ihre Wangen. »Ich nichts dürfen, weil ... weil, dann die ss macht bum.« Ihre Finger formten eine Pistole und zielten gegen ihre Schläfe.

»Wer sagt das?«

»Bubchen.« Ihre Stimme überschlug sich.

Und dann erzählte Rosa mir endlich, was geschehen war. Bubi hatte seinen Onkel erst am späten Abend erwartet und lag mit Rosa in meinem Bett, als der Obersturmbannführer das Haus betrat. Die Stimme der Kufnerin, die den Onkel lautstark begrüßte, schallte durch den Flur. Bubi zog sich an, nahm das Schachbrett, das als Vorwand für den Aufenthalt in meiner leeren Wohnung dienen sollte, und ließ Rosa allein zurück.

»Ich darf mich nix rühren, bis zurückkommt, sonst gibt es bum.« Wieder war ich genötigt, ihr den Mund zuzuhalten.

Ich kochte Rosa einen Kaffee, gab ihr etwas zu essen, eine Packung Zigaretten und eines der polnischen Bücher aus dem Regal im Wohnzimmer.

»Ich gehe jetzt hoch und schau mal nach, was da los ist. Du bleibst hier, ja? Und weine nicht. Niemand wird dir etwas tun.«

Ich erkannte ihn sofort, den falschen Heinrich. Jetzt wusste ich natürlich auch, an wen mich der ss-Offizier auf Franks Veranda erinnert hatte. Seine Gesichtszüge waren markanter als die seines Neffen, als ob jemand mit einer Schleifmaschine noch einmal nachgesetzt hätte. Und so wie Bubis Augen in einem satten Violett, leuchteten seine in einem hellen Blau. Man glaubte sich in einem Juwelenladen.

Ich hatte noch nie jemanden gesehen, dem eine Uniform besser stand als dem Obersturmbannführer. Eine zweite Haut, kein Kostüm. Es war sein ungestümes Lachen, das seine kontrollierte Erscheinung brach. Wie eine Horde wilder Pferde galoppierte es von seinem Bauch durch seinen Rachen in die Freiheit.

»Anton Richter, ich weiß bereits alles über Sie«, sagte er. »Aus Berlin, Rosenzüchter unseres Generalgouverneurs. Bussis Geigenschüler. Vater gefallen. Einige der Besten sind damals gefallen.«

Ich lächelte und nickte.

»Heute Abend sind Sie mein Gast, Richter. Es gibt ein nettes Lokal in Kressendorf, gutes Essen, guten Schnaps. Und langsam sollten wir los.«

Ich ging in meine Wohnung, um meinen Mantel zu holen. Rosa hielt noch immer ihre Strümpfe in der Hand.

»Es ist alles in Ordnung, hörst du?«, sagte ich. »Aber jetzt ist es schon zu spät für dich, um nach Hause zu gehen. Du bleibst am besten hier, und morgen früh, ganz früh bringe ich dich zurück. Ja?«

Sie nickte, Tränen liefen über ihre Wangen.

»Rosa, es ist alles gut.« Das sagte Anton Richter im Jahre 1940 in Krakau. Er hätte sich schämen sollen.

Das Lokal befand sich in einem Keller. Obersturmbannführer Dr. Kurt Giesel hatte nicht zu viel versprochen, das Essen schmeckte, und der Schnaps floss reichlich. Es war warm und das Licht schummrig. Eine Kapelle spielte Musik. Die meisten Gäste trugen Uniform. Die Frauen hatten sich allesamt rausgeputzt. Ihre Waden steckten in glänzenden Strümpfen und ihre Füße in zierlichen Schuhen, die so gar nicht zu dem polnischen Winter draußen passen wollten. Bubi bemühte sich, die Mädchen nicht allzu offensichtlich anzustarren, was ihm mehr schlecht als recht gelang.

Während wir aßen, erzählte Kurt von Warschau. Er war dabei gewesen, als man die Stadt im letzen Jahr eingenommen hatte. Seine Geschichten klangen wie sagenhafte Abenteuer, und während ich ihm aufmerksam zuhörte, strahlte Bubi eine rothaarige Schönheit an.

Zu späterer Stunde verwandelte sich das Restaurant in einen Tanzsaal, die Tische in der Mitte wurden zur Seite geschoben. Die Musik schwoll an, die Stimmung wurde ausgelassener, und Bubis Beine wippten nervös. Schließlich hielt er es nicht mehr aus und bat seinen Onkel um die Erlaubnis, die Dame zum Tanz aufzufordern.

»Solange es beim Tanzen bleibt, Bubi.«

Kurt lachte, als sein Neffe zu der Rothaarigen eilte.

»Das hat er von seinem Vater. Mein Bruder, Christian, war der größte Weiberheld der ganzen Stadt. Aber auch bei dem Jungen wird sich das irgendwann legen. So wie bei meinem

Bruder. Eines Tages hat er das Mittel gegen die Vielweiberei gefunden.«

»Und das wäre?«

»Torten.«

»Torten?«

»Jawohl.«

»Und werden die Torten auch Bubi helfen?«

»Nein. Aber schauen Sie, Richter, jeder Mann braucht eine Aufgabe, die ihn ausfüllt, die ihn begeistert. Der eine backt Kuchen und der andere … Wir werden für Bubi schon das Passende finden.«

Und während der kleine Giesel die Fuchsfrau über das Parkett drehte, kippten der große Giesel und ich einen Schnaps nach dem anderen. Dank Edda konnte ich mithalten.

»Richter, Sie scheinen mir ein vernünftiger junger Mann zu sein, geben Sie ein bisschen Acht auf unseren wilden Bubi.« Kameradschaftlich legte der Offizier mir seinen Arm um die Schultern. »Sie sollten der ss beitreten, Leute wie Sie können wir immer gebrauchen.«

Ich lächelte. »Herr Obersturmbannführer, ich habe bereits eine Aufgabe gefunden, die mich vollends ausfüllt.«

Kurts Lachen galoppierte davon. »Sehr gut, Richter, sehr gut.«

Bubi machte keine Anstalten, sich wieder zu uns zu setzen, also tranken wir weiter. Etwas in Kurts Blick änderte sich, etwas kroch in seine Augen, das sie noch heller glänzen ließ.

»Richter, ich sag Ihnen jetzt was, ganz unter uns. Als ich heute erfahren habe, dass unser werter Generalgouverneur sich einen Rosenzüchter aus dem Reich hat kommen lassen, bin ich fast explodiert vor Wut. Wir haben hier ganz andere Sorgen. In diesem verfluchten Land gibt es mehr Juden als Ratten. Das sind Schwierigkeiten, die gelöst werden wollen. Und Frank ist kein gottverdammter König, oder? Habe ich einen Rosenzüchter? Hat Heinrich Himmler einen Rosenzüchter? Und ich denke, ich sollte dem Reichsführer über Franks dekadentes Benehmen Bericht erstatten. Das müssen Sie verstehen, Richter. Das geht nicht gegen Ihre Person. Aber heute holt er sich einen Rosenzüchter in sein Schloss, und was morgen?«

Es waren der Schnaps und die Tatsache, dass ich keine Zeit hatte, über meine Antwort nachzudenken, die mich sagen ließen: »Vielleicht bin ich ja nicht nur wegen der Rosen hier.«

Ich wurde himmelblau durchleuchtet. »Sie meinen, Sie … Sie haben einen Auftrag?«

Ich lächelte ihn vielsagend an und zuckte die Schultern.

»Von wem?«

»Von ganz weit oben.« Die Worte schossen aus meinem Mund, und während Adam in mir einen hysterischen Lachanfall bekam, wahrte Anton die Fassung. »Bitte, Herr Obersturmbannführer, ich habe schon zu viel gesagt, kein Wort zu Ihrem Neffen.«

»Natürlich nicht. Ich habe mir das gleich gedacht, dass da noch was ist, Richter. Dass Sie etwas verbergen. Darf ich fragen, ob Sie mit uns, also mit dem SD, in Verbindung stehen?«

»Ich bin zum Schweigen verpflichtet.«

Er räusperte sich. »Verstehe«, sagte er fast entschuldigend.

»Ich wäre Ihnen sehr dankbar, Herr Obersturmbannführer, wenn Sie keine unnötige Aufmerksamkeit auf mich lenken würden.«

»Selbstverständlich.«

Manchmal weiß man nicht, ob man den Sprung über den reißenden Strom geschafft hat oder ob das der Grund des Flusses ist, den man unter den Füßen spürt.

Rosa schlief, als ich nach Hause kam, die Strümpfe in der halbgeöffneten Faust. Ich nahm mir ein Kissen und legte mich im Wohnzimmer aufs Sofa. Ich behielt die Jacke des Itzigen an und benutzte meinen Mantel als Decke. Morgen würde Bussler kommen, und ich würde ihm von der Unterhaltung mit Giesel erzählen müssen.

Bussler und ich spazierten durch das verschneite Kressendorf. Im Haus patrouillierte die Kufnerin, und Bubi konnte jeden Moment in meine Wohnung hereinplatzen. Die Straßen dagegen waren menschenleer. Bussler erblasste, als er sich alles angehört hatte. Sein Gesicht war ebenso weiß wie der Schnee unter unseren Füßen.

»Das kann nicht gutgehen. Das kann nicht gutgehen. Wie konntest du …«

Ich senkte beschämt den Kopf, während er versuchte, seine Haltung zurückzugewinnen.

»Adam, das hier ist die Wirklichkeit. Wir sind in Polen. Was glaubst du, was so ein Giesel mit dir macht, wenn er herausbekommt, wer du wirklich bist?«

Erst nach einer Stunde wagte ich es, ihn nach Edda und nach dir, Anna, zu fragen. »Ist meine Familie schon abgereist?«

Er nickte.

»Alle?«

Wieder nickte er und seufzte.

»Aber Bussler, das sind doch gute Nachrichten, oder?«

»Natürlich«, sagte er tonlos, »natürlich.«

»Was ist los, Bussler?«

»Gar nichts.«

»Und was ist mit Anna?«

»Es geht voran.«

»Das heißt?«

»Adam, vertrau mir. Das Ganze verlangt äußerste Vorsicht. Ich darf weder das Misstrauen meiner Kollegen wecken, noch darf Anna erfahren, dass jemand vom SD nach ihr sucht. Wer weiß, was sie sonst tut.«

»Was meinen Sie damit?«

»Kennst du die Selbstmordrate im GG?«

Ich verneinte, und Bussler lächelte traurig.

»Edda hat dir wirklich eine ganze Menge beigebracht, nur das Fürchten, das hat sie dich nicht gelehrt.«

Das war meine erste Woche in Kressendorf. Sieben unendlich lange Tage.

Obersturmbannführer Giesel tauchte noch einmal bei Bubi auf, bevor er zurück nach Warschau fuhr. Er verabschiedete sich von mir wie von einem alten Freund und wünschte mir mit einem hellblauen Zwinkern alles Gute für das »Rosenprojekt«.

Rosa wurde auf Bubis Betreiben hin entlassen. Der Unterscharführer teilte mein Bett nicht mehr mit der polnischen Putzfrau, sondern mit der rothaarigen Lena. Lena war die achtzehnjährige Tochter von Egon Wreden, einem deutschen Industriellen, der sich im GG niedergelassen hatte. Seine Frau und seine Töchter – er hatte drei – lebten in Kressendorf in einem hübschen Haus. Er selbst war meistens auf Reisen.

Kurze Zeit glaubte ich, dass Lena vielleicht die eine sein könnte, die Bubi zum Traualtar führen würde. Aber schon Ende März tauschte er die rothaarige Lena gegen deren blonde und vier Jahre ältere Schwester Anita aus. Wieder diente mein Bett als Zufluchtsort.

Die Kufnerin verfolgte aufmerksam das Kommen und Gehen der beiden Mädchen, denn manchmal klopfte Lena an meiner Tür. Sie kam nur, wenn sie wusste, dass ihre Schwester nicht im Haus war. Lena weinte sich an meiner Schulter aus, denn das treulose »Gieselchen«, so nannte sie den Unterscharführer, hatte ihr das Herz gebrochen. Die Rolle der Verschmähten spielte sie mit ebenso viel Hingabe wie die der Geliebten. Sie machte es sich wohnlich in ihrem Leid. Lena beklagte sich weder über Giesel noch über die Schwester bei ihren Eltern, und wenn sie dem Unterscharführer zufällig im Hausflur begegnete, lächelte sie ihn an wie eine verbannte Prinzessin. Gedemütigt, aber stolz.

Im Garten des Gouverneurs taute langsam der Schnee, aber noch wollte der Frühling nicht Einzug halten. Die Männer brachten mir ein Kartenspiel bei, das ich nie wirklich verstehen sollte. Ich verlor eine Menge Zigaretten bei diesem Spiel, aber gewann ganz allmählich ihr Vertrauen. Nur über Himmlers Ohren kam Janusz nicht hinweg.

»Herr Richter, lernen Sie so Dinge im Reich in Schule?«, fragte er mich.

»Ich hatte Privatunterricht.«

»Und Lehrer hat ihn die Knick in Himmlers Ohr gezeigt?«

»So ungefähr«, sagte ich und dachte an Edda. Ob sie wohl auch in London einen Dachboden ihr Eigen nennen konnte? Und wer lebte jetzt auf dem Berliner Dachboden? Hingen die Bilder der Mächtigen noch an unserer Wand?

Bussler kam alle paar Wochen, und ich hatte den Eindruck, dass er immer dünner wurde. Seine schwarzen Schwänzchen, die früher sehr elegant echte Finger imitiert hatten, wiesen nun häufig nachlässig in verschiedene Richtungen.

Und wo warst du, Anna? Wenn ich Bussler nach dir fragte, vertröstete er mich.

Es war Ende April, als ich es wagte, Vater und Mutter zu bestimmen, die Schnitte zu setzen und den bestäubten Damen Tütchen über den Kopf zu ziehen. Ich wählte zwei öfterblühende Sorten als Eltern. In der Hoffnung, dass die Staubgefäße der Väter schon reif waren.

Ich versuchte, mich an Marders Vorgehensweise zu erinnern, und bemühte mich, meinen Handgriffen den Anschein von Selbstverständlichkeit zu verleihen, denn die vier Polen beobachteten mich aufmerksam. Besonders Tadeusz folgte mir auf Schritt und Tritt.

»Im Herbst wissen wir mehr«, sagte ich, als ich auch der letzten Rosenmutter ein Hütchen aufs Haupt gesetzt hatte.

Im Mai, als Hitler seine Armeen nach Westen marschieren ließ, um bald schon Holland, Belgien und Frankreich zu besetzen, lernte ich den Putten-Mann kennen, Dr. Hans Frank,

Herrscher über das Generalgouvernement. Die Terrassentür stand offen, und eine Klaviersonate von Chopin drang aus dem Inneren des Schlosses. Die wärmende Sonne, die Musik und der erblühende Garten gaukelten einem das Märchen vom polnischen Paradies vor. Dann verklang der letzte Ton, und Frauenkreischen zerstörte die Idylle. Fünf elegante Damen erschienen auf der Veranda. Die am auffälligsten gekleidete von ihnen, behangen mit einer weißen Pelzstola, stemmte ihre Hände in die breiten Hüften und rief: »Kinder, ist es nicht schön in Franks Polen?« Und dann schnatterten alle durcheinander.

»Dame mit Pelz ist seine Frau«, sagte Janusz, der hinter mir stand.

Die Gänse verschwanden im Haus, und kurze Zeit später tauchte Frank selbst auf der Terrasse auf. Sein schweifender Blick blieb an mir hängen, ich nickte und hob meinem Arm zum deutschen Gruß. Frank grüßte zurück und kam in gemächlichem Schritt auf mich zu.

»Sie müssen Anton Richter, mein Rosenzüchter, sein?«, sagte er und lächelte. Sein Gesichtsausdruck hatte etwas Weibisches, etwas Weinerliches. Er wirkte leicht eingeschnappt, als ob ihn jemand die ganze Zeit ärgern würde.

»Der bin ich, Herr Dr. Frank.«

Sein Anzug saß ein wenig eng. Franks dicker Bauch ruinierte den guten Schnitt des Dreiteilers. »Rosen«, sagte er seufzend, und dann begann er zu meinem Entsetzen, das *Heidenröslein* zu singen. Alle drei Strophen. Was sagt man, wenn der Generalgouverneur mit schöner Stimme und etwas zu viel Pathos Schubert zum Besten gibt? Man sagt gar nichts, man lächelt einfach bis zum Schluss.

»Was denken Sie?«, fragte er.

»Sie … Herr Dr. Frank, Sie haben eine ausgezeichnete Stimme.«

Frank lachte. »Vielen Dank, aber ich meinte die Rosen. Werden Sie blühen, Ihre Röslein?« Er deutete auf die eingetüteten Mütter.

»Ich denke, ich hoffe … Im Herbst wissen wir mehr.«

Er verschränkte seine Arme hinter dem Rücken und neigte den Kopf zur Seite. »Ihre Arbeit übt eine starke Faszination auf mich aus. Früher, als Junge, habe ich mich mit der Zucht von Zierfischen beschäftigt.«

»Wie interessant«, antwortete ich.

»Ja, ich …« Dann erschien Brigitte Frank auf der Veranda und rief ihren Mann zu sich.

»Herr Richter, Sie entschuldigen mich bitte. Wir werden unsere Unterhaltung sicher bald fortsetzen.« Der dicke Engel eilte zu seiner Frau.

Janusz, der sich bei Franks Erscheinen verzogen hatte, stand wieder hinter mir. »Was denken Herr Richter, hat auch dieser Mann Ohren mit Knick?«

»Nein, dieser Mann hat einen dicken Hintern und dicke Lippen.«

Janusz lachte. »Und wenn dieser es hört, haut er Ihnen Kopf ab.«

»Und deshalb lassen wir es ihn nicht hören.«

»Herr ist wirklich seltsamer Deutscher, Herr Richter«, sagte Janusz.

Bussler rief mich an, ich konnte durch das Telefon hören, wie er mit seinen biegsamen Fingern spielte.

»Obersturmbannführer Giesel ist in Krakau, er wird dich und Bubi fürs Wochenende einladen. Komm bitte einen Tag früher, ich habe Neuigkeiten Ad… Anton.«

»Geht es um…«

Aber er ließ mich nicht ausreden. »Ich schicke dir am Freitagmorgen meinen Wagen«, sagte er und hängte ein.

Die letzten Tage bis zum Freitag ging ich sowohl Bubi als auch Lena aus dem Weg. Ich blieb bis spätabends im Garten und machte kein Licht mehr an, wenn ich nach Hause kam. Täglich klopfte der Unterscharführer, aber ich antwortete nicht. Lena schob kleine Zettel unter meine Tür, die ich ungelesen wegwarf. Ich konnte nur an dich denken, Anna.

Janusz und die anderen bemerkten meine Zerstreutheit, aber sie ließen mich in Ruhe. Tadeusz, der Mann mit den blühenden Händen, an dessen Rosen ich seit April herumpfuschte, lächelte mir aufmunternd zu. »Wird werden«, sagte er mit einem starken polnischen Akzent.

»Tadeusz, du sprichst ja Deutsch.«

»Bisschen«, antwortete er verlegen. »Klein bisschen.«

Endlich kam der Freitag, und endlich kam Busslers Wagen. Ich zog gerade die Tür hinter mir zu, als Bubi auf mich zurannte. »Anton, wo warst du die letzten Tage?«

»Viel zu tun gehabt. Ich muss los, Bubi, wir sehen uns morgen Abend in Krakau.« Ich wollte weiter, aber der Unterscharführer hielt mich am Ärmel fest.

»Anton, ich muss mit dir reden, du musst mir helfen.«

»Morgen, ja, versprochen, der Wagen wartet«, sagte ich und löste mich aus seinem Griff.

»Anton …«, rief er mir hinterher.

»Morgen, versprochen.« Ich drehte mich noch einmal um und winkte ihm zu. Was sah ich da in seinen Augen? Das Gefühl, das mich Edda nicht gelehrt hatte. Sie war nackt, diese violette Angst.

Auf der Fahrt zur Sturmbannwohnung in Krakau vergaß ich Bubis Not, verschwand das Mitleid, das ich kurz für ihn empfunden hatte, verschwand alles. Nur du warst da, in meinem Kopf und überall, wo ich hinblickte.

»Beruhig dich, Adam«, sagte Bussler, als ich keuchend vor ihm stand. Er nötigte mich, Platz zu nehmen, und während er die Lederschwänzchen um sein Glas wickelte, begann er zu sprechen. Er hatte eine Adresse, und es war ziemlich wahrscheinlich, dass du, Anna, dich dort versteckt hieltest, ohne Stern. Er selbst konnte nicht hingehen, denn welcher Jude, welcher untergetauchte Jude, würde sich einem Sturmbannführer zu erkennen geben? In Krakau vertraute Bussler niemandem, deshalb sollte ich selbst hin.

»Natürlich, und zwar sofort«, sagte ich und sprang auf.

»Adam, beruhig dich, und hör mir zu.«

Bussler erläuterte mir seinen Plan. In deiner Straße, Anna, gab es einen Hutmacher. Während der Sturmbannführer Hüte anprobieren würde, sollte ich, der ortsunkundige Rosenzüchter, die Straße entlangschlendern und bei dir anklopfen.

»Wir wissen nicht, wer die Leute sind, bei denen sie lebt. Vielleicht ist es auch eine falsche Spur, vielleicht ist sie gar nicht dort. Du darfst auf keinen Fall deine Identität preisgeben.«

»Welche? Adams oder Antons?« Ich musste lachen.

»Keine von beiden«, sagte er ernst.

»Falls irgendwer deine Papiere kontrollieren sollte, sag, dass du dich verlaufen hast und dass du das Hutgeschäft suchst, in dem ich auf dich warte. Traue niemandem, hörst du.«

»Was soll ich machen, wenn sie da ist?«

»Dann werden wir weitersehen, nimm sie auf keinen Fall sofort mit.«

Busslers Fahrer brachte uns zu dem Hutmacher. Wir stiegen aus, und der Sturmbannführer schickte seinen Chauffeur zu einem Tabakladen am anderen Ende der Stadt.

»Fahren Sie danach gleich nach Hause. Wir nehmen ein Taxi«, sagte er.

»Warum schicken Sie ihn weg?«, fragte ich, als das Auto davonfuhr.

»Damit er dich nicht beobachten kann.«

Wir standen noch einen Moment vor dem Schaufenster. Bussler legte mir seine halb tote, halb lebende Hand auf die Schulter. »Wenn du in einer halben Stunde nicht zurück bist, komme ich dich holen«, flüsterte er mir zu.

Ich nickte, und dann spielten wir kurz Theater für ein nicht wirklich existierendes Publikum.

»Gehen Sie ruhig rein, Herr Sturmbannführer, ich sehe mich ein bisschen um, ich kenne Krakau ja kaum. Ein bisschen die Beine vertreten.«

»Wie Sie meinen, Herr Richter, aber verlaufen Sie sich nicht.«

Unauffällig warfen wir beide einen Blick auf unsere Uhren, und dann trennten sich unsere Wege.

Das schrille Surren der Klingel ließ mich zusammenzucken. Wenig später stand ein Mann mit schwarzen Augenringen und zwei tiefen Falten auf der Stirn vor mir. Er sagte etwas auf Polnisch, was ich nicht verstand.

»Sprechen Sie Deutsch?«

»Ja«, antwortete er.

»Ich … Ich suche Anna Guzlowski.«

Sein Gesicht verriet rein nichts. »Wen?«

»Anna Guzlowski.«

»Kenne ich nicht.« Er blinzelte nicht, er ließ sich nichts anmerken, und trotzdem glaubte ich ihm nicht.

»Bitte, ich bin ein Freund aus Berlin.«

»Ich verstehe nicht, was Sie wollen?« Jetzt lächelte er freundlich.

»Sind Sie ganz sicher, dass Sie keine Anna kennen?«

»Ja«, sagte er und klang so ahnungslos, dass sich meine Zweifel fast verflüchtigten.

»Wenn Sie es sich anders überlegen, also falls Sie Anna doch kennen, dann sagen Sie ihr bitte, dass der Junge, der ihr hundert Träume geschenkt hat, hier ist.«

»Es tut mir leid, ich kenne keine Anna. Auf Wiedersehen«, sagte er.

»Auf Wiedersehen.«

Er schloss die Tür zu, und ich lief die Treppe hinunter, aber schon nach einigen Stufen blieb ich stehen. Vielleicht warst du ja doch da drinnen. Du würdest meine Botschaft hören und herauskommen, denn an deine Träume, Anna, an die musstest du dich doch erinnern.

Die Schwänzchen krochen über meine Schultern, und das eine, das lebende, zitterte. Ich fuhr herum, seine Augen weiteten sich und drängten mich zum Aufbruch. Draußen lieferten Bussler und Richter ihren imaginären Zuschauern eine zweite Vorstellung, die wesentlich mieser ausfiel als die Premiere vor dem Hutgeschäft.

»Da sind Sie ja, haben Sie sich etwa verlaufen?« Er sprach viel zu laut, der treue Maestro.

»Ja, verlaufen. Haben Sie einen Hut gefunden, Herr Sturmbannführer?«

»Leider nicht.«

Wir standen wie zwei Schmierenschauspieler vor dem Haus, in dem ich dich hatte finden wollen.

»Bussler, Sie schreien wie ein Irrer«, flüsterte ich ihm zu, »lassen Sie uns weitergehen.«

Wir nahmen ein Taxi und fuhren in die Sturmbannwohnung.

»Es tut mir leid, Adam. Wir werden weitersuchen«, sagte er, als wir in seiner Küche saßen. »Schau mal da unten in dem Schrank, da habe ich etwas, das uns jetzt guttun wird.«

Eine Flasche Asbach, Edda Klingmanns Heilmittel gegen alle Blessuren. Der Geruch des Dachbodens, der Geschmack der Stadt, die einmal unser Zuhause war, Anna.

»Dann trinken wir wohl auf Frau Klingmann«, sagte Bussler und erhob das eingeklemmte Glas.

»Ja. Auf Edda.« Dieses Klirren, dieses Klirren.

Das erste Glas kippten wir in einem Zug herunter. Das zweite tranken wir langsam, damit die Flasche für diesen Abend vorreichen würde, damit der Abglanz längst vergangener Berliner Zeiten noch ein paar Stunden auf uns fallen würde.

»Ob Edda auch in England ihren Asbach bekommt?«, sagte ich und lächelte.

Der Sturmbannführer starrte in sein Glas. »Wer weiß«, nuschelte er, und es dauerte eine Weile, bis er mich wieder ansah. Etwas quälte meinen Maestro.

»Sie vermissen Edda auch, nicht wahr?«

»Natürlich«, sagte er freiheraus.

»Bussler, haben Sie etwas auf dem Herzen?«

Er lachte. »Manchmal redest du genauso wie sie.«

»Also los, was ist es?«

»Nichts, Adam, nichts. Du musst das hier überleben, das habe ich deiner Großmutter versprochen.«

Erst als wir auch den letzten Tropfen Asbach getrunken hatten, standen wir auf. Ich ging in das Zimmer mit den Fotos des Jungen und seines Hündchens. Aber sie waren fort. Nur noch die Schatten ihrer Geschichten bleichten die Tapete.

»Bussler, wo sind die Bilder hin?«

»Ich habe sie abgehängt und verpackt.«

»Warum?«

Er zuckte mit den Schultern. »Vielleicht kommt ja irgendwann der Besitzer, um sie abzuholen.«

»Glauben Sie das?«

»Nein«, sagte er traurig und schlurfte davon.

Ich schlief sofort ein, aber mitten in der Nacht glaubte ich Schüsse zu hören. Ich wusste nicht, ob ich träumte oder wachte. Und bevor ich Gewissheit über meinen Zustand gewonnnen hatte, war es wieder still. Ich stand auf und ging zum Fenster, aber da war nichts, nur Dunkelheit.

Am nächsten Morgen fragte ich Bussler nach den nächtlichen Gewehrsalven.

»Das ist Polen, Adam, hier wird geschossen«, sagte er ungerührt.

»Und auf wen schießt man?«

»Hör auf, dir über Dinge Gedanken zu machen, die du doch nicht verstehst.«

»Aber …«

»Nein. Schluss jetzt.«

Bussler musste an diesem Samstagnachmittag in sein Büro und erlaubte mir widerwillig, in die Stadt zu gehen. Ich schlenderte die Straße des Hutmachers entlang, immer wieder am Haus vorbei, denn vielleicht, Anna, warst du ja doch da. Wenn ich nur stark genug daran glaubte, vielleicht, vielleicht …

Giesel lud nicht nur Bubi und mich zum Abendessen ein, sondern auch den »guten Bussi«, wie er meinen Sturmbannführer nannte. Das Restaurant war brechend voll. Man sprach Deutsch. Kein Pole hatte Zutritt zu diesem Schlaraffenland, in dem Champagner und Cognac in Strömen flossen.

Bubis Angst trug ein armseliges Mäntelchen. Ein löchriges Fähnchen, durch das sie nackt und violett hindurchschien.

In dem Laden gab es mehr als eine schöne Frau, aber der Unterscharführer schenkte den Damen kein Lächeln, nicht mal einen flüchtigen Blick. Er schien sie gar nicht zu bemerken. Ob sein untypisches Verhalten nur mir auffiel oder auch seinem Onkel?

Kurt unterhielt unsere Runde mit ein paar Abenteuergeschichten aus Warschau, die er schon in Kressendorf zum

Besten gegeben hatte. Ich war mir sicher, dass auch Bussler Giesels Heldentaten bereits kannte. Aber wir alle lachten an den richtigen Stellen, mimten Unglauben und Entsetzen, wenn die Handlung es verlangte.

»Und wie läuft die Aktion in Krakau, Bussi?«, fragte Dr. Giesel nach der letzten Warschauer Anekdote.

»Soweit«, antwortete Bussler, dem das Thema offensichtlich Unbehagen bereitete.

»Gibt es Probleme?«

»Wann gibt es mal keine Probleme? Noch einen Cognac, Obersturmbannführer?« Seine Schwänzchen versuchten ungeschickt, die Flasche zu umschließen.

»Darf ich?«, fragte ich und übernahm das Einschenken.

»Also Bussi, reden Sie nicht wie das Orakel von Delphi, wir sind doch unter uns.« Giesel zwinkerte mir zu. »Was für Probleme? He?«

Der Maestro zögerte. »Ich denke, es ist wichtig, dass es die Richtigen trifft und nicht zu viele Unschuldige«, sagte er schließlich tonlos.

»Bussi, ein Pole mehr oder weniger, was macht das schon? Wo gehobelt wird, da fallen auch Späne.«

»Natürlich, natürlich.« Bussler lächelte abwesend.

Während des Gesprächs der zwei Männer trat Bubi mich unter dem Tisch.

»Meine Herren, ich muss einen Augenblick an die frische Luft. Der Schnaps«, sagte der kleine Giesel. »Anton, willst du mich nicht begleiten?«

Ich nickte und stand auf.

»Aber bleibt nicht zu lange. Und Finger weg von den Damen, Bubi.« Der Obersturmbannführer erhob lachend seinen Zeigefinger und bemerkte nicht, dass das Gesicht seines Neffen schlagartig alle Farbe verloren hatte.

Ich folgte Bubi in den Innenhof des Nachbarhauses. Er zündete sich eine Zigarette an, nahm seine Schirmmütze ab und fuhr sich fast schon gewaltsam durch das dichte Haar.

»Scheiße, Anton, verdammte Scheiße«, sagte er, und Tränen rannen aus den lila Augen, die so gar nicht dafür gemacht zu sein schienen.

Der Unterscharführer erzählte mir, dass Anita schwanger sei. Anita, die anders als Lena Leid und Herzschmerz rein gar nichts abgewinnen konnte, pochte auf ihr Recht und wollte von Bubi geehelicht werden.

»Sie ist nicht die Eine. Sie ist nicht die Schönste von allen. Sie ist nicht die, die ich zum Traualtar führen wollte.« Er begrub sein Gesicht in seinen Händen. »Wie mein Vater«, stieß Bubi hervor. »Ich mach den gleichen Fehler wie mein Vater.«

»Wie meinst du das?«

»Er hat meine Mutter nicht geliebt und sie trotzdem geheiratet. Auch er wollte einmal die Schönste von allen zur Frau nehmen, aber dann wurde meine Mutter schwanger. Die Richtige hat er niemals kennengelernt.«

»Ich dachte, er wäre ganz in seinem Beruf aufgegangen und hat deshalb aufgehört mit den …«

»Nein, zuerst kam ich und dann die Torten. Torten, immer nur Torten. Wie ein Besessener. Torten.« Giesel sah mich flehentlich an.

»Heirate sie nicht, heirate sie einfach nicht«, sagte ich.

»Dann werde ich aus der SS ausgeschlossen. Dann kann

ich das hier alles vergessen. Die Sache in Köln. Die Zwillinge … Und Anita weiß von Rosa …«

»Also musst du dich entscheiden, Bubi. Was ist dir wichtiger? Die Eine, die Schönste von allen, die dir eines Tages begegnen wird, oder das hier?«

Der Unterscharführer malträtierte seine Kopfhaut. »Ich weiß es nicht. Was soll ich machen, Anton, ich weiß es einfach nicht? Ich möchte glücklich sein, das will doch jeder, oder?«

Die Uniform wirkte auf einmal drei Nummern zu groß. Er sah aus wie ein kleiner Junge, der sich als Soldat verkleidet hatte.

»Dann musst du dir überlegen, was dich glücklich macht.«

»Ja«, sagte er, wischte sich die Tränen aus dem Gesicht und setzte die Mütze wieder auf. »Lass uns reingehen, und kein Wort zu meinem Onkel, bitte.«

Als wir zurückkamen, saßen an unserem Tisch sechs weitere Herren, Bekannte von Bussler und Giesel. In dieser großen Runde leerten wir noch einige Gläser. Irgendwann beugte sich der Obersturmbannführer zu mir.

»Was machen die Rosen?«, flüsterte er. »Die Rosen, die …«

»Ja, ich verstehe Sie«, unterbrach ich ihn schroff. »Es läuft.«

Giesel lachte. »Richter, Richter, Sie sind mir einer. Aus Ihnen ist nichts rauszukriegen, he?«

Ich sah, dass Bussler uns besorgt beobachtete.

»Herr Obersturmbannführer, wir erfüllen doch alle nur unsere Pflicht«, sagte ich und lächelte.

»Wohl wahr, wohl wahr. Ich kann Sie verdammt gut leiden, junger Mann.« Kurt schlug mir einmal kräftig auf die Schulter.

Endlich löste sich die Runde auf. Als wir die Sturmbannwohnung erreicht hatten, brach der arme Maestro in der Küche regelrecht zusammen.

»Giesel brennt darauf, mehr über deinen Auftrag zu erfahren. Warum musstest du …«

»Ich habe Giesel unter Kontrolle.«

Bussler stieß ein schrilles Lachen aus, ein hässliches Geräusch. »Adam, das hier ist kein Spaß, wenn das schiefgeht, sind wir beide tot. Kannst du das nicht endlich begreifen?«

Auf einmal kroch, ohne Vorwarnung, eine unbändige Wut in mir hoch. »Doch, ich habe verstanden, Bussler. Das ist Polen. Hier wird geschossen. Schießen Sie auch auf Leute, auf die Richtigen, auf die Falschen, was auch immer das bedeuten mag? Was sind das für Aktionen, Herr Sturmbannführer?«

Er schüttelte den Kopf. »Du weißt ja gar nicht, was du da sagst.«

»Ich habe nichts gesagt, ich habe etwas gefragt.«

»Adam, ich bin Nationalsozialist. Ich diene dem Führer, ich diene meinem Land und verteidige es gegen seine Feinde.«

»Und was ist mit mir? Was ist mit Edda? Ihr Führer hat auch uns zu seinen Feinden erklärt. Wie geht das zusammen, Bussler? Sie schmuggeln einen Juden in den Garten des Generalgouverneurs und helfen ihm, sein jüdisches Mädchen zu finden? Wie geht das zusammen?«

Er sah mich nicht an. »Du und deine Großmutter, ihr … ihr dürftet keine Juden sein, es ist, als ob da jemandem ein Fehler unterlaufen wäre, ein …«

Ich sprang von meinem Stuhl auf und lehnte mich quer über den Tisch, bis unsere Köpfe sich fast berührten. »Wem ist ein Fehler unterlaufen? Gott? Ist das Ihre Antwort?«

Vorsichtig suchten seine Augen die meinen.

»Adam …«

Er sagte nichts weiter, nur meinen Namen. Es klang wie ein Gebet, und der Zorn wich aus meinem Körper.

Am nächsten Morgen taten wir beide so, als ob es nie einen Disput gegeben hätte. Und nach der ersten Tasse Kaffee verflog die anfängliche Befangenheit tatsächlich.

Während wir frühstückten, sprach der Maestro mir Mut zu. »Wir finden sie«, sagte er sicher hundertmal.

Beim Abschied umarmte mich Bussler. »Bis nächste Woche, Adam.«

»Anton, Herr Sturmbannführer.«

»Anton.« Seine toten Lederfinger streichelten mein Gesicht.

Busslers Wagen brachte mich zurück nach Kressendorf.

Im Hausflur traf ich die Kufnerin, aus ihren Poren strömte der ewige Kohlgeruch. »Ah, Herr Richter, wie war es in Krakau? Sie waren doch in Krakau? Unterscharführer Giesel hat es erwähnt.«

»Es war schön«, sagte ich und wünschte ihr noch einen guten Tag.

»Herr Richter«, rief sie mir hinterher, »die Rothaarige steht vor Ihrer Tür.« Die Worte der Hauswartsgattin hallten noch im Treppenhaus, da sah ich schon Lena. In ihren Augen glänzte etwas von deiner Traurigkeit, Anna. Ich nahm sie mit hinein und kochte uns einen Tee.

»Sie werden heiraten. Meine Schwester und Gieselchen.«

»Wer sagt das?«

»Anita.«

»Vielleicht irrt sich Anita ja.«

»Sie ist … sie ist schwanger.«

Ich tat überrascht und kippte einen Schuss Rum in unsere Teetassen. Schweigend schlürften wir das winterliche Getränk, während die Maisonne zum Fenster hereinschien.

Lena lächelte verloren. »Dass wir beide … Du und ich, das wird nicht passieren, oder?«

»Nein.«

Sie nickte. »Das habe ich mir gedacht.«

»Es gibt da schon jemanden, zu dem ich gehöre.«

»Das ist schön«, sagte sie sanft. Ich dachte an Bubi und die herrische Anita. Hätte er doch besser die rothaarige Schwester geschwängert.

Im Juni marschierten Augusts Leute in Paris ein, und das wurde auch hier im fernen Osten von den Besatzern ordentlich gefeiert. Bussler bemühte sich bei seinem nächsten Besuch in Kressendorf vergeblich, das Hochgefühl, in das ihn Frankreichs Kapitulation versetzt hatte, vor mir zu verbergen.

Holland, Belgien, Österreich, das Generalgouvernement, ja selbst das Sudetenland bezeichnete er als deutsche Siege, Allgemeingut. Frankreich war ein persönlicher Triumph, denn in diesem Land verwesten neun seiner Finger, mit denen er einst eine Geige zu spielen pflegte.

Ende Juni blühten die Rosen in Franks Park, und ich begann weitere Eltern zu bestimmen. Tadeusz wich nicht von meiner Seite. Nachdem ich meine vierzehnte Kreuzung vollendet hatte, streckten wir uns im Gras aus. Bäume versteckten uns vor den Blicken der Wachmannschaft. Die Schlossbewohner brauchten wir nicht zu fürchten, denn sie weilten allesamt in Krakau. Ich gab Tadeusz eine Zigarette.

»Bisschen wie Paradies«, sagte er mit seinem heftigen Akzent. »Und wir sein Adam, und die«, er deutete mit seinem Kopf Richtung Wachen, »sein Schlange.«

Ich zuckte zusammen. Wie ein sanfter Schlag traf mich der Klang meines wahren Namens aus seinem Mund.

»Und wer ist Eva?«, fragte ich, glücklich darüber, dass er auch Anton zu den Adams und nicht zu den Schlangen gezählt hatte.

»Ach, Eva«, seufzte er und lachte.

»Also ist es nur die Geschichte von Adam und der Schlange?«

»Jawoll«, antwortete er stramm, so wie es das Herrenvolk gerne hörte.

Wir lagen auf dem Rücken und starrten in den polnischen Himmel. Ich reichte ihm eine zweite Zigarette.

»Herr Richter, kann ich Ihnen was fragen?« Er sah mich nicht an.

»Natürlich.«

»Mit die Rosen. Mit Ihrem Züchten. Wissen Sie genau, was tun?«

»Nein«, sagte ich und sah vor meinem geistigen Auge Bussler, der entsetzt die Hände über dem Kopf zusammenschlug.

»Sind Herr hier gekommen, um uns, Janusz und ich und der anderen, zu bewachen?«

»Nein.«

»Und Sie lügen nix, Herr Richter?«

»Nein.«

»Sie haben Sorgen?«

»Ja, so kann man's nennen.«

»Wird werden. Wird schon werden.«

Im Juli traf Bubi eine Entscheidung. Er entschied sich für seine Uniform, die er nur in Verbindung mit Anita und dem ungeborenen Kind anbehalten durfte.

Der Unterscharführer wollte mich als Trauzeugen. Bussler zitterte ein wenig bei dem Gedanken daran, dass ich mich dadurch noch stärker an die Giesels binden würde. Aber er sah auch ein, dass es nicht möglich war, Bubi seinen Wunsch abzuschlagen.

Der Obersturmbannführer war durchaus zufrieden mit der Wahl seines Neffen. Die Hochzeit fand Anfang August in einem Landhaus zwischen Krakau und Kressendorf statt. Der Vater der Braut, Egon Wreden, ließ sich die Vermählung seiner ältesten Tochter einiges kosten. Über zweihundert Gäste waren geladen. Ganze Kühe und Ferkel wurden von Köchen in weißen Schürzen über einem riesigen Grill geröstet. Es roch nach Sommer und Schwein.

Ein ss-Mann übernahm die Trauung. Bubi trug seine Uniform und Anita ein weißes, vorn gerüschtes Kleid. Niemand, außer Lena und mir, ahnte, dass sich unter der Spitze der wahre Grund für diesen Bund verbarg.

Lena, die geschmackloserweise als Trauzeugin herhalten

musste, hatte ein immerwehendes Sommergewand an. Violett, wie die Augen des Unterscharführers.

Und nachdem die Braut Bubi einen goldenen Ring über den Finger gestülpt hatte, ließ sich die ganze Gesellschaft an langen Tafeln nieder. Ein Stück Fleisch landete auf meinem Teller, ich saß neben Bussler und spürte sein unruhiges Bein. Nach dem Essen spielte eine Kapelle, und die Paare drängten sich auf den Tanzboden, den man in den Rasen eingelassen hatte.

Ich tanzte mit Lena und mit der dritten Schwester, der achtjährigen Bernadette, die mich gar nicht mehr freigeben wollte. Es dunkelte bereits, Laternen und der Mond tauchten den Garten in ein unwirkliches Licht. Aus den Augenwinkeln sah ich Bubi, der allein an einem Tisch saß und trank. Widerwillig gewährte Bernadette mir eine Pause.

Bubi lächelte müde.

»Anton.« Seine Augen schwammen in Alkohol. »Gehst du ein Stück mit mir spazieren?«

Er hakte sich bei mir ein, und mit schwankenden Schritten entfernten wir uns von der Hochzeitsgesellschaft.

Hinter einem dunklen Busch übergab sich der Bräutigam, Schnaps und Fleischbrocken ergossen sich auf die Erde.

»Heute ist es schlimm, und morgen wird es schon besser sein, und in ein paar Jahren wird es gut sein«, sagte er und wischte sich den Mund ab. »Wir werden nach Warschau ziehen. Ich darf Kressendorf verlassen. Raus aus der Provinz, und ich werde befördert.«

»Herzlichen Glückwunsch.«

»Ja, das wird großartig. Man kann nicht alles haben, nicht wahr?«

»Wahrscheinlich.«

Ich wanderte am nächsten Tag durch den Park des Gouverneurs, das Hochzeitsschwein gärte noch immer in meinem Magen, es schien sich nur äußerst langsam zu zersetzen.

»Herr Richter.« Tadeusz stand hinter mir. »Ich haben nachgeguckt in Bücher, über die Zucht. Sie haben vielen Fehler gemacht. Aber ich nun weiß, wie richtig geht. Und noch ist nix zu spät, glauben ich, wir können neu machen.« Er lächelte.

Es war, als ob man einen Freund hätte. Ich überließ ihm die Führung und folgte seinen Anweisungen. In seiner Liebe zu den Rosen erinnerte er an Artur Marder.

Der August neigte sich dem Ende zu, und wir waren mit unserer Arbeit fast fertig.

»Warum tust du das, Tadeusz?«, fragte ich ihn, als wir gerade eine Pause machten.

»Was tun?«

»Mir helfen.«

»Weil ich nix glauben, dass du schlecht bist. Zuerst wir dachten, du sein Spion von die SS, aber dann haben wir geschaut, dass du, deine Körper ist hier mit uns, aber das«, und er tippte sachte gegen meinen Kopf, »ganz weit weg. Und dann haben wir geschaut, wie du mit den Rosen … wie jemand, der nix weiß. Und dann habe ich dir gefragt, und du hast nix gelogen. Du bist nix SS, nix Rosenzüchter, ein Mann mit Sorgen, wie viele.«

Ich wusste nicht, ob Tadeusz den anderen von meiner Offenbarung erzählt hatte oder wie immer man mein »Nein« an einem Juninachmittag nennen mochte. Sie stellten mir keine Fragen, und auch Tadeusz, der zwar wusste, was ich alles nicht war, aber nicht, was ich war, bohrte nicht weiter nach.

Das Leben verlief eintönig. Bussler verfolgte deine Spur, verriet mir aber nie, wie weit seine Nachforschungen bereits gediehen waren. »Geduld, Adam, Geduld.«

»Was ist mit der Wohnung in der Straße des Hutmachers?«, fragte ich ihn mehr als einmal.

»Da ist sie nicht. Wann begreifst du das endlich?«

»Aber vielleicht ...«

»Adam, hab Geduld. Bitte.«

Der Herbst löste den Sommer ab. Anitas Bauch wölbte sich schon deutlich.

Es war einer der letzten Abende, die das junge Giesel-Paar in Kressendorf verbrachte, bald stand der Umzug nach Warschau an. Dort sollte aus dem Unterscharführer Giesel der Scharführer Giesel werden. Sein Onkel, der in Warschau sein Vorgesetzter sein würde, hatte ihm zudem ein äußerst interessantes Aufgabenfeld versprochen.

Anita, Bubi und Lena waren an diesem Abend bei mir. Das Essen zu viert war Bubis Idee gewesen, der sich unauffällig bemühte, so wenig Zeit wie möglich mit Anita allein zu verbringen.

Die Schwestern wirkten grundverschieden, und das nicht nur äußerlich.

Anitas Lachen war laut, fast ein Brüllen. Ein Gehirnlachen, ein gemachtes Geräusch, unfähig, mitzureißen oder anzustecken. Sie hörte sich gerne reden und schaffte es, sich in einem Satz dreimal zu widersprechen, ohne daran auch nur den geringsten Anstoß zu nehmen.

Lena hingegen war still und trug eine leidende Miene zur Schau. Und da, wo ich einmal ein wenig von deiner Traurigkeit zu sehen geglaubt hatte, Anna, erkannte ich jetzt die Fassade. Auch Lenas leisen Tönen fehlte es an Natürlichkeit. Es war nur nicht so offensichtlich wie bei Anitas Geplärre. Die Schwestern ähnelten sich mehr, als man anfangs dachte. Zwischen diesen beiden Frauen begann ich zu verstehen, Anna, warum ich in deiner Gegenwart die ganze Welt spüren konnte. Du bist wahr, Anna.

Bubi verließ Kressendorf. Die Kufnerin lag mir nun täglich mit ihrer Furcht in den Ohren, dass man uns vielleicht einen Polen ins Haus stecken könnte.

»Dann müssen wir uns beschweren, Herr Richter. Zu schade, dass der Unterscharführer uns verlassen hat. Ein so reizender Mensch. Aber er hat wohl eine gute Partie gemacht. Der Vater soll ja schwerreich sein, nicht dass der Unterscharführer das nötig hätte. Ein hübsches Mädchen. Aber Warschau? Also ich habe gehört, da soll es nicht so schön sein. Na ja … Jetzt müssen wir zusammenhalten, Herr Richter. Also wenn die mir einen Polacken da oben reintun … nee, nee, das mache ich nicht mit.«

Frau Kufners Sorgen sollten sich als unbegründet herausstellen. Ein deutscher Verwaltungsbeamter, an dessen Namen ich mich nicht mehr erinnern kann, übernahm Bubis Wohnung.

Im Garten ernteten Tadeusz und ich die reifen Hagebutten. Wir hatten alle Hände voll zu tun. Millionen Samen mussten in mit Torf gefüllte Kisten gebettet werden, damit sie ein paar Tage kühl lagern konnten.

Als ich aus dem Gewächshaus, in dem wir unsere Kisten untergebracht hatten, zurückkam, stand der Generalgouverneur vor mir. Tadeusz war verschwunden. Die Polen beherrschten die Fähigkeit, sich unsichtbar zu machen, sobald unliebsamer Besuch – und der Hausherr gehörte definitiv in diese Kategorie – im Garten auftauchte. Ich konnte Hans Frank noch immer nicht ansehen, ohne an die Steinengel, die Bewacher unseres Berliner Ofens, zu denken.

Wir tauschten ein paar Höflichkeiten aus, dann neigte er den Kopf zur Seite und fuhr sich mit der Zunge über seine dicken Lippen. »Herr Richter, Ihre Röslein werden einen Namen brauchen.«

»Ja, wenn sie blühen …«

»Was halten Sie davon, eine Ihrer Schöpfungen nach mir zu benennen?«

»Doktor Hans Frank?«

»Den Doktor könnten wir weglassen.« Er lachte.

»Herr Dr. Frank, im Allgemeinen wählt man einen weiblichen Namen.« Ich war mir nicht einmal sicher, ob das der Wahrheit entsprach, aber seine Eitelkeit schrie geradezu nach einer Ohrfeige.

Er schürzte die Lippen, und seine Stirn legte sich in Falten. »Weiblich?«, murmelte er.

Ich nickte.

»Brigitte? Brigitte. Nein, Brigitte will sich nicht recht eignen. Aber was halten Sie von der ›Gouverneursrose‹, Herr Richter?«

»Ich dachte immer, der Gouverneur wäre ein Mann.«

Einen Moment war er irritiert. »Richtig«, sagte er und räusperte sich. »Und was ist mit der ›Generalgouvernementsrose‹?«

»Wie Sie wünschen«, antwortete ich.

»Eine ›Generalgouvernementsrose‹, das hat … das hat Größe.« Und dann marschierte er zurück ins Schloss.

Vierstimmiges Lachen ertönte. Tadeusz, Janusz, Pawel und Karol hatten sich in Hörweite versteckt gehalten. Ich denke, an diesem Tag verflüchtigten sich auch ihre letzten Bedenken gegen Anton Richter.

Kurz vor Weihnachten fuhren Lena, Bernadette und ich nach Warschau. Bubis Geburtstag und Anitas angebliche Sehnsucht nach ihren Schwestern waren der Anlass dieser Reise.

Mein Sturmbannführer beschwor mich, in Kressendorf zu bleiben, aber Neugier und der Drang, wenigstens für ein paar Tage aus Anton Richters Alltag auszubrechen, machten meine Ohren taub für Busslers Bedenken.

Ich saß zwischen den zwei Schwestern in einem komfortablen Mercedes, den Herr Wreden uns zur Verfügung gestellt hatte. Bernadette hielt eine Puppe im Arm und plapperte vor sich hin, während Lena stumm aus dem Fenster starrte.

»Weißt du, wie meine Puppe heißt?«, fragte Bernadette und hielt mir das blondgelockte Porzellanmädchen unter die Nase.

»Nein.«

»Sie heißt wie du.«

»Anton?«

»Ja.«

»Aber Anton ist ein Name für Jungs.«

»Zuerst hieß sie ja auch Minka, aber dann habe ich sie umgetauft. Freust du dich denn gar nicht?«, fragte sie enttäuscht.

»Doch, sehr.«

»Willst du jetzt mit Anton spielen?« Sie sah mich erwartungsvoll an.

»Ja. Gib ihn mir mal.«

Ich hielt die Puppe fest und lächelte ebenso starr wie sie.

»Du kannst sie umziehen, wenn du willst.«

Und sie holte ein paar Kleidchen aus einer Tasche.

»Welches gefällt dir am besten?«

Ich entschied mich für einen roten Samtmantel, der auch Edda phantastisch gestanden hätte.

»Anton ist schön, nicht wahr?«, fragte sie mich, nachdem wir die Puppe in den Samtmantel gezwängt hatten.

»Sehr schön.«

Bernadette strahlte.

Anita, inzwischen hochschwanger, führte ihre Schwestern und mich voller Stolz durch die riesige Warschauer Wohnung. Bubi war noch nicht zu Hause.

»Papilein zahlt fast die ganze Miete«, sagte sie in einem gespielten Flüsterton.

Im Wohnzimmer brannte ein Feuer im Kamin. Das Hausmädchen servierte Gebäck und Kaffee, während Anita redete und lachte.

»Ach, das habe ich ja fast vergessen.« Sie verließ das Zimmer und kam mit zwei eleganten Pelzmänteln zurück.

»Für dich«, sie überreichte den kleineren Bernadette, »und für dich, Lena.« Die Ältere dankte höflich, und Bernadette quietschte vor Begeisterung, verlor dann aber recht schnell das Interesse an dem Geschenk.

»Wir haben ja jetzt ein Ghetto in Warschau. Die Juden verkaufen wirklich ganz wunderbare Sachen und so günstig. Morgen bringe ich euch hin. Ein Paradies. Sie geben mir ständig Rabatt. Viele von diesen Juden arbeiten ja in Papileins Fabrik, die wissen ganz genau, wer ich bin. Wirklich ausgezeichnete Ware. Nicht jeder darf dort einkaufen, man braucht eine Sondergenehmigung. Beziehungen. Für Papi kein Problem. Selbst die Frau des Generalgouverneurs soll schon einmal dort gewesen sein. Das müssten Sie doch wissen, Herr Richter.«

»Ich?«, fragte ich verwirrt.

»Ich dachte, Sie arbeiten für die Franks.«

»Ich bin Rosenzüchter. Frau Frank informiert mich nicht über ihre … ihre Aktivitäten.«

Aber Anita hörte mir gar nicht mehr zu, sondern hatte bereits das Thema gewechselt und erklärte uns, wie beschwerlich so eine Schwangerschaft sei.

Dann kam Bubi nach Hause. Seine violetten Augen glänzten nicht mehr ganz so betörend, und seine Mundpartie wirkte verhärtet.

In diesem Moment dachte ich an Marders Bemerkung und fragte mich, ob Bubi vielleicht wirklich nach Anita gesucht hatte. Sind das Zufälle? Bestimmen uns die Menschen, denen wir begegnen, oder begegnen uns die Menschen, weil wir unserer Bestimmung folgen? Damit wir das werden können, was wir von Anfang an sein sollten?

Das Abendessen wurde serviert, das Hausmädchen hatte sich auf einmal verdoppelt. Die zwei unscheinbaren Polinnen hätten Zwillinge sein können. Anita gebärdete sich wie eine Königin mit Krämerseele, lenkte unsere Aufmerksamkeit auf die Speisen, das Geschirr und auf das Tafelsilber, das sie ebenfalls im Ghetto erstanden hatte. Alles hatte seinen Preis, der Hirschbraten, der Kaffee, der Schnaps. Es war, als ob man mit Zloty angeschriebene Etiketten verspeisen würde.

Am nächsten Tag besuchten wir das Ghetto, Anitas Einkaufsparadies. Blau-weiß die Armbinden mit den Sternen. Zwei kleine Mädchen, jünger als Bernadette, saßen am Straßenrand. Die Hände ausgestreckt, geduldig, fast schon gleichgültig, warteten sie. Die Blicke gesenkt, die Füße in Lumpen gewickelt. Ich legte mein ganzes Geld in ihre kleinen Fäuste, und dann sahen sie mich an. Kinder mit den Augen steinalter Frauen.

»Herr Richter, was machen Sie denn da?«, rief Anita. In diesem Moment sprangen die zwei Mädchen auf, rannten davon und verschwanden in der Menschenmenge. »Kommen Sie, wir gehen hier rein.«

Lena sah noch etwas leidender aus als sonst und Bernadette klammerte sich an ihre Puppe. »Hier stinkt es. Ich will nach Hause«, sagte sie und griff nach meiner Hand. Gemeinsam betraten wir das Geschäft.

Anita kaufte eine Pelzmütze für Bubi, zum Geburtstag.

»Sucht euch was aus«, sagte sie zu ihren Schwestern.

Bernadette entdeckte einen roten Samtmantel, so einen, wie ihr Anton ihn trug. Er passte. Der Mann hinter dem

Ladentisch nannte den Preis. Anita runzelte die Stirn, bemängelte eine schiefe Naht, einen losen Knopf, einen winzigen Riss, den nur sie sehen konnte, bis schließlich das Mäntelchen nicht mehr als eine Scheibe Brot kostete. Bernadette drehte sich im Kreis, den Gestank hatte das Kind längst vergessen.

»Lena, was ist mit dir?«, fragte Anita, die sich in der Gönnerrolle ausgesprochen gut zu gefallen schien.

»Ich brauche nichts«, sagte sie.

Die ältere Schwester seufzte. »Dann halt nicht. Und Sie, Herr Richter?«

Ich schüttelte den Kopf.

Wir klapperten zwei weitere Geschäfte ab. Danach war Schluss, denn Lena, die immer blasser wurde und sich für nichts begeistern konnte, verdarb Anita den ganzen Spaß.

Ich war dankbar, als wir diesen Ort hinter uns ließen. Ich war dankbar, dass ich hier einfach hinausspazieren konnte, im Gegensatz zu den Menschen mit den Sternenbinden.

Am Abend feierten wir Bubis Geburtstag. Über fünfzig Gäste, unter ihnen auch Obersturmbannführer Giesel, schwirrten in der Wohnung umher. Die polnischen Fastzwillinge hatten sich noch einmal vervielfacht und bahnten sich mit gefüllten Tabletts ihren Weg durch die Menge. Jemand spielte Klavier. Lachen und Stimmengewirr schwollen in unregelmäßigem Rhythmus an und ab. Ich trank, der Alkohol war gut zu mir, er wärmte mich und verdrängte sogar das Bild dieser merkwürdigsten aller Kinderaugen, die ich heute im Ghetto gesehen hatte, aus meinem Gehirn.

Der Obersturmbannführer stellte sich neben den betrunkenen Anton. Ich hörte gar nicht, was er sagte, denn auf einmal überkam mich ein gewaltiger Lachanfall.

»Herr Richter, was ist denn so komisch?«

Mein Bauch bebte, Tränen liefen über meine Wangen. »Ich … ich habe gerade nur gedacht … Spätestens in sechzig oder siebzig Jahren sind wir alle, alle wie wir hier stehen, tot.«

»Und das finden Sie komisch?«

»Irgendwie schon.« Ich versuchte, mich zu beruhigen.

»Warum ist das lustig, Richter?« Giesel schien verunsichert.

»Die … die Sterblichkeit … Sie macht all unser Tun ein wenig … Wie soll ich es sagen? Ein wenig lächerlich. Meinen Sie nicht?« Wieder musste ich losprusten.

»Richter, Sie sind betrunken«, sagte er und ließ mich stehen. Ich war betrunken, aber das machte den Gedanken nicht falsch.

Nach dem Lachen kam die Traurigkeit, denn trotz allem: Kinderaugen sollten wie Kinderaugen aussehen.

Ich ging ins Badezimmer und ließ eiskaltes Wasser über meinen Kopf laufen.

»Anton«, flüsterte eine Stimme. Ich fuhr hoch und stieß mit dem Schädel gegen den Wasserhahn.

Lena, die ich beim Hereinkommen nicht bemerkt hatte, saß auf einem kleinen, gepolsterten Schemel neben der Badewanne und rauchte eine Zigarette. Sie lächelte.

»Lena, was … was machst du hier drinnen?«, fragte ich. Das Wasser tropfte von meinen Haaren auf meine Jacke.

Sie antwortete nicht. Ich nahm mir ein Handtuch und setzte mich auf den Rand der Badewanne.

»Was ist los?«

Lena starrte auf die Glut. »Heute bin ich zum ersten Mal froh, dass ich nicht sie bin … nicht Anita bin.«

Ich nahm ihr die Zigarette aus der Hand und zog einmal kräftig. »Das solltest du auch.«

»Ich habe sie immer bewundert. Schon als Kind. Sie war niemals um eine Antwort verlegen. Sie war … sie ist immer so … Ihre Stimme, ihr Lachen, so … schillernd.«

»Nein, nicht schillernd, laut. Sie ist laut, Lena.«

»Man verschwindet in ihrer Gegenwart. Und als Bubi mit ihr … Ich war nicht wütend, ich habe mir einfach nur gewünscht, ein bisschen mehr zu sein wie sie. Aber heute … Heute nicht mehr.«

Einen Moment lang saßen wir einfach so da, während draußen getanzt und gelacht wurde.

Jemand riss die Tür auf. Bubi. Volltrunken, schwitzend, das Hemd halb geöffnet.

»Anton«, sagte er und wankte zur Toilette. »Ich habe heute Geburtstag.« Er erbrach sich. Lena verließ das Badezimmer, aber ich blieb bei dem kotzenden Scharführer, hockte mich neben ihn und tätschelte seine Schulter. Als er seinen Kopf wieder aus der Schüssel zog, tränten seine Augen in einem friedlichen Lila.

»Anita hat gesagt, du hast den Juden Geld gegeben.« Er wischte sich mit dem Handrücken die braune Magensäure aus dem Gesicht.

»Ich habe zwei bettelnden Kindern ein paar Groschen in die Hand gelegt.«

»Judenkindern?«

»Wahrscheinlich.«

Bubi rückte näher an mich heran und legte seinen Arm um mich. »Manchmal möchte ich sie mit meinen bloßen Händen erwürgen.«

»Die Kinder?«

Der Scharführer schüttelte den Kopf. »Anita«, flüsterte er. Im Wohnzimmer sang jemand ein Geburtstagsständchen. Bubi rappelte sich hoch, und gemeinsam gingen wir aus dem Badezimmer.

Ehe ich mich's versah, stürzte sich Bernadette auf mich und zog mich auf die Tanzfläche. Erst als das Mädchen einen kleinen Hund, das lebende Geburtstagsgeschenk einer älteren Dame, entdeckt hatte, entließ es mich aus seinen Diensten.

Ich griff nach einem Glas, das mit Gott weiß was gefüllt war, und wollte mich in eine Ecke verkriechen. Aber Anita schnitt mir den Weg ab.

»Der barmherzige Herr Richter«, sagte sie und lächelte.

»Eigentlich, liebe Anita, waren wir schon einmal beim Du.«

»So?« Sie lächelte noch immer.

»In Kressendorf.« Du hast dich in meinem Bett schwängern lassen, du Kuh, dachte ich.

»Kressendorf. Das kommt mir schon so weit weg vor. Wie ein anderes Leben, Herr Richter.«

Ich nickte freundlich und wollte weitergehen, aber sie hielt mich leicht am Ärmel fest.

»Herr Richter, es ziemt sich nicht, bettelnden Juden Geld zu geben. Sie sollen arbeiten.« Die Schärfe in ihrem Ton kannte ich nicht.

»Das waren Kinder.«

»Auch Kinder können arbeiten.«

Mein Blick fiel auf ihren Bauch. Hatte ich auch die zweite Schwester falsch eingeschätzt? Sie war offenbar nicht nur ein lachendes, ein wenig herrisches Mädchen. Da floss noch etwas anderes durch ihre Adern: gefährlicher Scharfsinn, mit einem Schuss Bosheit.

»Ah, Richter, wieder nüchtern?« Der Obersturmbannführer trat zwischen uns und legte seine Pranke auf meine Schulter. »Und da ist auch meine schöne Anita.« Er verneigte sich. »Störe ich?«

»Ganz und gar nicht, Kurti, ich habe Herrn Richter nur auf … wie soll ich es sagen? Auf sein unpassendes Verhalten hingewiesen.«

»Richter, was haben Sie denn gemacht, Sie Schelm?«, fragte er mit gespieltem Entsetzen.

»Ich habe zwei bettelnden Kindern ein bisschen Geld gegeben«, sagte ich erschöpft.

»Na, das ist ja kein Verbrechen.« Der Obersturmbannführer lachte laut auf.

»Es waren Juden. Im Ghetto.«

»Kinder«, zischte ich.

»Juden«, zischte Anita zurück.

»Aber, aber. Ihr wollt euch doch jetzt nicht wegen ein paar Judenbälgern die Augen ausstechen. Ich bitte euch – Fräulein!«, rief er einem der polnischen Mädchen zu und fischte drei Gläser vom Tablett. »Anita, meine Liebe, du solltest nicht zu streng zu unserem Herrn Richter sein. Er ist ein sehr wichtiger Mann.«

»Ein Rosenzüchter.« Ihre Stimme troff vor Herablassung.

Giesel erhob seinen Zeigefinger. »Nicht nur das.«

»Was denn noch?«, fragte sie halb spöttisch, halb neugierig. Mir schoss das Blut in den Kopf, und ich warf Giesel einen drohenden Blick zu.

»Das sind Staatsangelegenheiten«, sagte der Obersturmbannführer rasch.

Anita betrachtete mich skeptisch.

»Aha, Staatsangelegenheiten. Herr Richter, das hätte ich Ihnen gar nicht zugetraut.«

Während ich noch über eine Antwort nachdachte, sagte Giesel: »Genug, Anita. Das geht dich nichts an.«

Und im Bruchteil einer nicht messbaren Zeiteinheit lösten sich Kleidung, Haut und Fleisch nacheinander von unseren Skeletten, die sogleich zu drei Knochenbergen zusammenfielen, zu Staub wurden und verschwanden. Ein Bild, so flüchtig, dass es beim ersten Blinzeln verschwunden war. Habe nur ich es gesehen?

Ich erzählte Bussler nichts von dem Gespräch mit Anita und Giesel, es hätte ihn zu sehr aufgeregt.

Der Maestro und ich verbrachten Weihnachten und Silvester zusammen in Krakau, ohne auch nur eines von beidem zu feiern

Seit dem Tod meines Vaters hatte es im Cohen-Klingmann-Haushalt ohnehin kein Weihnachten mehr gegeben. Als er noch lebte, hockten Greti, Moses und ich an Heiligabend immer im Wohnzimmer vor einer Tanne, während er in seinem Zimmer lag und schrie. Edda blieb lieber auf dem Dachboden. Das Ganze ist mir als eine traurige, unverständliche Angelegenheit in Erinnerung geblieben. Ich habe diesen Tag niemals mit einem Gott oder seinem Sohn oder irgendeiner Jungfrau in Verbindung gebracht. Wir taten das alles für Maximilian Cohen, weil der Baum und die Lieder und die Apfelsinen zu einem deutschen Dezember einfach dazugehörten.

Als er starb und Greti und Moses den jüdischen Glauben wieder für sich entdeckten, wurden der Tannenbaum und das ganze Tamtam, zu meiner Erleichterung und Eddas Genugtuung, endgültig abgeschafft.

Bussler wohnte mittlerweile in einer wesentlich kleineren Wohnung. Die Sturmbannwohnung hatte ein anderer Sturmbannführer, der eine Frau und sechs Kinder vorzuweisen hatte, bekommen. Die Kiste mit den Familienfotos, mit den Bildern von dem Jungen und dem Hündchen hatte Bussler mitgenommen, denn die neuen Besitzer wollten die fremden Erinnerungsstücke augenblicklich entsorgen.

Die neue Behausung war nur spärlich möbliert. Die meiste Zeit lagen wir auf einem dicken, flauschigen Teppich im Wohnzimmer.

Wir tranken, wir tranken viel. Als unsere Vorräte zur Neige gingen, verließen wir die Wohnung. Einzig und allein, um eine nahe gelegene Kneipe aufzusuchen und dort weiterzutrinken. Hermann, der Wirt, begrüßte Bussler als Stammgast, mit ausgesuchter Freundlichkeit. Wir blieben, bis Hermann Feierabend machte, und kauften dann noch zwei Flaschen Schnaps für zu Hause. Alkohol, der eigentliche Herrscher des besetzten Polens.

Ich war nun schon fast ein Jahr der Rosenzüchter des Generalgouverneurs. Und wie viele Monate waren vergangen, seitdem ich dich das letzte Mal gesehen hatte? Vierundzwanzig, Anna, vierundzwanzig. Aber dein Gesicht erschien mir niemals verschwommen, und wenn ich meine Augen schloss, konnte ich deine Stimme hören, kann sie noch immer hören.

»Bussler, vielleicht sollte ich nochmals in die Straße …«

»Sie ist nicht dort.«

»Aber vielleicht weiß dieser Mann, der mir die Türe aufgemacht hat …«

»Schluss jetzt. Bitte, Adam. Im neuen Jahr finden wir sie.« Diesen letzten Satz wiederholte er immer wieder während jener trunkenen Tage in Krakau. Und er erzählte mir zum ersten Mal von seinen Sturmbannsorgen. Es gab Leute beim SD, die ihn gerne loswerden wollten, weil er zu alt, zu verstümmelt, zu kinderlos und zu nachdenklich war. Aber sein Chef, Heydrich, dessen Bild auf Eddas Dachboden einmal Asbachtränen vergossen hatte, hielt seine schützende Hand über Bussler, weil er Achtung vor dessen neun verlorenen Fingern hatte. Und nicht nur davor. »Ich bin einer der wenigen ohne Doktortitel, ich glaube, das schätzt er«, sagte Bussler.

Im Januar verließ der Rest der Familie Wreden Kressendorf und zog nach Warschau. Dort besaß Egon Wreden inzwischen zwei große Fabriken. Lena und Bernadette kamen, um mir auf Wiedersehen zu sagen, der Abschied schien beiden Schwestern schwerzufallen.

Ich versprach ihnen, sie zu besuchen, ihnen zu schreiben und sie nicht zu vergessen.

»Anton will bei dir bleiben.« Bernadette trug das Ghettomäntelchen und überreichte mir ihre Puppe, die ebenfalls in rotem Samt steckte. »Und hier sind ihre Kleider.« Mit ernster Miene legte sie einen Beutel auf den Tisch.

»Aber ich komme Anton doch besuchen«, sagte ich. »Er … sie möchte vielleicht mit dir nach Warschau gehen.«

Sie schüttelte heftig den Kopf. »Nein.«

»Dann danke ich dir, Bernadette. Ich werde gut auf Anton aufpassen.«

Nur eine Woche später gebar Anita einen Jungen. Bubi kam eigens nach Kressendorf, um mir die Nachricht zu verkünden.

»Wir werden ihn Egon Horst nennen, nach Anitas Vater und ihrem Großvater. Ich wollte, dass er Egon Horst Anton heißt, aber Anita meint, das wären zu viele Namen.« Er zündete sich eine Zigarette an. »Außerdem glaube ich, dass sie dich … dass sie … dich nicht mag.« Er sah mich durch den Rauch hindurch an. »Sie meint, dass mit dir irgendetwas nicht stimmen würde.«

»So? Und was?« Anton, der Adams jüdisches Herz verbarg, bemühte sich um Gleichgültigkeit.

Bubi zuckte mit den Schultern. »Ich denke, Anita hat dir das mit den bettelnden Juden nicht verziehen.«

»Meine Güte, das waren Kinder, kleine Mädchen mit Lumpen an den Füßen, mit …«

»Juden«, unterbrach er mich. Einen Moment lang verdüsterte sich das Violett seiner Augen, und die Lippen wurden zu blassem Marmor.

»Wie sieht er aus?«, fragte ich, um das Thema zu wechseln.

»Wer?«

»Egon Horst.«

Des Scharführers Lächeln ließ den steinernen Mund bröckeln. »Er ist wahnsinnig groß. Er kommt nach Anita. Nur die Augen, die hat er von mir«, sagte er stolz. »Anton, ich glaube, ich habe alles richtig gemacht … also mit … mit Anita.«

Ich musste lachen. »Vor einem Monat wolltest du ihr noch den Hals umdrehen.« Ein Knall, so laut wie ein Schuss in polnischen Nächten, hallte durch die Küche und ließ Adam und Anton gleichermaßen zusammenfahren.

»Sag so was nicht.« Bubis Fäuste, die er mit voller Wucht auf den Tisch gehauen hatte, glühten rot.

»Aber Bubi, das hast du doch selbst …«

»Schluss. Aufhören, aufhören.« Es klang hilflos und bedrohlich zugleich. Unsere Blicke trafen sich. Was kann man nicht alles sagen mit einem einzigen lila Augenaufschlag? Anton sollte, nein, Anton musste die Ängste eines zweifelnden Unterscharführers und die Reue eines kotzenden Scharführers für immer vergessen.

Zwei Zigaretten später schüttelten wir uns die Hände, sagten freundliche Abschiedsworte, die nichts meinten und nichts wollten.

Und wo warst du, Anna, während der Januar zum Februar wurde? Wo warst du, während jüdische Männer auf den Straßen, die ich entlangfuhr, Schnee schippen mussten? Unter Aufsicht. Unter Tritten und Schlägen. Wo warst du, während Dr. Hans Frank tagelang Chopin spielte? Immer wieder Chopin. Dem Schnee und Chopin hatte man im besetzten Polen die Schönheit geraubt. Was hatte dieser entstellte, zerstückelte Flecken Erde dir bereits genommen?

Busslers polnisches Geduldsspiel begann mir in meinem zweiten Rosenzüchterwinter unerträglich zu werden. Meine Beine zappelten jede Nacht. Sie wollten losrennen und dich finden, Anna.

An einem Samstagmorgen siegten meine unruhigen Füße über alle mahnenden Worte meines Sturmbannführers.

Ich nahm den Omnibus nach Krakau. Noch einmal wollte ich in die Straße des Hutmachers. Und während der Fahrt entfachte das Fünkchen Hoffnung in mir einen prachtvollen Großbrand.

Dieses Mal zuckte ich bei dem Schrillen der Türglocke nicht zusammen. Es klang in meinen Ohren geradezu verheißungsvoll.

Wie lange dauerte es, bis das Feuer der Hoffnung niedergebrannt war? Eine Stunde? Zwei?

Und wie oft rammte ich dann die Schulter gegen die verschlossene Tür, bis sie endlich nachgab?

Hundertmal? Zweihundert?

Holz splitterte, und obwohl ich einen Heidenlärm machte, kam kein Nachbar, um nach dem Rechten zu sehen.

Waren sie alle nicht zu Hause? Hielt sie die Angst zurück?

Vielleicht gehörte auch ein Fremder, der fremde Türen eintritt, schon lange zu ihrem deutsch-polnischen Alltag.

Dreimal, so wie es Menschen, die an Märchen glauben, zu tun pflegen, rief ich laut deinen Namen.

Aber keiner war da. Weder du noch der Mann, der mir damals die Tür geöffnet hatte.

Ich wütete wie ein Wahnsinniger in der Zweizimmerwohnung. Ich riss Bücher aus den Regalen, leerte Schubladen, Kisten und Schränke. Augusts Verein hätte mir sicher Beifall geklatscht für die Rücksichtslosigkeit, mit der ich diese Hausdurchsuchung vornahm.

Erst die näher kommenden Stimmen zweier Männer brachten mich zur Besinnung. Einen Augenblick lang bestaunte ich das Chaos, das ich selbst angerichtet hatte.

»Richard, die Tür ist kaputt.«

Ich sah mich um. Die Besenkammer stand offen. Ich sprang hinein und zog die dünne Türe viel zu laut hinter mir zu. Ich hörte Schritte und meinen eigenen Atem. Durch das Schlüsselloch sah ich zwei Männer in Wehrmachtsuniform. Offensichtlich wohnten sie hier. Wo war der Pole mit den schwarzen Augenringen?

»Ich gehe telefonieren«, sagte der, der nicht Richard hieß, und marschierte los. Richard kam auf die Besenkammer zu. Ich bemühte mich, leiser zu atmen, aber es gelang mir einfach nicht. Auch wenn Edda Klingmann mich das Fürchten nicht gelehrt hatte, etwas ließ meinen Körper erstarren. Nur eine Holzplatte trennte den Soldaten von mir. Er hob seinen Arm, und ich dachte, jetzt würde er die Tür aufreißen. Aber er machte einen Schritt nach links, griff nach einem Stuhl und setzte sich hin. Ich konnte nur noch seinen Rücken und die Stuhllehne sehen. Vorsichtig richtete ich mich auf. Während meine Ohren sich weiterhin auf Richard konzentrierten, durchforsteten meine Augen die Besenkammer. Eimer, Konserven und ein paar Lappen. Auf Augenhöhe ein rostiger Nagel, und an diesem Nagel ein Stück Band. Zerrissen, zerfetzt. Ein Band, wie Mädchen es in ihren Haaren tragen. Selbst in dem spärlichen Licht, das durch die Türritze fiel, habe ich es erkannt. Die Farbe war verblasst, aber es war deins, nicht wahr? Himmelblau. Es war einmal himmelblau. Ein Band, das Blumen und Träume zusammenhalten kann.

Ich versuchte, das Stückchen Stoff abzumachen. Wilde Freude ließ meinen eben noch starren Körper beben. Es gab nur noch den blauen Stoff, der sich hartnäckig an diesen rostigen Nagel klammerte. Der erste Knoten war gelöst. Ich zerrte an dem zweiten. Meine Hand rutschte aus. Scheppern. Ein Stapel Konserven krachte auf die Dielen. Richard riss die Tür auf und stand vor mir.

Einen Moment lang sahen wir uns direkt in die Augen. Noch immer zog ich an dem Band, drei Fäden lösten sich, und dann rannte ich. Rannte an dem Soldaten vorbei, der noch nicht entschieden hatte, was er tun sollte. Rannte die Treppe hinunter. Stolperte, stand wieder auf. Richard schrie etwas hinter mir her, aber ich drehte mich nicht um, ich rannte auf die Straße. Rennen ist verdächtig im besetzten Polen, aber stehenbleiben ist noch viel gefährlicher. In Polen wird geschossen. Ich bog nach rechts ab, bog nach links ab. Glaubte Schritte hinter mir zu hören. Wurde noch schneller. Ich strauchelte und fiel hin. Jetzt würden mich Arme packen. Ich blieb liegen, meine Augen auf den Boden gerichtet. Jetzt gleich würden sie mich hochzerren.

Aber nichts geschah. Langsam drehte ich meinen Kopf. Hinter mir kein Mensch, nur eine polnische Straße.

Und in meiner Faust, Anna, drei Fäden.

Drei graue Fäden, deren himmelblaue Vergangenheit nicht jeder sofort erkennen mochte.

Drei Fäden, Anna, die ich auch jetzt noch in der Hand halte.

Als der Frühling die ersten zaghaften Sonnenstrahlen über das Generalgouvernement sandte, begannen Tadeusz und ich die Saat in Töpfe zu füllen. Mein polnischer Kollege arbeitete heiter und leichtfüßig, fasziniert von dem Gedanken, dass wir vielleicht eine neue Rosensorte erschaffen haben könnten.

»Anton, Sonne da und du bist voller traurig, was ist es?«, fragte er mich. Ich hatte gerade einen Sandsack fallen lassen, weil ich vergessen hatte, meinen Händen den Befehl zum Festhalten zu erteilen.

»Ach, Tadeusz … Es ist nicht nur die Geschichte von Adam und der Schlange, es ist auch Evas Geschichte«, sagte Adam, bevor Anton ihn davon abhalten konnte.

»Eine Frau?«

Ich nickte.

»Und sie will nix mit dir sein?«

»Ich weiß es nicht.«

»Dann mussen du fragen.«

»Das geht leider nicht. Ich habe sie sehr lange nicht mehr gesehen.« Ich holte die drei Fäden aus meiner Hosentasche. »Tadeusz, welche Farbe ist das?«

Er betrachtete die Fäden, die in meiner Hand lagen.

»Braun. Wie Erde. Oder?«

»Könnte es nicht Blau sein?«

Er sah noch einmal hin. »Wo du sagst. Ja. Blau, kann auch sein. Wie Himmel.«

»Danke«, sagte ich und ließ die Reste des Bandes wieder verschwinden.

»Willst du erzählen von Frau und Himmelwolle. Ich höre.«

»Vielleicht ein anderes Mal.«

Wir kehrten den verschütteten Sand zu einem Haufen zusammen. »Ist sie schön?«, fragte er, während die Besen über den Boden kratzten.

»Ja … O ja.«

»Hast du eine Bild von die Frau?«

»Nein.«

»Ich kann dir einen Bild von sie malen.«

»Aber du kennst sie doch gar nicht.«

»Du mussen beschreiben. Ich haben schon für vielen trauriges Männer gemalt, die Geliebte oder die Mutter.«

Und so entstand dein Bild, Anna. Ein Bleistift, meine Worte und Tadeuszs Hand erschufen dich auf einem Blatt Papier. Es war ein seltsames Gefühl, dich nach so langer Zeit außerhalb meiner Gehirnwindungen wiederzusehen.

Ein paar Tage später bat ich ihn noch einmal, für mich zu zeichnen. Edda. Dem Künstler gelang es selbst in Bleigrau, das italienische Blau ihrer Haare ahnen zu lassen.

Ich hatte Bussler nichts von meinem Krakauer Einbruch erzählt. Aber ich war voller Zuversicht, Anna: Er hat dich einmal gefunden, er wird dich auch ein zweites Mal finden.

An seinem Geburtstag, den wir ebenso wie Weihnachten und Silvester in Schnaps ertränkten, überreichte ich ihm Frau Klingmanns Porträt in Postkartengröße. Busslers tote Schwänzchen strichen in leicht gekrümmter Haltung über das Bild, als ob sie Edda aus der Zweidimensionalität herausgraben wollten.

»Wie alt sind Sie eigentlich geworden?«

Noch immer verweilten seine ledernen Finger auf ihrem Gesicht.

»Zweiundfünfzig.« Erst jetzt löste er seinen Blick von Edda. »Ich war vierundzwanzig, als ich deinen Vater kennengelernt habe, als ich … Ein Jahr vor dem Krieg.«

»Wie war er so?«

»Max? Max war stolz und mutig. Sehr ernst, manchmal ein wenig zu ernst … Ich glaube, es ist gut, dass … dass er das hier nicht mehr miterlebt. Es würde ihm das Herz brechen.«

»Was? Das Ghetto in Warschau?«

Er lächelte verlegen. »Dass er nicht mitmachen dürfte. Max' Zuhause war seine Uniform.«

Es waren Lena und Bernadette, die Bubi dazu gedrängt hatten, mich einzuladen und mir doch endlich seinen Erstgeborenen vorzustellen. Und weil es keinen logischen Grund gab, seinen Trauzeugen nicht zu empfangen, rief Bubi mich an. Im Hintergrund hörte ich die drei Schwestern. Anitas Stimme laut und plärrend, unterbrochen von Bernadettes kindlichem Lachen, und dazwischen webten sich Lenas leise Töne.

Und weil es keinen logischen Grund für den Trauzeugen gab, dieser Einladung nicht Folge zu leisten, stimmte ich zu.

An einem ungewöhnlich heißen Tag im Mai holte Egon Wredens Mercedes mich in Kressendorf ab und chauffierte mich nach Warschau. Das Ziel war nicht die Wohnung von Bubi und Anita, sondern das Haus, in dem die restliche Familie Wreden residierte. Als der Wagen vor dem Prachtbau anhielt, stürmte Bernadette mir entgegen. Neben ihr lief ein Hündchen und kläffte heiser. Ich erkannte den Mischling sofort. Lena, blass wie eh und je, wartete an der Tür und lächelte uns zu. Bernadette und ihre Worte wirbelten umher. Bubi hatte ihr das Hündchen überlassen. Es hörte auf den Namen Zweiäuglein, so wie die Heldin aus Bernadettes Lieblingsmärchen. »Zweiäuglein kann auf seinen Hinterpfoten stehen … Er kann eine Melodie bellen … Egon Horst ist riesengroß, fast so groß wie ich … Er lacht den ganzen Tag … Anita sieht noch immer so aus, als ob Egon Horst in ihr wäre … Aber das darf man ihr nicht sagen, sonst wird sie wild … Du bekommst das allerschönste Zimmer im Haus, es hat einen Balkon … Du kannst über die ganze Stadt gucken, nicht ganz, aber fast … Und heute Abend gibt es Ente … Magst du Ente? Unsere Köchin heißt Matilda, sie ist fett, aber Mama sagt, eine gute Köchin muss fett sein … Wie geht es Anton? Du hast sie dabei?«

»Bernie, lass ihn doch erst mal reinkommen.«

Bernadette griff nach meiner Hand, und die Schwestern geleiteten mich in mein Zimmer.

In der Mitte stand ein Bett aus dunklem Holz, so breit, dass drei Personen bequem darin hätten Platz finden können. Eingerahmt von vier mit Schnitzereien verzierten Pfosten, die fast bis an die Decke reichten. Über dem Kopfende prangte eine eiserne Tafel mit einer polnischen Inschrift.

»Was heißt das?«, fragte ich.

»Das war schon hier, als wir eingezogen sind.« Lena sah mich nicht an. »Wie fast alles in diesem Haus.«

Anna, sind es denn immer die gleichen Geschichten in diesem Land?

»Schau, das sind Drachen.« Bernadettes Finger fuhren über einen der Pfosten, und dann zog das Kind mich auf den Balkon.

»Dahinten ist das Ghetto, siehst du es? Und links davon ist eine von Papas Fabriken.«

Lena blieb im Zimmer stehen. Den Blick gesenkt, trat sie von einem Bein auf das andere. Gleichmäßig wie ein Pendel. Aber dann, in einer unerwarteten Bewegung, erhob sie ihren Kopf und befahl Bernie, mir ein paar Handtücher zu holen. Die kleine Schwester maulte und zottelte schließlich, gefolgt von Zweiäuglein, davon.

Starr wie zwei Drachenpfosten standen Lena und ich uns gegenüber. Erst als Bernie und das Hündchen nicht mehr zu hören waren, setzten unsere Stimmen ein.

»Geht es dir gut?«

»Nein. Ich kann nicht mehr schlafen, seitdem wir hier wohnen.« Ich legte meine Hand auf ihre Schulter. »Zu wem gehörst du, Anton?«, fragte sie und löste sich vorsichtig von mir.

Zuerst verstand ich nicht, was sie meinte.

»In Kressendorf hast du einmal zu mir gesagt, dass du schon zu jemandem gehören würdest.«

Ich konnte Bussler stöhnen hören, als ich dein Bild aus meiner Tasche zog und es Lena zeigte.

»Es war also keine Ausrede?«, sagte sie beim Betrachten der Zeichnung.

»Nein.«

»Wo ist sie?«

»Ich weiß es nicht.«

»Wie heißt sie?«

»Anna.«

Dann stolperte Bernadette mit einem Stapel Handtücher herein.

Die Schwestern ließen mich allein in dem düsteren Drachenzimmer mit Ausblick. Nachdem ich gebadet und mich umgezogen hatte, ertönte ein Glockenschlag, so finster, so laut, dass der Boden unter meinen Füßen zu vibrieren begann. Und wie ein Geisterkind, gefolgt von ihrem Geisterhündchen, tauchte Bernadette neben mir auf.

»Komm runter, das Essen ist fertig. Alle sind schon da.«

»Diese Glocke … Was …«

»Toll, oder? Wie bei Aschenputtel. Nur Lena fängt immer an zu heulen, wenn sie läutet. Papa sagt, Lena hat einen kleinen Vogel, hier oben.« Sie lachte und reichte mir die Hand. Schon auf der Treppe hörte ich Anitas Stimme, die alle anderen übertönte.

Der Tisch, ein enger Verwandter meines Drachenbettes, nahm fast den ganzen Raum ein. Bubi umarmte mich, halb bedrohlich, halb versöhnlich. Kaum hatte er mich losgelassen, landete die Pranke des Obersturmbannführers Giesel auf meiner Schulter. Frau Wreden, eine ältere Version von Lena, reichte mir ihre schmale Hand.

Und dann baute sich Anita vor mir auf. »Herr Richter«, sagte sie und beschmierte die Wörter mit Bosheit.

»Guten Abend.« Ich verbeugte mich so ungeschickt, dass mein Kopf einen Moment gegen ihr weiches Bauchfett prallte. Wir erröteten beide.

»Anton, komm, ich zeig ihn dir«, rief Bubi.

Egon Horst war wirklich wahnsinnig groß.

»Er wächst so verdammt schnell.«

Das Riesenbaby mit den violetten Augen sah mich an, und dann lachte es. Ein Lachen, das nicht so recht zu einem Kind passen wollte.

»Er schreit nie, er weint nie, er lacht nur. Ein prächtiger Junge, oder?«

»Prächtig«, gab ich zurück.

»Kommt an den Tisch. Papa ist da.« Bernadette drängte sich zwischen uns, beugte sich zu ihrem Neffen, küsste ihn auf die Stirn und zog an meinem Ärmel.

»Er wird sicher mal drei Meter groß.«

Egon Wreden begrüßte mich und seine Familie ebenso freundlich wie unverbindlich. Fünf polnische Enten verströmten einen festlichen Duft. Silberne Schalen mit vertrauten und unbekannten Speisen türmten sich auf dem Tisch.

»Für mich nur ein ganz winzig kleines Stück Brust«, sagte Anita zu dem Hausmädchen. Als das Fleisch auf ihrem Teller landete, lachte das Kind in der Wiege.

Frau Wreden deutete auf eine Porzellanschüssel mit kleinen, kugelartigen Früchten. »Zwergfeigen, getrocknet«, sagte sie und lächelte stolz.

Ich dachte an dich, Anna. Wo warst du, während man mir im Drachenhaus getrocknete Winzlinge servierte? Während eine Glocke läutete und lärmte? Während ein rothaariges, blasses Mädchen weinte und ein Baby lachte? Zwergfeigen, Anna, Zwergfeigen!

Beim Essen redeten alle durcheinander. Automotoren, Hundeerziehung, Kindernahrung, das Wetter. Aber ich schwieg und konnte nichts anderes tun, als die getrockneten Kugeln anzustarren.

Ich nahm eine Kugel, zerkaute sie und schluckte die Körnchen. Dann noch eine. Langsam und mechanisch stopfte ich eine nach der anderen in meinen Mund.

»Anton hat alle aufgegessen«, kreischte Bernadette vergnügt. Die Giesels, die Wredens und selbst Zweiäuglein sahen mich an, als ich die letzte Frucht in meinem Mund verschwinden ließ. Beschämt hielt ich inne.

»Aber Herr Richter, das macht doch nichts«, sagte Frau Wreden, »die ganze Speisekammer ist voll davon.« Sie rief nach dem Hausmädchen und trug ihr auf, die Schüssel erneut zu füllen. Ich wollte weinen. Straften so nicht die griechischen Götter einen ungehorsamen Menschen? Das Tellerchen ist leer, das Tellerchen ist voll, endlos. Endlos. Oder war es doch ganz anders?

Nach dem Essen setzte ich mich mit Bubi und Kurt Giesel in das Rauchzimmer, Herr Wreden musste noch einmal in die Fabrik. Die Feigenmasse rebellierte in meinem Magen. Mit einer Zigarre und Anisschnaps versuchte ich sie zu beruhigen.

»Da steht uns bald was bevor.« Obersturmbannführer Giesel zog an seiner Zigarre und legte seine Stirn in acht kleine Sorgenfalten.

Ich nickte, ohne auch nur die geringste Ahnung zu haben, wovon er sprach. Tadeusz und Janusz würden später sagen, dass jeder Pole, der ein wenig Verstand besaß, ohnehin damit gerechnet hatte. Nur an mir schien das Weltgeschehen unbemerkt vorbeizuschleichen.

Bubis Augen glänzten, als er Giesel und mir erklärte, dass es sein Ziel sei, seinen Onkel in spätestens drei Jahren überholt zu haben.

»Ich werde mich beweisen, Kurt.« Bubi zwinkerte und lachte, aber schaffte es nicht, die ultraviolette Gier wegzublinzeln.

»Ehrgeizig, sehr ehrgeizig, Bubi.« Der Onkel klopfte ihm auf die Schulter. »Aber trotzdem, das wird kein Spaziergang werden. Nicht wahr, Richter, was sagen Sie dazu?«

Es erschien mir unangebracht, an dieser Stelle zu erwähnen, dass ich nicht einmal wusste, worüber die beiden redeten, deshalb lächelte ich weise, seufzte zweimal und sagte mit feierlichem Ernst: »Ein Spaziergang wird es wahrlich nicht werden.«

»Siehst du, Bubi, hör auf den guten Richter. Ein Königreich für Ihre Informationen.«

Die Feigen tobten in meinem Darm, und der Schmerz verzerrte mein Gesicht.

»Ist ja gut, mein lieber Richter. Ich schweige, ich schweige.« Der Obersturmbannführer hob seine Hände entschuldigend in die Höhe. Bevor Bubi sich laut wundern konnte, platzte Anita herein. Ich war ihr fast dankbar für ihr Erscheinen.

»Was Sie auch über mich denken mögen, meine Herren, es gelüstet mich nach einer Zigarre«, sagte sie affektiert und ließ sich in einen Sessel fallen.

Zwischen ihren Fingern wirkte die Zigarre wie ein zierliches Holzstöckchen.

»Anita, meine Hübsche, das sind ja geradezu mondäne Gepflogenheiten.« Giesel schüttelte in gespielter Entrüstung sein Haupt.

»Kurti, nenn mich nicht meine Hübsche, bis ich dieses überflüssige Gewicht wieder los bin.«

Während das Gespräch zwischen dem Obersturmbannführer und Anita eine Weile hin und her plätscherte, beobachtete mich Bubi.

Frau Wreden klopfte an die halboffene Tür und trat mit einem schüchternen Schritt herein.

»Hilde, auch eine Zigarre?«, fragte Giesel.

»O nein, nein«, sagte sie und lächelte verlegen.

»Schnaps?« Kurt lachte.

»Oh, nein … Egon hat angerufen, es wird sehr spät werden. Er entschuldigt sich, aber …«

»Egon Wreden ist der fleißigste Mann, den ich kenne«, unterbrach der Obersturmbannführer sie und zauberte ein weiteres, nicht mehr ganz so verschämtes Lächeln auf ihre Lippen.

»Mein Mann möchte Ihnen morgen gerne die Fabrik zeigen, Herr Richter.«

»Mir?«

»Ja … Oder haben Sie andere Pläne? Dann …«

Des Onkels und des Neffen schöne Augen richteten ihre Strahlen wie vier Scheinwerfer auf mein Gesicht. Anna, ist dieses Präsentieren seiner Besitztümer eine deutsche oder eine arische Sitte oder eine, die erst im besetzten Polen entstanden ist?

»Wie aufmerksam. Mit großem Vergnügen.«

Das Scheinwerferlicht ging aus.

»Lassen Sie bloß Ihre Geldbörse zu Hause.« Anita blies eine Ladung Rauch in meine Richtung. »Herr Richter ist nämlich ein Wohltäter«, sagte sie in die Runde.

Bernadette und der Mischling begleiteten mich am nächsten Tag in Egon Wredens Fabrik, und auch Anton, die Porzellanpuppe, war mit von der Partie, als ob es sich um einen vergnüglichen Sonntagsausflug handeln würde.

Wreden führte uns durch sein Reich. Ein Aufseher schrie, die Nähmaschinen ratterten, und Zweiäuglein kläffte. Die Arbeiter mit ihren besternten Armbinden schienen allesamt den Atem anzuhalten. Ein Bild, dessen Traurigkeit nicht sofort erkennbar war: ein paar viel zu magere Beine da, eine abgerissene Hose dort, ein eingefallenes Gesicht in der hinteren Ecke. Nichts allzu Offensichtliches, und trotzdem glaubte ich zu ersticken. Gleichzeitig stieg in der schlecht beleuchteten Halle ein fast schon euphorisches Gefühl in mir auf. Erleichterung. Adam Israel Cohen musste nicht zwischen jenen elenden Gestalten stehen, er durfte in der Haut des Rosenzüchters wieder in den bequemen Mercedes steigen und zum Dessert eine Schüssel voller Zwergfeigen verspeisen. Mein eigenes Gesicht und das Herz, das in meiner Brust trommelte, erschienen mir in diesem Moment ein wenig hässlicher als sonst. Das sind die Gitterstäbe, die einem Nichthelden Grenzen setzen.

»Komm mit«, rief Bernadette und führte mich durch die ihr offensichtlich vertrauten Gänge. Vor einem Tisch, an dem ein alter Mann ausgefranste Stoffreste bearbeitete, blieb sie stehen.

»Ich bin wieder da«, sagte das Kind zu dem Arbeiter, der seine fadenscheinige Jacke zurechtzupfte. Er grüßte mit gebeugtem Haupt und nannte Bernie »gnädiges Fräulein«, was ihr ausgesprochen gut zu gefallen schien.

»Ich will Anton zeigen, was du kannst«, raunte sie. Ein Echo von Anita war in ihrem Tonfall zu hören.

»Sehr wohl, gnädiges Fräulein.« Und seine leicht zittrigen Finger knoteten drei Fetzen aneinander und formten die Lumpen zu einem kleinen Püppchen.

Bernie kreischte vor Freude, und animiert durch den Beifall des Fabrikantentöchterchens zauberte der alte Mann auf die gleiche Weise noch einen Hund und eine Taube hervor.

Lächelnd, ohne das Mädchen direkt anzusehen, reichte er ihr die Stoffwesen, aber Bernadette schüttelte den Kopf.

»Komm, Anton, wir gehen.«

Sie drehte sich auf dem Absatz um, und ich folgte ihr.

»Warum hast du sie nicht angenommen?«, fragte ich.

Das Mädchen sah mich erstaunt an. »Weil das ein schmutziger Jude ist.«

Ich lief zurück, weil ich auf der anderen Seite der Gitterstäbe eine Stimme hörte.

Im Auto ließ ich die Püppchen auf meiner Hand tanzen, während Bernadette vor Neid zitterte. Immer wieder wanderte ihr Blick zu den Tierchen. Und das quälende Verlangen der jüngsten Wreden-Tochter bereitete mir unendliche Genugtuung. Ich weiß, Anna, das sind keine Heldentaten.

Mitten in der Nacht klopfte es an die Tür meines Drachenzimmers. Bernadette in einem gelben Nachthemd. Sie schnappte dreimal nach Luft, bevor sie ihre Bitte vortrug.

»Aber bitte, erzähl es nicht meinem Vater«, sagte sie, während sie ein Püppchen, eine Taube und einen Hund streichelte.

»Das bleibt unser Geheimnis.«

Unsere Saat hatte sich vielversprechend entwickelt, als ich aus Warschau zurückkam, und Anfang Juni öffneten sich an einem Dutzend junger Sträucher die ersten Knospen. Zitronengelb. Tadeusz war begeistert, denn eigentlich sollten die Rosen erst im nächsten Jahr blühen. Wie deine Träume in Marders Garten damals, Anna, gediehen auch sie im Wundertempo.

Dr. Hans Frank, den wir länger nicht gesehen hatten, residierte nun schon seit mehreren Tagen wieder im Schloss. Gleich einer fetten Spinne schien er zu spüren, dass sich irgendwo in seinem Netz etwas bewegte.

Die polnische Fähigkeit, sich bei Bedarf in Luft aufzulösen, beherrschte ich immer noch nicht. Tadeusz war verschwunden, und so stand ich dem Schlossherrn allein gegenüber. Er wirkte dicker und aufgedunsener als bei unserer letzten Begegnung. Mit einem Lächeln steckte er seine Nase in einen der gelben Kelche.

»Die Rose«, seufzte er. »Man möchte Dichter sein, um Worte der Huldigung zu finden.«

Dann wich die Verzückung aus seinem Gesicht. »Herr Richter, ich habe gehört, dass es das höchste Ziel in Ihrem Metier sei, eine blaue Rose zu züchten. Dass es bisher noch keinem gelungen sei … Wenn Sie … vielleicht … die Generalgouvernementsrose, tiefblau … zum Leben erweckt in meinem Garten …« Vergessen waren unsere Zitronenschönheiten, die eben noch die Sehnsucht nach Poesie in ihm geweckt hatten.

»Ich werde mein Bestes geben, Herr Dr. Frank.«

»Tun Sie das«, sagte er feierlich und drückte mir die Hand.

So war das im Sommer 1941 in Polen, dem Land der Zwergfeigen, der Ghettos und der Schüsse. Dem Land, in dem ich zum ersten Mal meine eigenen Gitterstäbe berührt hatte. So war das 1941, kurz bevor Augusts Leute zu einem Spaziergang nach Russland aufbrachen.

»Wenn es Ihnen gelingt, Herr Richter, dann werde ich Sie mit Orden und Auszeichnungen überschütten.« Er lachte einmal schrill und eilte zurück ins Schloss.

Als ich an diesem Abend nach Hause kam, fand ich Bussler in meiner Wohnung vor. Er spielte mit seinen schwarzen Lederfingern und drehte unruhige Kreise in der Küche.

»Adam, ich werde für ein paar Monate nicht in Krakau sein.«

»Wo soll's denn hingehen, Herr Sturmbannführer?«

»Das kann ich nicht sagen.«

Dann setzte er sich und verlangte nach Schnaps. Vier Gläser später konnte er es doch sagen, und schließlich erfuhr auch ich von dem bevorstehenden Angriff auf Russland.

»Und was sollen Sie dort machen, Bussler? Schießen können Sie ja nicht.« Ich berührte seine Schwänzchen und konnte mir ein Lächeln nicht verkneifen.

»Adam, das ist nicht lustig.«

»Nein, das ist es nicht, Ihr Verein nicht und August auch nicht. Witzig seid ihr wirklich nicht. Aber Sie haben meine Frage nicht beantwortet. Was werden Sie dort tun? Was macht ein Sturmbannführer, der kein Gewehr halten kann, im Krieg?«

»Das wird man sehen.«

»Ach, Bussler.«

»Schluss jetzt«, sagte er mit einer Strenge, die ihm schlecht zu Gesicht stand. Er schien zu bereuen, dass er mir dieses Noch-Geheimnis verraten hatte. Seine Lippe begann nervös zu zucken. Ich füllte sein Glas erneut und dann noch ein zweites und noch ein drittes Mal.

»Und was wird aus der Suche nach Anna?«, fragte ich, als mein Sturmbannführer wieder etwas entspannter wirkte.

»Die geht weiter.«

»In Russland?«

»Bitte … Habe Geduld …«

»Das haben Sie mir schon zu oft gesagt.«

»Adam, vertraue mir …« Seine Schwänzchen berührten meine Wange. »Vertraue mir.«

Nicht nur Bussler, auch Bubi und Kurt Giesel waren mit von der Russlandpartie. Als der offizielle Startschuss fiel, waren die drei Männer schon nach Osten aufgebrochen. Ich blieb zurück in Kressendorf mit einem bitteren Geschmack im Mund und deinem Bild in meiner Jackentasche, Anna.

Kurze Zeit später bekam ich einen Anruf aus Warschau. Lena war krank. Kein Arzt wusste, warum sie ihre Beine nicht mehr bewegen konnte, warum sie kaum noch schlief, kaum noch aß.

»Es ist so furchtbar, Herr Richter.« Frau Wredens Stimme war von Tränen erstickt. »Das arme Kind … sie redet wirr … als ob sie … und manchmal … Sie hat nach Ihnen gerufen.«

Man hatte Lena im Drachenzimmer einquartiert, weil es dort kühler und luftiger war als in ihrem eigenen. Frau Wreden führte mich an das Bett ihrer Tochter und ließ uns allein. Lena lächelte, als sie mich sah.

Anna, warum ich ihr unsere Geschichte erzählt habe, kann ich heute nicht mehr sagen. Hat sie gefragt, oder überkam mich einfach der Drang, von dir und Adam zu sprechen? Warum an diesem Nachmittag und nicht bei meinem ersten Besuch? Ich weiß es nicht, ich weiß es wirklich nicht. Als ich den letzten Satz gesprochen hatte, nahm sie meine Hand und drückte sie mit erstaunlicher Kraft. »Du musst vorsichtig sein. Traue niemandem … Niemandem.«

Ich nickte und dachte an meinen Sturmbannführer.

»Solltest du jemals Hilfe brauchen und sollte ich nicht hier sein, dann frag Bernie.«

»Sie ist doch noch ein Kind.«

»Frag Bernie«, sagte sie entschieden.

»Ich habe ja auch noch Bussler.«

»Das sind seltsame Zeiten, Anton … Adam. Man weiß nie, wie lange man jemanden noch hat. Nicht wahr?« Lena schloss die Augen und atmete gleichmäßig. »Aber wenn es so etwas gibt, dann möchte man leben.«

Den Abend verbrachte ich mit Bernie und Zweiäuglein. Wir spielten Schwarzer Peter.

»Wird sie sterben?«, fragte Bernadette, ohne den Blick von den Karten in ihrer Hand zu wenden.

»Nein.«

»Woher weißt du das?«

»Ich weiß es nicht«, sagte ich schließlich. »Aber ich glaube oder ich hoffe, dass Lena bald wieder gesund wird.«

»Ja, aber das ist etwas anderes.«

Zwei Wochen später war Lena tot.

Die Wredens bestatteten ihre Tochter auf einem Friedhof in der Nähe des Drachenhauses. Ich fuhr nicht zur Beerdigung, aber meine Gedanken waren bei dem blassen Mädchen, das in Warschau einfach keinen Schlaf hatte finden können.

Und während die Sommersonne brannte und meine polnischen Kollegen gebannt das Kriegsgeschehen verfolgten, wartete ich auf Busslers Rückkehr.

Tadeusz und die anderen gaben sich keine Mühe, ihr Entsetzen vor mir zu verheimlichen, als die ersten deutschen Erfolgsmeldungen verkündet wurden. Wir arbeiteten langsamer als sonst. An einem heißen Tag überraschte ich Janusz in unserem Holzverschlag. Sein Körper bebte, und seine Augen waren gerötet. Ich setzte mich zu ihm und reichte ihm eine Zigarette.

»Steht er schon in Moskau?«, fragte ich.

Janusz schüttelte den Kopf. »Als ich Kind war, da hat mir jemand versprochen, dass alles Sinn hat. Ist nix leicht, dran glauben in diesen Zeiten.«

Es war Anfang September, als ich den Anruf aus Krakau bekam. »ss-Hauptscharführer Pepenbeck«, meldete sich die Stimme am anderen Ende der Leitung.

Ich nahm den nächsten Omnibus nach Krakau.

Pepenbeck erwartete mich vor dem Krankenhaus. Im Stechschritt marschierten wir die Gänge entlang, durch einen Saal. Ein Bett neben dem anderen. Hier und dort hörte man ein Stöhnen, ein Husten, einen unterdrückten Schrei, sogar ein Lachen. Am Ende des Saals, hinter einem Vorhang, lag mein Sturmbannführer. Ein einziger Finger. Verschwunden die immerschwarzen Handschuhe. Seine Hände waren nackt und rosa. Der Schweiß glänzte auf seinem Gesicht. Ich konnte keine äußeren Verletzungen erkennen, und doch sahen Busslers Arme und Beine, die unter dem Nachthemd hervorragten, wie eine einzige Wunde aus. Eingefallen und kraftlos.

»Ich lasse sie jetzt alleine«, sagte der Hauptscharführer und zog den Vorhang zu. Erst jetzt öffnete Bussler seine Augen.

»Adam«, flüsterte er. Und seine Hand, dieser kleine Teller, mehr war es nicht, vergrub sich in der meinen.

»Bussler, was ist passiert?«

»Ich …« Aber er schaffte es nicht, weiterzusprechen, und anstelle von Worten gab es Tränen. Viele Tränen.

In dem weißen Nachthemd wirkte der Maestro zerbrechlich. Er sah aus wie ein hässliches Porzellanpüppchen, das sicher von irgendeinem Kinderherzen, trotz oder gerade wegen seiner Unvollkommenheit, aufrichtig geliebt werden könnte.

»Wo sind Ihre Finger?«, fragte ich, als nur noch einzelne Tropfen und nicht mehr ganze Bäche über seine Wangen liefen.

»Weg.«

»Das sehe ich, aber wohin?« Ich streichelte den nackten Fleischklumpen.

»Sie haben sich bewegt … ohne … ohne dass ich es wollte … Jede Nacht … Ich habe sie …« Er schluckte. »Ich musste … Sie mussten weg.«

»Gut, Bussler, die Finger mussten weg. Aber was ist passiert?«

Er schüttelte so heftig den Kopf, dass ich fürchtete, er würde damit jeden Moment gegen das Bettgestell knallen.

»Ich …« Weiter kam er auch dieses Mal nicht.

Ein Arzt trat an sein Bett. Er gab ihm eine Spritze und stellte ein Glas mit einer bläulichen Flüssigkeit auf den eisernen Tisch. »Das sollte er trinken«, sagte der Mann im Kittel und verschwand ebenso schnell, wie er gekommen war.

Ich hielt Bussler das Glas an den Mund, folgsam schluckte er. So hatte ihm Edda damals ihre Medizin eingeflößt. Das war in Berlin, Anna, und ja, ich muss damals sagen, obwohl wir beide eigentlich zu jung für ein Damals sind.

Ich nahm ein Tuch und tupfte ihm den Schweiß von der Stirn.

»Adam, ich habe Dinge gesehen … Ich habe … Du würdest mir nie verzeihen.«

»Bussler, was reden Sie denn da? Was würde ich Ihnen nicht verzeihen?«

Aber das blaue Zeug wirkte bereits, mein Sturmbannführer war eingeschlafen.

Ich suchte Pepenbeck und fand ihn rauchend in einem der Gänge. Er händigte mir die Schlüssel zu Busslers Wohnung aus und fragte, wie lange ich in Krakau bleiben würde.

»Bis es ihm bessergeht.«

Der Hauptscharführer fuhr mich zur Wohnung. Ich überredete ihn, noch einen Schnaps mit mir trinken zu gehen. Er parkte das Auto vor dem Haus, und wir legten den kurzen Weg zur Gaststätte zu Fuß zurück. Ich hatte so viele Fragen und hoffte, dass dieser etwas glitschige ss-Mann mir zumindest ein paar davon beantworten würde.

Er war sehr vorsichtig bei allem, was er sagte. Bussler hatte einen Nervenzusammenbruch erlitten. Kein Einzelfall.

»Letzte Woche hatten wir einen Obersturmbannführer hier. Nur geschrien, der Mann … Haben ihn nach Berlin gebracht. Genesungsurlaub. Vollkommen durchgedreht.«

»Warum?«, fragte ich.

Pepenbeck musterte mich kritisch. »Ist nicht einfach, dort im Osten«, sagte er leise, als wir das Lokal betraten.

Hermann, der Wirt, erkannte mich wieder und erkundigte sich nach Bussler, den er lange nicht gesehen hatte.

»Sturmbannführer Bussler ist leider krank.«

Hermann stellte eine gute Flasche Whiskey auf unseren Tisch. »Dann wünschen Sie ihm mal gute Besserung«, sagte er und ging zurück hinter den Tresen.

»Waren Sie auch im Osten?«, fragte ich den Hauptscharführer, während ich unsere Gläser füllte.

»Nur ein paar Tage, aber das hat mir gereicht.« Er lachte.

»Sie sind auch beim SD?«

Er nickte und strich gedankenverloren über die zwei Lettern an seinem Ärmel.

»Kennen Sie Bussler gut?«

»Ich war ihm unterstellt, aber noch nicht sehr lange.«

»Wundert mich, dass er zurückmusste. Eigentlich hat er Nerven aus Stahl.«

Pepenbeck biss an: »Sie wissen ja nicht, was da los ist. Wie ich schon sagte, der Sturmbannführer ist nicht der Einzige … Es ist …«

Ich schenkte nach und wartete, bis er schließlich, verführt durch den erstklassigen Whiskey, weiterredete.

»Es ist nicht leicht. Frauen und Kinder … Auch wenn sie Juden sind, trotzdem …«

Ich nickte verständnisvoll. »Sie meinen die Ghettos?«

»Ghettos? Nein.« Er lachte bitter.

Der Hauptscharführer wechselte das Thema und erzählte mir von seinem Damals: Segelboote, eine Frau namens Theresa und ein Jurastudium in München. In diesem Geflecht aus Alltäglichem versuchte ich immer wieder einzuhaken und herauszufinden, welches Schicksal Busslers Verein den jüdischen Frauen und Kindern zugedacht hatte. Erfolglos. Wir tranken, bis Hermann den Laden dichtmachte. Die Flasche war fast leer und Pepenbeck voll bis oben hin.

Eine Krankenschwester rief mich schon am frühen Morgen an. Busslers Zustand hatte sich über Nacht verschlechtert.

»Herr Richter, haben Sie eine Minute Zeit.« Der Arzt bat mich in sein Zimmer, bevor ich den Saal betreten konnte. »Es sieht schlecht aus für ss-Sturmbannführer Bussler. Die Nieren… Herr Richter, kennen Sie jemanden, der Edda oder Edna heißt?«

»Ich glaube nicht. Warum?«

»Er hat die ganze Nacht diesen Namen gerufen. Und ich dachte, vielleicht möchte er sich von dieser Person verabschieden.«

»Verabschieden? Wird er…«

»Das können wir nicht mit Bestimmtheit sagen. Aber es geht ihm wirklich nicht gut.«

»Kann ich jetzt zu ihm?«

»Ja. Wir haben ihn in ein Einzelzimmer verlegt.«

Es war eine kleine Kammer mit einem winzigen Fenster. Das weiße Nachthemd und die Laken schimmerten wie Phosphor. In dem Bett lag ein alter Mann, der einmal mein Sturmbannführer gewesen war.

»Bussler, reißen Sie sich zusammen«, zischte ich, denn genau das hätte Edda Klingmann zu ihm gesagt.

Er lächelte. Er hatte verstanden. Der einzige Finger, der dem Maestro geblieben war, berührte meinen Ellbogen.

»Anna ist nicht mehr in Krakau. Sie war hier … Eine Spur führt nach Warschau, aber ich weiß es nicht …« Das Sprechen strengte ihn an. »Adam, du darfst niemandem trauen. Vor allem nicht Bubi und seinem Onkel.«

»Lena ist tot«, platzte es aus mir heraus, als er die beiden Männer erwähnte.

»So viele sind tot.« Und sein einsamer Finger fing an zu zittern.

»Bussler, was machen Ihre Leute mit den jüdischen Kindern und Frauen im Osten?«

»Frag nicht, Adam, bitte, frag nicht.« Er schloss die Augen, öffnete sie sofort wieder. Tränen.

Mit einer mühevollen Bewegung, die schon beim Zusehen schmerzte, fischte er einen Zettel unter seinem Kissen hervor. Das Bild von Edda Klingmann.

»Sie kam immer vor dem Führer. Zuerst sie, dann der Führer«, sagte er und hielt seine Handfläche schützend über das Gesicht meiner Großmutter.

»Bussler, für so eine Bemerkung hätte Edda Sie ausgelacht.«

»Ich weiß. Ich weiß … Es vergeht kein Tag, an dem ich nicht an sie denke. Sie hätte fliehen sollen …«

»Was reden Sie da? Sie ist in England. Sie ist in Sicherheit. Wahrscheinlich sitzt sie in diesem Moment auf einem Dachboden in London und trinkt einen Asbach auf uns.«

Er lächelte. »Das wäre schön … wie ein Märchen, aber

die gibt es heutzutage nicht mehr … Und wenn sie nicht gestorben sind … Ach Adam, sie sterben alle.«

Sein Körper krampfte sich zusammen, und ich wollte nach dem Arzt rufen. Aber Julian Bussler hielt mich zurück.

»Wenn ich sie angesehen habe, dann sind Millionen Vögel in mir zum Himmel gestiegen. In mir …«

Ich blieb noch bis zur Beerdigung in Krakau. Packte die wenigen Dinge, die Bussler gehört hatten, zusammen, die Geige, die Kiste mit den Fotos der fremden Familie, ein paar Anziehsachen. Ich suchte nach irgendwelchen Hinweisen, die mir helfen würden, dich zu finden, Anna. Aber da war nichts.

Bussler wurde in seiner Uniform begraben, in die Innentasche hatte ich Eddas Bild gesteckt. Und als die letzte Schippe Erde auf den Sarg meines ehemaligen Geigenlehrers niederprasselte, war ich allein. Zerrissen das Seil, das Adam Cohen gehalten hatte. Zerrissen wie der dünne Faden, der für einen kurzen Augenblick zu Lenas blassen Händen gelaufen war. Im besetzten Polen gab es keinen mehr, der Adam kannte.

Hört man auf zu existieren, Anna, wenn niemand mehr weiß, wer man eigentlich ist? Verschwinden die Geschichten, wenn keiner sie mehr erzählt?

Deshalb gibt es diese Seiten, Anna, der einzige Ort, an dem mein Name neben deinem steht.

Anton Richter, dieser fadenscheinige Rosenzüchter, konnte seine Niedergeschlagenheit nicht verbergen.

»Anton, wo dein Kopf?«, fragte Tadeusz, als ich zwischen

den bereits verblühten Rosen kniete und Unkraut jätete. »Du alles tot machen.«

Ich entschuldigte mich bei meinem Kollegen und sah erst jetzt, was ich angerichtet hatte. Erdklumpen, Rosensträucher, Gras und ein paar wenige der unerwünschten Pflänzchen lagen auf einem Haufen beisammen.

»Was ist los?«

Es war die Milde in seinen Augen, die mich sprechen ließ. Etwa ein Monat war seit Busslers Tod vergangen.

Vier lange Wochen, in denen ich meine Gedanken ordnete und immer wieder neu ordnete.

Es dauerte ein paar Stunden, bis ich ihm die Geschichte von Adam und dir erzählt hatte. Er unterbrach mich immer wieder, fragte nach, wollte sichergehen, dass er alles richtig verstanden hatte. Und während ich redete, hallte mir die Stimme meines Sturmbannführers in den Ohren: ›Du darfst niemandem trauen. Du darfst niemandem trauen.‹

»Ich weiß nicht, wo sie ist, und ich weiß nicht, was ich jetzt tun soll.« So lautete das vorläufige Ende meiner Geschichte.

»Adam, willst du mich glauben? Dann ich kann vielleicht helfen.«

»Wie willst du mir helfen?«

Was erwartete ich? Dass er mir gleich einen ausgeklügelten Plan präsentieren würde?

»Du müssen bisschen geduldig sein.«

»Gut.« Wieder dachte ich an Bussler.

»Ich werde dir sagen, wenn Zeit da.« Dann bat er mich, ihm alles zu sagen, was ich über dich und deine Familie wusste. Er machte sich Notizen und malte ein zweites Bild von dir.

»Bussler meinte, dass sie vielleicht in Warschau sein könnte. Er sagte, eine Spur führt nach Warschau.«

Tadeusz faltete seine Zettel zusammen und klopfte mir auf die Schulter. »Du bist weit gekommen, Adam aus Paradies.«

In den nächsten Wochen ließ sich Tadeusz nichts anmerken, und manchmal beschlich mich das Gefühl, dass ich mir unser Gespräch nur eingebildet hatte. Aber dann, im Vorbeigehen, flüsterte er in mein Ohr: »Bisschen warten.«

Als Augusts Truppen schon nicht mehr ganz so zügig durch Russland marschierten und der Winter den Herbst ablöste, bekam ich unerwarteten Besuch. Bubi Giesel.

Der Kufnerin lief beinahe der Sabber aus dem Mund, als sie den schönen jungen Mann zu seiner neuerlichen Beförderung beglückwünschte.

»Herr Richter, jetzt schauen Sie sich das an. So sieht ein deutscher Krieger aus.« Und mit ihren Fingern berührte sie einen Orden, der an Bubis Brust baumelte.

Giesel und ich stiegen gemeinsam die Treppe hinauf, so wie damals. Nicht unser Damals, Anna, ein anderes, jüngeres Damals. Nun war Bubi ein Sturmscharführer. Er war für eine Woche im Generalgouvernement, weil Egon Horst, das Riesenbaby, sein ständiges Lachen gegen einen Keuchhusten eingetauscht hatte und Anita hysterisch nach der Anwesenheit ihres Mannes verlangt hatte.

»Sie übertreibt«, sagte er, »aber du kennst sie ja.«

Onkel Kurt hatte ihn gedrängt, mir einen Besuch abzustatten, um mir persönlich das Beileid der Giesel-Männer zu bekunden.

»Wart ihr zusammen im Osten, du und Bussler?«, fragte ich.

»Nicht die ganze Zeit.« Bubi stand auf, und für einen Moment dachte ich, er wäre gewachsen, aber es war nur sein Gesicht, das gealtert war. Wie selbstverständlich öffnete er einen Schrank in meiner Küche, zog eine halbvolle Flasche Wodka und zwei Gläser heraus und stellte sie auf den Tisch.

»Versteh mich nicht falsch, Anton, aber Bussi war einfach zu weich. Ich frage mich, wann das passiert ist. Früher war er … Vielleicht ist es das Alter. Es gab schon in Krakau Unstimmigkeiten. Wenn ich an Prag denke. Da hatte er noch Biss. Verfluchte Sowjets … Mann, Bussi hat sich nicht gut angestellt.«

»Aber du anscheinend schon?« Ich lächelte.

»Jawoll«, sagte er und erhob sein Glas. »Schade um den armen Bussi. Er hat geglaubt, dass der Chef selbst ihn schützen würde …«

»Welcher Chef?«

»Heydrich. Bussler hat wirklich gedacht, er kommt mit seiner Weichnummer durch, aber mein Onkel hat mir gesagt, dass Julian sich was vorgemacht hat. Was ich meine … also vielleicht ist es besser so, dass er jetzt … Es war echt ein Trauerspiel, was Bussi da abgeliefert hat.«

Ein dunkler Schatten huschte über Bubis Augen.

»Und wie geht es mit dir weiter?«, fragte ich.

»Ich bleibe noch drei Tage in Warschau. Und wenn ich das nächste Mal wiederkomme, Anton, dann werde ich sicher kein Sturmscharführer mehr sein. Auf den Sieg, mein Freund.«

Die Gläser klirrten.

»Erinnerst du dich noch an früher, als du dir manchmal meinen Schlüssel geliehen hast? Wie hieß das polnische Mädchen?«, fragte ich.

»Ach Anton, das ist tausend Jahre her. Damals war ich ein dummer Junge, mehr nicht.«

»Und jetzt? Was bist du jetzt?«

»Jetzt? Ich kämpfe für mein Vaterland.«

»Auch gegen Frauen und Kinder?«, fragte ich, ohne nachzudenken.

Wut entstellte Giesels hübsches Gesicht. »An deiner Stelle wäre ich vorsichtig mit solchen Äußerungen.«

»Drohst du mir, Bubi?«

»Ja.« Sein Lächeln war kälter als der polnische Winterwind. Die Stille kroch in meine Lungen und ließ mich nur mit Mühe weiteratmen.

»Mein Onkel hält eine ganze Menge von dir, meine Frau dagegen gar nichts. Und ich bin mir nicht sicher, was ich von dir halten soll. Wer bist du, Anton?«

»Nur ein dummer Junge, mehr nicht.«

Der Sturmscharführer schlug sich auf die Schenkel und lachte. Ich war auf der Hut und erwähnte weder den Osten noch Bussler wieder. Ich fragte nach Bernadette. Bubi berichtete mir, erschreckend ungerührt, dass sie offenbar noch immer unter dem Tod ihrer Schwester leide. »Natürlich ist das nicht einfach für so ein Kind, aber trotzdem, sie benimmt sich fürchterlich, und niemand spricht ein Machtwort. Man lässt ihr einfach alles durchgehen.«

»Arme Bernie«, sagte ich.

Bubis Antwort war ein Augenrollen.

Bevor er sich verabschiedete, drückte er mir eine Tüte

in die Hand. Zwergfeigen, ein Geschenk seiner Schwiegermutter.

Ich streifte durch den bereits fast winterlichen Schlossgarten. Die Dunkelheit legte sich schon lange, bevor es Abend wurde, über das Generalgouvernement. Ich übte mich in Geduld, was mir von Tag zu Tag schlechter gelang.

Anna, es war seltsam leer in mir. Da war einfach nichts. Selbst dein Gesicht und deine Stimme verschwanden aus meinem Geist.

In einem dieser Momente jenseits aller Traurigkeit rief Tadeusz mich herbei. Er führte mich in unsere Hütte. Janusz hatte in dem Ofen ein Feuer entfacht und lächelte mir zu, als ich eintrat.

»Adam«, sagte er.

Tadeusz hatte mir nicht erzählt, dass Janusz eingeweiht war, und beide bemerkten meine Unsicherheit.

»Ist in Ordnung«, sagten sie fast gleichzeitig.

Ich setzte mich auf eine der Holzkisten und versorgte meine polnischen Freunde mit Zigaretten.

»Wir haben sie gefunden.«

Wie lange hatte ich auf diesen Satz gewartet?

»Wo ist sie?«

»In Warschau.«

»Sie ist tatsächlich in Warschau? Wo wohnt sie? Habt ihr eine Adresse?«

»Sie ist in Warschauer Ghetto.«

Ich sprang von meiner Kiste auf, betäubt und aufgewühlt zugleich. Da, wo eben noch das Nichts war, tummelten sich nun alle möglichen und unmöglichen Empfindungen.

»Setzen«, sagte Janusz streng.

»Nein. Nein. Nein. Ich fahre jetzt nach Warschau und hole sie.«

»Adam, das geht nix. Man wird erschießen euch. Du kannst nix jemand rausholen. Anton nix. Adam schon gar nix.«

»Aber ich muss zu ihr. Ich muss. Wart ihr schon mal im Ghetto? Ich ja. Da sind Kinder mit Lumpen an den Füßen. Die Leute hungern und betteln. Schmutz und Dreck. Ich werde Anna nicht da drinnen verrecken lassen.« Meine Stimme überschlug sich, und mit der linken Hand umklammerte ich die drei himmelblauen Fäden in meiner Hosentasche.

»Setzen«, ermahnte mich Janusz.

Sie hatten einen Plan, Anna.

Ich erfuhr, dass beide den polnischen Widerstand unterstützten, der wiederum Verbindungen ins Ghetto hatte. Auf diesem Weg hatten sie dich gefunden.

»Wir können sie nix befreien. Aber es gibt jemanden, der Anna holen kann aus die Ghetto raus und sie verstecken bis … bis Krieg zu Ende«, sagte Tadeusz.

»Was bist du bereit zu tun dafür?«, fragte Janusz und senkte den Kopf.

Am nächsten Tag gingen wir drei nicht zur Arbeit. Karol und Pawel, die inzwischen ebenfalls alles über Adam wussten, hielten die Stellung im Garten des Gouverneurs.

Wir verließen Kressendorf auf einem mit Heu beladenen Pferdekarren. Im Gegensatz zu Janusz und Tadeusz kannte ich das Ziel dieser Reise nicht.

Irgendwann hielt der Karren an. Ein Dorf. Schneebedeckte Felder. Ein Bauernhof. In einem der Ställe krähte ein Hahn. Janusz klopfte an die Tür des Haupthauses. Eine alte Frau, der man ansah, dass sie ihr Leben lang draußen gearbeitet hatte, öffnete. Sie musterte uns und sagte ein paar Worte, die ich nicht verstand, die aber freundlich klangen. Dann verschwand sie wieder. Zu dritt überquerten wir den Hof. Eine Scheune. Die Leiter hoch, auf einen Dachboden. Stroh, ballenweise. In der hintersten Ecke, verdeckt durch einen Strohhaufen, fast unsichtbar, eine Tür. Januszs Finger trommelten einen Rhythmus. Die Tür öffnete sich.

»Ah, ihr seid gekommen«, sagte ein Mann Anfang vierzig mit einem kugelrunden Kopf und nervösen Augenlidern.

Wir traten ein. Zwei unerwartete Zimmer. Möbliert. Der Boden war mit Teppichen ausgelegt, und auch an den Wänden hingen Teppiche. Der Mann schloss die Tür hinter uns. Er bückte sich, griff nach einer durchsichtigen Schnur und zog daran. Draußen bewegte sich etwas, ein gedämpftes Rumms war zu hören.

»Stroh«, erklärte er, als er meine Verwirrung bemerkte. »Tarnt den Eingang.«

Ich nickte, als ob mir nun alles klar wäre. Dabei war die Sache mit der Schnur das Einzige, was ich mir auch hätte denken können. Aber wo war ich? Und was sollte ich hier?

Der Mann hieß Abraham. Sein Deutsch hatte eine leicht österreichische Färbung, die seinen Worten etwas Süßliches verlieh. Jiddische Klänge mischten sich hinein.

Er lächelte. »Schejn, schejn, Adam. Kommen wir zum Geschäft. Ich möchte Ihnen einen Handel vorschlagen.«

Meine Wimpern begannen genauso hektisch zu flattern

wie die seinen, aber ein Blick zu Tadeusz beruhigte mich, es hatte wohl alles seine Richtigkeit.

Abrahams Mutter, die er liebevoll »meine hipsche Máme« nannte, befand sich ebenfalls im Warschauer Ghetto. Er hatte sich bemüht, sie herauszubekommen, aber zweierlei hatte das verunmöglicht. Erstens: Es war ihm bisher nicht gelungen, ein sicheres Versteck für seine Máme zu finden. »Sie ist … Wie soll ich sagen? Ein semitisches Nilpferd. Nicht zu übersehen. Groß und … schrecklich jüdisch. Mit so was tun sich die Leute schwer, aber zur Not würde ich sie hier einquartieren, würde ich sie unter meinem Bett verstecken.«

Der zweite und entscheidende Grund war die strikte Weigerung der Nilpferdfrau, sich überhaupt zu verstecken.

»Máme sagt, Gott prüft sie. Ich habe gesagt: Máme, es ist nicht Gott, es sind die Dajtschn. Alles habe ich versucht, alles, aber sie will nicht. Sie will einfach nicht. Prüfung? Haben Sie so was schon gehört, Adam?«

»Aber was hat das mit meiner Anna zu tun?«

Abrahams Stimme verlor schlagartig all ihren säuseligen Charme. »Tadeusz hat mir Annas Bild gezeigt. Eine junge Frau, schmal, nicht zu auffällig. Ich kann ihr ein Versteck organisieren. Ich habe auch jemanden, der sie sicher aus dem Ghetto schaffen kann. Und ewig wird dieser Krieg nicht dauern.«

Er sprach nicht weiter. Tadeusz fuhr sich angestrengt durchs Haar, und Janusz zupfte an einem Büschel Stroh, das unter seinem linken Schuh klebte.

»Und … Und was wollen Sie dafür?«, fragte ich, als ich verstanden hatte, dass Abraham genau darauf wartete.

»Sie werden für Anna ins Warschauer Ghetto gehen und auf meine Máme aufpassen. Sie werden bei ihr bleiben, egal was geschieht.«

Stille.

»Das ist der Handel. Annas Freiheit gegen Ihre.«

»Du musst nix sofort ja sagen«, flüsterte Tadeusz.

»Adam, so ist es nun mal. So macht man heute Geschäfte«, sagte Abraham. »Ich liebe meine Máme, und es beruhigt mich, zu wissen, dass jemand bei ihr ist, der sie beschützt.«

»Warum machen Sie das nicht selbst? Sie beschützen.«

»Weil ich leben möchte.« Er faltete die Hände und betrachtete seine Finger. »Als unsere beiden Freunde hier mir Ihre Geschichte erzählt haben, da habe ich gewusst, dass Sie der Richtige sind.«

»Du musst nix sofort entscheiden«, sagte Tadeusz, nun etwas lauter.

»Wie würde das alles vonstatten gehen? Wie …?«

Abraham lächelte. »Wir holen Anna raus und bringen Sie rein. Das Geld, das wir durch den Verkauf Ihrer arischen Papiere einnehmen werden, wird wohl für den Anfang reichen. Alles, was dann kommt, bezahle ich, solange Sie sich um meine Máme kümmern.«

»Wo werden Sie Anna hinbringen?«

»Sie wird in Sicherheit sein.«

»Gut. Woher wissen wir beide, dass … Woher weiß ich, dass …«

»Woher wir wissen, dass wir uns an unsere Abmachung halten?«, unterbrach er mich. »Wir werden uns die Hand darauf geben, Adam.«

Ich versuchte mich an alles, was Edda Klingmann mir

beigebracht hatte, zu erinnern. Zuerst befürchtete ich, dass mir die Gabe des Sehens im besetzten Polen abhanden gekommen wäre. Doch dann öffnete sich Abrahams Gesicht, und ich konnte lesen. Seine Haselnussaugen und der spitze Mund verrieten mir, dass ich ihm vertrauen konnte. Aber mehr als das: Ich wollte ihm vertrauen.

»Wird Anna wissen, dass ich …«

»Nein. Ich denke, mein lieber Adam, dass es kaum eine Frau gibt, die so ein Opfer annehmen würde. Nicht wahr?«

Und dann streckte er seine Hand aus.

Alles wurde schwarz vor meinen Augen. Die Gitterstäbe, Anna. Aber dann hörte ich deine Stimme und sah dein Gesicht auf der anderen Seite meines Käfigs.

Ich kannte das Ghetto, ich kannte die Kinder mit den alten Augen und den dünnen Fingern. Niemand kann sagen, dass ich nicht gewusst habe, worauf ich mich einließ. Und es war doch ein faires Geschäft: Freiheit gegen Freiheit.

Abrahams Hand war warm und rauh.

Anton Richter verließ Kressendorf, um in Pisa mit einem angesehenen Botaniker die Züchtung der blauen Rose zu erforschen. Der Generalgouverneur persönlich genehmigte ihm die Reise nach Italien. Bei dieser Gelegenheit betrat ich das erste Mal das Innere des Schlosses.

Frank empfing mich in dem sogenannten Danziger Zimmer. Im hinteren Teil des Raums eine Wendeltreppe, bewacht von zwei Holzrittern. Eine Treppe, die mich an Berlin erinnerte, an den Dachboden, an Edda Klingmann, an damals.

Inmitten dieser hölzernen Pracht sah Frank mehr denn je aus wie eine Putte. Man hätte ihn braun anmalen und zu den Wächtern der Stufen stellen sollen. Ein fetter Engel, erstarrt, zur Untätigkeit verdammt und unschädlich gemacht.

Mit einem deutschen Händedruck und einem »auf bald« verabschiedete Dr. Hans Frank seinen Rosenzüchter.

Adam Cohen überlegte, was er einpacken sollte. Was brauchte man im Ghetto?

In meinem Koffer landete die Puppe Anton, Busslers Geige, ein Foto, das einen kleinen Jungen mit seinem Hündchen zeigte. Drei Pullover, zwei Hosen. Unterwäsche. Ein kleiner Jutesack, in dem, eingebettet in Erde, die Wurzeln der Zitronenrosen schliefen. Die Jacke, die einst meinem Großvater gehört hatte, zog ich an. In meiner Hosentasche lagen die Reste eines Bandes.

Anton und Adam traten das letzte Stück ihrer gemeinsamen Reise an. Schon bald würden sich ihre Wege für immer trennen.

Ich stieg die Treppe hinab und klopfte an die Kufner'sche Tür, um der Frau des Hauswarts meine Wohnungsschlüssel auszuhändigen.

»Und wann kommen Sie zurück, Herr Richter?«

»Das hängt ganz davon ab.«

»Wovon?«

»Vom Erfolg.«

»Soll ja ein wunderschönes Land sein. Italien. Mir persönlich sind diese Südländer ja fremd, aber der Führer wird schon wissen, was er da tut … Na ja, Mussolini … Also, man muss Hitler da schon vertrauen. Nicht wahr? Ach Herr

Richter, alle anständigen Menschen verlassen mein Haus. Zuerst der Sturmscharführer Giesel und jetzt Sie.«

»Frau Kufner, Sie halten hier die Stellung für uns anständige Menschen«, sagte ich und legte die Schlüssel in ihre Hand.

»Erika, nennen Sie mich doch bitte Erika, und kommen Sie bald wieder.«

Tadeusz begleitete mich nach Warschau. Wir saßen im selben Zug, aber in getrennten Abteilen. Noch war ich Anton Richter, versehen mit arischen Papieren und einem Freibrief des Generalgouverneurs, der mich unbehelligt reisen ließ.

Während der Fahrt wickelte ich mich in die Jacke ein, die mich beschützen sollte, und versuchte zu schlafen.

Wo warst du wohl, Anna, als ich in diesem Zug saß? Hatten sie dich schon aus dem Ghetto geholt und dir deine Freiheit zurückgegeben?

Eine Wohnung in Warschau. Sie gehörte einer jungen Frau namens Heli. Tadeusz, Heli, zwei Frauen, drei Männer saßen am Tisch, und der Zigarettenrauch legte einen sanften, bläulichen Schleier über Anton Richters letzten Abend.

Antons Papiere verschwanden, und ich wurde wieder Adam, nur Adam. Ich bemühte mich, aufmerksam zuzuhören, als die Tafelrunde mir erklärte, wie und wann ich das Ghetto betreten würde. Aber meine Gedanken rannten wild durcheinander. Rannten zu dir, rannten nach Berlin und zurück, galoppierten durch das Drachenhaus, rasten kreuz und quer durch den Garten des Gouverneurs, blickten von hoch oben in Busslers Grab. Und dann war es, als ob sich tausend Türen gleichzeitig schließen würden, und ich wusste nicht, ob ich draußen oder drinnen stand.

Einer nach dem anderen verließ die Wohnung, bis nur noch Tadeusz, Heli und ich übrig waren.

Ein gnädiger Gott schenkte mir einen traumlosen Schlaf. Es war meine letzte Nacht in Freiheit, Anna, und ich schlief wie ein Stein.

Tadeusz weckte mich am nächsten Morgen. Es hieß Abschied nehmen von meinem polnischen Kollegen, von meinem polnischen Freund.

»Adam, du noch kannst umkehren«, sagte er, obwohl er wusste, dass ich mich längst entschieden hatte.

Heli zog ihren Mantel an. Einer der Männer, die auch am Vorabend da gewesen waren, wartete unten im Auto.

Wir fuhren durch Warschau. Es fühlte sich an, als ob es die Stadt wäre, die an uns vorbeiziehen würde, und nicht wir, die sich vorwärtsbewegten. Mein Koffer neben mir verströmte einen erdigen Geruch, ein Hauch von Wirklichkeit auf dieser letzten Etappe meiner Reise.

Wir hielten in der Nähe des Stadtgerichts, eines Gebäudes, das man sowohl vom Ghetto als auch von der arischen Seite aus betreten konnte. Ein schwerbewachtes Mauseloch. Heli trug mein Gepäck, sie lächelte. Augenkontakt mit zwei deutschen Polizisten. Neben ihnen stand ein Mitglied der Tafelrunde.

Wir waren drinnen. Hinter uns ein polnischer Polizist, der dritte Mann der letzen Nacht. Heli und ich liefen einen Gang entlang. Eine Tür öffnete sich. Eine Sekretärin mit einem Stapel Unterlagen im Arm kreuzte unseren Weg. Auch ihr Gesicht kannte ich bereits. Papiere wechselten von ihren in Helis Hände und landeten in meiner Hosentasche.

Und dann stand ich im Ghetto. An meinem Arm die Sternenbinde, in meiner Hand der Koffer. Heli war fort. Ihr Lächeln flackerte noch auf meiner Netzhaut.

Aus einer Gruppe jüdischer Hilfspolizisten löste sich ein Mann. Er stellte sich als Rafal vor. Sein Name war gestern mehrmals gefallen, ich hätte besser zuhören sollen.

In meiner neuen Welt herrschte reges Treiben. Jeder schien ein felsenfestes Ziel zu haben. Doch auf diesen grauen, verstopften Straßen gab es nur wenig, was man felsenfest nennen konnte. Atemzüge und Momente reihten sich willkürlich aneinander.

Rafal hatte etwas von einem Turnvater, vielleicht war es sein beschwingter Schritt. Rechts, links, rechts und dann ein kleiner Hüpfer. Er redete schnell und zog dabei beide Augenbrauen hoch, als ob ihn der Klang seiner eigenen Stimme in ständiges Erstaunen versetzte. Sein Blick war gehetzt.

»Sie haben Glück. Das Zimmer ist wirklich schön. Und Ruth, ich meine Frau Blemmer. Sie ist eine ganz einzigartige … interessante Persönlichkeit.« Seine Augen huschten über den Bordstein.

»Wer ist Frau Blemmer?«

»Abrahams Mutter … Und der Herr Professor Menden ist ein hochgebildeter Mann. Beeindruckend. Er hat sogar ein Buch geschrieben über … ja, ich glaube über … Ich habe es vergessen. Aber das können Sie ihn ja selbst fragen.«

»Werde ich mit Frau Blemmer und diesem Professor zusammenwohnen?«

Rafal nickte. »Natürlich, Sie sind doch jetzt Frau Blemmers Schutzengel.«

»Was … was erwartet Abraham eigentlich von mir, außer dass ich bei ihr bleibe?«

»Nichts, nur dass Sie bei ihr bleiben.« Rafal lächelte. »Und die beiden haben Herakles wirklich im Griff.«

»Wer ist Herakles?«

»Ach, Herakles«, sagte er und winkte ab.

Herakles beunruhigte mich, aber bevor ich nachfragen konnte, standen wir auch schon vor dem Haus, in dem ich leben sollte. Der Eingang war grau und feucht, wahrscheinlich hatte auch dieses Gebäude ein Damals, ein weißeres, wärmeres Damals. Wir stiegen die Stufen hoch. Ein Wohnloch neben dem anderen. Teilweise fehlten die Türen. Ein sehr hässliches Puppenhaus, erschaffen von einem übelgelaunten Kind. Aber ich hatte Glück, mein neues Zuhause hatte eine Tür, an die man klopfen konnte.

Geschrei drang aus dem Inneren. Rafals Finger trommelten gegen das Holz. Er räusperte sich und zupfte an seiner Uniform.

Abrahams Beschreibung hätte nicht treffender sein können: Alle Klischees hatten in Ruth Blemmers Gestalt zu übersteigerter Wirklichkeit gefunden. Die Nase, die Augen, die Haare.

Frau Blemmer und Professor Menden stritten weiter, obwohl Rafal und ich bereits im Zimmer standen. Ein paar Bücher, ein eiserner Ofen, ein großer Schrank und das Bett, in dem der Professor lag, machten das gesamte Inventar aus.

»Es waren zwölf Kartoffeln, Professor. Jetzt sind es nur noch neun. Also fehlen drei. Sie haben sie nicht genommen, ich habe sie nicht genommen, also war es Herakles.« Und dann schlug sie gegen den Schrank. »Herakles, wo sind die Kartoffeln. Herakles!«

»Frau Blemmer, wir haben Besuch …«, sagte Menden in besänftigendem Ton.

»Drei Kartoffeln. Herakles. Herakles!«

»Bitte, jetzt ist es aber genug, Frau Blemmer.«

Sie schnaufte verächtlich und knallte ihre Pranke ein letztes Mal gegen den Schrank. Dann war es still.

»Guten Tag«, sagte ich vorsichtig. Ihr Blick konnte einen das Fürchten lehren, aber er streifte mich bloß und wanderte weiter.

»Rafal, Sie sehen aus wie ein Narr in Ihrem Aufzug. Dieser Knüppel, lächerlich.« Abrahams »hipsche Máme« verzog ihre Unterlippe. »Mir wird schlecht, wenn ich Sie angucke.«

»Ich bringe Ihnen Adam, Frau Blemmer«, sagte der Hilfspolizist höflich.

Sie musterte mich. Dann riss sie ihre Arme in die Höhe und sandte ein hebräisches Stoßgebet – oder war es ein Fluch? – Richtung Decke.

»Das reicht jetzt wirklich«, unterbrach Menden sie.

Wie er so dalag, eingewickelt in Daunen, erinnerte er mich an Egon Horst, das Riesenbaby. Er richtete sich ein wenig auf und hieß mich willkommen.

»Dann kann ich ja jetzt gehen«, sagte der jüdische Polizist. »Adam, ich komme morgen früh wieder, und dann besprechen wir alles Weitere.«

»Am besten dann, wenn ich nicht da bin, Rafal«, zischte Ruth Blemmer. »Sie wissen, dass ich Ihre Anwesenheit nicht ertragen kann.«

Rafal lächelte und verschwand.

Mühsam stieg der Professor aus seinem Bett, umrundete den riesigen Hintern von Abrahams Máme und reichte mir die Hand.

Mendens Körper war aufgedunsen und von seinen grauen Haaren nur ein Kranz auf dem Kopf übriggeblieben.

»Dann zeige ich Ihnen mal Ihre Gemächer. Was ist mit Ihnen, Frau Blemmer, sind Sie mit von der Partie?«

»O nein, Professor. Ich muss noch einmal weg.« Und ohne sich von mir zu verabschieden, eilte sie davon.

»Vielleicht sollte ich mit ihr gehen. Ich meine, ich soll schließlich auf sie aufpassen. Oder?«, fragte ich unsicher.

»Ich glaube nicht, dass Frau Blemmers Sohn von Ihnen erwartet, dass Sie ihr die ganze Zeit hinterherlaufen.«

Die Wohnung bestand aus drei miteinander verbundenen Räumen. Mendens Zimmer war das größte. Eine Tür führte in das zweite, in dem ich wohnen würde, und von dort gelangte man in das dritte, das der Nilpferddame gehörte.

»Man hat nicht viel Privatsphäre.« Der alte Mann lächelte traurig. »Das Bad ist draußen, eine Etage höher. Tja … Willkommen, Adam.«

Es gab nur eine Matratze und einen Stuhl, aber mehr hätte auch gar nicht reingepasst. Ich stellte meinen Koffer ab.

»Kommen Sie«, sagte Menden und führte mich zurück in sein Zimmer. »Herakles, sie ist weg.«

Nichts rührte sich.

»Herakles, wir haben einen neuen Mitbewohner, du wirst ihn mögen. Komm endlich raus.«

Die Schranktür öffnete sich: ein schmutziges Händchen. Ein Fuß in einem zerlumpten Stiefel.

Und dann stand Herakles vor mir: eine mit Sommersprossen übersäte Nase. Tellergroße grüne Augen, die mich wachsam begutachteten. Manchmal glaube ich, dass auch er ein Seher war, vielleicht sogar der bessere von uns beiden.

Er brauchte nicht lange, um sich zu entscheiden – Freund oder Feind? Herakles streckte seine Hand aus, und ich reichte ihm die meine. »Eins, zwei, drei«, sagte er und riss meinen Arm dreimal in die Höhe.

»Sei nicht so albern, Herakles«, sagte Menden.

»Der Professor hat die Kartoffeln geklaut«, rief der kleine Junge, zog die dünnen Schultern hoch und lachte laut los.

»Du bist ein schlimmes Kind, Herakles.«

»Aber es ist die Wahrheit.«

Menden schaute weg. »Der Hunger«, seufzte er.

Weder der Professor noch Frau Blemmer konnten sich erinnern, seit wann und warum Herakles bei ihnen lebte. Eines Tages war das Kind da gewesen und ging nicht mehr fort. Es hatte keinen Namen und kein Alter. Menden hatte ihn Herakles getauft und den 1. Januar 1935 zu seinem Geburtstag erklärt. »Das Datum kann man sich gut merken«, meinte Menden.

Herakles wohnte im Schrank.

Einmal hatte Frau Blemmer versucht, ihn im Waisenhaus des Ghettos unterzubringen, aber noch am selben Abend kam er wieder zurück.

Herakles war ein kluges Kind. Er konnte sich durchschlagen und brachte von seinen täglichen Streifzügen durch das Ghetto dieses und jenes mit. So hatte er sich sein permanentes Wohnrecht in dem Schrank der Dreizimmerwohnung erkauft.

Herakles kannte kein Damals. Er hatte keine Erinnerungen an eine Zeit vor dem Ghetto, keine Erinnerung an Menschen, die er vielleicht einmal geliebt und verloren hatte. Für ihn war es das Normalste der Welt, in einem Schrank zu wohnen. Und der dreckige Waschraum auf der oberen Etage war das einzige Badezimmer, das er jemals gesehen hatte.

Hunger, Schmutz und kaputte Stiefel gehörten ebenso zu seinem Alltag wie die Einsamkeit.

Er hielt sich fern von den anderen Ghetto-Kindern.

Diejenigen, die bei ihren Eltern oder Verwandten lebten, blieben ihm fremd. Und den Waisen, die wie er selbst umherstreunten, klauten und handelten, misstraute er. Sie waren seine Konkurrenz. Zu den ganz Verlorenen, die sich einfach auf die Straße setzten, ihre hoffnungsvollen Pfoten ausstreckten, bis sie irgendwann starben, wahrte er Abstand.

Herakles teilte alles um ihn herum in drei Kategorien ein: Man kann es verkaufen, man kann es essen, oder es ist nutzlos.

Der Junge hockte neben mir, als ich meinen Koffer auspackte. Er ließ einen anerkennenden Pfiff los, als ich meine Kleidung, die keinerlei Löcher aufwies, herausholte.

Der Sack mit den Wurzeln und die Geige brachten ihn zum Lachen. Aber es war Anton, die Porzellanpuppe, die ihn mitten ins Herz traf.

»Was ist das?« Seine Moosteller weiteten sich, bis sein ganzes Gesicht nur noch aus Augen zu bestehen schien.

»Eine Puppe.«

»Und was macht man damit?« Wie in Trance streckte er seine Arme nach dem Porzellanmädchen aus.

»Nichts. Sie ist einfach nur schön.«

Er sprang hoch und stampfte mit seinen dünnen Beinchen auf den Boden. Ein Tanz, den ich noch öfter sehen sollte, immer dann, wenn dem Jungen etwas ganz unglaublich zu sein schien.

In Herakles' Welt gab es nicht viel, das einfach nur um seiner Schönheit willen existierte.

Er setzte sich wieder und schüttelte wie ein kleines Pony den Kopf.

»Ich schenke sie dir«, sagte ich und überreichte ihm Bernies Puppe. Herakles wiegte sie behutsam in den Armen. Die Ader an seinem verdreckten Hals begann zu pochen.

»Und was willst du dafür haben?«, fragte er atemlos.

»Nichts. Es ist ein Geschenk.«

Er sah mich an, als ob ich geisteskrank wäre. Dann öffnete sich sein Mund. Lautlose Verzückung. Der Kopf flog in den Nacken, und das Kind lachte. Ich wünschte, es hätte ein Stückchen Film gegeben, auf dem man dieses fliegende Lachen für immer hätte bannen können.

Der Professor war enttäuscht, dass ich nichts Essbares aus der arischen Freiheit mitgebracht hatte.

»Ich werde etwas besorgen«, sagte ich. »Man wird hier ja wohl was kaufen können.«

»Für sehr viel Geld.«

»Ich habe Geld.«

Ich besaß kein Vermögen, aber ein ansehnliches Bündel Scheine steckte in meiner Hosentasche. Anton Richter hatte mehr verdient, als er hätte ausgeben können. Außerdem hatte der Generalgouverneur höchstselbst seinem Rosenzüchter noch einen Zuschuss für die italienische Forschungsreise bewilligt.

Herakles führte mich durch die Straßen des Ghettos, er kannte die Orte, an denen man frisches Brot und dicke Würste kaufen konnte.

Anna, obwohl ich eine Armbinde trug wie alle anderen, fühlte ich mich doch nicht zugehörig. Eher wie ein Zuschauer oder ein Besucher, und so fühle ich mich auch jetzt noch. Vielleicht, weil ich freiwillig hierhergekommen bin, weil ich einen Grund habe, hier zu sein.

Herakles hüpfte neben mir her, vertrieb ein paar Bettler, die nicht älter waren als er selbst, und lenkte meine Aufmerksamkeit auf alles, was ihm bemerkenswert erschien.

»Die Frau da verkauft etwas gegen Flöhe. Aber es hilft nicht, der Professor hat es ausprobiert.«

In einem Keller besorgten wir Brot, Wurst, ein paar Konserven und einen süßen Brei. Die Preise waren genauso unlogisch wie alles andere in dieser eingemauerten Stadt.

Auf dem Rückweg sah ich meinen ersten Toten. Er lag zusammengekauert in der Gosse. Ein Mahnmal, namenlos.

Der Tod hatte an diesem Ort seine grausame Würde eingebüßt. Sein Publikum verwehrte ihm allzu oft Tränen und Entsetzen. Allmählich begann der Mann mit der Sense nachlässig zu werden, er trank zu viel billigen Schnaps, sein schwarzer Umhang war zerfetzt und schmutzig. Wahllos verrichtete er sein Werk.

Wir vier saßen an einem wackligen Tisch in Ruth Blemmers Zimmer, und ich teilte die Einkäufe mit meinen neuen Mitbewohnern.

Menden und Herakles fingen bereits an zu essen, während Abrahams Máme noch ihr Gebet sprach. Ich senkte andächtig den Kopf, weil ich es mir mit ihr nicht sofort verscherzen wollte.

»Professor, Sie sind ein gottloser Mensch, am liebsten würde ich Ihnen links und rechts eine knallen.«

»Links und rechts, liebe Frau Blemmer? Das ist aber nicht besonders damenhaft und auch sicher nicht im Sinne Ihres Gottes«, sagte er und stopfte sich ein Stück fettige Wurst in den Mund. Herakles, auf dessen Schoß die Porzellanpuppe schlief, bemühte sich, sein Lachen zu unterdrücken, aber dann brach es doch aus ihm heraus, und sein Kopf flog in den Nacken.

Das gab Máme den Rest. »Und so jemanden schickt Abraham, dieser Ójßworf, zu meinem Schutz?« Sie kippte über jedes einzelne Wort einen Eimer schäumende Wut. »Soll ich lachen oder weinen? He? He? He?«

Und bei jedem »He?« haute sie auf meinen Unterarm.

»Schlag ihn nicht«, sagte der Junge empört.

Frau Nilpferd hielt einen Moment inne, und ihr Blick wanderte von mir zu Herakles und dann zu Menden. Ein Seufzen. Ein Schrei, der nur der Auftakt war zu einem neuen, endlosen Klagegebet.

Der Professor und das Kind ignorierten die unheimlichen Laute und aßen weiter. Unsicher griff auch ich nach einem Stück Brot, aber jedes Mal, wenn ich zubiss, schwoll ihre Stimme an. Kauen und Schlucken wurde zu einer kräftezehrenden Angelegenheit. Und während ein Klumpen Brot langsam und schmerzhaft durch meine Speiseröhre rutschte, beendete sie schließlich ihre Litanei und fiel über den süßen Brei her.

»Was sagt Ihr Gott, Frau Blemmer?«, fragte Menden mit einem Lächeln auf den Lippen.

»Er prüft mich, das wissen Sie ganz genau, Professor. Und der hier«, sie zeigte mit ihrem Finger auf mich, »ist ein weiterer Stein auf meinem Weg.«

»Er ist kein Stein«, sagte das Kind.

»Ruhe, Herakles. Was weißt du schon?«

»Ich weiß, dass er kein Stein ist.«

An diesem Abend pflanzte ich meine kümmerlichen Rosen in einen Behälter, der früher wohl als Kochtopf gedient hatte. Herakles beobachtete mich, während ich das Wurzelgeflecht in die Erde einbettete.

»Und was ist das?«

»Noch nichts. Aber wenn wir Glück haben, werden hier im Sommer Rosen blühen.«

»Kenne ich nicht«, sagte er und zuckte mit den Schultern.

»Blumen, du kennst doch Blumen. Das hier ist eine Blume.«

»Du bist verrückt«, quietschte er, »Blumen sind aus Papier.«

»Nein.«

»O doch.« Er sprang auf, lief weg und kam mit einem Buch, das dem Professor gehörte, zurück. Ein Gedichtband, dessen Umschlag eine Lilie zierte.

»Da«, sagte er, »Papier.«

»Aber das ist nur ein Bild.«

Er lachte und hielt sich den Bauch. »Du bist verrückt. Das ist eine Blume. Und das, was du hast, ist nur Dreck mit Gras.«

Es war kalt in dieser ersten Nacht im Ghetto. Die Türen, die mein Zimmer von Mendens und von dem der Nilpferddame trennten, hatten diesen Namen nicht verdient. Dünne Bretter, die jedes Geräusch passieren ließen. Auch die Wände taugten nichts, man blieb dem Wind fast schutzlos ausgeliefert. Irgendwann schlief ich ein, weil man irgendwann immer einschläft.

Das Frühstück, die Reste vom Vorabend, nahmen wir zu dritt in Mendens Zimmer ein. Herakles hatte die Wohnung bereits verlassen, in der Hoffnung, auf den Straßen seiner einzigen Heimat ein glückliches Geschäft zu machen.

Der Professor lag in seinem Bett, und Frau Blemmer und ich saßen auf den Stühlen, die wir aus unseren Zimmern mitgebracht hatten. Schweigend tunkten wir das Brot in den Tee, der eigentlich nur heißes Wasser war.

An diesem Morgen hatte mich Abrahams Máme mit so etwas wie einem Lächeln begrüßt. Und gerade als der Gedanke in mir zu entstehen begann, dass Frau Blemmer vielleicht doch eine friedliche Zeitgenossin sein könnte, stupste sie mich am Ellbogen. Stupsen ist das falsche Wort, schlagen trifft es besser.

»Was haben Sie da überhaupt im Gesicht?« Sie sprach, wie andere nur schießen können.

»Entschuldigung, was?«

Ein zweiter Schlag. »Die Haare. Das Bärtchen.«

Ich strich über meinen Schnurrbart und wusste nicht, was ich sagen sollte.

»Das machen Sie mal besser ab. Sie erinnern mich an jemanden, an den ich nicht gerne erinnert werde.«

»An August?« Ich lächelte.

»An wen?«

»Adolf.«

»Na, bin ich jetzt im Meschugóim-Hojs? Glaubt der Junge hier, er sieht aus wie Hitler? Professor, tun Sie was.«

Aber Menden tat nur so, als ob er nichts gehört hätte.

»Ich … ich dachte nur, weil …«, versuchte ich Frau Blemmer zu beruhigen.

»An meinen Cousin erinnern Sie mich. An diesen Chòzef.«

»Aha«, murmelte ich.

»Aha, aha, aha. Sparen Sie sich Ihr Aha. Machen Sie lieber den Bart ab.«

»Ich habe noch eine Rasierklinge«, warf der Professor ein, ohne von seiner Teetasse aufzublicken.

»Aha«, antwortete ich.

Máme holte Luft, aber in diesem Moment klopfte es an der Tür.

Rafal in seiner Uniform. Ein Gummiknüppel baumelte an seinem Gürtel, da, wo echte Polizisten ihre Pistole trugen. Ehe er auch nur ein einziges Wort sagen konnte, eröffnete Ruth Blemmer schon das Feuer.

»Rafal, habe ich Ihnen nicht gesagt, dass Sie kommen sollen, wenn ich nicht da bin? Habe ich Ihnen nicht gesagt, dass ich Ihre hässliche Visage nicht ertrage? Fleckfieber ist eine Wohltat verglichen mit Ihnen …«

Keiner von uns wagte es, sie zu unterbrechen. Madam hatte einen langen Atem, aber irgendwann ging auch ihr die Puste aus.

Frau Blemmer stand auf, stapfte in ihr Zimmer und kam in einem grauen Mantel – ganz Nilpferdhaut – zurück.

»Dann muss ich wohl gehen«, sagte sie. Es klang eher beleidigt als wütend.

Rafal baute sich vor ihr auf und zog ein paar Geldscheine aus seiner Tasche. »Von Ihrem Sohn«, sagte er höflich.

Sie riss ihm die Scheine aus der Hand. »Sie wissen, dass ich es nur nehme, weil mir der Gedanke zuwider ist, dass Sie es behalten. Lieber esse ich es auf oder verbrenne es.«

Der Hilfspolizist nickte geduldig.

»Ich kann Sie von Stunde zu Stunde weniger leider, Rafal.« Und dann marschierte sie los und knallte unsere arme Wohnungstür hinter sich zu.

»Puh«, machte Menden und lächelte. »Nochmals willkommen, Adam, so ist es hier.«

Rafal ließ sich auf Frau Blemmers Stuhl nieder.

Meine polnischen Freunde hatten für alles gesorgt. Ich hatte einen Arbeitsplatz. Im Ghetto wurden Konzerte veranstaltet, richtige Konzerte, und ich sollte an der Kasse sitzen.

»Sie werden nicht viel verdienen, aber es war schwer genug, Ihnen überhaupt eine Stelle zu beschaffen. Schade, dass Sie nichts können.« Rafals Augenbrauen hoben sich fast bis zum Haaransatz. Er seufzte. »Ich meine, dass Sie keinen Beruf haben. Irgendwas werden Sie ja sicher können.«

Ich antwortete nicht.

Bald darauf verabschiedete sich der Polizist. »Morgen hole ich Sie ab, Adam, und bringe Sie zum Konzertsaal.«

Rechts. Links. Dann drehte er sich noch einmal um. »Professor Menden, Sie sollten besser auf Herakles aufpassen.«

»Herakles kann auf sich selber aufpassen.«

»Ich wollte es nur gesagt haben.«

Der Professor und ich waren allein.

»So, Adam, jetzt rasieren Sie sich erst mal, und dann erzählen Sie mir doch bitte Ihre Geschichte.«

»Meine Geschichte?«

»Ja. Von dem Mädchen und der Liebe.«

»Sie wissen also, warum ich hier bin?«

»Natürlich.«

Das haarige Relikt der Ära ›Anton Richter‹ verschwand aus Adams Gesicht. Außer einem Kochtopf mit Dreck und Gras erinnerte nun nichts mehr an den Rosenzüchter des Generalgouverneurs.

Der Professor fischte eine braune Flasche hinter seinem Bett hervor. »Kein Wort zu Frau Blemmer«, sagte er und goss einen Schuss hochprozentigen Alkohol in unsere Tassen. »Sonst bekommen wir Schwierigkeiten mit ihrem Gott.«

Während sich Wärme und ein angenehmer Schwindel in mir ausbreiteten, erzählte ich von uns, Anna.

»Und Ihre Geschichte, Professor?«

Nach der zweiten Runde Schnaps wusste ich, dass Menden in Wien geboren worden war, in München Altphilologie studiert und an der Universität in Prag gelehrt hatte. Auch seine Geschichte fand ihr vorläufiges Ende im Warschauer Ghetto.

»Sehen Sie, Adam, und was bleibt, sind unsere Worte.«

Ein drittes Mal füllten sich unsere Tassen. »Zur Feier des Tages.« Der Professor zwinkerte mir zu.

Mein Blick fiel auf den Ofen. Neben dem glühenden Eisen, eingehüllt in eine Decke, lag die Puppe.

»Er wollte, dass sie es warm hat«, sagte Menden.

»Warum haben Sie ihn eigentlich Herakles genannt?«

Der Alte lächelte. »Herakles … Der Lieblingssohn des Zeus. Er war mutig und tapfer. Immer wieder musste er unmögliche Aufgaben meistern und gefährliche Prüfungen bestehen. Aber vor allem war er der Einzige unter den Menschen, der Unsterblichkeit erlangte.

Als sein Körper auf der Erde verbrannt wurde, verkündete Zeus den anderen Göttern: ›Der unsterbliche Teil des Herakles ist vor dem Tode sicher, und ich werde ihn bald hier auf dem Olymp begrüßen.‹ Was soll man einem Kind, das nichts außer diesem Ghetto kennt und das vielleicht niemals etwas anderes sehen wird, denn mehr wünschen, als dass ein Teil von ihm dem Tod entkommt. Ein Name ist eine Mitgift, ein Erbe. Das sollten Sie wissen, Adam. Adam, der …«

»… der einzige Mann, der jemals das Paradies gesehen hat«, beendete ich seinen Satz.

An diesem trunkenen Vormittag erfuhr ich auch, dass der Familie Blemmer ein ähnliches Schicksal widerfahren war wie deinen Eltern, Anna. Sie waren aus Polen vor den Pogromen geflohen und hatten sich in Österreich ein neues Leben aufgebaut. Dann kam Busslers Verein, und man schickte sie zurück in ihre alte Heimat. Aber auch hier fanden sie keine Ruhe, August war ihnen auf den Fersen.

Die Blemmers waren wohlhabend. Das wusste Abraham zu nutzen, und noch bevor die Mauern des Warschauer Ghettos standen, tauchte er unter.

Frau Nilpferd, die die Polen und die Deutschen gleichermaßen hasste, wollte sich nicht verstecken. Alles Leid, das ihr zugefügt wurde, jede Entbehrung verstand sie als eine Prüfung, die Gott ihr auferlegte.

»Dabei ist sie nicht einmal religiös. Nicht im eigentlichen Sinne. Ich verstehe kein Hebräisch, aber ein Rabbiner sagte mir einmal, dass die Litaneien unserer lieben Frau Blemmer nicht Gebete, sondern Verwünschungen seien.«

»Und wen verwünscht sie?«

»Oh, ich glaube, uns alle. Sie zürnt der gesamten Menschheit.«

»Darf ich Sie noch etwas fragen, Professor?«

»Nur zu.«

»Frau Blemmer hat Sie und Rafal. Das macht mich irgendwie überflüssig …«

»Adam, sehen Sie. Abraham will jemanden an der Seite seiner Mutter wissen, der bei ihr bleibt. Egal was passiert. Der für sie da ist. Immer und bedingungslos.« Menden lächelte nachdenklich und goss uns ein letztes Mal ein.

Die Eintrittspreise waren niedrig, das Publikum eine Mischung aus allem, was das Ghetto zu bieten hatte, und die Musiker zum Teil erstrangige Künstler, die früher einmal bedeutende Häuser gefüllt hatten.

Die Konzerte ließen mich immer an eine beschädigte Diamantenkette denken. Der Verschluss war kaputt, und viele der wertvollen Steine fehlten. Aber sobald man das ramponierte Schmuckstück ins richtige Licht setzte, erwachte seine glanzvolle Vergangenheit wieder. Auch die leeren Fassungen funkelten wie einst, der Zauber hielt, solange die Musik spielte.

Manchmal nahm ich Herakles mit, und Herakles nahm Anton mit. Dann standen wir drei ganz hinten, das Kind, die Puppe und ich. Jede Melodie beschwor dein Gesicht herauf, Anna, und jeder Akkord entführte mich nach Berlin.

Und dann das Ende, denn es endete immer. Das Licht wechselte seine Farbe, die Kette fiel stumpf zu Boden, und Herakles' kleiner Körper, der so gelöst im Takt mitgewippt hatte, versteifte sich wieder. An welchen Ort die Geigen und Trompeten das Kind wohl getragen hatten?

Als ich ihn einmal auf dem Nachhauseweg danach fragte, sah er mich aus seinen grünen Telleraugen ungläubig an.

»Nirgends«, sagte er.

»Und woran denkst du?«

»An nichts.«

»Und siehst du irgendwas?«

»Die Leute auf der Bühne«, antwortete er.

»Ich meine, in deinem Kopf.«

»Nichts.« Er zog die Schultern hoch. »Siehst du was in deinem Kopf?«

»Ja. Das Mädchen mit den traurigsten Augen der Welt und einen Dachboden in Berlin.«

Herakles blieb stehen, stampfte mit seinen Beinen auf

und lachte, so wie nur er lachen kann. »Du bist verrückt«, kreischte er, »du bist wirklich verrückt.«

»Vielleicht ein bisschen«, sagte ich und nahm ihn an der Hand.

Wer sich in diesem Winter allerdings wirklich verrückt gebärdete, war der gute August. An einem Dezembertag erklärte er Amerika den Krieg.

Menden lag wie üblich in seinem Bett und übersetzte für den Judenrat Dokumente. So verdiente er sein Geld. Man nahm Rücksicht auf den Professor, der unter schwerem Rheuma litt, und erlaubte ihm, seine Arbeit von zu Hause aus zu erledigen. Diese Vorzugsbehandlung verdankte er einem seiner ehemaligen Studenten, der eine wichtige Position im Ghetto innehatte.

Menden und ich waren allein in der Dreizimmerwohnung. Schnaufend legte er seine Unterlagen beiseite, und ein seltsamer Glanz überzog seine Pupillen, als er unsere Tassen mit Schnaps füllte. »Hitler kann diesen Krieg nicht gewinnen. Er muss wahnsinnig sein … Amerika?! Das ist keine Taktik, das ist Verzweiflung. Heute, Adam, glaube ich zum ersten Mal, dass wir hier lebend rauskommen könnten. Dass es ein Ende geben wird«, sagte er feierlich.

Ich ließ mich von Mendens Euphorie anstecken. Obwohl ich niemals davon ausgegangen bin, hier zu sterben, Anna.

Frau Blemmer hatte kein Verständnis für das Hochgefühl, das in zwei von drei Zimmern herrschte, und ihre hebräischen Flüche klangen noch ein wenig bedrohlicher als sonst.

Bevor der Dezember zu Ende ging, brach eine Eiseskälte, die nichts mit Wind und Wetter zu tun hatte, in unser Warschauer Wohnloch herein.

Wie jeden Tag zog Herakles auch an diesem 28. Dezember durch das Ghetto. Normalerweise kündigten ein lautes Stampfen und das unverkennbare Gelächter seine Rückkehr an. Denn auf dem Weg nach oben erheiterte ihn immer irgendetwas. Er war da nicht besonders wählerisch. Schon eine dreibeinige Ratte ließ seinen Kopf in den Nacken fliegen. Dann öffnete er lachend die Tür, meist mit so viel Schwung, dass sie gegen die Wand knallte.

An diesem Tag blieb die Fanfare aus. Vollkommen unerwartet stand er in Mendens Zimmer. Herakles war nackt. Schmutz und blutige Striemen waren das Einzige, was seinen bibbernden Körper bedeckte.

Die grünen Augen starrten mich an. Stumm hielt er seine kleine Hand hoch, an der sein kleiner Finger fehlte.

»Herakles, was hast du jetzt schon wieder angestellt?«, sagte der Professor, und die Nilpferddame stöhnte.

Mein Freund, denn Herakles war mein Freund, reagierte nicht. Er sah nur mich an. Als ob ich etwas ändern könnte, als ob ich ihm seinen Finger zurückgeben könnte.

Im Erdgeschoss wohnte ein Arzt, ich rannte hinunter. Eine Stunde später prangten 27 Stiche dort, wo einmal ein Finger lebte. Ich wickelte das Kind in einen meiner Pullover und zog ihm dicke Socken an. Er sagte kein Wort, nahm die Puppe, die neben dem Ofen auf ihn gewartet hatte, und verkroch sich in seinen Schrank.

»Immer Ärger mit dem Jingl«, sagte Frau Blemmer kopfschüttelnd, und zum ersten Mal schienen der Professor und Abrahams Máme einer Meinung zu sein.

»Ja, immer Ärger«, bestätigte Menden.

Ich hockte mich neben den Schrank und klopfte vorsichtig.

»Herakles, was ist passiert?«

Aber er antwortete nicht.

Als ich meine Frage zum achten Mal wiederholt hatte, raunte Frau Blemmer mir zu: »Hören Sie mit dem Geklopfe auf, Adam. Was ist passiert? Was ist passiert? Herakles ist ein Dieb, da lebt man gefährlich, und das weiß er auch.«

Herakles saß mittlerweile seit drei Tagen in seiner Höhle, ohne einen Ton gesagt zu haben. Ich stellte ihm sein Essen immer vor die Schranktür. Dann öffnete er blitzschnell und griff nach dem Teller.

Ich verbrachte viele Stunden vor dem Schrank und redete auf das Kind ein, was der Professor mit einer Folge entnervter Seufzer kommentierte. »Er wird schon rauskommen, wenn er sich wieder beruhigt hat.«

Es war der 31. Dezember, Menden und Frau Blemmer schliefen bereits.

»Herakles«, sagte ich leise, um Menden nicht aufzuwecken, »gleich hast du Geburtstag.«

Und tatsächlich, mit einem Knarren ging die Tür auf. Ich zwängte mich zu ihm hinein. Es war eng und warm, und meine Augen brauchten eine Weile, bis sie sich an die Dunkelheit gewöhnt hatten. Herakles' grüne Augen und Antons Porzellanhaut schimmerten schwach.

Der Junge hob seine unvollständige Hand. »Wird er nachwachsen?«, fragte er so hoffnungsvoll, dass ich versucht war, ihn anzulügen.

»Nein, wahrscheinlich nicht.«

»Mist«, sagte er und drückte die Puppe ein wenig fester an sich.

»Ich kannte jemanden, dem hat man neun Finger geklaut.« Und ich musste lächeln bei dem Gedanken an die ledernen Schwänzchen meines Sturmbannführers.

»Wo ist er jetzt?«

»Tot.«

»Stirbt man daran?« Das Kind besah sich seine lädierte Hand.

»Nein, nein. Er hat ein tolles Leben gehabt, und das mit nur einem einzigen Finger.«

»Ein tolles Leben … Was hat er gemacht?«

»Er war mein Freund.«

Herakles zögerte einen Moment, dann beugte er sich ein bisschen näher zu mir und flüsterte: »Wo geht man hin, wenn man tot ist?«

»Ins Paradies«, antwortete ich, ohne nachzudenken.

»Wo ist das?«

»Hast du noch nie etwas vom Paradies gehört?«

»Nein«, sagte er tonlos, und ich spürte, wie sein Körper sich anspannte.

»Adam und Eva? Der Garten Eden? Noch nie gehört?«, hakte ich nach.

»Du bist Adam, aber wer ist Eva? Und wo ist der Garten?«

Ich hätte besser zuhören sollen, als meine Mutter mir die Geschichte von meinem Namensvetter erzählt hatte.

Ich entschied mich, die Schlange, an deren Rolle ich mich nur noch vage erinnern konnte, erst einmal wegzulassen, und konzentrierte mich darauf, das Paradies zu beschreiben.

Erst als ich bei den nackten, fröhlichen Menschen angelangt war, bemerkte ich Herakles' Entsetzen.

»Sie haben nicht einmal Schuhe?« Echtes Grauen schwang in seiner Stimme. »Man muss nackt über einen Friedhof laufen? Und überall Papier?«

»Nein, nicht über einen Friedhof. Ein Garten. Und kein Papier, sondern Blumen und Bäume. Und man braucht nichts zum Anziehen, weil … weil man es nicht braucht. Man friert nicht. Die Sonne scheint.«

Aber Herakles verstand meine Worte nicht. Der Ghetto-Friedhof, auf dessen Boden ein paar Grasbüschel wuchsen, war der einzige Garten, den er jemals betreten hatte. Meine Rosen, die nur braune, verdorrte Stiele waren, hatten ihn nicht von ihrer Wirklichkeit überzeugen können. Und nackt sein bedeutete hier den Untergang.

Tränen liefen über sein Gesicht. Ich hatte den Jungen noch nie weinen sehen.

»Das ist ein Paradies, aber es gibt noch ein anderes«, stammelte ich.

»Ein anderes?«, fragte er und riss die Augen auf.

»Ja. Es ist ein Haus. Dort sieht es so ähnlich aus wie in deinem Schrank, nur größer. Und es gibt drei Öfen, in denen Tag und Nacht ein Feuer brennt.« Herakles wischte sich die Tränen aus dem Gesicht. »Und jeder bekommt ein Paar nagelneue Stiefel.«

»Mit Fell?«, fragte er aufgeregt.

»Ja, ja, mit Fell. Außerdem hat jeder einen Mantel, auch mit Fell, und Handschuhe.«

»Woah«, machte der Junge, »Handschuhe?«

»Ja. Und es gibt einen Bäcker, da kann man sich so viel Brot holen, wie man will. Bis man satt ist.«

»Und Marmelade?« Er hielt den Atem an.

»Ja. Verschiedene Sorten. Es gibt gelbe und rote und grüne.«

»Grüne Marmelade?« Jetzt flog sein Kopf in den Nacken, und er lachte. »Du bist verrückt, grüne Marmelade. Du bist wirklich verrückt. Grün! Du lügst doch.«

»Nein. Und es gibt Milch, acht Gläser pro Tag, manchmal auch zehn.«

»Und was ist mit den Polizisten, sind die auch da?«

»Nein, keine Polizei.«

»Wo kommen die hin?«

»In das andere Paradies, dort wo man nackt rumlaufen muss.«

Er lächelte zufrieden.

Dann öffnete jemand von außen die Tür. Menden und Frau Blemmer standen vor dem Schrank. Sie sangen ein Lied für das Kind, und wie eine seltsame Familie feierten wir vier um Mitternacht Herakles' willkürliche Geburtsstunde.

Es gab ein Stück Kuchen für den Jungen und sogar ein Geschenk, eine Wollmütze.

Seinen fehlenden Finger akzeptierte Herakles schon bald. Was ihm allerdings zu schaffen machte, war der Verlust seiner Stiefel. Und so entschloss ich mich, loszuziehen und Busslers Geige gegen ein paar Kinderschuhe einzutauschen.

Frau Blemmer drängte sich als meine Begleitung auf, und ich wagte ihr nicht zu widersprechen.

Die Straßen des Ghettos waren voll, wie jeden Tag.

Abrahams Máme benutzte ihre Ellbogen, um schneller vorwärtszukommen, und ihre hebräischen Flüche und Verwünschungen verfolgten mich.

»Frau Blemmer, können Sie bitte damit aufhören«, platzte es aus mir heraus, als ihr Arm zum zweiten Mal gegen meinen Magen donnerte.

»Ich wollte Sie nicht treffen, junger Mann.« Das war keine Entschuldigung, sondern ein Vorwurf. Und sofort setzte der Singsang wieder ein.

»Das meine ich, Frau Blemmer, können Sie damit aufhören … Bitte.«

Ein Schnauben, und dann war Ruhe.

Ich bekam eine Hose, ein paar Stiefel und Handschuhe für die Violine meines Sturmbannführers.

Máme hätte mir fast das Geschäft versaut, weil sie den bärtigen Mann, mit dem ich zu feilschen versuchte, wie eine Furie angebrüllt hatte. Aber irgendwie gelang der Handel doch noch. Der Bärtige und ich überschrien ihr Gezeter einfach.

»Gáslen, elender«, zischte Frau Blemmer, als wir den Hinterhof verließen.

»Ich?«

»Sie? Nein, Sie sind ein bedauernswerter Idiot, für die Fidl hätten Sie auch bessere Schuhe kriegen können. Der schlimme Mensch, der Sie übers Ohr gehauen hat, das ist ein Gáslen. Schauen Sie sich das doch an. Das ist alles verramscht.«

Als ich links abbiegen wollte, boxte sie mich in den Rücken.

»Wo wollen Sie hin?«

»Nach Hause. Und würden Sie bitte aufhören mich zu schlagen, Frau Blemmer«, antwortete ich.

»Wir gehen nicht nach Hause, wir gehen ins Kaffeehaus. In das gute.«

Es sollte eine Einladung sein, aber es klang wie eine Kriegserklärung.

Das Kaffeehaus war ein schlecht beleuchteter, überfüllter Raum, die Preise absurd, aber hier konnte man Delikatessen wie Schokolade und schwarzen Tee mit Zucker bestellen. Die wenigsten Ghettobewohner konnten sich so etwas leisten, und wir gehörten zu diesen wenigen Glücklichen.

»Wie lange werden Sie durchhalten, Adam?« Es war, als ob Frau Blemmer ihre Nilpferdhaut abgestreift hätte. Da war keine Bösartigkeit in ihrer Stimme, eher Neugier und sogar ein Hauch von Fürsorge.

»Was meinen Sie?«

»Ihre Rolle als mein Beschützer. Sie sind nicht der Erste, den Abraham ausgewählt hat.«

Und dann erzählte sie mir von David, der mit seiner Frau und seinen zwei kleinen Töchtern im Ghetto gewohnt hatte.

David hatte unentwegt nach einer Möglichkeit gesucht, mit seiner Familie zu fliehen und auf der arischen Seite unterzutauchen. Aber ihm fehlten die finanziellen Mittel. Eines Tages geriet er an Rafal, und der Polizist setzte sich mit Abraham in Verbindung. Es dauerte nicht lange, bis Abraham David sein Angebot unterbreitet hatte: David sollte im Ghetto bei Máme Blemmer bleiben, dafür würde Abraham dessen Frau und Kinder rausholen und an einen sicheren Ort bringen lassen.

David stimmte zu.

Einige Monate später war er allerdings zu etwas Geld gekommen, mit dem er nun auch seine eigene Flucht hätte finanzieren können. Er bat Ruth um die Erlaubnis, zu gehen, und sie war einverstanden. Abraham ließ ihm jedoch durch Rafal ausrichten, dass das gegen die Vereinbarung wäre. Der Schutz für Frau und Kinder würde nur so lange aufrechterhalten, wie David seine Aufgabe im Ghetto erfüllte.

David, der wusste, wo seine Familie versteckt wurde, beschloss trotz Abrahams Drohung, die Flucht zu wagen und selbst für sie zu sorgen.

Frau Blemmer schnaufte.

»Und dann? Hat er es geschafft?«

»Natürlich nicht. David ist auf der Flucht erschossen worden, und mein Sohn hat die Frau und die zwei Mädchen vor die Tür setzen lassen. Noch in derselben Nacht. Rafal arbeitet schnell. Ich weiß nicht, wen ich mehr verachten soll, meinen Sohn oder Rafal.«

Die Tasse in ihrer Hand zitterte.

»Die Menschen sind schlecht, Adam. Für ein bisschen Gold tun sie alles.«

»Bezahlt Ihr Sohn den Polizisten?«

»Was denken Sie denn? Rafal ist sein Spion, sein Lakai. Abraham lässt mir regelmäßig Geld zukommen. Die Hälfte steckt Rafal ein, und ein anderer Teil wandert zu irgendeinem Verbrecher, der beim Judenrat arbeitet.«

»Warum?«

»Bestechung. Damit nicht irgendwelche Leute in unsere Wohnung einquartiert werden. Hier ein eigenes Zimmer zu besitzen, ist Luxus.« Sie lächelte bitter.

Einen Moment lang schwiegen wir beide, und erst jetzt bemerkte ich, dass Musik spielte, dass Paare, verliebte oder auch nicht verliebte, in der Mitte des Raumes tanzten.

»Ich habe meinen Sohn gebeten, mir keinen neuen Beschützer zu schicken.« Sie sah mich nicht an.

»Aber ich bin hier«, sagte ich mit fester Stimme.

»Ja. Sie erleichtern Abrahams Gewissen. Das ist Ihre Rolle in dieser finsteren Komödie.«

Eine kuhäugige Sängerin in einem schäbigen Abendkleid stimmte einen Schlager an, und Frau Blemmer drängte zum Aufbruch.

»Ich habe noch eine Frage …«, sagte ich, als Máme bereits stand.

»Fragen Sie, Adam.«

»Sie könnten hier raus …«

»Ist das die Frage?«

Ich nickte. Frau Blemmer starrte an die Decke, seufzte und setzte sich schließlich wieder.

»Also gut … In Polen bemühte sich mein Vater, wie die Polen zu sein. Er sprach ihre Sprache, ließ seine ganze Familie taufen, aber das reichte nicht. Sie stachen ihm ein Auge aus … mit einem vernagelten Brett. Er überlebte, und wir gingen nach Österreich. In Wien bemühten wir uns, wie die Österreicher zu sein. Wir lernten ihre Sprache, übernahmen ihre Bräuche und gingen jeden Sonntag nach der Messe im Prater spazieren. Vater arbeitete wie ein Besessener, verdiente viel Geld, war großzügig und freundlich zu jedermann. Und doch hörten sie niemals auf, dem einäugigen, polnischen, katholisch getauften Juden zu misstrauen. Dann der Anschluss. Und wie sich die Österreicher anschlossen!«

Die Deutschen kamen, Ruths alter Vater kaufte eine Bismarckbüste, die einen Ehrenplatz auf dem Klavier erhielt. »Aber das reichte nicht.« Sie sperrten ihn ein und prügelten ihn zu Tode. Ruths Mutter sprang aus dem Fenster, als sie erfuhr, dass er nie mehr nach Hause kommen würde.

Ruth, ihr Mann und ihr erwachsener Sohn wurden nach Warschau abgeschoben. Ihr Mann erkrankte und starb.

Ein reicher polnischer Jude nahm sie und Abraham bei sich auf. Sie lernte Hebräisch und betete jeden Tag, aber es reichte nicht.

Kurz bevor die Deutschen anrückten, erlitt der fromme Mann einen Herzinfarkt. Er vererbte Frau Blemmer sein gesamtes Vermögen, das ihr Sohn sofort an sich riss.

»Dann errichteten die Deutschen dieses Ghetto. Und endlich muss ich mich nicht mehr bemühen, vergeblich bemühen, zu gefallen. Von hier will mich niemand mehr vertreiben. Hier kann ich in Ruhe sterben.«

»Und Gott?«

»Gott ist mein Feind.«

»Ich dachte, er prüft Sie?«

»Ja, das tut er. Freunde prüfen einen nicht.«

Ehe ich noch etwas sagen oder fragen konnte, war Frau Blemmer schon wieder in ihren Nilpferdpanzer geschlüpft und schubste mich fast vom Stuhl.

»Jetzt kommen Sie schon, und vergessen Sie nicht die verschrotteten Schuhe da. Wie ein Trottel haben Sie sich über den Tisch ziehen lassen. Wie ein Trottel …«

Herakles stapfte mit seinen neuen Stiefeln durch die Wohnung und lachte, bis er fast keine Luft mehr bekam.

Am nächsten Morgen brach ich einen der verdorrten Rosenstiele ab und nähte das Stöckchen zusammen mit ein paar Stoffresten in die schwarzen Wollhandschuhe ein. Ein kleiner Finger aus Rosenholz und grauem Leinen.

»Professor, schauen Sie«, rief das Kind und hielt Menden seine behandschuhte Pfote unter die Nase. »Er hat mir einen Finger gemacht.«

Der Professor sah von seinem Buch auf, strich über die schwarze Kinderhand und lächelte. »Adam spielt jetzt Gott. Eine große Rolle, mein lieber Freund.«

»Was wissen Sie schon von Gott, Professor?«, sagte Frau Blemmer.

»Natürlich nichts. Verzeihung, Verzeihung.«

Und während Menden und Abrahams Máme eisige Blicke tauschten, lief Herakles zur Tür. Er drehte sich noch einmal um, winkte mit der reparierten Hand und wäre fast mit Rafal zusammengestoßen.

Ich habe das Entsetzen in Herakles' Augen gesehen.

»Wie geht es dir?«, rief der Polizist dem Kind hinterher. Aber das Klappern der neuen Stiefel auf der Treppe war die einzige Antwort, die er bekam.

Frau Blemmers Verachtung, die eben noch dem Professor gegolten hatte, verlagerte augenblicklich ihr Ziel.

»Haben Sie Herakles den Finger abgeschlagen, Rafal?« Sie konnte fragen, wie andere nur ohrfeigen können.

»Frau Blemmer! Natürlich nicht.« Empörung – oder war es Angst? – färbte seine Wangen.

»Nein?« Sie lachte.

»Nein. Nein. Als ich dazukam, war es schon geschehen. Ich ...«

»Sie haben es gesehen, und Sie haben den Jungen nackt nach Hause gehen lassen?«

»Er ist weggelaufen.«

Sie griff nach ihrem Mantel. »Rafal, ich kann Ihren Anblick einfach nicht ertragen.«

Der Polizist sackte zusammen, er setzte sich auf den Boden.

»Die Deutschen haben ihn beim Stehlen erwischt. Als ich ankam … Ich habe gesagt, sie sollen ihn gehenlassen. Es reicht, habe ich gerufen … Es reicht, genug …«

»Haben Sie das?«, fragte der Professor sanft.

»Ja. Ja … Ich glaube … Ich weiß es nicht. Ich wollte …« Rafal schlug die Hände vors Gesicht. »Sie müssen besser auf Herakles aufpassen. Sie müssen wirklich besser auf ihn aufpassen.«

Der Polizist rappelte sich hoch und zog ein paar Geldscheine aus seiner Tasche. »Von Abraham, können Sie es ihr bitte geben.«

Menden nickte.

»Es ist nicht meine Schuld. Was hätte ich denn tun können? Was?«, fragte Rafal. Aber weder der Professor noch ich wussten darauf eine Antwort.

»Adam, schauen Sie, was ich habe«, sagte Menden, als wir allein waren, und hielt zwei Zigarren hoch. »Möchten Sie?«

Der blaue Rauch, den wir in die Luft schickten, vermischte sich mit dem grauen Rauch, den unser Ofen ausspuckte.

»Erzählen Sie mir von der Liebe, Adam.«

»Von der Liebe?«

»Ihre Geschichte. Erzählen Sie sie mir noch einmal.«

Also fing ich an: Es war einmal ein Junge, er hieß Adam Cohen, seine Großmutter hatte schwarzblaue Haare, italienische Haare … »Und Rafal fragte Adam und den Professor, was er denn hätte tun können, aber keiner von beiden wusste eine Antwort … Das ist das vorläufige Ende.«

An den kurzen Wintertagen dehnten sich die Stunden. Das Hochgefühl, das Augusts Kriegserklärung ausgelöst hatte, hatte sich längst verflüchtigt. Herakles zog wieder tagtäglich durch die Straßen des Ghettos, und Frau Blemmer zürnte wie eh und je der gesamten Menschheit.

Allmählich setzte sich der Warschauer Alltag in meinen Kleidern fest. Die Jacke meines Großvaters, die mich beschützen sollte, hatte an beiden Ellbogen ein Loch, ebenso wie die Sohlen meiner Stiefel.

Ich stand hinten und hörte der Musik zu, aber dieses Mal wollten die Melodien mich nicht entführen. Denn in der letzten Stuhlreihe saß jemand, den ich schon einmal gesehen hatte. Es war der alte Mann, der Stofffetzen in Hunde und Tauben verwandeln konnte.

Erst als ich ihm von unserer Begegnung in Wredens Fabrik erzählt hatte, erkannte mich der Püppchenmacher wieder.

Izydor Klein betrachtete mich voller Verwunderung. »Aber damals waren Sie ohne …« Und er berührte die Sternenbinde an meinem Arm.

»Eine lange Geschichte …«

Er lächelte verständnisvoll.

»Arbeiten Sie noch bei Wreden?«

»Ja.«

»Und haben Sie Bernie … Bernadette wiedergesehen?«

»Oh … Das gnädige Fräulein mit ihrem Hund Zweiäuglein. Ja. Ja. Sie kommt oft.«

»Wie geht es ihr? Ich meine, wie sieht sie aus? Ist sie gewachsen? Lacht sie?«

»Unverändert, würde ich sagen. Soll ich sie grüßen, falls …«

»Nein.«

Izydor wohnte ganz in meiner Nähe, und wir machten uns gemeinsam auf den Heimweg.

»Falls Sie dem gnädigen Fräulein doch etwas aus…«

»Nein«, sagte ich, bevor er seinen Satz beenden konnte.

»Sie wissen ja jetzt, wo ich wohne.« Der alte Mann drückte meine Hand.

Einen Moment lang stand ich allein auf der Straße und drehte meinen Kopf in die Richtung, in der ich das Drachenhaus vermutete. Und es war mir, als ob ich eine Glocke läuten hörte und das Lachen eines Riesenbabys. Die Geräusche verstummten erst, als ich die Treppen zu unserer Wohnung hochstieg.

So friedlich saßen die drei selten beisammen. Der Professor las ein Buch, Frau Blemmer stopfte Socken, Herakles hockte neben dem Ofen und wiegte seine Puppe.

Ich setzte mich zu dem Kind auf den Boden. Zwei Kerzen, eine Petroleumlampe und das Ofenfeuer tauchten das Zimmer und seine Bewohner in ein hübsches, lebendiges Licht.

Aber wir sind im besetzten Polen, Anna …

Achtzehn Schüsse. Ich habe mitgezählt. Herakles und ich klebten an der Fensterscheibe, unsere Verdunkelung hatte ebenso viele Löcher wie unsere Kleider.

Fünf Männer aus Busslers Verein. Zehn Schüsse. Sieben Tote. In einer Reihe. Einer der Uniformierten schießt einmal in die Luft, schlägt sich dann wild auf die Brust. Ein Siegestrommeln. Schreie. Aus dem gegenüberliegenden Haus stürmen vier Menschen. Sechs Schüsse. Vier Menschen weniger auf der Welt. Der Trommler läuft auf und ab. Brüllt die Leichen an. Brüllt seine Männer an. Er lacht. Sein rechter Stiefel zertrümmert den Kiefer einer toten Frau. Weil der Mann noch ein bisschen Kraft in seinem Fuß verspürt. Die will raus. Applaus. Hast du mitgezählt, Anna? Einen Schuss hat er noch. Ein Mädchen mit langen Haaren. Ein schönes Mädchen, soweit ich das von hier oben erkennen kann. Doch! Sie war schön. Und wenn sie nur ein paar Minuten später hier entlanggekommen wäre oder eine halbe Stunde früher oder einfach einen anderen Weg genommen hätte, wäre sie vielleicht noch immer schön. Sie will umkehren, aber der Trommler hat sie bereits entdeckt. Da ist noch eine Kugel in seiner Pistole. Die will raus. Das Mädchen rennt, ihre Haare wehen im Wind. Trab, Galopp. Ein Schuss. Sie fällt. Wir stehen am Fenster und schauen zu. Und Busslers Verein klatscht Beifall. Will eine Zugabe. Aber so funktioniert das nicht. Das Mädchen, eine winzige Nebenrolle in dieser Geschichte, in meiner Geschichte, in der Geschichte des Trommlers, wird nicht wieder aufstehen, nicht noch einmal loslaufen. Da können die Männer noch so viel schreien und johlen.

Herakles setzt sich wieder, ich schaue mir das Schauspiel

bis zum Ende an. Sie ziehen das Mädchen aus, das hat der Trommler befohlen. Nackt liegt sie da. Ich kenne ihren Namen nicht, und sie kennen ihren Namen auch nicht. Aber irgendwer kennt ihren Namen, wartet darauf, dass sie nach Hause kommt. Irgendwer wird weinen in dieser Nacht.

Der Trommler öffnet seine Hose und pisst dem toten Mädchen ins Gesicht. Auch dafür erntet er tosenden Jubel.

Achtzehn Schüsse. Zwölf Geschichten, die in dieser Nacht ihr endgültiges Ende gefunden haben. Getränkt in Blut und Pisse.

Ich hockte mich wieder neben Herakles. Vier Finger und ein Rosenstöckchen, eingehüllt in schwarze Wolle, streichelten meinen Arm. Frau Blemmer und Menden seufzten. Sie kannten das, sie waren schon länger hier als ich. Ich wollte weinen um den Menschenhaufen, der da unten lag, aber es kamen keine Tränen. Der Mann mit der Sense saß in einem verlumpten Umhang auf unserem Fensterbrett und roch nach billigem Schnaps. Und als auch nach mehreren Minuten kein einziger Tropfen meine Augen verlassen wollte, zuckte er die Achseln und verschwand. Er kannte das, er war schon länger hier als ich.

Frau Blemmer kochte einen dünnen Tee für uns und stieß ein paar leise hebräische Flüche aus. Dieses Mal galten sie nicht uns.

Menden räusperte sich. »Adam, ich habe etwas für Sie.«

Ich betrachtete das Buch, das er in meine Hände gelegt hatte. Beiges Leinen. Keine Aufschrift.

»Schlagen Sie es auf«, drängte der Professor.

Auf der ersten Seite standen zwei Worte in Mendens Handschrift: ADAMS ERBE. Sonst nur weiße, leere Blätter.

»Was ist das?«

»Sie sollen schreiben.« Er lächelte.

»Was soll ich schreiben?«

»Von der Liebe. Von uns. Damit wir nicht verschwinden.«

»Wir verschwinden nicht«, sagte ich und legte das Buch zur Seite.

»Schauen Sie doch aus dem Fenster, Adam.«

Drei Augenpaare sahen mich hoffnungsvoll an, als könnte ich entscheiden, wer bleiben und wer verschwinden wird.

»Wir verschwinden nicht«, sagte ich noch einmal, und es lag kein Zweifel in meiner Stimme, Anna.

Rafal, der immer im richtigen falschen Moment aufzutauchen schien, stand in der Tür. Keiner hatte ihn kommen hören. Rechts, links, rechts, ein kleiner Hüpfer. In Sekundenschnelle verzog sich Herakles mit seiner Puppe in den Schrank.

»Guten Abend«, sagte Rafal.

»Brauchen Sie eine Axt? Wollen Sie uns die Finger abschlagen oder uns gleich den Schädel zertrümmern, Rafal?«

Sein Gesicht zuckte bei jedem ihrer Worte. »Frau Blemmer, bitte …«

»Was wollen Sie?«

Der Hilfspolizist deutete auf ein in Zeitungspapier eingewickeltes Bündel. »Für Herakles«, sagte er.

»Was? Bringen Sie seinen Finger zurück?«

Der Professor erbarmte sich und nahm das Paket entgegen. Ein Mantel, ein Kindermantel ohne ein einziges Loch. Dunkelblau. Ich würde sogar sagen: italienischblau.

»Wer soll Ihnen denn vergeben, Rafal? Wir?«, fragte Abrahams Máme ungerührt.

»Nein. Ich will doch nur …«

»Ein sehr schöner Mantel«, sagte Menden.

»Sie Narr«, zischte Frau Blemmer. Ich wusste nicht, welchen der beiden Männer sie damit meinte, aber der Polizist anscheinend schon. Als ob alle Stricke, die ihn bisher zusammengehalten hatten, gleichzeitig gerissen wären, schrie er los: »Ich habe nichts getan. Nichts. Ich habe nichts Schlimmes getan. Ich habe nichts getan. Nichts. Nichts. Nichts.«

»Rafal, armer Rafal. Wer soll Ihnen nur vergeben? Und jetzt gehen Sie, und schlafen Sie, falls Sie das können.«

Máme stand auf und schob den Hilfspolizisten Richtung Tür. Er ließ sich widerstandslos hinausführen.

Herakles begutachtete den Mantel, der ihn gegen den polnischen Winter schützen könnte. Der Junge zog seine Handschuhe aus und betastete mit neun Fingern den weichen Stoff. »Ich will ihn nicht«, sagte das Kind schließlich.

Und da war etwas in seiner Stimme, das keinen Widerspruch duldete.

»Wir können ihn gegen einen anderen eintauschen«, schlug ich vor.

»Nein. Es würde trotzdem hier weh tun.« Er deutete auf seinen Hals, ein paar Zentimeter unterhalb der Kehle. Dort sitzt der Stolz. Herakles verkroch sich wieder in seinen Schrank.

Das Mäntelchen und das leere Buch verstaute ich neben dem Rosenkübel. Dort warteten sie, seltsam vereint, auf ihre Stunde. Schon ein paar Tage später war es zumindest für eines von ihnen so weit.

»Was machen Sie da?« Abrahams Máme haute mit der flachen Hand gegen meinen Hinterkopf, vor Schreck ließ ich die rostige Schere fallen. Die Nilpferdhiebe schmerzten nicht, sie machten nur wütend.

»Frau Blemmer, Sie sollen mich nicht schlagen.«

»Das habe ich doch gar nicht«, schnaubte sie. »Und was soll das, Adam?« Sie hielt eines von 42 Stoffstücken in die Höhe.

»Er hätte ihn niemals angezogen«, sagte ich.

Ein weiteres Schnauben, und dann verfiel sie ins Hebräische. Ich ließ sie fluchen und zerschnitt den Rest des Mantels in kleine Teile.

»Wohin gehen wir?«, fragte Herakles, der neben mir herhüpfte. »Und was ist in dem Sack?«

»Eine Überraschung. Wir sind gleich da.«

Das Kind lachte und stampfte auf und lachte.

Izydor Klein schien kein bisschen überrascht zu sein, mich so schnell wiederzusehen. Er verstand sofort, was ich von ihm wollte, als ich den Sack mit den Stofffetzen öffnete. Der Alte lächelte und wandte sich an Herakles.

»Was ist dein Lieblingstier?«, fragte er das Kind, das gebannt auf den Flickenhaufen starrte, der einmal ein dunkelblauer Mantel war.

Herakles überlegte sehr lange und sehr gründlich.

»Wie heißt sie, wie heißt sie?«, rief er aufgebracht. »Mit vier Beinen und braun und weiß, aber kein Pferd … Sie war einmal hier.«

Ich hatte keine Ahnung, wovon er sprach, aber Izydors Augen leuchteten auf. »Du meinst eine Kuh.«

»Die Kuh. Sie war einmal hier, Adam.« Herakles atmete schnell vor Aufregung, und sein Kopf flog in den Nacken.

»Eine Kuh war hier?«, fragte ich.

»Ja. Ja.« Er klatschte in die Hände. »Sie war … Sie war schön und groß und dick, und sie war hier. Sie war hier.«

Izydor lachte, und dann erzählte er mir, dass jemand wirklich einmal eine Kuh ins Ghetto gebracht hatte. Viele Kinder, unter ihnen Herakles, hatten bis dahin noch nie so ein Tier gesehen. Es war ein Ereignis gewesen und für einige anscheinend unvergesslich.

»Gut, eine Kuh.« Und schon verzauberten Izydors Hände ein paar Stoffstücke, und fertig war die Kuh.

»Wie machst du das?« Herakles' grüne Teller wurden so groß, dass sich ganz Polen darin hätte spiegeln können.

Eine Stunde später besaß das Kind eine ganze Menagerie von Kühen, Ratten, Katzen, Raben und Hunden.

Völlig versunken formierte er die Tiere immer wieder neu, stellte sie einander vor und flüsterte ihnen Geheimnisse in ihre winzigen Ohren.

Izydor reichte mir ein Glas mit einer roten Flüssigkeit.

»Angeblich Wein, aber das bezweifle ich. Probieren Sie.«

Es schmeckte süß und bitter zugleich, ein wenig wie Hustensaft.

»Ich habe sie heute gesehen«, sagte Izydor.

»Wen?«

»Das gnädige Fräulein.«

»Bernadette?«

»Ja. Bernadette. Bei unserer letzten Begegnung habe ich Ihnen etwas verschwiegen, Adam.«

Izydor faltete seine von blauen Adern und hellbraunen

Flecken überzogenen Hände zusammen. »Das Mädchen hat mein Leben gerettet«, flüsterte er.

»Bernie?«

»Ja. Warten Sie. Ich zeige es Ihnen.« Der alte Mann stand auf und kam mit einer Schachtel zurück. Ein schwarzer Stoffhund, auf dessen Bauch in Silber das Vereinskürzel »ss« glitzerte. Ein feldgrauer Adler, auf dessen Schwingen die Reichsflagge prangte. Ein Pferd mit dem Schriftzug »Sieg Heil« auf dem Rücken.

Izydor Klein erzählte mir die Geschichte des nationalsozialistischen Miniaturzoos: Der alte Mann sollte entlassen werden, so wie viele andere seiner Kollegen auch. An dem Tag, als die Schreckensnachricht bekanntgegeben wurde, war zufällig Bernadette in der Fabrik und flehte ihren Vater an, Izydor zu behalten. Auf Drängen seiner Tochter ließ sich der Fabrikant das »Talent« des Arbeiters vorführen.

Egon Wredens Desinteresse verwandelte sich nach wenigen Minuten in Begeisterung. Er drückte Bernie an sich und nannte sie ein Genie.

Die Miniaturtiere waren so klein, dass sie in einem Standardkuvert Platz fanden. Geschenke für Soldatenkinder. Väter konnten ihrem Nachwuchs mit der Feldpost ein solches Püppchen zukommen lassen.

Die Wehrmacht und die Waffen-ss waren von den Tieren angetan, und Herr Wreden bekam sogar eine Auszeichnung für besondere Verdienste.

»Wenn das gnädige Fräulein nicht gewesen wäre, hätte ich meine Arbeit verloren und wäre wahrscheinlich verhungert.«

»Auf Bernadette.« Ich erhob mein Glas mit dem falschen Wein.

Der Alte senkte den Kopf. »Das Mädchen scheint sehr einsam zu sein.« Gedankenverloren betrachtete er die Adern auf seinen Händen, dann sah er mich an. »Einmal hat sie mir erzählt, dass sie zwei Freunde hatte, Lena und Anton, aber beide hätten sie verlassen.«

»Anton bin ich, und Lena war ihre Schwester.« Der Hustensaft, oder was auch immer da in meinem Glas schwappte, entfaltete nun seine volle Bitterkeit.

»Ich weiß. Lena ist hier in Warschau gestorben und Anton in Italien.«

»Wer sagt, dass Anton tot ist?«

»Das gnädige Fräulein.«

»Woher hat sie das?«

Anton Richter, der Rosenzüchter des Generalgouverneurs, forschte in Italien. Er war nicht tot.

»Das weiß ich nicht.« Izydor holte Luft. »Aber Bernadette würde sich sicher freuen, von Anton zu hören.«

Nachdem ich Herakles nach Hause gebracht hatte, machte ich mich auf die Suche nach Rafal. Er war der Einzige, der mir vielleicht erklären konnte, was es mit Antons italienischem Tod auf sich hatte. Ich fand den Hilfspolizisten in seiner Wohnung.

»Ist was passiert? Ist was mit Herakles?«

»Nein. Alles in Ordnung.«

Rafals Augenbrauen senkten sich langsam wieder. Er seufzte erleichtert. »Sehen Sie, Adam, ich wollte nicht, dass …«

»Deswegen bin ich nicht hier«, unterbrach ich ihn und nannte mein Anliegen.

»Anton Richter musste sterben, damit niemand auf die Idee kommen konnte, ihn zu besuchen oder zurückzuholen«, erklärte mir Rafal. »Man hätte herausgefunden, dass er niemals nach Italien gefahren ist. Man hätte ihn gesucht. Und das, Adam, hätte die Aufmerksamkeit auf bestimmte Leute gelenkt, die Sie hierhergebracht haben. Unnötige Probleme.«

Sie hatten wirklich an alles gedacht. Auf einmal kam ich mir schrecklich dumm vor. Etwas Schweres legte sich auf meine Lungenflügel. Ein Gedanke, der ganz langsam Gestalt annahm, drückte gegen meine Milz oder meine Nieren oder gegen alles gleichzeitig. Und dann wurden aus der Beklemmung Worte.

»Was würde mit Anna passieren, wenn ich sterben würde?«, fragte ich.

»Tun Sie es einfach nicht«, sagte Rafal tonlos.

Ich musste lachen. »Aber was wäre, wenn …?«

Der Hilfspolizist sah mich nicht an, und ich verstand. Nur ein lebender Adam konnte Abrahams Máme beschützen und bei ihr bleiben. Flucht oder Tod, es war einerlei.

»Niemand hat Sie gezwungen, sich darauf einzulassen.« Rafal wollte meine Absolution, aber die bekam er nicht. Ich verließ den Polizisten, ohne mich zu verabschieden.

In meiner Brust trug ich zwei Leben, meins und deins, Anna.

Und dann, Anna, kam dieser grausame Frühling.

Ich verlor meine Arbeit, denn Augusts Leute setzten die Konzerte im Ghetto auf ihre Verbotsliste. Warum? Ich weiß es nicht. Es ergab genauso wenig Sinn, wie einem toten Mädchen ins Gesicht zu pinkeln. Aber so war es nun mal.

Eine Woche später erfuhr ich, dass Tadeusz, Janusz und die anderen nicht mehr in Kressendorf waren. Sie waren verraten worden. Einen von ihnen hatte man erschossen, aber Rafal, der mir die Nachricht überbrachte, wusste nicht, wen. Die anderen hatten fliehen können und waren untergetaucht.

Ihre Enttarnung hatte keine direkten Folgen für meine Warschauer Existenz, doch es war immer ein beruhigendes Gefühl gewesen zu wissen, dass Tadeusz und Janusz dort draußen waren.

So fing dieser Frühling an. Aber die verlorene Arbeit und die verschwundenen Polen waren nur der Auftakt, waren nichts verglichen mit dem, was folgen sollte.

Es war ein Aprilabend. Rafal saß in Mendens Zimmer und klagte darüber, dass er noch keine neue Arbeit für mich gefunden hatte. Anscheinend gehörte das zu seinen Aufgaben. Dafür wurde er wohl bezahlt.

Herakles hockte im Schrank, wie immer, wenn der Hilfspolizist bei uns auftauchte.

»Dass Sie auch nichts können, Adam«, sagte er vorwurfsvoll.

Frau Blemmer lachte einmal laut auf. »Und was können Sie, Rafal?«

Er antwortete nicht, sondern holte ein dünnes Bündel Geldscheine aus seiner Hosentasche.

»Es ist wenig. Im Moment haben wir Schwierigkeiten.«

»Das heißt?«, fragte Menden, der sich bisher hinter einem Buch versteckt hatte.

»Das heißt, dass wir mehr Leute als sonst kaufen müssen, damit das hierher gelangen kann.«

So blieb er einen Moment lang stehen. Nur die Scheine in seiner linken Hand bewegten sich.

»Rafal, warten Sie auf Applaus?«, fuhr Frau Blemmer ihn an. Es war, als ob man die Luft aus ihm herauslassen würde. Sein Körper erschlaffte, allein der Gummiknüppel bewahrte Haltung.

Kaum hatte der Polizist unsere Wohnung verlassen, kroch Herakles aus dem Schrank. Drei Kühe in seiner Hand und ein Lachen im Hals, das nur darauf wartete, freigelassen zu werden. »Applaus«, kreischte er, und schon kippte der Kinderkopf nach hinten.

»Du bist schrecklich laut, Herakles«, maulte Frau Nilpferd und hob drohend ihre Hand. Der Junge duckte sich und setzte sich neben den Ofen.

»Adam, sie haben noch kein Wort zu Papier gebracht«, sagte Menden. Erst jetzt sah ich, dass er mein Buch in den Händen hielt.

»Ich wüsste nicht, was ich da reinschreiben sollte.«

»Schreiben Sie über Berlin, über Kressendorf, über Warschau. Erzählen Sie von Ihrer Großmutter und Anna. Erzählen Sie von uns …«

»Schreib von der Kuh … Schreib, dass sie hier war«, rief Herakles.

»Und von Rafal, diesem Narren«, zischte Ruth.

»Und von der Liebe. Immer wieder von der Liebe.« Der Professor lächelte.

»Sie haben auch einmal ein Buch geschrieben, nicht wahr?«

Menden errötete. »Woher …?«

»Rafal hat es mir gesagt.«

»Rafal bringt da wohl etwas durcheinander.« Das Rot brannte noch auf seinen Wangen, als er weitersprach. »Ich habe angefangen, aber ich habe es nie beendet. Ich konnte nicht, ich habe mich zu sehr geschämt.«

»Warum? Handelte es von Ihnen?«, fragte ich.

»Nein. Nicht direkt. Aber gleichgültig, worüber man schreibt, man gibt doch etwas von sich preis …«

Und dann geschah etwas Merkwürdiges. Ich kann nicht mehr sagen, wem die erste Träne entwich. Herakles, dem Professor, Frau Blemmer oder mir?

Wir weinten. Alle vier. Wir weinten um die unvollendeten Geschichten, um verpasste Chancen, um die Worte, die wir nie gesagt hatten, um alles, was wir niemals verstehen würden. Wir weinten um die Scham, um die Angst und um die Liebe. Wir weinten um uns selbst. Die Kühe, die in Herakles' vierfingriger Hand grasten, waren klitschnass.

Die Maisonne brachte den ganzen Schmutz des Warschauer Ghettos zum Leuchten.

Es lag etwas in der Luft, etwas Irres, als ob Millionen Schmetterlinge gleichzeitig mit den Flügeln schlagen würden.

Ruth Blemmer und Menden gerieten fürchterlich aneinander. Es ging um den Ofen. Madam passte es nicht, dass der Professor heizte, obwohl es draußen warm war. Das Geschrei dauerte den ganzen Abend. Beide versuchten mich auf ihre Seite zu ziehen, und ich gab einfach immer wieder beiden recht.

»Frau Blemmer, wenn ich noch einmal das Wort Brikett höre, dann … dann …«

»Was dann? Was? Was?«

»Dann … dann vergesse ich mich.«

»Professor, Sie machen sich lächerlich. Was soll das denn bedeuten, Sie vergessen sich?«

»Ich werde Sie aus dem Fenster schmeißen, haben Sie gehört, Frau Blemmer. Können Sie jetzt die Bedeutung von ›ich vergesse mich‹ ermessen?«

»Sie sind ein alter, rheumazerfressener Mann, wie wollen Sie mich aus dem Fenster schmeißen? Wie denn?«

»Adam, bitte sagen Sie Frau Blemmer, dass ich für jedes einzelne Kohlestückchen bezahlt habe und dass es mein Recht ist, zu heizen, ob die Sonne nun scheint oder nicht.«

»Hör sich das einer an! Adam, sagen Sie bitte dem Professor, dass …«

Doch ehe sie den Satz beenden konnte, tauchte Rafal auf. Natürlich Rafal. Immer im richtigen falschen Moment.

»Ungebetener Besuch«, flüsterte der Professor und lächelte böse. Er sah seine Chance, dem Zorn der Nilpferddame zu entkommen. Und natürlich sprang sie darauf an. Frau Blemmer wandte sich Rafal zu, öffnete den Mund. Aber dann bemerkte auch sie es. Als Letzter begriff Menden, dass etwas nicht stimmte.

Der Hilfspolizist war weißer als Porzellan, und das meine ich wörtlich, Anna. Ich habe noch nie einen so weißen Menschen gesehen. An seinen Händen und an seiner Uniform klebte Blut. Dunkelrot, fast braun. Ich suchte nach einer Wunde an seinem Körper, nach der Quelle, vergeblich.

»Sie hätten besser auf ihn aufpassen müssen.«

Mehr sagte er nicht, mehr musste er nicht sagen. Und wir folgten dem Polizisten, der uns zu der Quelle führte.

Vor unserem grauen Haus, auf der grauen Straße, lag Herakles. Seine Augen waren grün. Er konnte bis hundert zählen und wusste, was eine Kuh ist, aber er hat mir nie geglaubt, dass es mehr als eine Kuh auf der Welt gibt.

Herakles, Zeus' Lieblingssohn. Der die unmöglichsten Aufgaben meistern musste. Er hatte neun Finger und lebte in einem Kleiderschrank.

Er war mein Freund, und ich wünschte, ich hätte besser auf ihn aufgepasst.

Das Weinen, Anna, war der Refrain dieses grausamen Frühlings.

Ich hob den toten Kinderkörper auf. Blut tropfte auf meine Jacke. Einen Moment lang war ich mir sicher, dass er noch einmal seinen Kopf in den Nacken werfen würde, dass er noch einmal lachen und aufstampfen würde. Aber still und leicht lag er in meinen Armen.

Hier endete die Geschichte von Herakles. Und Anna, ein kleiner Teil meines Herzens, das an dir hing, das immer noch an dir hängt, wird für immer auf dieser grauen Straße bleiben.

Herakles' Tod fraß sich in unsere Körper. Wir wurden krank, alle drei. Der Professor fing an zu husten. Er spuckte Blut und braune Bröckchen. Frau Blemmers Beine versagten ihren Dienst. Ihre Knie schwollen auf Nilpferdgröße an. Und ich bekam Schüttelfrost, der mich nächtelang erschauern ließ.

Es war Rafal, der täglich zu uns kam und uns versorgte. Ein wenig Farbe war in sein Gesicht zurückgekehrt, aber er war immer noch blass.

Wir dankten dem Hilfspolizisten nicht, aber wir duldeten seine Fürsorge, etwas anderes blieb uns auch nicht übrig. Rafal, der in mir seinen geneigtesten Zuhörer gefunden zu haben glaubte, wurde nicht müde, mir die Geschichte von Herakles' letzten Minuten zu erzählen.

»Geschmuggelt ... Kontrolle ... Schüsse ... Schreie.« Und irgendwo zwischen diesen Wörtern hatte das Kind aufgehört zu atmen. Rafal kam, als es schon zu spät war. Alles, was er tun konnte, war, den Jungen hochzuheben und vor unser Haus zu legen.

Der Polizist war ein geduldiger und freundlicher Krankenpfleger, aber manchmal beschlich mich das Gefühl, dass er auch kam, um nachzuschauen, ob ich noch lebte, ob Abrahams Pakt noch Bestand hatte. Vielleicht tue ich ihm unrecht. Vielleicht.

Langsam erholte sich der Dreizimmerhaushalt. Eines Morgens fuhr Frau Blemmer den Professor an, er solle doch endlich mit diesem Geröchel aufhören, und Menden schnauzte kurzatmig zurück.

An diesem Tag entließen wir Rafal aus seinen Pflegediensten und nahmen unser Leben wieder selbst in die Hand.

Die Schmetterlinge flatterten noch immer wie von Sinnen durch das sommerliche Ghetto.

Anna, wie soll ich erzählen, was dann geschah, was jetzt geschieht?

Fangen wir an mit einem Juliabend. Anfang Juli. Der Professor und ich saßen in seinem Zimmer.

»Adam«, sagte er wieder, »schreiben Sie von der Liebe.« Sein Blick fixierte den Schrank, in dem ein blauer Stoffzoo und eine Puppe vergeblich auf die Rückkehr ihres Beschützers warteten.

Während der Jahre im besetzten Polen – nein, auch schon in Berlin, seit deinem Verschwinden, Anna – hatte ich beharrlich einen Traum geträumt. Ich würde dich wiedersehen. Es würde einen Ort geben, an dem wir einander gegenüberstehen könnten.

Doch in dieser Sommernacht, als Herakles' Schrank einen Schatten auf mich warf, ritzte sich der Gedanke, dass mein Körper diesen Ort vielleicht niemals erreichen würde, in meine Haut.

Und so antwortete ich Menden mit einem »Vielleicht«, einem sehr aufrichtigen »Vielleicht«.

Die Schmetterlinge verbreiteten Gerüchte. Es würde etwas geschehen, flüsterten sie.

Aber weiter, Anna.

Es klopfte an der Tür. Ein anderer Juliabend, ein paar Tage später.

»Ich kann ihn heute nicht ertragen. Schmeißen Sie ihn raus, Adam«, sagte Abrahams Máme. Aber der Besucher war nicht Rafal, sondern Izydor Klein.

Wir wanderten zusammen durch die heißen Straßen des Ghettos, und die braunen Flecken auf der Jacke meines Großvaters führten uns zu Herakles. Der Alte seufzte.

»Bernadette weiß, dass Sie hier sind«, sagte er unvermittelt.

»Woher? Was meinen Sie damit … Was?«

Er hatte es ihr erzählt, nach und nach. Die ganze Geschichte, soweit er sie kannte. Ich wollte ihn prügeln, den Püppchenmacher. Ein süßer Geschmack breitete sich in meinem Mund aus. Zwergfeigen. Ich sah eine Armee von Wredens und Giesels, die das Ghetto stürmten, angeführt von einem Riesenbaby, das unentwegt lachte. Sie kamen, um mich zu steinigen. Ein Hilfspolizist würde meinen toten Körper finden. Und zwei Leben, Anna, wären dahin, meins und deins.

»Sie wird es für sich behalten«, sagte Izydor rasch und holte einen zusammengefalteten Zettel aus seiner Hosentasche, nicht größer als ein Fingernagel.

»Du fehlst mir«, stand dort in ordentlicher Mädchenhandschrift, als ich ihn geöffnet hatte.

Ich folgte dem alten Mann in seine Wohnung. Er gab mir einen Stift und ein Stück Papier. Mein Gruß an Bernie, ebenso winzig wie der ihre, verschwand in einem Stück schwarzem Samt. Und aus dem Samt wurde ein Schaf, das Izydor in eine Kiste legte. Morgen würde das Schaf, eingepfercht zwischen nationalsozialistischen Adlern und Hunden, das Ghetto verlassen.

Jeden Tag erhielt ich eine Botschaft, und jeden Abend antwortete ich. Anscheinend verbrachte Bernadette, das Geistermädchen, die ganzen Sommerferien in der Fabrik ihres Vaters. Ich wagte es nicht, nach Bubi oder Kurt oder sonst jemandem aus der Familie zu fragen, und sie erwähnte auch keinen von ihnen in ihren Briefen. Sie kannten Anton Richter, aber Adam gehörte einzig und allein Bernadette.

Dann kam die letzte Juliwoche, und, Anna, wie soll ich davon erzählen?

Umsiedlung, so nannten Augusts Schergen es, so nennen sie es auch jetzt noch, denn während ich meine letzten Zeilen schreibe, fahren die Züge, und morgen …

Aber alles der Reihe nach, Anna.

Es war der 21. Juli, als Rafal wieder porzellanbleich zu uns kam. Wir sollten die Wohnung nicht verlassen, mehr wollte er nicht sagen. Aber wir pressten es aus ihm heraus.

Morgen würden die ersten Züge gehen, Richtung Osten.

»Osten?«

»Wohin genau?«

Wohin genau, das wusste Rafal nicht. In den Osten.

Frau Blemmer und ich standen auf der Liste, viel Geld hatte es gekostet, unsere Namen streichen zu lassen.

»Dass Sie auch nichts können, Adam …«

Für den Augenblick waren wir sicher. Aber wie lange noch?

Rafal verabschiedete sich mit dem Versprechen, am nächsten Abend wiederzukommen. Der Professor hustete, und Máme verfluchte irgendjemanden oder irgendetwas.

Die Schmetterlinge. War etwas dran an ihren irren Geschichten?

Im Osten hatte Bussler sich nicht gut angestellt.

»Frau Blemmer, man wird Sie hier nicht in Ruhe sterben lassen«, sagte ich.

Sie nickte, sie verstand. Ich hatte bisher so viel Glück gehabt, vielleicht würde ich noch einmal Glück haben. Ich würde mit Frau Blemmer das Ghetto verlassen, wir würden gemeinsam untertauchen. Ich würde nicht von ihrer Seite weichen, so wie ich es versprochen hatte. Wir hatten Verbindungen, wir hatten Abraham. Das dachte ich an diesem Abend.

Ich komme durcheinander, Anna. Wurde schon am nächsten Tag geschossen? Was war unheimlicher, die Schüsse oder die Stille danach?

Rafal hielt sein Versprechen und kam am nächsten Abend zu uns.

»Frau Blemmer ist bereit, das Ghetto zu verlassen«, sagte ich, kaum dass sich der Polizist hingesetzt hatte.

Seine Augenbrauen hoben sich. »Das Ghetto verlassen?«

Er schien nicht zu begreifen. Also erklärte ich ihm, dass Ruth Blemmer einverstanden sei unterzutauchen. Während ich redete, schaute Frau Blemmer durch die Löcher unserer Verdunkelung auf die Straße.

»Ich werde mich mit Abraham in Verbindung setzen«, antwortete Rafal schließlich.

»Und den Professor nehmen wir mit«, rief ich, bevor der Polizist die Tür hinter sich zuzog.

In der Nacht fand ich keinen Schlaf. Die Jacke meines Großvaters, befleckt mir Herakles' Blut, lag neben der Matratze. Als wäre es das Kind selbst, nahm ich das Kleidungsstück in den Arm und streichelte tröstend über die Blutspuren. Lange Zeit. Bis ich etwas spürte. Ich zerschnitt das Innenfutter.

Eingenäht, eingebettet in Watte. Sieben Steine, sieben daumengroße Steine.

Rechne mit mir nach, Anna. Es waren zwölf Steine, die Edda Klingmann aus der Schweiz zurückbrachte.

Einer wurde zu Anton Richter. Das macht elf.

Einen nahm Lara und zahlte die erste Rate für die Reise nach England.

Zehn Steine.

Und sieben hielt ich nun in den Händen.

Drei Steine und die Anzahlung.

Wie konnte Edda das nur tun? Bussler muss es gewusst haben.

Sind sie alle vier in Berlin geblieben? Sind zwei gefahren und zwei nicht?

Edda Klingmann ließ mich nicht ganz im Dunkeln, zusammen mit den Steinen fand ich eine Nachricht.

Ich vertraue darauf, dass Du meinen Rat, die Jacke Deines versoffenen Großvaters gut aufzubewahren, befolgt hast.

Ich vertraue darauf, dass sie im richtigen Moment ihr Geheimnis offenbaren wird.

Greti und ich sind uns einig, dass wir in Berlin bleiben wollen. England ergibt für uns keinen Sinn. Ich habe mein Leben gelebt und geliebt, und Deine Mutter hat es auf ihre Weise auch getan. Moses und Lara haben beide Verstand genug, um sich nach England durchzuschlagen, und zur Not wird Lara Deinen Bruder hinter sich herschleifen. Du kennst sie ja.

Deshalb habe ich mich entschieden, Dir diese Steine zu vermachen, und ich hoffe, dass sie Dir helfen werden.

Adam, manchmal muss man den Wahnsinn wagen, um normal zu bleiben. Das haben wir beide immer gewusst. Ich trinke auf Dich. Auf die Liebe. Und auf Hugo Asbach. Denn heute, mein lieber Adam, ist sein Geburtstag.

Edda Klingmann

Ich schlief ein, neben Eddas Brief, den Steinen und der Jacke meines Großvaters.

Am nächsten Tag warteten wir auf Rafal.

Menden beschwor uns immer wieder, uns keine Sorgen um ihn zu machen, denn durch seine Anstellung beim Judenrat sei er sicher. Wir sollten auch ohne ihn die Flucht antreten. Frau Blemmer trug ein irres Lächeln auf den Lippen. Es versetzte mich in Unruhe. Und ich wünschte mir inständig, wieder ein paar hebräische Flüche zu hören.

Die Stimme des Professors, Mámes ungewohntes Schweigen und die Geräusche der Umsiedlung zerrten an meinen Nerven.

Laut wunderte ich mich, wo der Polizist blieb.

»Er wird sicher gleich hier sein«, antwortete Menden ein ums andere Mal.

Um Mitternacht hörte ich auf zu warten, der Professor auf zu reden, und Frau Blemmer marschierte lächelnd ins Bett.

Auch am zweiten Tag horchten wir vergeblich auf Rafals Schritte. Die Steine blieben vorerst mein Geheimnis.

Endlich, am dritten Tag, tauchte Rafal auf.

Sein Porzellanteint hatte Risse bekommen, und sein sportlicher Gang war einem Schleppen gewichen. Er sackte auf Mendens Bettkante zusammen, aber ich ignorierte seine offensichtlich schlechte Verfassung.

»Haben Sie Kontakt zu Abraham aufgenommen?«

Statt einer Antwort senkte er den Kopf.

»Und?«

Stille. Frau Blemmers irres Lächeln wurde zu einem nicht minder wahnsinnigen Lachen.

»Und? Rafal? Was hat er gesagt?« Ich schrie, um Ruth zu übertönen.

»Es geht nicht«, flüsterte Rafal.

Stille.

»Was meinen Sie damit, es geht nicht?«

»Sie werden beide hierbleiben müssen.«

»Ist es das Geld?« Ich zog Eddas Vermächtnis aus meiner Hosentasche und hielt dem Polizisten die Steine unter die Nase. »Hier, die müssten doch reichen.«

Alle drei starrten auf die sieben Daumen, die in meiner Hand funkelten. Stille.

»Es ist nicht das Geld«, sagte Rafal und fiel noch ein bisschen mehr in sich zusammen.

»Was dann?«

»Es gibt keinen Ort, an den Sie hinkönnten.«

Der Professor sah weg, Frau Blemmer ging zum Fenster, und ich konnte nicht glauben, was ich da gerade gehört hatte. Ich dachte an Abrahams geräumiges Quartier, ich dachte an seine Worte, zur Not würde er seine Máme auch unter dem Bett verstecken.

»Was ist, wenn Frau Blemmer alleine geht?«

»Adam, lassen Sie es gut sein«, sagte sie.

»Aber …«

»Adam, hören Sie auf.« Etwas Bedrohliches schwang in ihrer Stimme.

»Aber was erwartet Abraham von mir … Was ist mit Anna? Was wird aus ihr, wenn wir …?«

»Sie bleiben bei Frau Blemmer, und Abraham wird sich weiterhin um Anna kümmern, auch wenn Sie … Also wenn Sie in den Osten reisen.«

»Er lässt es zu, dass seine eigene Mutter …«

»Ich bin nur der Bote«, fiel der Polizist mir ins Wort. »Ich bin nur der Bote.«

»Ich verstehe«, sagte ich, obwohl ich nichts verstand.

Ruth wandte sich vom Fenster ab. »Und wann reisen wir in den Osten, Rafal? Wann bringen Sie Adam und mich zum Zug?«

»Ich weiß es nicht. Bald, nehme ich an.« Rafal wischte sich eine Träne aus dem Augenwinkel. »Wenn ich könnte, ich würde … Ich bin nur der Bote.« Er weinte bitterlich, und wir ließen ihn weinen.

»Sie können etwas tun«, sagte ich, als das Schluchzen leiser wurde. Ich hielt ihm die Steine hin. »Kaufen Sie uns Zeit, ein bisschen Zeit.«

Sein Blick wanderte von den Diamanten aufwärts zu meinen Augen.

»Wie lange? Wie viele Tage bekomme ich dafür?«

»Vielleicht drei Wochen, vielleicht ein bisschen mehr.«

Ich drückte ihm die kühlen Steine in die Hand, und er steckte sie in seine Hosentasche.

Rafal erhob sich. »Dann geh ich jetzt mal«, sagte er, und es klang fast wie eine Bitte. Als niemand antwortete, schleppte er sich zur Tür.

Wir drei waren allein. Der Professor zauberte eine Flasche hervor, in der ein wenig goldener Schnaps schwappte.

»Für drei kleine Gläschen wird es reichen. Frau Blemmer, zur Feier des Tages?«

»Gerne, Professor«, sagte sie, und endlich hörte sie auf zu grinsen. Sie legte ihre Hand auf meine Schulter und tätschelte sie unbeholfen. »Adam, Sie hätten es mir nicht geglaubt, nicht wahr? Ich kenne meinen Sohn.«

»Aber …«

»Sehen Sie, es ist eine Sache, Geld hier hereinschmuggeln zu lassen …«

»Er hat gesagt, zur Not würde er Sie unter seinem Bett verstecken.«

»Schauen Sie mich an, Adam. Ich bin ein Risiko.«

»Aber …«

Frau Blemmer schüttelte den Kopf, und ich schwieg. Menden reichte uns die Gläser. Das Klirren. Das Lied der Heimat.

»Professor, haben Sie einen Stift, den Sie mir leihen können. Ich möchte schreiben. Damit wir nicht verschwinden.«

»So viele Stifte, wie Sie wollen.« Menden lächelte. »Deshalb haben Sie … Ich verstehe. Die Diamanten … Zeit. Ich verstehe.«

Wir tranken in kleinen Schlucken.

»Professor, Sie sind doch ein gebildeter Mann«, sagte Frau Blemmer. »Was wird man in hundert Jahren über diese Zeit sagen?«

Menden schwenkte das Glas in seiner Hand.

»Liebe Frau Blemmer, um ehrlich zu sein, ich weiß es nicht. Aber ich hoffe, dass man nicht vergessen wird, dass es Menschen waren, die uns vertrieben haben, dass es Menschen waren, die dieses Ghetto errichtet haben, dass es Menschen sind, die da draußen schießen, dass es Menschen sind, die diese Züge in Bewegung setzen.«

»Dass es Menschen sind? Verlangen Sie etwa Verständnis, Menden?«

»Nein, das meine ich nicht. Es gibt höhere Gewalten, Orkane und Erdbeben. Aber was wir hier erleben, ist keine Naturkatastrophe, sondern das Werk von Menschen.«

Am nächsten Abend, nachdem Augusts Jungs und all die uniformierten Rafals ihre Arbeit für diesen Tag erledigt hatten, machte ich mich auf zu Izydor Klein.

Es dauerte, bis er mir die Tür öffnete.

»Sie leben, Adam«, sagte er und umarmte mich.

Wir erzählten uns, wie es uns seit Beginn der Umsiedlung ergangen war. Der alte Mann, der noch immer täglich das Ghetto verlassen durfte, um in Wredens Fabrik zu arbeiten, hatte mehr zu berichten als ich. Anna, nicht die Schmetterlinge waren irre.

Er zeigte mir seine eindrucksvollen Papiere, die ihn als unabkömmlichen Mitarbeiter des Wreden'schen Imperiums auswiesen. Er war in Sicherheit.

»Ich möchte Sie um etwas bitten, Izydor«, sagte ich schließlich.

»Nur zu.« Er lächelte.

»Ich möchte etwas aus dem Ghetto schmuggeln. Ein Buch. Ich möchte Sie bitten, es Bernie zu geben. Sie soll es aufbewahren. Bis … Bis der Krieg vorbei ist.«

Er zögerte nicht einen Augenblick, sondern streckte seine Hände aus. »Natürlich werde ich Ihnen diesen Gefallen tun. Geben Sie es mir.«

»Es ist noch nicht fertig.«

Wir besprachen alles. In drei Wochen würde ich ihm das Buch übergeben, bis dahin würden wir auch wissen, ob Bernadette bereit war mitzuspielen.

Ich verfasste einen Brief an das Geistermädchen und ließ Izydor meine Nachricht lesen.

»Und was soll sie nach dem Krieg damit machen?«

Ich überlegte einen Moment und kritzelte deinen Namen und meine Berliner Adresse auf den Zettel. »Da soll sie es hinschicken.«

Ich habe die Männer, die an der Wand von Eddas Dachboden hingen, niemals für unbesiegbar gehalten.

Anna,

hier endet meine Geschichte, die auch ein Teil deiner Geschichte ist. Ich schäme mich, während ich schreibe, schäme mich, wie der Professor sich geschämt hat, aber ich wate durch die Scham und gehe bis zum Ende.

Gleich werde ich Izydor dieses Buch bringen und hoffe, dass es dich eines Tages finden wird.

Morgen werde ich in einen Zug steigen. Drei Fäden, die einmal zu einem Band gehört haben, einem Band, wie es Mädchen in ihren Haaren tragen, einem Band, das Träume und Blumen zusammenhalten kann, werden mich begleiten. Ich versuche, nicht darüber nachzudenken, was dann geschehen wird.

Anna, als dein Blick mich traf, war alles richtig. Ich habe die ganze Welt in mir getragen. Millionen Vögel sind in mir zum Himmel aufgestiegen. In meinen Adern das Rauschen von Meeren und Flüssen.

»Sie sterben alle«, hat Bussler gesagt. Lass dir Zeit damit! Denk an deine Träume, die in Berlin auf dich warten.

Ich schließe meine Augen und sehe die Straßen unserer Stadt vor mir. Dort glitzern all die Augenblicke, die vergangenen und die zukünftigen. Die Augenblicke, die zählen. Dort haben auch wir beide etwas hinterlassen.

Und jetzt legt sich mein Herz, das an dir hängt, Anna, das für alle Zeiten an dir hängen wird, zwischen diesen Blättern für immer zur Ruhe.

Adam

III

Adams Erbe

Ich stand allein auf dem Dachboden, und doch konnte ich es hören. Das Klirren der Gläser. Das Klackern des Tischbeins. Einen Chor von Stimmen, und mitten unter ihnen meine eigene.

Unten lag Frau Huber besoffen neben Lara Cohens Sofa, und Magda klimperte noch immer auf dem Klavier. Wahrscheinlich weilte der Geist der Huberin in Venedig und meine Mutter tanzte in Gedanken mit dem King.

Ich ließ die beiden Frauen weiterträumen und legte mich in das Kinderbett, das noch immer in meinem ehemaligen Zimmer stand.

Die Geschichte ist noch nicht zu Ende. Adams letzter Wunsch ist nicht in Erfüllung gegangen. Sein Buch hat das Mädchen, das er geliebt hat, niemals erreicht.

Mir, dem Erben, ist es vorbehalten, das letzte Kapitel zu schreiben.

Udo konnte es nicht glauben, dass ich aussteigen wollte.

»Warum, Ed? Die Leute lieben diese Dinger. Überleg es dir doch noch mal.«

Aber ich hatte mich entschieden. Die toten Schafe ergaben einfach keinen Sinn mehr.

Mama und ich einigten uns darauf, Lara Cohens Wohnung

vorerst unterzuvermieten. Wir brachten es nicht übers Herz, sie zu verkaufen. Zu vielen Cohens war sie einmal ein Zuhause gewesen. Das Vermögen meiner Großmutter teilten wir unter uns auf, es war nicht viel. Ich beschloss, das Geld in einen Privatdetektiv zu investieren. Ich hoffte, dass Anna den Krieg überlebt hatte und dass sie auch heute noch lebte. Sie müsste jetzt fast neunzig sein.

Nachdem ich der Detektei alles, was ich aus Adams Buch über Anna wusste, mitgeteilt hatte, legte ich mich in mein Bett und wartete. Meiner Mutter würde ich erst später von ihrem Onkel, von meinem Großonkel, erzählen.

Adams Buch musste zu einer Zeit hier eingetroffen sein, als meine Großeltern noch in England waren. Es war also ein Fremder, der damals das Päckchen entgegengenommen hatte.

Vielleicht war es nur eine Laune, die diesen Menschen dazu bewogen hatte, es aufzubewahren und nicht einfach wegzuschmeißen. Ich werde es nie erfahren.

Aber warum hatte Moses in all den Jahren Adams Geschichte nicht gefunden? Vielleicht hatte er nicht gesucht? Und hätte das Wissen, dass sein Bruder kein Dieb war, ihn erlösen können?

Ich glaube nicht. Es war nicht Adam, der meinen Großvater zu Boden gezwungen hatte.

Ich wartete. Dreiundzwanzig Tage.

Sie war in New York. Sie lebte.

Ich bin hingeflogen. Anna wohnte in einem Seniorenheim auf Staten Island. Die Wände ihres Zimmers waren hellgelb, ebenso wie die Möbel. Sie trug ein dunkelblaues Kleid und eine silberne Kette. Anna hatte die traurigsten Augen, die ich jemals gesehen habe.

Es war ein eigenartiger Moment, als wir uns gegenüberstanden. Keiner der Sätze, die ich mir zurechtgelegt hatte, wollte heraus. Und während ich noch nach Worten rang, erkannte sie mein Gesicht, das einmal einem anderen gehört hatte. Und doch konnte sie nicht verstehen, was sie da sah.

»Ich bin Edward Moss-Cohen. Adam Cohen war mein Großonkel«, sagte ich schließlich.

Sie sank auf einen der gelben Korbstühle. »Adam Cohen«, flüsterte sie, »Adam.«

Hinter der schwimmenden Traurigkeit erblickte ich eine ganze Welt.

Ich holte das Buch aus meiner Tasche. »Er hat Ihnen etwas hinterlassen.«

Sie weinte, als sie Adams Buch in den Händen hielt, und ihre Tränen machten mich verlegen.

»Würden Sie es mir vorlesen?«, fragte sie.

Und das tat ich.

Draußen war es bereits dunkel, als die letzten Töne einer nicht ganz vergangenen Geschichte in diesem hellgelben Zimmer verhallten.

Nun begann Anna zu erzählen.

Nachdem man sie in Berlin verhaftet hatte, wurde sie nach Polen ausgewiesen.

»Adam hat Ihnen an diesem Tag gesagt, dass Sie zu Hause bleiben sollen. Haben Sie gedacht, dass er …«

»Dass er etwas mit meiner Verhaftung zu tun hatte?«

»Ja.«

»O nein. Nicht eine Sekunde lang. Wir haben ja mitbekommen, was draußen los war.«

In Polen ging ihre Odyssee weiter. Verhaftung, Flucht, Entdeckung, Flucht. Fast hätte Adam sie schon in Krakau gefunden. Bussler hatte richtig gelegen: Das Haus in der Nähe des Hutmachers … Als Anna an jenem Abend nach Hause kam, erzählte ihr Leon – so hieß der Mann, der Adam damals die Türe geöffnet hatte –, dass die Deutschen nach ihr suchen würden.

»Er hat gesagt, dass sich ein Kerl, der wie eine Karikatur von Hitler aussah, nach mir erkundigt habe. Und unser Nachbar hatte diesen schnurrbärtigen Menschen dann mit einem ss-Mann im Treppenhaus gesehen.«

Noch in derselben Nacht verließ Anna Leons Wohnung. In Krakau fühlte sie sich nicht mehr sicher.

»Und das Band? Die drei himmelblauen Fäden? Waren das …«

Sie nickte. »Bei meiner Verhaftung in Berlin haben sie mir fünf Minuten Zeit gegeben, um ein paar Sachen einzupacken. Ich habe meine Träume mitgenommen, aber die Rosen haben die Reise nach Polen nicht überstanden. Nur das Band ist übriggeblieben.«

»Und wie ist es in der Besenkammer gelandet?«

»Dort habe ich oft gesessen, wenn ich alleine in Leons Wohnung war. In der Kammer habe ich mich in Sicherheit gefühlt. Ich habe mir immer vorgestellt, dass die Tür verzaubert wäre und nur ich sie öffnen könnte.«

»Und da haben Sie es dann vergessen?«

Sie schüttelte den Kopf. »O nein. Als ich gehen musste, habe ich es dort festgebunden. Damit … Damit es bleibt.«

Anna machte sich auf den Weg nach Warschau, wo sie gute Freunde hatte. Sie kam niemals bei ihnen an. Sie wurde aufgegriffen und landete schließlich im Warschauer Ghetto.

»Ich war sehr krank, als eines Abends ein Hilfspolizist in meinem Zimmer stand. Es war wohl Rafal … Ich erinnere mich an die Augenbrauen und an seinen Gang. Rechts, links, rechts und ein Hüpfer. Er schrie mich an und drohte mir mit seinem Knüppel. ›Mitkommen‹, brüllte er. Ich konnte kaum gehen, aber er jagte mich durch die Straßen bis zum Tor. Dort drückte er mir einen Passierschein in die Hand und stieß mich in eine Gruppe von Menschen, die gerade das Ghetto verließen. Ich verstand nicht, was da vor sich ging. Ich folgte einfach den anderen. Kaum war ich draußen, packte mich jemand. Ein deutscher oder ein polnischer Polizist, ich weiß es nicht mehr. Ich habe nur gedacht, jetzt ist es vorbei, jetzt erschießen sie dich. Etwas Hartes landete auf meinem Kopf. Jetzt bist du tot, habe ich gedacht. Aber ich war nicht tot. Ich wachte mit einer Beule am Kopf auf. Ein sauberes Zimmer, ein Bett …«

»Waren Sie bei Abraham?«

»Nein. Es waren zwei Schwestern. Sie wussten nicht, wem ich meine Befreiung zu verdanken hatte. Es war ein … ein Wunder. Und weil niemand meine Fragen beantworten konnte, akzeptierte ich das Wunder.«

Als der Krieg vorbei war, stellte Anna fest, dass alle Menschen, die sie einmal geliebt hatte, verschwunden waren. Ihre Familie, ihre Freunde – keiner hatte überlebt. Nichts war geblieben, weder das Band noch das Haus in der Straße des Hutmachers noch Leon, den man nur wenige Tage nach Annas Flucht verhaftet hatte.

»Sind Sie nach Berlin zurückgekehrt?«, fragte ich.

»Ein Mal.«

»Waren Sie …?«

»Ich war da. Eine fremde Frau hat mir die Tür geöffnet. Sie sagte mir, dass man die Cohens schon 1942 abgeholt hätte.« Und einen Augenblick lang war Anna weit weg, an einem anderen Ort, zu einer anderen Zeit.

Ich zögerte. »Haben Sie Adam …« Ich traute mich nicht, zu Ende zu sprechen, aber das war auch nicht nötig, sie wusste, was ich wissen wollte.

»Ob ich ihn geliebt habe?« Sie lächelte. »Ich denke, ja, ich war sehr ängstlich. Und Adam, er war ein Träumer, er war … Ich denke, ich habe ihn geliebt.«

Anna beschloss, nach Amerika überzusiedeln. Dank eines ihr wohlgesinnten amerikanischen Offiziers erhielt sie schon bald ein Visum.

»Ich dachte, ich könnte noch einmal von vorne anfangen. Ich dachte, es muss einen Grund geben, warum ich noch hier bin.«

Anna lernte einen Amerikaner kennen und verlobte sich mit ihm. Er war Dozent für neuere Geschichte und begriff ihren Drang, zu verstehen. Sie begann zu lesen und zu forschen.

»Es war wie eine hochkomplizierte Rechnung. Ich war mir sicher, dass ich eines Tages zu einem Ergebnis kommen würde. Eine Antwort, ebenso komplex wie ihr Lösungsweg. Aber Adams Professor Menden hatte recht. Es waren Menschen …«

Sie stand auf und holte einige Papiere aus ihrer Kommode. »Lesen Sie«, sagte Anna und reichte mir ein Blatt.

»Was ist das?«

»Lesen Sie es laut vor.«

»2.9.41 Absender: Reichsführer SS; Empfänger: Ahnenerbe e.V.

In dem beiliegenden italienischen Buch *Razze e popoli della terra* sind im ersten Band die verschiedenen Venusfiguren von Biesternitz und Willenberg und ähnliche Figuren schwangerer, überfetter, mit besonders starken Schenkeln und Gesäßen versehener weiblicher Figuren abgebildet.

Diese Figuren sind einige der wenigen Hinweise auf in der Steinzeit lebende Völker der Gegenden, in denen die Figuren gefunden wurden. Nun fällt mir auf, dass bei einigen Stämmen wilder Völker, vor allem bei den Hottentotten, die Frauen noch dieselben Figuren, den Fettsteiß, und alle anderen Attribute dieser Art haben.

Ich ersuche, nun einmal eine eingehende Forschung in Zusammenarbeit mit dem Rasse- und Siedlungshauptamt-ss in die Wege zu leiten über folgende Fragen:

1.) Wo wurden, kartenmäßig aufgezeichnet, solche Venusfiguren überall gefunden?

2.) Wie war das Klima an diesen Stellen zur Zeit, als das betreffende Volk lebte?

3.) Gibt es Hinweise, dass entweder Völker ähnlich wie die Hottentotten damals in den Fundgegenden lebten oder ist anzunehmen, dass eine gemeinsame Ahnenschicht in den Fundgegenden und in den heutigen Hottentotten-Gegenden lebte, und dass diese Art Menschen bei uns durch irgendwelche Umstände – sagen wir durch Klimawechsel – oder durch die Cromagnon und die späteren nordischen Menschen vertrieben und vernichtet wurde.

4.) Genauestens wäre in diesem Zusammenhang nachzuprüfen, wie lange man von den Hottentotten und anderen Völkern, die solche Fettsteiße haben, diese Art des Körperbaues bereits weiß, und weiterhin, woher die Hottentotten und diese anderen Völker in jedem einzelnen Fall stammen. Insgesamt also, wie weit man sie zurückverfolgen kann.

5.) Interessant wäre hier nachzuforschen, wie die Hottentotten die Körperfülle gerade an diesen Stellen hervorbringen. Allein durch vieles Essen ist das nicht zu ermöglichen, da sonst die Fülle sich an allen Stellen des Körpers ansetzen würde.

6.) Bei der Zusammenarbeit mit dem Rasse- und Siedlungshauptamt-ss bitte ich beide Teile dafür zu sorgen, dass keine Doppelarbeit nebeneinander, sondern eine wirkliche Gemeinschaftsarbeit geleistet wird.

gez. H. Himmler«

Anna lächelte.

»Daran bin ich gescheitert.«

»Was ist das?«, fragte ich und hielt den absonderlichen Wisch hoch.

»Ein Forschungsauftrag. Erteilt von Heinrich Himmler im September 1941. Als das Massentöten bereits begonnen hatte.«

Immer noch lächelnd fuhr sie fort. »Als ich das gelesen habe, die Venus, der Fettsteiß, da wusste ich, dass ich niemals verstehen würde, dass ich gescheitert bin. Besser kann ich es nicht erklären. Ich hörte auf zu forschen und zog mich zurück. Es waren Menschen, das ist das Schlimme.«

»Und Ihr Verlobter?«

»Wir haben geheiratet. Er ist schon seit vielen Jahren tot. Aber wir sind bis zum Schluss zusammengeblieben. Er war ein guter Freund. Er hat auf mich aufgepasst. Bevor er starb, hat er zu mir gesagt: ›Anna, du musst warten, vielleicht hast du etwas übersehen.‹«

Es war still in dem gelben Zimmer. Für einen Moment verschwand alle Traurigkeit aus Annas Augen.

»Und jetzt kommst du, Edward, und erzählst mir … erzählst mir von der Liebe.« Sie stand auf und legte ihre dünnen Finger auf meine Schulter. »Ich bin froh, dass ich gewartet habe.«

Als ich mich von Anna verabschiedete, bestand sie darauf, dass ich Adams Buch wieder mitnehmen sollte. Es sei an mir, sagte sie, die Geschichte zu behalten.

Ich flog zurück nach Berlin. Neben mir im Flugzeug saß ein hübsches Mädchen. Vielleicht muss man sogar sagen, dass sie sehr schön war. Sie lächelte mich an, und auch ihr Lächeln war hübsch. Wir stellten uns vor, sie hieß Diana und war Fotografin.

»Und was machst du so?«, fragte sie. Auch ihre Stimme war hübsch.

Ich überlegte einen Moment lang. Was machte ich so? Und dann gab ich ihr die einzig ehrliche Antwort.

»Nichts.«

»So? … Und was willst du mal machen?«

»Ich weiß es nicht.«

»Keine Pläne?«

»Nein.«

»Ach, komm schon«, sagte sie und stieß kameradschaftlich

gegen meine Schulter. »Du musst doch irgendwelche Ziele haben?«

»Nein.«

Und dann erzählte sie mir von ihren Zielen und Plänen, und ihr Geschwätz machte mich müde, denn das hatte ich alles schon tausendmal gehört.

Sie klimperte mit ihren Wimpern. »Und wenn du jetzt die Augen schließt, wie stellst du dir dein Leben in zehn Jahren vor?«

»Gar nicht.«

Diana wurde es wohl langweilig mit mir. Sie setzte sich ihre Kopfhörer auf und starrte aus dem Fenster, während ich darüber nachdachte, wo ich wohl in zehn Jahren sein würde.

Und dann sah ich etwas vor mir und tippte Diana an. Sie nahm ihre Kopfhörer ab.

»Ja?«

»In zehn Jahren möchte ich auf dem Vulkan der Kaliken tanzen, das ist nämlich der einzige Ort, an dem Adams Erbe, der Sohn des einzigen Gottes der Elefanten, atmen kann. Leute wie du werden kommen und mich tanzen sehen. Sie werden über mich lachen und sagen: ›Ach, es ist ja nur der Narr.‹ Aber das wird mir nichts ausmachen.«

Ihr hübsches Lächeln verwandelte sich in eine hübsche Fratze. Sie stand auf, um aufs Klo zu gehen, sie kam nicht mehr zurück.

Erst am Gepäckband in Berlin sah ich Diana wieder.

»Tschüss«, sagte ich, als sich unsere Wege ein letztes Mal kreuzten.

»Du bist total krank«, sagte sie zum Abschied und eilte davon.

Fängt man an zu schreiben, weil es jemanden gibt, dem man alles erzählen will?

Fängt man an zu erzählen, weil der Gedanke, dass alles einfach verschwinden soll, unerträglich ist?

Amy, jetzt habe ich dir die ganze Geschichte erzählt. Adams Geschichte und meine Geschichte, die sich auf einem Dachboden ineinander verschlungen haben.

Ich stelle mir vor, dass du irgendwann einmal diese Seiten in deinen Händen halten wirst. Und dann, Amy, dann denk an mich. Mehr nicht.

Benedict Wells im Diogenes Verlag

Becks letzter Sommer

Roman

»But I was so much older then, I'm younger than that now.« (Bob Dylan, *My Back Pages*)

Ein liebeskranker Lehrer, ein ausgeflippter Deutschafrikaner und ein musikalisches Wunderkind aus Litauen auf dem Trip ihres Lebens, von München durch Osteuropa nach Istanbul. Unter den Fittichen eines alternden Rockstars und seiner unsterblichen Songs.

»Das interessanteste Debüt des Jahres. Einer, der sein Handwerk versteht und der eine Geschichte zu erzählen hat.« *Florian Illies / Die Zeit, Hamburg*

»Ein wunderbares, ehrliches Buch, mit souveräner Figurenführung, Dutzenden von guten Einfällen und einem Spannungsbogen, der es in sich hat.«
Jess Jochimsen / Musikexpress, München

»Ganz erstaunlich, mit welchem Geschick Benedict Wells Spannung auf- und Überraschungen einzubauen versteht. Großartig auch, wie er den Lehrer Beck als tragische Figur porträtiert und dessen verkorkstes Alltags- und Liebesleben zeichnet.«
Volker Hage / Der Spiegel, Hamburg

»Furioser Lesespaß – von Benedict Wells, von dem man noch einiges hören wird. Garantiert!«
Verena Lugert/Neon, München

Spinner

Roman

Ich hab keine Angst vor der Zukunft, verstehen Sie? Ich hab nur ein kleines bisschen Angst vor der Gegenwart.

Jesper Lier, zwanzig, weiß nur noch eines: Er muss sein Leben ändern, und zwar radikal. Er erlebt eine turbulente Woche und eine wilde Odyssee durch das neue Berlin. Ein tragikomischer Roman über die Angst, wirklich die richtigen Entscheidungen zu treffen.

»Wells ist nicht nur ein tiefenscharfes Psychogramm der andernorts leider so oft viel zu plakativ diskutierten Orientierungslosigkeit gelungen, das notwendige Lamentieren mit Humor abgefedert. Nebenbei ist Spinner auch der lang ersehnte Berlinroman, der weder den Hype der letzten Jahre befeuert noch mit aufgesetzter Antihaltung dagegenhält.«
Carsten Schrader / U_mag, Hamburg

»Wie Wells versteht, sein Alter Ego in seiner ganzen Unbefangenheit dem Leben gegenüber darzustellen, das geht weit über ein an ein jugendliches Lesepublikum zugeschnittenes Generationenbuch hinaus. Wells' Sprache ist roh und unfrisiert, und seine Geschichte grundiert von einem bisweilen bitter-poetischen Humor.« *Peter Henning / Rolling Stone, München*

»Ironisch und stellenweise sehr tiefgründig. Versponnene Lektüre zum In-einem-Rutsch-Lesen.«
Emotion, Hamburg

Jakob Arjouni im Diogenes Verlag

Happy birthday, Türke!

Ein Kayankaya-Roman

»Privatdetektiv Kemal Kayankaya ist der deutsch-türkische Doppelgänger von Phil Marlowe, dem großen, traurigen Kollegen von der Westcoast. Nur weniger elegisch und immerhin so genial abgemalt, dass man kaum aufhören kann zu lesen, bis man endlich weiß, wer nun wen erstochen hat und warum und überhaupt. Dass *Happy birthday, Türke!* trotzdem mehr ist als ein Remake, liegt nicht nur am eindeutig hessischen Großstadtmilieu, sondern auch an den bunteren Bildern, den ganz eigenen Gedankensaltos und der Besonderheit der Geschichte. Wer nur nachschreibt, kann nicht so spannend und prall erzählen.«
Hamburger Rundschau

»Kemal Kayankaya, der zerknitterte, ständig verkaterte Held in Arjounis Romanen *Happy birthday, Türke!*, *Mehr Bier*, *Ein Mann, ein Mord* und *Kismet* ist ein würdiger Enkel der übermächtigen Großväter Philip Marlowe und Sam Spade.« *Stern, Hamburg*

Auch als Diogenes Hörbuch erschienen,
gelesen von Rufus Beck

Mehr Bier

Ein Kayankaya-Roman

Vier Mitglieder der ›Ökologischen Front‹ sind wegen Mordes an dem Vorstandsvorsitzenden der ›Rheinmainfarben-Werke‹ angeklagt. Zwar geben die vier zu, in der fraglichen Nacht einen Sprengstoffanschlag verübt zu haben, sie bestreiten aber jede Verbindung mit dem Mord. Nach Zeugenaussagen waren an dem Anschlag fünf Personen beteiligt, doch von dem fünften Mann fehlt jede Spur. Der Verteidiger der Angeklagten beauftragt den Privatdetektiv Kemal Kayankaya mit der Suche nach dem fünften Mann…

»Die Kriminalromane von Jakob Arjouni gehören mit zu dem Besten, was in den letzten Jahren in deutscher Sprache in diesem Genre geleistet wurde. Er ist ein Unterhaltungsschriftsteller und dennoch ein Stilist. Die Rede ist von einem außerordentlichen Debüt eines ungewöhnlich begabten Krimiautors: Jakob Arjouni. Verglichen wurde er bereits mit Raymond Chandler und Dashiell Hammett, den verehrungswürdigsten Autoren dieses Genres. Zu Recht. Arjouni hat Geschichten von Mord und Totschlag zu erzählen, aber auch von deren Ursachen, der Korruption durch Macht und Geld, und er tut dies knapp, amüsant und mit bösem Witz. Seine auf das Nötigste abgemagerten Sätze fassen viel von dieser schmutzigen Wirklichkeit.« *Klaus Siblewski/Neue Zürcher Zeitung*

Ein Mann, ein Mord

Ein Kayankaya-Roman

Ein neuer Fall für Kayankaya. Schauplatz Frankfurt, genauer: der Kiez mit seinen eigenen Gesetzen, die feinen Wohngegenden im Taunus, der Flughafen. Kayankaya sucht ein Mädchen aus Thailand. Sie ist in jenem gesetzlosen Raum verschwunden, in dem Flüchtlinge, die um Asyl nachsuchen, unbemerkt und ohne Spuren zu hinterlassen, leicht verschwinden können. Was Kayankaya dabei über den Weg und in die Quere läuft, von den heimlichen Herren Frankfurts über korrupte Bullen und fremdenfeindliche Beamte auf den Ausländerbehörden bis zu Parteigängern der Republikaner mit ihrer Hetze gegen alles Fremde und Andere, erzählt Arjouni klar, ohne Sentimentalität, witzig, souverän.

»Jakob Arjouni schreibt die besten Großstadtthriller seit Chandler. Ein großer, fantastischer Schriftsteller. Er ist einer, der sich mühelos über den schnöden Realismus normaler Krimiautoren hinwegsetzt, denn es zählen bei ihm nie allein Indizien, Konflikte und Fakten, sondern vielmehr sein skeptisch heiteres Menschenbild. Arjouni ist es in *Ein Mann, ein Mord* endgültig gelungen, mit seinem Privatdetektiv Kayankaya eine literarische Figur zu erschaffen, die man nie mehr vergisst.« *Maxim Biller / Tempo, Hamburg*

Auch als Diogenes Hörbuch erschienen,
gelesen von Rufus Beck

Magic Hoffmann

Roman

Unlarmoyant, treffsicher und leichtfüßig zeichnet Jakob Arjouni ein Bild der Republik: ein Entwicklungsroman in der Tonlage des Road Movie. Ein Buch voller Spannung und Ironie über einen, der versucht, sich nicht unterkriegen zu lassen, nicht von diesem Land und nicht von seinen besten Freunden.

»Und alle Leser lieben Hoffmann: Jakob Arjouni schreibt einen Roman über die vereinte Hauptstadt, einen Roman über die Treue zu sich selbst, über gebrochene Versprechen, gewandelte Werte, verlorene Freundschaften und die Übermacht der Zeit. Ein literarischer Genuss: spannend, tragikomisch und voller Tempo.« *Frankfurter Allgemeine Zeitung*

Ein Freund

Geschichten

Ein Jugendfreund für sechshundert Mark, ein Killer ohne Perspektive, eine Geisel im Glück, eine Suppe für Hermann und ein Jude für Jutta, zwei Maschinengewehre und ein Granatwerfer gegen den Papst, ein letzter Plan für erste Ängste.
Geschichten von Hoffen und Bangen, Lieben und Versieben, von zweifelhaften Triumphen und zweifelsfreiem Scheitern, von grauen Ein- und verklärten

Aussichten. So ironisch wie ernst, so traurig wie heiter, so lustig wie trocken erzählt Arjouni davon, wie im Leben vieles möglich scheint und wie wenig davon klappt.

»Sechs Stories von armseligen Gewinnern und würdevollen Verlierern, windigen Studienräten und aufgeblasenen Kulturfuzzis. Typen also, wie sie mitten unter uns leben. Seite um Seite zeigt der Chronist des nicht immer witzigen deutschen Alltags, was ein Erzähler heute haben muss, um das Publikum nachdenklich zu stimmen und gleichzeitig zu unterhalten: Formulierungswitz, Einfallsreichtum, scharfe Beobachtungsgabe. Und wie der Mann Dialoge schreiben kann!«
Hajo Steinert/Focus, München

Vier Geschichten auch als
Diogenes Hörbuch erschienen:
Schwarze Serie, gelesen von Gerd Wameling

Kismet

Ein Kayankaya-Roman

Kismet beginnt mit einem Freundschaftsdienst und endet mit einem so blutigen Frankfurter Bandenkrieg, wie ihn keine deutsche Großstadt zuvor erlebt hat. Kayankaya ermittelt – nicht nach einem Mörder, sondern nach der Identität zweier Opfer. Und er gerät in den Bann einer geheimnisvollen Frau, die er in einem Videofilm gesehen hat.
Eine Geschichte von Kriegsgewinnlern und organisiertem Verbrechen, vom Unsinn des Nationalismus und vom Wahnsinn des Jugoslawienkriegs, von Heimat im besten wie im schlechtesten Sinne.

»Hier ist endlich ein Autor, der spürt, dass man sich nicht länger um das herumdrücken darf, was man gern die ›großen Themen‹ nennt. Hier genießt man den Ton, der die Geradlinigkeit, Schnoddrigkeit und den Rhythmus des Krimis in die hohe Literatur hinübergerettet hat.« *Frankfurter Allgemeine Zeitung*

Idioten. Fünf Märchen

Fünf moderne Märchen über Menschen, die sich mehr in ihren Bildern vom Leben als im Leben aufhalten, die den unberechenbaren Folgen eines Erkenntnisgewinns die gewohnte Beschränktheit vorziehen, die sich lieber blind den Kopf einrennen, als einen Blick auf sich selber zu wagen – Menschen also wie Sie und ich. Davon erzählt Arjouni lustig, schnörkellos, melancholisch, klug.

»Jakob Arjouni ist ein wirklich guter, phantasievoller Geschichtenerzähler. Ich versichere Ihnen, Sie werden staunend und vergnügt lesen.«
Elke Heidenreich / Westdeutscher Rundfunk, Köln

Hausaufgaben

Roman

War er seiner Familie, seinen Schülern nicht immer ein leuchtendes Vorbild? Und nun muss Deutschlehrer Joachim Linde »peinlichstes Privatleben« vor seinen Kollegen ausbreiten, um seine Haut zu retten. Denn alles in seinem Leben scheint die schlimmstmögliche Wendung genommen zu haben.

»Jakob Arjouni gelingt etwas ganz Außerordentliches: Sein neuer Roman kommt eigentlich recht unscheinbar daher, unterhaltsam, gut erzählt. Doch mit jedem Kapitel wird die Irritation größer. Unmerklich geht man einem meisterhaften Autor in die Falle, der heimtückisch ein Spiel mit den Perspektiven und den vermeintlichen Fakten betreibt.«
Stefan Sprang / Stuttgarter Zeitung

Chez Max

Roman

Wir befinden uns im Jahr 2064. Die Welt ist durch einen Zaun geteilt: hier Fortschritt und Demokratie, dort

Rückschritt, Diktatur und religiöser Fanatismus. Doch das Wohlstandsreich will verteidigt sein, Prävention ist angesagt wie noch nie. Dies ist die Aufgabe der beiden Ashcroft-Männer Max Schwarzwald und Chen Wu, Partner – aber alles andere als Freunde.

»Jakob Arjouni zeigt nicht nur geschickt kriminalistische Zukunftsaspekte auf, sondern schafft es durch leichte Provokation auch, die Leser zum Hinterfragen der politischen Ereignisse zu bewegen. Ein Roman mit hohem Erinnerungswert.«
Anita Welzmüller / Süddeutsche Zeitung, München

Auch als Diogenes Hörbuch erschienen,
gelesen von Jakob Arjouni

Der heilige Eddy

Roman

Was für ein dummer Zufall: Ausgerechnet vor Eddys Wohnungstür gerät der derzeit meistgehasste Mann Berlins ins Stolpern – Imbissbuden-Millionär und Heuschreckenkapitalist Horst König. Denn das Letzte, was Eddy, ein sympathischer Trickbetrüger, der sich mit dem Ausnehmen betuchter Leute ein Leben als Musiker samt bürgerlicher Fassade im linksalternativen Kreuzberg finanziert, gebrauchen kann, ist die Aufmerksamkeit der Polizei. So wenig wie die von Königs Bodyguards, die draußen auf ihren Chef warten. Zwar weiß sich Eddy zunächst zu helfen, doch dann gerät die Geschichte außer Kontrolle. Der Fall Horst König wird zum Berliner Medienereignis und dessen Familie zum Freiwild für Boulevardjournalisten. Eddy plagt das schlechte Gewissen, und gerne würde er sämtliche Missverständnisse aufklären. Am liebsten gegenüber Königs schöner und exzentrischer Tochter Romy …

»Man weiß nicht, was man mehr bewundern soll: Eddys Lügengeschichten oder die Fähigkeit des

Autors, seinen sympathischen Hochstapler aus fast allen Sackgassen wieder herauszuholen.«
Volker Isfort / Abendzeitung, München

»Ein rasant inszenierter und mit absoluter Treffsicherheit formulierter Roman.«
Elke Vogel / dpa, Hamburg

Auch als Diogenes Hörbuch erschienen,
gelesen von Jakob Arjouni

Doris Dörrie im Diogenes Verlag

»Doris Dörrie ist als Erzählerin Spezialistin in diffizilen Angelegenheiten der kleinen Rache und gezielten Ohrfeigen zum Zwecke der Unterstützung des eigenen Selbstwertgefühles. Sie ist eine sehr gute Kurzgeschichten-Schreiberin mit der erforderlichen Prise Selbstironie und mit stilistischer Eleganz.«
Annemarie Stoltenberg / Die Zeit, Hamburg

»Es ist vollkommen gleichgültig, ob Sie Doris Dörrie in der Badewanne, im Intercity-Großraumwagen, im Lehnstuhl oder in der Straßenbahn lesen, nur: Lesen Sie sie!« *Deutschlandfunk, Köln*

Liebe, Schmerz und das ganze verdammte Zeug
Vier Geschichten
Daraus die Geschichte *Männer* auch als Diogenes Hörbuch erschienen, gelesen von Anna König

»Was wollen Sie von mir?«
Erzählungen. Mit Fotos von Helge Weindler

Der Mann meiner Träume
Erzählung
Auch als Diogenes Hörbuch erschienen, gelesen von Heike Makatsch

Für immer und ewig
Eine Art Reigen

Bin ich schön?
Erzählungen

Samsara
Erzählungen

Was machen wir jetzt?
Roman

Happy
Ein Drama

Das blaue Kleid
Roman

Mitten ins Herz
und andere Geschichten. Ausgewählt von Daniel Keel. Mit einem Nachwort der Autorin

Und was wird aus mir?
Roman
Auch als Diogenes Hörbuch erschienen, gelesen von Doris Dörrie

Kirschblüten – Hanami
Ein Filmbuch

Kinderbücher:

Mimi
Mit Bildern von Julia Kaergel

Mimi ist sauer
Mit Bildern von Julia Kaergel

Mimi entdeckt die Welt
Mit Bildern von Julia Kaergel

Mimi und Mozart
Mit Bildern von Julia Kaergel

Joey Goebel im Diogenes Verlag

Vincent

Roman. Aus dem Amerikanischen von Hans M. Herzog und Matthias Jendis

Wussten Sie, dass große Popsongs und Filme von einem unglücklichen, aber genialen Künstler stammen? Und damit einem solchen die Ideen nicht ausgehen, sorgen in diesem Roman ›Beschützer‹ dafür, dass ihm ständig neues Leid widerfährt. Denn das ist der Rohstoff, aus dem wahre Kunst entsteht. Bringt das Genie das Kunststück fertig, trotzdem ein glücklicher Künstler zu werden?

Vincent – ein Chamäleon von einem Roman, der als Satire beginnt, sich in einen bizarren Alptraum verwandelt und am Ende zu Tränen rührt.

»Joey Goebel erweist sich als scharfsinniger Beobachter der gegenwärtigen Unterhaltungsindustrie, doch geht sein Buch über die Kulturkritik weit hinaus. Die Geschichte, geschrieben mit der entwaffnenden Hemmungslosigkeit der Jugend, ist mitreißend und bewegend.« *Angela Gatterburg / Der Spiegel, Hamburg*

»Ein furioses Debüt. Goebel zerlegt unsere Medienwirklichkeit mit ätzender Ironie in ihre unappetitlichsten Bestandteile.« *SonntagsZeitung, Zürich*

Freaks

Roman. Deutsch von Hans M. Herzog

In einer kleinen Stadt in Kentucky haben sich fünf Außenseiter gefunden: eine 80-Jährige, die in einem Sex-Pistols-T-Shirt und in Cowboystiefeln herumläuft; eine wunderschöne Frau im Rollstuhl; ein junger Iraker auf der Suche nach dem Amerikaner, den er im 1. Golfkrieg verwundet hat; ein frühreifes kleines Mädchen und ein extrem wortgewandter Afroameri-

kaner, der ständig auf Drogen zu sein scheint, tatsächlich aber völlig nüchtern durchs Leben geht.
Wo immer die fünf auftauchen, werden sie ausgelacht. Doch Musik ist ihre Leidenschaft, und zusammen gründen sie eine Band – THE FREAKS.

»Joey Goebel rockt das gleichgeschaltete Amerika. Gegen diese Art des Erzählens wirken die zeitgenössischen Stars des amerikanischen Realismus – von Philip Roth bis Jonathan Franzen –, aber auch die erprobten Postmodernisten – von Donald Barthelme bis zu Paul Auster – arg verschmockt. Momentan wird Joey Goebel nur durch sich selbst übertroffen.«
Evelyn Finger / Die Zeit, Hamburg

»Sie träumen, genau wie alle anderen, den amerikanischen Traum von Ruhm, Erfolg und Freiheit – und sind doch so unamerikanisch-subversiv, dass die braven Bürger Kentuckys sie am liebsten hinter Schloss und Riegel sähen. Joey Goebel ist ein rasanter, grotesker und tieftrauriger Roman gelungen.«
Christine Lötscher / Tages-Anzeiger, Zürich

Auch als Diogenes Hörbuch erschienen,
gelesen von Cosma Shiva Hagen, Jan Josef Liefers,
Charlotte Roche, Cordula Trantow
und Feridun Zaimoglu

Heartland

Roman. Deutsch von Hans M. Herzog

Es war einmal ein kleines Kaff in der amerikanischen Provinz… Bashford. Ob in Wirtschaft, Politik oder Gesellschaft, die Familie Mapother ist überall; und zwar ebenso ganz oben wie ganz unten.
Ganz oben sind der Patriarch Henry Mapother, elftreichster Amerikaner, CEO eines Zigarettenkonzerns, und sein ältester Sohn John, der sich nach diversen privaten Fehltritten um einen Sitz im Kongress bewirbt. Ganz unten und überall beliebt ist der zweite

Sohn, Blue Gene, CEO eines Flohmarktstandes, an dem er das Spielzeug aus seiner Kindheit verkauft. Blue Gene ist das schwarze Schaf der Familie, mit dem Henry und John nichts zu tun haben wollen. Eigentlich. Denn jetzt ist Wahlkampf, und die Mapothers müssen heile Familie spielen; außerdem haben sie keine Ahnung, wie sie die Wählerstimmen der einfachen Leute gewinnen sollen. Für beides brauchen sie Blue Gene, und der lässt sich als Wahlhelfer einspannen. Aber ganz so einfach sind die einfachen Leute nicht, angefangen bei dem arbeitslosen Sohn eines im Irakkrieg gefallenen Soldaten bis zu der rebellischen Punkrockerin, in die sich Blue Gene verliebt… Und nicht nur der Wahlkampf verläuft anders als erwartet, auch in der Familie wird das Unterste zuoberst gekehrt.

»Joey Goebel wird als literarische Entdeckung vom Schlag eines John Irving oder T.C. Boyle gefeiert.«
Stefan Maelk / Norddeutscher Rundfunk, Hamburg